中国古典文学名著丛书

韩湘子全传

[明] 杨尔曾等 著

华夏出版社
HUAXIA PUBLISHING HOUSE

图书在版编目（CIP）数据

韩湘子全传／（明）杨尔曾等著. —北京：华夏
出版社，2013.01（2024.09重印）
（中国古典文学名著丛书）
ISBN 978 – 7 – 5080 – 6446 – 8

Ⅰ．①韩… Ⅱ．①杨… Ⅲ．①章回小说 – 中国 – 明
代 Ⅳ．①I242. 4

中国版本图书馆 CIP 数据核字（2011）第 065375 号

出版发行：华夏出版社
　　　　　（北京市东直门外香河园北里 4 号　邮编 100028）
经　　销：新华书店
印　　制：永清县晔盛亚胶印有限公司
版　　次：2013 年 01 月北京第 1 版
　　　　　2024 年 09 月北京第 2 次印刷
开　　本：670 ×970　1/16 开
印　　张：20. 0
字　　数：298. 9 千字
定　　价：38. 00 元

前　　言

　　《韩湘子全传》又名《韩湘子十二度韩昌黎全传》、《韩昌黎全传》、《韩湘子得道》、《韩湘子》，明代长篇通俗小说，共八卷三十回。小说的作者杨尔曾，字圣鲁，号雉衡山人，又号夷白主人，钱塘人，生卒年均不详，约明神宗万历四十年前后在世。

　　《韩湘子全传》主要描写钟离权、吕洞宾度韩湘子得道成仙，然后韩湘子又度化韩愈一家入山学道的故事。

　　该小说中关于韩愈由儒而道的转变过程十分曲折，却又合情合理，表现了封建社会中一部分士大夫"达则兼济天下，穷则独善其身"，由入世到出世的思想演变过程。

　　《飞剑记》是明代的一部以道教故事为题材的神魔小说。小说的作者邓志谟，字景南，号竹溪散人，江西饶州人，明代小说家、戏曲作家。其具体生卒不可考，大约在 1596 年前后在世。邓志谟一生著述颇丰，所作小说有《飞剑记》、《铁树记》、《咒枣记》等；又有所谓"争奇"小说六部：《山水争奇》、《风月争奇》、《梅雪争奇》、《花鸟争奇》、《童婉争奇》、《蔬果争奇》；传奇有《八珠环记》、《凤头鞋记》、《并头莲记》、《玛瑙簪记》、《五连环记》等五种，合称《五局传奇》。

　　《飞剑记》全称《锲唐代吕纯阳得道飞剑记》，共二卷十三回。小说根据各种民间传说演绎而成，塑造了吕祖吕洞宾道法高妙的仙人形象。

　　《韩湘子全传》、《飞剑记》这两部小说，在题材选择上可谓匠心独用，都取材于道教故事，表现了现实社会中政治、伦理、宗教等方面的矛盾和斗争。在叙事操作和价值取向方面，两部小说都一定的特殊性。从价值取向的角度看，明代中后期"三教合一"与"宗教世俗化"思想对小说创作产生了重要影响。根深蒂固的儒家救世、济世思想在明代中后期被完全消解，小说的作者深受影响，同时由于作者对宗教并不虔诚的态度而更偏向于后者，在心学思潮的濡染下，继承和发展了《西游记》寓言讽世的创作手法，使小说朝着与世情小说合流的方向蜕变，有意将神佛世俗化。

《韩湘子全传》、《飞剑记》这两部小说，明显流露出道教因果报应、轮回转世、长生不死及众生均可修道成仙的思想。它同其他明代神魔小说不同，着眼点在仙而不在魔，其情节的安排都是为了传播道教教义以及道教文化，同时，两部小说中有大量道教的道情说唱痕迹，对于研究明代宗教状况具有相当的参考价值。

《韩湘子全传》、《飞剑记》都是在各种民间传说的基础上进行了再度文学创作，具有一定的文学价值，是对民间文学与传说的升华。书中情节跌宕起伏，尤其在表现斗法场面时，想象奇特，铺陈开合，巧妙地抓住了读者的猎奇心理。此外在人物塑造上，细腻的心理描写，刻画入木，彰显了善与恶的世界。

此次再版，我们对原书中的笔误、缺漏和难解字词进行了更正、校勘和释义，对原书原来缺字的地方用□表示了出来，以方便读者阅读。由于时间仓促，水平有限，其中难免有所疏失，望专家和读者予以指正。

编　者

2011 年 4 月

篇 目 目 录

韩湘子全传

目　　录

入话：

　　混沌①初分世界，阴阳②配合成人。黄芽③白雪④几更新，乌兔⑤回环不定。会见沧田变海，旋看松柏凋零。青牛白犬吠天津⑥，转眼棋枰⑦相应。

第 一 回
雉衡山鹤儿毓秀⑧　湘江岸香獐受谴

　　盖天地之间，九州八极。土有九山，山有九塞，泽有九薮，风有八等，水有九品。何谓九州？东南神州曰农土，正南坎州曰沃土，西南戎州曰滔土，正西弇州曰并土，正中冀州曰中土，西北台州曰肥土，正北济州曰成土，东北薄州曰隐土，正东阳州曰申土。何谓九山？会稽、泰山、王屋、首山、泰华、岐山、太行、羊肠、孟门。何谓九塞？曰大汾、渑阨、荆阮、方城、殽阪、井陉、令疵、句注、居庸。何谓九薮？曰楚具区、越云梦、秦阳纡、晋大陆、郑圃田、宋孟诸、齐海隅、赵钜鹿、燕昭余。何谓八风？东北曰炎风，东方曰条风，东南曰景风，南方曰巨风，西南曰凉风，西方曰飓风⑨，西北曰丽风，北方曰寒风。何谓六水？曰河水、赤水、辽水、黑水、江水、淮水。

----

①　混沌——天地未开辟前的浑然一体状态。
②　阴阳——古人认为构成宇宙万物的两种基本物质。
③　黄芽——道家炼丹所用铅华。亦指人的元气。
④　白雪——喻炼成的丹。
⑤　乌兔——古人认为日中有三足金乌，月中有玉兔，故称日月时光为乌兔。
⑥　天津——天河，即银河。
⑦　棋枰(píng)——棋盘。喻人间。
⑧　毓秀——孕育灵秀之才。
⑨　飓(liú)风——西风。

合四海之内,东西二万八千里,南北二万六千里。水道八千里,通谷共名川六百。陆径三千里。禹乃使大章步①,自东极至于西极,二亿三万三千五百里七十五步;使竖亥步,自北极至于南极,二亿三万三千五百里七十五步。凡鸿水渊薮,自三仞以上,二亿三万三千五百五十五里。有九渊,禹乃以息土②填洪水以为名山。握昆仑以下地中。有增城九重,其高万一千里百一十四步二尺六寸。上有木禾,其修③五寻④。珠树、玉树、璇树、不死树在其西;沙棠树、琅玕树在其东;绛树在其南;碧瑶树在其北。一边名曰熊耳山,一边名曰雉衡山。诗云"云连熊耳峰齐秀,水山雉衡山更高"是也。真个好山,有词赋为证:

远望嵯峨,近观崒崒⑤。山势嵯峨,定汪洋海翻雪浪;石形崒峍⑥,镇蛟蜃,穴涌银涛。土龙在木火方隅,云母藏东南境界。高崖峭壁,怪壑奇峰。听不尽双凤齐鸣,看不了孤鸾独舞。雾霭霭,豹隐深山;风飒飒,虎来峻岭。瑶草奇花不谢,青松翠柏长春。仙桃红艳艳,修竹绿森森,一片云霞连树荫,两条涧水落藤根。正是:千山高耸擎天柱,万壑横冲大地痕。

那雉衡山顶上有一株大树,树上有一只白鹤,乃是禀精金火,受气阳阴,顶朱翼素,吭圆趾纤,为胎化之仙禽,羽毛之宗长也。有词赋为证:

瘦头露眼,丰毛疏肉,凤翼龟背,燕膺鳖腹。鸣必戒露⑦,止金穴而回翔;白非浴日,集兰岩而顾足。或乘轩⑧于卫国,驭江夏之楼;或取箭于耶溪,饴潭皋之粟。长比兔胫,群非鸡跂。侣鸾凤以逖征⑨,

---

① 步——以脚步丈量。
② 息土——古代传说中一种不停生长的土壤。
③ 修——高。
④ 寻——八尺为一寻。
⑤ 崒(zú)崒——险峻貌。
⑥ 崒峍(lù)——高峻貌。
⑦ 戒露——报告寒露将临。
⑧ 乘轩——春秋时卫懿公好鹤,鹤乘大夫车而行。
⑨ 逖征——远征。

薄云霄而高啄。真个是缑山王子①之遗，辽东丁令②之属。

白鹤儿在那雄衡山中，虽然是一个羽族，凡禽唉八公而戢寇，毛群野鸟，鸣九皋③而彻天。恰因那三十三天兜率宫中太上元始天尊驾前一只仙鹤，一日飞下这山上来，白鹤儿见他飞来，就便是福至心灵的一般去与他交媾了一遍。那仙鹤就把仙家的妙理、学道的真诠一一泄漏与这白鹤儿。白鹤儿依了仙鹤的传授，便在山中树上朝吞日液，暮采月华，饮露含风，餐霞吸露，修行了三四百年。只是盗学无师，有翅不飞，脱不得羽壳毛躯，上不得瑶池阆苑④。凑巧着这山中有一个香獐，也是百余年不死的毛团，惯会兴妖作怪，驾雾腾云。与白鹤结识，做了弟兄。逐日在江口闲游，山中玩耍。正是逍遥目在无拘束，不怕阎君不怕天也。

说话的，从头至尾要说得有原委。这阎浮⑤大千世界生着白鹤、香獐，也不知有几亿亿万万数，为何这只鹤，这只獐，就会成精作孽？盖因天地间有四生、六道。且说那四生，佛经上说胎生、卵生、湿生、化生是也；那六道，佛说仙道、佛道、鬼道、人道、畜生道、修罗道是也。投托得胞胎好，就有好结果；投托得胞胎不好，就没好结果。这便是报应轮回、天地无私的道理。原来这白鹤、香獐，都是汉朝时两个人转世，所以今番有这般结果。怎见得是汉朝的人过了三四百年又来做神做鬼？看官仔细听着，说出家门大意，便见这本稀奇的故事。

昔日汉帝朝内，有一位左丞相安抚，生下一女，四岁上母亡，将女交与乳母抚养。这女儿到得七岁，各色俱不待人指点，自然会得。一日，安丞相朝回，听见女儿房户有人弹琴品箫。安抚问："是谁人？"丫头说："是小姐。"安抚听了一回，走进房中，问女儿道："老夫朝中回来，只听得汝在房中弹琴品箫，这是谁人教汝的？"小姐道："孩儿百艺俱通，不消人教得。"安抚道："我止生汝一人，上无哥姐，下无弟妹，汝这般天赐聪明，我就取

---

①　王子——仙人王子乔。相传在缑山得道成仙。

②　丁令——即丁令威，相传为汉代辽东人，在灵虚山学道成仙，后化鹤归来。

③　九皋——深泽淤地。

④　瑶池阆（láng）苑——传说中的神仙境界。

⑤　阎浮——即阎浮提，泛指人世间。

汝叫做灵灵小姐。过了十岁,才与汝议亲招赘,定要与首相做个继室,恁①你状元来说婚,我也决不与他。"乳母道:"为何不与状元,到要与首相做继室?"安抚道:"嫁与状元做结发夫妻,也要迟十年五载方才做得一品夫人;若嫁与首相做继室,进门就是一品夫人了。"乳母道:"世上的事只等你撞着,不等你算着,只怕老爷要赔了夫人又折兵。"安抚斥退乳母。以后有许多家来说媒,安抚只是不从。

一日,汉帝宣安抚上殿,说道:"朕有侄男,年方二十二岁,丧偶未娶。朕闻相国有一位灵灵小姐,肯与人为继室,何不嫁与侄男?"安抚道:"臣昔年有言,愿定与首相为继室,不敢嫁与皇侄。"汉帝道:"嫁与首相,怎见得胜似我皇侄?"安抚奏道:"进了首相的门,就是一品夫人;若皇侄,不知是将军是奉尉,便有许多不同。"汉帝道:"依卿所奏,朕就赐为一品夫人,何如?"安抚道:"赐称一品夫人,还是越礼犯分,终不如首相的好。"汉帝大怒,要把安抚丞相斩首市曹②,以警百官。百官替他讨饶,才得放还。当下,汉帝把他削去官爵,贬在远方安置。又差当驾官宣灵灵小姐入朝相见。

却说灵灵小姐听得宣召,父亲又为他几乎性命不保,吃了一惊,乃不梳不洗,含着泪眼入朝见帝。帝命抬头,一看,果然婀娜绝世,娉婷无双。随命当驾发到山西红铜山内,嫁了一个村夫,叫做挬不动③。那挬不动生得身长三尺,丑陋粗恶,三推不上肩,四推和身转,因此上,人取他一个诨名,叫做"挬不动"。这灵灵小姐,色艺双全的人,嫁了这般一个蠢物,真所谓骏马常驮痴汉走,巧妻常伴拙夫眠也。那灵灵小姐心怀抑郁,不上数年,得病身亡。这挬不动见灵灵小姐死了,也就悬梁缢死,一魂儿追赶灵灵小姐。

他两个三魂缥缈,七魄悠扬,一直走到阴司地府阎罗案前。只见牛头马面拦住道:"你两个是何等人? 奉何人勾摄前来? 怎的不与差人同来?"灵灵小姐道:"我是安抚丞相的女儿,唤做灵灵小姐。只因那月老错配姻缘,把我嫁与这挬不动为妻,故此抑郁而死,魂魄来见阎罗皇帝说一

---

① 恁(nèn)——如此,这样。
② 市曹——城中大道。
③ 挬(bó)不动——拔不动。

个明白。"挣不动道："我是山西红铜山内挣不动便是。蒙汉帝旨意，把这灵灵小姐与我为妻，我百依百随，尽力奉承她，不料她还不中意，郁闷逃走，我舍她不得，故此一路里赶来，要她回去。"牛头马面道："你真是个挣不动的东西！你妻子如今是死的了，怎么还思量她同你转去？"那挣不动听见这话，才晓得他也是死的了，遂放声大哭起来。惊动了阎罗天子。当下，阎罗天子升殿。便问："外边是怎么人这般哀苦？"牛头马面吓得不敢出声，判官上前，把灵灵小姐、挣不动的话奏闻一遍。阎罗天子叫他两个进来，跪在案下。他两个又把生前的苦情哭诉一遍，要阎罗天子放他回转阳世。阎罗天子道："这是你自来投到，非是我这里差人错拿来的，要回去也不能够了。我今判汝两个转世去，又做一块，了汝两人心愿罢。"当下，阎罗天子判道："夫者，妇之天；夫妇者，人之始。妇得所天，便宜安静以守闺门，不宜憎嫌以生衅隙。今灵灵小姐，生前怨望，已乖人道之常，死后妄陈，应堕畜生之报；幸是性灵不昧，骨气犹存，合无①转世为胎，化仙禽羽虫宗长，候三百年后遇仙点化，还复成人。挣不动禀丑陋形容，赋愚痴气质，只合栖身蓬荜②，养命村庄，辞婚娶于九重③，置妍媸④于度外；乃敢妄婚相府，眷恋红妆，致佳人抑郁而死，捐微躯追奔不舍，昏迷性地⑤，应堕毛群⑥，合无（转世为胎）贬为香獐，于三百年后与白鹤结为知识⑦，以完宿果⑧。"判讫，灵灵小姐与挣不动低首无言，各寻头路。这便是白鹤、香獐前生的结证。如今只说韩湘子十二度韩文公的故事，且把这段因果丢下一边。

　　单表玉帝殿前有一个左卷帘大将军冲和子，因在蟠桃会上与云阳子争夺蟠桃，打碎玻璃玉盏，玉帝大怒，把那冲和子、云阳子都贬到下界去。一个投托在永平州昌黎县韩家的，便是冲和子，叫名韩愈；一个投托在永

① 合无——何不。
② 蓬荜——柴门。喻平民百姓。
③ 九重——天高处。指高官。
④ 妍媸(chī)——美丑。
⑤ 性地——欲海。指人的欲念。
⑥ 毛群——禽兽类。
⑦ 知识——相知相识。指夫妻。
⑧ 宿果——往日的因缘。

平州昌黎县林家的,便是云阳子,叫名林圭。原来这韩家九代积善,专诵
黄庭内景仙经。韩太公生下两个儿子,大的叫做韩会,娶妻郑氏;次的就
是韩愈,字退之,娶妻窦氏。他两个兄友弟恭,夫和妇顺,蔼蔼一堂之上,
且是好得紧,只是都不曾养得儿子。那韩会终日忧闷,常对兄弟退之说
道:"有寿无财,有财无禄,有禄无子,造化缘分不齐,唯有孤身最苦。我
和你这般年纪,还没曾有男女花儿,如何是好!"有诗为证:

> 默默常嗟叹,昏昏似失迷。
>
> 只因无子息,日夜苦难支。

退之道:"然虽如此,哥哥也不必忧虑。我家九代积善,少不得天生一个
好儿郎出来,以为积善之报。难道倒做了一个没尾巴赶苍蝇的不成? 这
般忧也徒然,只是终日焚香礼拜,祷告天地祖宗,必定有报应了。"当下韩
会依了退之言语,每日虔诚祷祝。感动得本处城隍、土地、东厨司命六神,
各各上天奏闻玉帝,要降生一个孩儿与韩会。那奏章如何写的? 奏云:

> 永平州昌黎县城隍、土地、司命六神臣某某等稽首顿首,奏闻昊
> 天金阙至尊玉皇上帝:臣闻高皇璇极①,总庶民锡福②之权;大梵金
> 尊,开群品③自新④之路,凡伸祈祷,无不感通。兹有昌黎县韩会、韩
> 愈,积善根于九代,奉秘典于一生,情因无子,意切吁天。伏望证明修
> 奉,展布祥光,鉴翼翼之丹衷,赐翩翩之令子⑤。庶乎永沾道庇⑥,不
> 负诚心;饱沃恩波,益坚崇奉。月轮常转,愿力无边。臣等无任瞻天
> 仰圣、激切待命之至,谨奏以闻。

玉帝览奏,遂将金书玉诰、道法神术付与神仙钟离权、吕嵒⑦两个,到
于下界,普度有德有行之人,上天选用;如有修行未到,还该转世为人的,
便着他往韩会家投胎脱化,待日后积功累行,不昧前因,才去度他,以成正
果。钟、吕二仙领了敕旨,按下云头。

---

① 璇极——至美的玉。喻皇帝。

② 锡福——"锡"同"赐"。赐福。

③ 群品——各种品行的人。

④ 自新——改过自新。

⑤ 令子——美异的孩子。

⑥ 道庇——道法的庇护。

⑦ 嵒(yán)——人名。

一路上，钟仙问吕仙道："为仙者，尸解①升天，赴蟠桃大会，食交梨火枣，享寿万年，九玄七祖，俱登仙界。为何阎浮世境三千，大千人众，只知沉沦欲海，冥溺②爱河，恣酒色猖狂，逞财势气焰，不肯抛妻弃子，脱屣离家，炼就九转还丹③，长生不老？"吕仙道："人生处世，如鱼在水中，本是悠悠自在，无奈纶竿④坠水，香饵相投，以致吞钩上钓，受刀釜煎熬耳。几能息心火，停浊浪，固守鸿濛，采先天种子，两手捧日月乎？"钟仙道："五浊迷心，三途错足，拈花惹草，怨绿愁红，若不吞一粒金丹，终难脱形骸躯壳。我两人今日领旨下凡，不知哪州哪县得遇知音？"吕仙未及回答，忽见东南上一道白气冲彻云霄，有若虹霓之状，怎见这气的异处：

非烟非雾，似云似霞，非烟非雾，氤氤氲氲⑤布晴空；似云似霞，霭霭腾腾弥碧落⑥，凌霄彻汉⑦，冲日遮天。两耳不闻雷，原无风雨；一天光皎洁，骤起虹霓。占气者⑧，不辨为天子气、神仙气、妖邪气、海蜃气；望云者⑨，不识为帝王云、卿相云、将军云、处士云。端的这一道白的，还是气？还是云？仔细看来，团团簇簇半空中，未定其间吉与凶。一阵仙风吹扑去，管教平地露根踪。

吕仙用手指与钟仙道："这一股白气冲天而起，主在苍梧之间，湘江之岸，非圣非凡，当是妖邪之气，且把仙气吹一阵去。若是仙气，气影了风；若是邪气，风影了气。"于是钟仙掀起了那络腮胡须，张开了狮子大口，望着东南方上吹了一口气去。果然起一阵大风，把那冲天的白气都影住了。吕仙睁开慧眼，望那方一看，就认得是两个毛团在那里吐气。一个是香獐造孽，一个是白鹤弄喧⑩。

---

① 尸解——死后化去成仙。
② 冥溺——沉溺。
③ 九转还丹——道家烧炼的金丹。
④ 纶竿——带钓鱼绳的鱼竿。
⑤ 氤氤氲(yūn)氲——烟气迷濛。
⑥ 碧落——天空。
⑦ 彻汉——响彻天空。汉，河汉。
⑧ 占气者——根据云气的形状、色泽判断吉凶的人。
⑨ 望云者——望云朵变化而推断吉凶者。
⑩ 弄喧——故弄玄虚。

不说两个仙师随风便至。且说白鹤、香獐正在那湘江岸上各自显出神通，随心游戏，忽见这一阵风吹将来，影住了白气，就知是两个神仙到来。他也不慌不忙，摇身一变，都变做全真模样，立在那江边，等候着仙师。这全真怎生打扮：

　　一个头顶着竹箨冠①，一个头绾着阴阳髻②。一个穿一领皂氅衣，腰系丝绦；一个穿一件黄布袍，围条软带；一个脚踏着多耳麻鞋，好似追风逐日的夸父，一个脚蹝③着草履，有如乘云步月的神仙。正是容颜潇洒更清奇，装束新鲜多古怪。

他两个远远地望见祖师到来，便上前稽首再拜道："师父，俺两个是苍梧郡湘江岸修行的全真，接待师父得迟，万望恕罪！"吕师指着白鹤道："你本是凤匹鸾俦，如何敢头尾！"又指着香獐说道："你本是狐群狗党，如何敢隐姓埋名！"老鹤见说出他本相，低首无言，不敢答应。独这香獐向前道："俺们委是全真，师父休得错认，将人比畜。"吕师道："汝这谎顽皮，巧语花言，待要瞒我，将谓我剑不利乎？"只这一句话，吓得那白鹤儿魂飞天外，魄散九霄，双膝跪倒在地上，道："老师父，人身难得，盛世难逢。虽然是皮壳毛团，也是精灵变化。如今弟子骨格已全，羽毛未脱，逐日在此迎风吸露，也不是结果，望师父垂悯弟子，舍一粒金丹，使弟子脱去羽毛，恩衔再世。"钟师听了白鹤言语，便道："这鹤儿性灵识见，尽通人意，再世之言，成先谶④矣！我们且度她去见玉帝，另作区分。这獐儿罪业山重，我这里用汝不着，饶汝去罢。汝若不依本分，妄作妄为，我自有慧锷神锋，盘空取汝。"香獐道："师父不肯度我也罢，弟子这江边景致也不弱于三岛昆仑，我依师父守着本分，也尽过得日子。"钟师道："怎见得湘江景致不弱于三岛昆仑？"香獐道："不是弟子夸口说，据着弟子这苍梧江口，晨凫夕雁，泛滥⑤其上；黛甲素鳞⑥，潜跃其下。晴光初旭，落照斜晖；翠映霜文，

――――――――――

　①　竹箨（tuò）冠——用新竹做成的冠。

　②　阴阳髻——挽于头顶的双髻。

　③　蹝（xǐ）——曳履而行。

　④　先谶（chèn）——预言。

　⑤　泛滥——此指泛游。

　⑥　黛甲素鳞——黑壳白鳞的鱼。

陆离①眩目。闲花野草,罩雾含烟;俯仰天渊,爱深鱼鸟。煞②强如蓬莱弱水,苦海无边,舟楫难通,梦魂难越。"吕师道:"据汝这般说,也不见得十分强过我仙家,你夸这大口也没用。"香獐道:"弟子有诗为证:

> 苍梧一席景新鲜,湘水山岚饱暖眠。泛泛白鸥知落日,喃喃紫燕语晴烟。红红拂拂花含笑,绿绿芊芊草满前。若是老师来此处,也应撇却大罗天③。"

吕师道:"汝这业畜④十分无礼,我仙家无爱无欲,始得成真证果⑤。汝无端造孽,有意贪私,枉自夸张,有何益处?"又暗自忖道:他不知死活,妄语矜争⑥,我且度鹤儿上天,把这业畜贬下深潭去处,不见天日,待鹤儿成仙,才来度他去做一个守山大神,显我仙家妙用。于是口中念念有词,喝声道:"疾!"只见天光灼烁⑦,黑雾朦胧,半空中闪出一员天将,立在面前。那天将怎生打扮:

> 头上戴着漆黑毅铁盔一顶,手中持银丝嵌钢鞭一条。皂罗袍金龙盘绕;狮蛮带玉佩高悬。脸似锅底煤般黑,唇似朱涂血样红。左站着黄巾力士,右站着黑虎大神。焰焰火轮环绕,飘飘皂盖招扬。他正是降龙伏虎赵玄坛,哪怕你兴妖作孽香獐怪。

一阵风过处,那天将躬身喏⑧道:"吾师有何法旨?"吕师道:"香獐造孽,天所不容!"那天将一手拿起钢鞭,一手拿住香獐,正欲下手,钟师道:"且饶这孽畜性命,贬他在江潭深处,永不许出头,直待鹤儿成了正果,证了仙阶,然后来度他去看守洞门。若不依本分,再作风雷,损害往来客旅,即时把他打下阴山背后。"天将依命,把那香獐一提,提到江潭中间极深极邃的一个去处,锁固住了,不放一些儿松。那香獐有威没处使,有力没处用,只得哀恳天将道:"弟子冲突仙师,罪应万死,遭此贬厄,因所甘心。但弟

---

① 陆离——色泽繁杂。
② 煞——甚,很。
③ 大罗天——指道家仙境。
④ 业畜——有前世罪孽的动物。
⑤ 证果——修行圆满。
⑥ 矜争——一味强争。
⑦ 灼烁——闪动。
⑧ 喏(rě)——应对。

子原是山中走兽,食草餐花,以过日子,今沉埋水底,岂不淹死了性命,饿断了肝肠? 望大神救我一救!"天将道:"仙家作用,汝所不知,饶汝性命,自然不死,怎么怕淹死饿死? 汝但收心服气,见性完神,以待鹤儿救汝便了。"香獐拜道:"多谢指教,但不知鹤兄几时才来救我耳。"天将既去,香獐被锁在那个去处,果然,四边没水,只是没有得吃,不得散诞逍遥。乃依前仰伸俯缩,闭息吞精,再不敢妄肆癫狂,以招罪谴。这正是:

是非只为多开口,烦恼皆因强出头。

如今学得团鱼法,得缩头时且缩头。

毕竟不知后来如何,且听下回逐一分解。

第 二 回

脱轮回鹤童转世　谈星相钟吕埋名

叹尘世忙忙,笑浮生一似撺梭①样。貂裘染,驷马昂,争名夺利不思量,妄想贪嗔②薄幸狂。算英雄亘古兴亡,晨昏犹自守寒窗。总不如乘云驾雾,觅一个长生不死方。

话说吕师把香獐贬在湘江潭底,那天将叉手躬身,回话已去。钟师就在葫芦内取出一粒金丹与鹤儿吃了,那鹤儿登时脱胎换骨,化做一个青衣童子,跟着两位仙师前往永平州昌黎县。走到韩家门首,恰好韩退之迎门出来。两师见他人物轩昂,衣冠济楚,头顶上有霞光一道,身旁有捧炉童子相随,便知是左卷帘大将军冲和子,因醉夺蟠桃,贬在他家为男子。怕他不悟前因,日后毁谤玄门,唾骂佛祖。遂转身商议道:"冲和子已将四十岁了,尚不回头省悟,若再堕落火坑,贪恋繁华器境,便没有出头的日子了。他兄韩会,镇日③焚香点烛,拜求子息④。我和你回去奏闻玉帝,把这鹤童送与韩会为子,待他长成,我们又来度他成仙了道,然后转度冲和子复还原职,岂不两便。"两师商榷已定,遂拨转云头,带了鹤童上升天界。

不移时⑤,来到南天门外,把领金书玉旨,巡游到苍梧县湘江岸上,点化鹤儿等事,奏了一遍。玉帝传旨,便着两师送鹤童到那永平州昌黎县韩会家投胎,托化为人,后行选用。两师奉旨,忙对鹤童说道:"我再将仙丹与汝吞在腹中,化作一个仙桃,送你到永平州昌黎县韩会妻子郑氏怀内投胎,满月之日,我二人又来看汝,与汝灵丹符水,待等十六岁,教汝成道,升

---

① 撺(cuān)梭——即穿梭。形容时光流逝之快。
② 贪嗔(chēn)——贪婪。
③ 镇日——整日。
④ 子息——子女后代。
⑤ 不移时——不一会。

入仙梯,长生不老,休得漏泄天机,有误玉旨。"鹤童泣告两师道:"弟子才脱得业躯,指望成真证果,跟着两位师父逍遥自在,谁知又要去投胎为人,受血河狼藉,尘网牵缠,弟子不情愿去了。"两师道:"玉旨已出,谁敢有违,况汝虽脱了羽毛躯壳,还不曾修炼大丹,怎么就得成正果? 须正借父母精血,十月怀耽,如太上老君投托玉女怀中一般,才显得修行结果。"鹤童又道:"既是要投胎托化方得成仙,彼时在湘江岸上点化弟子的时节,两位师父何不就着弟子去托生人家,却引弟子朝参玉帝,又送弟子下凡,费这许多辛苦周折?"吕师道:"不奉玉旨,谁敢擅专。"鹤童道:"弟子有诗一首,献上师父。"诗云:

> 湘江岸上遇师尊,度我飞升见帝君。
>
> 今既脱离毛与壳,如何下土复为人。

吕师道:"我也有诗一首,汝谨听着。"诗云:

> 鹤童不必苦淹留①,且向韩家转一筹。
>
> 异日功成朝玉阙,苍梧江水也东流。

鹤童听两师吩咐已毕,只得吞下一粒金丹,化做一颗仙桃。两师捧拿在手,腾步逍遥,直到韩家,恰好是三更时候,两师就遣睡魔神托一梦与韩会妻子郑氏。那郑氏梦见太阳东出,宝镜高悬,一只仙鹤口衔着一颗仙桃,飞将下来,堕在她怀里。旁边闪出一个青巾布袍的道人,肩上负着一口宝剑,口中高叫道:"韩会妻郑氏听者,吾乃两口先生,奉玉帝敕旨,送这仙桃与汝为子。吾有一言嘱汝,汝牢记取。"嘱云:

> 郑氏抬头听我言,从来仙语不虚传。
>
> 送儿与汝承昭穆②,他日乘风上九天。

郑氏梦中惊觉,不胜欢喜,便蹴醒③韩会,与他说道:"妾身一更无寐④,二更辗转反侧,三更时分方才瞌眼睡去,就做一梦。梦见太阳东出,宝镜高悬,一只仙鹤口衔一颗仙桃飞将下来,坠在怀里,又有青巾布袍背剑的道人嘱咐云云,你道这梦稀奇也不稀奇?"韩会喜道:"我夜来得的梦也与你

---

① 淹留——停留,耽搁。
② 昭穆——此指家族的传承。
③ 蹴(cù)醒——踢醒。
④ 无寐——无眠。

一般的。今年四十二岁,未有子息,想是神天鉴察尔我隐衷①,不该绝代,
降生一个儿子接续家门香火也不见得。据梦中太阳东照,主生贵子,仙鹤
衔着仙桃,一定是天庭降下好人临凡。这两口先生必然天上神仙,故此嘱
咐得明白。我如今且和你满炷炉香,拜谢了天地,且看日后若何。"郑氏
道:"相公说得有理。"连忙披衣起来,梳洗端正,同韩会两个燃宝炬,爇②
名香,朝天拜了八拜。到了天明,韩会将夜来梦兆一一对退之说了一遍。
退之欢喜道:"若据这个梦兆,嫂嫂必定生一个好儿子接续韩门香火,端
的不枉了九代积善,三世好贤。"有诗为证,诗云:

> 积善人家庆有余,祸因恶积岂为虚。
> 韩门九代阴功茂,天赐婴儿到草庐。

话不絮烦。不觉光阴似箭,日月如梭,幸喜阴骘③门高,捻指间,郑氏
生下一子。那子生得两耳垂肩,双手过膝,面如傅粉,唇若涂朱,端的是好
一个孩儿。匆匆喜气,满屋充闾,百眷诸亲咸来作贺。这正是天上麒麟原
有种,人间最喜蚌生珠也。不料这孩儿从生下来到满月,日夜只是啼哭不
住声。韩会见了这个光景,转添忧闷,与郑氏商议道:"这孩儿生相不凡,
久后必是好的,只是这般啼哭,合着相书上一句,说'小儿夜啼,没爷没
妻'。多应是你我命中招他不得的缘故,不如把他过继与亲眷人家,做个
干儿子,待他养得成人,才收拾回来,有何不可?"郑氏道:"前日不养得儿
子,朝夕拜祷天地祖宗,怕绝了后代。如今幸得天地保佑,祖宗积德,生下
这一点儿,且是好了。不想日夜啼哭,算来也是养不长的了,空受这十月
怀胎的苦楚。若是把他过继与别人家,后来也被人骂他是三姓家奴,不如
送与叔叔做了儿子,倒是好的,只怕婶婶要不欢喜。"正说话间,只听得街
坊上有人拍着渔鼓,唱着道情④,经过他门首。那孩儿听得渔鼓声响,
就住了口不啼哭;不听得渔鼓声,就哭将起来,忒煞⑤作怪。看官,且说那
敲渔鼓唱的是怎么说话,孩子就肯听他不啼哭?原来那敲渔鼓的道人就

---

①　隐衷——深藏的心愿。
②　爇(ruò)——点然。
③　阴骘(zhì)——阴德。
④　道情——鼓词的一种,本为道士曲。
⑤　忒煞——太,过于。

是吕祖师,唱的是一阕《桂枝香》,正提醒着鹤儿宿世之事,故此孩子惕然警醒,住了哭,听他《桂枝香》云:

　　鹤童觉悟,师来看顾。一自去年送汝到昌黎,至今日,又离丹府。汝不要啼哭,汝不要啼哭,听咱吩咐,目今安否? 暂拘束,久已后升腾紫霄,名镌洞府。

　　鹤儿宁耐,暂居天外。叹循环暑往寒来,捻指间,光阴二载。想韩门小孩,想韩门小孩,非常气概,端的①栋梁才。本是大罗天上客,思凡下玉街。

　　韩会见孩儿住了哭听敲渔鼓,便对郑氏说道:"这孩儿想是喜欢渔鼓听的,可唤那敲渔鼓的人进来,敲一回渔鼓引逗他一会,待我问他,或者他有药止得孩儿啼哭也不见得。"郑氏便叫张千道:"汝去看那敲渔鼓的,叫他进来。"张千连忙跑到街上,叫道:"敲渔鼓的道人转来,我家相公请你说话。"道人道:"莫不是韩大相公么?"张千道:"你未卜先知,就是神仙一般。"道人道:"我比神仙也差不多些儿。"便跟着张千,摇摇摆摆走进门来,向韩会稽首道:"相公何事呼唤小道?"韩会道:"我止得一个孩儿,从生下至今,已弥月多了,只是啼哭不止,正在忧闷,不想方才听得渔鼓声响,他就住了声,恰像听得一般,故此请师父进来敲一番渔鼓,唱一个道情,引逗他一时欢喜。"道人道:"要止儿啼,有恁难处,抱公子出来与我一看,包得他不哭了。"韩会道:"若得如此,自当重重酬谢。"郑氏在屏风后面,抱孩儿递将出来,韩会接在手中,递与道人道:"这个便是学生的孩儿。"道人用手摩他的顶门说道:"汝不要哭,汝不要哭,一十六年,无荣无辱。终南相寻,功行满足。上升帝都,下挈九族。"那孩儿闻言,恰像似快活的一般,就不哭了。韩会道:"师父高姓大名? 仙乡何处?"吕师道:"贫道弃家修行,人人唤我是两口先生,就是我的姓名了,却没有家乡住处。"郑氏在屏风背后,轻轻地对韩会说道:"梦中说两口先生送来的儿子,如今这师父说是两口先生,莫不就是梦中的神仙?"韩会道:"云游方外②的人惯会假名托姓,哪里信得他的说话。"道人笑道:"姓名虽一,人品不同,

---

　　① 端的——果然,实在。
　　② 方外——超脱世俗。

相公怎么小觑①人?"韩会道:"是学生有罪了。"又道:"孩儿喜得不哭,就烦师父替我孩儿取一个小名,何如?"道人道:"阀阅名家②取怎么小名,就起一个学名也罢。"韩会谢道:"若取学名更好。"道人道:"我从湘江路上走来,见那烟水滔滔,东流西转,万年不断,最是长久。如今令郎取名韩湘,小名叫做湘子,愿他易长易养,无难无灾。异日荣华富贵,如湘水之汪洋;寿命康宁,似湘流之不断。"韩会道:"多谢指教,请坐素斋。"那道人把袍袖一展,化道金光而去,留下一个渔鼓,直逼逼矗在地上。韩会去拽那渔鼓的时节,哪里拽得起来。郑氏近前去拽,也拽不动。叫人去摇,也摇不动。三五个人去拔,一发拔不起,就如生根的一般。郑氏道:"这个道人一定是一位神仙,怪你我不识得他,故此留下这个渔鼓,做个证验。眼见得当面错过神仙了,快请叔叔来看便知端的。"韩会忙着人去请退之。

　　退之来到。郑氏道:"请叔叔来非为别事,只因你侄儿啼哭不止,巧巧的有一个道人,打着渔鼓歌唱而来,孩儿听见就不哭了。你哥哥请他进来打鱼鼓唱道情,引逗孩儿欢喜。那道人说孩儿必成大器,在孩儿面前说了几句话,又替孩儿取学名叫做韩湘。你哥哥留他吃斋,他拂袖化一道金光而去,留下这个渔鼓在此。你哥哥拿他不动,许多人也拽不起来,特请叔叔看个明白。"退之闻言,近前轻轻一扯,那渔鼓恰似浮萍无蒂,退草无根,扯了起来。地面上有"纯阳子"三个大字,莹然如玉一般。退之道:"这是吕洞宾下降,哥嫂肉眼自不识他。正是神仙不肯分明说,留与凡人仔细搜也。"于是大家香焚宝鼎,烟蒸银台,望空遥谢。

　　荏苒一载,湘子葔盘③伊迩,韩会不胜欢喜。但湘子自从见那道人之后,一似痴呆懵懂④,泥塑木雕的一般,也不啼哭,也不笑话。俗话说得好,只是买得他一个不开口。一日三餐把与他便吃,不把与他,他也不讨,外边虽是这般混沌,心里恰像是明白的,大家都叫他做"哑小官"。郑氏也无如之奈。倏忽三周四岁,全没一些儿挣扎。韩会思量:"湘子这般年

① 觑(qù)——看,瞧。
② 阀阅名家——有功勋的世家。
③ 葔(zuì)盘——旧俗,让周岁小儿抓盘中纸笔刀箭等物,以测其未来志向。亦称抓周。
④ 懵(měng)懂——无知。

纪尚不会说得半句言语,枉惹旁人耻笑,岂不是命里无儿莫强求,强求虽有更添忧。当年伭道无儿子,撇下千千万万愁。"这韩会十分不快活,日夜忧愁,染成一病而亡。退之哭泣尽礼,置办棺木,大殓已毕,安葬在祖茔之下。

一日,吩咐张千道:"大相公死了,止得这一点骨血,指望他成人长大,娶妻生子,接续韩门香火,谁知养到三周,尚然不会说话,莫非哑了,人家养着哑子也是徒然。汝等去街坊上看哪好算命的先生寻一个来,待我把他八字推算一推算,若日后度得一个种儿,也好做坟前祭扫的人。"退之吩咐已完,那吕师在云端听见这话,便按下云头,化做一个算命先生,在那牌楼坊街上走来走去,高叫:"算命!算命!"这先生如何打扮:

　　折叠巾歪前露后,青布袍左偏右皱。两只眼光碌碌望着青天,一双手急簌簌摇着算盘。口中叫:命讲胎元,识得根源,若有一命不准,甘罚二钱。

那张千连忙请他到家里,见了退之。退之道:"先生高姓?家住何方?"吕师道:"学生唤做开口灵,江湖上走了多年,极算得最好命。遇见太子就算得他是帝王子孙,遇见神仙就算得他是老君苗裔,遇见夫人就算得她丈夫是宰相、公卿,遇见和尚就算定他是华盖坐命①。"退之道:"依先生这般说起来,算命也是多事了。"吕师道:"说便这般说,八个字还有许多玄妙。不知相公有何见教?"退之说道:"我有一个侄儿,劳先生推算,若还算不准,先罚先生二钱。"吕师道:"从早晨出来尚不曾发利市②,相公若要罚钱,请先称了命金,待学生算不准时好做罚钱。"退之道:"这般浑话,免劳下顾。"吕师道:"请说八字来。"退之道:"建中元年二月初一日午时。"吕师道:"庚申年己卯月辛酉日甲午时。庚申乃白猿居蟠桃之位,己卯乃玉兔归蓬岛之乡,辛酉为金鸡入太阳宫畔,甲午为青鸾飞玉殿之旁。这八个字不是凡胎俗骨,主有三朝天子分,七辈状元才,不出二十岁必定名登紫府,姓列瑶池,九族成真,全家证圣。若肯读书,官居极品,只是少寿。目下正行墓库运,主其人昏蒙暗哑,如弃物一般,到了七八岁,脱运交运,自然超群出类。"退之道:"他如今像哑子一般,读书料不能够了。若说学

① 华盖坐命——谓交好运。
② 利市——挣钱。

仙,世上只有天仙、地仙、神仙、鬼仙,最下一等名曰顽仙,哪里有个哑仙?"吕师道:"他面目清奇,形容古朴,心地十分透明,性质更觉聪明,一日开口说出话来,凭着颜回①、子贡②重生,也只如是。"

　　两个谈论正大,那钟师父又化作一个相面的先生,按落云头,在韩家门首高叫道:"我鉴形辨貌,能识黄埃中天子;察言观色,善知白屋③里公卿。饶他是仙子降凡尘,我也晓得他前因后果去来今。"只见张千听了这一篇大话,又忙忙地跑进来对退之说道:"相公,这算命的不为奇了,外边又有一个相面的,说得自家是康举还魂,许负④再世,何不请他进来,一发把公子相一相?"吕师晓得是钟师临凡⑤,便道:"相公说学生算命不准,且请这相面的进来,看他说话与学生相合也不相合?"退之依言,便吩咐张千去请。张千请得那相面先生到于厅上,与算命先生东西坐下。退之便指着湘子道:"请先生把这孩子相一相。"相面的先生定睛一看,便道:"两耳垂肩,紫雾盘绕;双手过膝,金光显现;天仓⑥丰满,地角⑦端圆;神清气朗,骨格坚全。若非天子门前客,定作蓬莱三岛仙。这公子不是愚痴俗子,顽蠢凡人。"吕师道:"星相两家行术不同,每每各谈己见。今日我两人言语相同,岂不是公子生成的八字,长成的骨头。"钟师又道:"相公也请端坐,待学生也把相公细看一相何如?"退之道:"学生正欲请教。"钟师把退之巾帻耸一耸起,道:"天庭高阔,地角方圆,金木肩高,土星丰厚。颧骨插天,掌威权于万里;日月角起,全忠孝于一门。五岳拱朝,名标黄甲⑧;浮犀贯顶,一生少病。鹤行龟息,局是天仙;露骨露神,终招险祸。以贫道论之:龙虎难分别,鸾凤要失群。风霜八千里,接引有呆人。"退之道:"多谢先生指教,只是这几句怎么意思?"钟师道:"这四句诗是相公一生结果,后有应验。"退之道:"我侄儿湘子四岁还不会说话,就如哑子一般,如

①　颜回——孔子得意弟子之一,好学,安贫乐道,在孔门中以德行著称。

②　子贡——姓端木,名赐。字子贡。春秋卫国人,孔子贤弟子之一。

③　白屋——不绘图彩的屋子。代指平民。

④　许负——西汉初年的占卜家,大侠郭解的外祖父。

⑤　临凡——即下凡,到人世间。

⑥　天仓——天灵盖。

⑦　地角——下巴。

⑧　黄甲——古代科举考试,甲科进士名单用黄纸,故名。

何是好?"两师道:"要公子说话,有何难哉。贫道有一丸药在此,送与相公,待明日五更时分,相公把无根净水与公子吞下肚去,他就会说话了。"退之欢喜不胜,接了这丸药,叫张千取白金二两,封作两封,送与两位先生。两师笑了一声,分文不受,附着湘子耳边嘱咐几句。嘱云:

鹤童不用苦忧心,须情前因与后因。

丹药驱除魔障净,管教指日上蓬瀛①。

嘱罢,扬长出门去了。退之着人追赶之时,杳然不知去向,但见祥云缭绕空中,瑞鹤飞鸣云外。退之自思:"这两个或是神仙也不见得,只待五鼓时分,侄儿吃了丸药便见应验如何。但他说我黄甲标名,官居台阁,不知应在几年上,过了明日,收拾盘缠赴京科举,又作理会。"正是:

时来风送滕黄阁,运退雷轰荐福碑。

有日蛟龙得云雨,春风得意锦衣归。

毕竟退之上京去否,且听下回分解。

---

① 蓬瀛(yíng)——仙境。

第 三 回
虎榜①上韩愈题名　洞房中湘子合卺②

富贵枝头露,功名水上沤③。腰金衣紫马笼头,鼻索拴来不久。
射中屏间雀,丝牵幔后红。洞房花烛喜相逢,傀儡搬毕木偶。

话说退之到得五更天气,忙忙取了无根净水,调那丹药与湘子吃。湘
子吃得下去,腹如雷鸣,喉如开锁,不一时间吐出了许多顽涎秽物,便开口
叫声:"叔父。"退之满心欢喜,道:"谢天谢地,这药果有神功。"及至郑氏、
窦氏走来问他时,他依先不开口了。退之道:"你们俱不要絮聒,他既开
口,自然会说,快去收拾行李,我且上京求取功名。倘得一官半职回来,也
替祖宗争光,了我半生读书辛苦。"当下退之辞别了家中大小,一路上餐
风宿水,戴月披星,到京科举。不期名落孙山,羞回故里,只得在京东奔西
趁,摇尾乞怜。

哪知湘子在家依然不开口说话,郑氏也没法处置,巴不得他年纪长
大,娶了媳妇,度一个种儿,以续韩门香火。看看湘子到了七岁,郑氏一病
身亡,虽亏窦氏竭力殡殓,湘子泪泣亦如成人。窦氏在郑氏灵柩前拜祝
道:"伯伯、姆姆在生为人,死后为神,韩家只得一点骨血,不知为何喑哑?
料来不是祖先之不积德,皆因你我隐行有亏,以致如此。望伯伯、姆姆在
天之灵保佑韩湘聪明天赐,智慧日增,悔脱灾除,关消煞解④,庶乎箕裘有
绍⑤,世泽长新。"拜罢,又哭。至夜,窦氏恍惚见郑氏说道:"孩儿韩湘今
日虽不会说话,到了十四岁时他自然会说。我们一家大小,日后都靠他一

---

① 虎榜——进士榜。
② 合卺(jǐn)——卺是瓢。把一个匏瓜剖成两个瓢,新郎新娘各拿一个,用来
　　饮酒,是旧时成婚时的一种仪式。此指结婚。
③ 水上沤——水泡。
④ 煞解——灾祸消解。
⑤ 箕裘有绍——继承父业。

人提拔,婶姆且请宽心。"窦氏惊觉,乃是南柯一梦①,自思:"姆姆死后英
灵若此不昧,湘子决非凡人,且慢慢抚养,看他成人,又作道理。"不题。

却说退之淹滞在京,囊空袋敝,又接得嫂嫂郑氏讣音,也不能够回家,
心中无限焦愁。没奈何捱得过了三科,喜得中了乡贡进士,鹿鸣晏②过,
星夜回家。刚刚到了自家门首,撞见哑儿湘子。此时湘子恰好十四岁了,
迎着退之道:"叔父恭喜,叔父恭喜。"退之见他说话作揖彬彬有礼,就携
着他手同进屋里。窦氏出来迎接。相见已毕,退之便问道:"侄儿是几时
说话的?"窦氏道:"自相公出门至今,何曾见他开口。就是姆姆死了,也
只见他泪流满面,何曾闻得哭声。"退之道:"适才见我就说叔父恭喜,岂
不是会说话的? 不肖幸登虎榜,侄儿又喜能言,可谓家门集庆。只是哥嫂
早亡,不曾见我登科,看得湘子成人,良为苦耳!"窦氏道:"相公且省烦
恼。"湘子从旁插嘴道:"夫人不言,言必有中。"退之道:"汝不会说话,一
向不教汝读书,为何倒记得圣经贤传?"湘子道:"侄儿自从那日吃了道士
的丸药,就晓得乾坤消长,日月盈亏,世代兴衰,古今成败。那圣经贤传总
来是口角浮辞,帝典王谟③,也不是胸中实际。九州四海,具在目前,福地
洞天,依稀膝下。据侄儿愚见,为人在世,还该超凌三界外,平地作神
仙。"退之道:"知识有限,学问无穷,汝这一篇话是自满自足,不务上进的
了,如何是好? 必须请一位好先生教汝勤读诗书,才得功名成就。"湘子
道:"侄儿有诗一首呈上叔父。"诗云:

不读诗书不慕名,一心向道乐山林。

有朝学得神仙术,始信灵丹自有真。

退之道:"这诗是谁人教汝做的?"湘子道:"固当面试,奈何倩人④?"退之
道:"汝既如此聪明,怎么说不要读书? 那读书的身上穿的紫袍金带,口
中吃的是炮凤烹龙,手执着象牙简,足踹着皂朝靴,出入有高车驷马,寝息
有舞女歌姬。喝一声,黄河水倒流三尺;笑一声,上苑花烂漫满林。真个

---

① 南柯一梦——指梦境。
② 鹿鸣晏——"晏"通"宴"。科举考试后州县长官宴请主考官及中榜者的宴
   会。
③ 帝典王谟——泛指古代典籍。
④ 倩人——请教他人。

是我贵我荣君莫羡,十年前是一书生也。"湘子道:"我书倒要读,只是我前生不曾栽种得腰金衣紫的身躯,嚼凤烹龙的唇舌,乘车跨马的精神,倚翠偎红的手段,只好山中习静观朝槿①,松下谈经折露枝。我有小词,叔父请听。词名《上小楼》:

> 我爱的是山水清幽,我爱的是柴门谨闭;我爱的小小曲曲,悄悄静静茅庵底;我爱的喜孜孜饮数杯,如痴如醉;我爱的日三竿,鼾眠未起。

退之道:"你说的话不僧不俗,不文不武,都是些诐词②呓语,岂是个成器的人。"湘子道:"叔父听我道来。"

> 〔哪吒令〕我若做大人,佩金鱼③挂紫袍;若做客人,秦庄妄有亲;我若读三史④书,也须学车胤⑤;我若做个道人,步霞卧云。这三人惟道独尊。

> 〔鹊踏枝〕我只待住山林,整丝纶,为道人,草舍茅庵过几春。巨富的大厦高门,居官的位尊台鼎⑥,都不如草履青巾。

退之道:"小小孩童,本是聪明伶俐,为何甘心做这沿门求乞的勾当?"湘子道:"叔父!

> 你将我做神童看,只恁般小灭人⑦。我将那神童只当儿曹认,大成儒也只当庸人论。富家郎岂是我韩湘子伦。你说道前遮后拥做高官,只怕着一朝马死黄金尽。"

退之道:"任汝说来说去,说得天花乱坠我也不听,只是要汝读书,改换门闾⑧,光显父母,我方心满意足。"湘子道:"叔父不必忧疑,若要改换门闾,光显父母,有何难处。"退之道:"汝肯向上,才是韩门有幸。学士林圭同

---

① 槿——木槿。树名。
② 诐(bì)词——偏颇的话。
③ 金鱼——唐代三品以上官吏佩的鲤鱼形金符。代指官位。
④ 三史——指《史记》、《汉书》、《后汉书》。
⑤ 车胤(yìn)——晋人。幼时刻苦勤读,家贫无灯,曾用袋装萤火虫照明读书。
⑥ 台鼎——指三公、宰辅。
⑦ 小灭人——小看人。
⑧ 门闾——此指家族的地位。

我赴京时节,一路上说有女芦英,年方及笄①,许汝为妻。目下择个吉日良时,娶过门来,成其夫妇,接续后嗣,我才放心。"湘子道:"谨依叔父严命。"当下退之就叫张千去对阴阳先生说道:"我相公要与大叔完亲,劳先生择一个续世益后不将②的吉日。"张千领命,走去对那阴阳先生说了。

那先生姓元名自虚,号若有,向年是一个游手游食研光的人,头上戴着一顶六楞帽子。一日走在外县去,被一个戴方巾的相公羞辱了一场,他忿气不过,道:"九流三教都好戴顶方巾,我就不如你,也好戴一顶匾巾,如何就欺负我?"当时便学好起来,买了几本星相地理、选择日子的书,逐日在家中去看,又寻得一本《历朝纲鉴》,也在家中朝夕念诵。把这几本书都记熟了,便在人前之乎也者,说起天话,掉起文袋儿来,夸奖得自家无书不读,无事不晓,通达古今,谙练世故。只是时运不济,不曾做得秀才,中得举人、进士,其实是个三脚猫儿,一件也是不到家的。谁知那昌黎县城里城外这些有钱有势的主子,都是肚子里雪白,文理不通的,平日只仗着这些钱势去呼吓人,一时见元自虚说出了这许多才干,便被他惊倒了,骗得滴溜儿团团转,那一个不称赞元自虚是个才子,人间少二,世上无双。自虚便戴起一顶方巾,穿件时样衣服,门前贴下一个招牌,写道:"阴阳元若有在此,得遇仙传,与人择日合婚,夫荣妻贵,兼精地理,催官救贫。"因此上昌黎县里大小人家都来寻他合婚、下葬。那有时运的,便婚也合得成,葬也下得吉;那没时运的,不知吃他坑了多少,只是人上再也不埋怨着他。也有送酒米的,也有送银钱的,也有送布帛的,也有送柴炭的,也有送什物家伙的,也有送书画册页的,至于饮食肴馔,时常有人送来与他。一个光拳头精臂膊的人,平空的挣了一份家计,也是他时来福凑,运限顺利的缘故。

其日,张千一径来寻着他,与他说了。元自虚便道:"既蒙你相公吩咐,我拣一个登云步月、附凤攀龙的上好日子送到你相公家里,只要相公重重谢我。"张千道:"你只要拣得好,我回去对相公说,一定不轻薄你。"元自虚道:"张大哥,凡你百撺掇一声,我扣除一个加二谢你。"张千应允,

---

① 及笄(jī)——笄是古代束发用的簪子。古代女子已定婚者十五岁即以簪束发,以示成人。

② 不将——风水先生选择的吉日。

作别去了。

　　元自虚走进屋里，欢喜道："韩退之是一个知趣识宝的人，不比那白丁①，今日来照顾我择一个日子，须用心替他拣个上好吉日送去，极少也有三五两刮他的，只是我口里虽然说得，却不晓得旺相孤虚，时日变换，如何是好？且把家中有的历书都搬出来，仔细对他一个好日子送去，也不枉了名头。"这元自虚果然搬出许多通书摊在桌子上，毕竟是那几样书：

　　　　一部是《通书捷径》，一部是《选择类篇》，一部是《九天嫁娶
　　图》，一部是《六合婚姻历》。《阴阳图》、《遁甲局》，列后摊前；《婚娶
　　经》、《黄籍科》，遮左沓右。翻一翻，各家主意不同；看一看，诸书见
　　解各别。这先生虽然去堆垛翻腾，却合不出一个不将续世

元自虚翻来覆去，看不出一个好日子来，只得叹一口气道："这二月十三日虽是个神仙日，犯着孤鸾寡宿，却合得周堂，且写去与韩家，但凭他自做主张罢。"乃忙忙的拿一个南京双红帖子，写道："甲申年，乙卯月，丙辰日，戊子时。天喜临门，贵星照户，玉堂金马，紫微福德，都合聚在这一日。若公子毕姻之后，定为鸣珂②佩玉摆暐③，上凤阁龙楼，积宝堆金，赛过铜山珠海，几十年内也凑不着这个日子。"当下送去。退之看了，满心欢喜，连忙取三两银子送与元自虚。元自虚接银到手，欢天喜地的回家去，于中称出六钱头谢了张千。张千也快活得了不得。

　　退之又叫张千来，吩咐他去打点聘礼羹果，和窦氏商议置办钗环缎匹，接那许媒人来到林学士家，说要下盒做亲。林学士并不推辞，到了吉日，请到诸亲百眷，开盒看礼，怎见得那礼的齐整处：

　　　　扎结縠花都是犀珠宝石，金花五蕊响丁当；镶嵌钏钗尽皆白珩④
　　赤瑕⑤；碧玉鸦青光闪烁；簪头龙天娇环面，凤翱翔玉树玲珑。宝冠
　　喷焰，金鱼吸浪，翠叶迎风。十六羹，十六果，盘中色色锦攒，百尺缎，
　　千两银，盒内般般花簇。前捐着金鼓旗，鼓吹热闹，高擎着黄罗伞，罗

---

①　白丁——目不只丁的文盲。

②　鸣珂——马脖颈上的玉饰。

③　摆暐(yì)——烛火通明。

④　白珩(héng)——白色玉石。

⑤　赤瑕——红色玉石。

列风光。真个是，锦攒花簇锦添花，天合地成天对地。

林学士看了这许多礼物，无限快乐，赏了来使，回了吉帖；一面打点嫁妆首
饰，把芦英小姐嫁到韩家，与湘子成亲。那芦英生得如何：

　　眼横秋水，眉尽远山。眼横秋水，犹如水月观音；眉尽远山，好似
汉宫毛女。身穿着挑描刺绣百花衣，脚蹋着飞舞盘旋双凤履。湘裙
款蹙①，罗袜低垂，彩袖蹁跹，霓裳潇洒。果然是姿容娇艳，有沉鱼落
雁之容；德性温柔，有举案齐眉②之德。

退之娶得芦英小姐进门，喜悦不胜。喜的是湘子蘋蘩③有托，韩门胤嗣④
可期，料他一点修行念头，从此如石沉水。谁知道华堂席散，花烛归房，芦
英卸下浓妆，面壁而坐，湘子衣带不解，隐几⑤而眠，两个全没一些情况，
过得一夜。荏苒三朝满月，芦英也照例回门，不在话下。

　　一日，窦氏与湘子说道："芦英小姐回去许多日子，汝也该去看望她
一遭，才是个道理。"湘子道："芦英、湘子各自一体，既非比目鱼，又非连
理树，我去看她有何益处？"窦氏道："夫夫妇妇，人道之常；一唱一随，人
情之至。况鸳鸯交颈而眠，鹣鹣⑥比翼而飞，畜生尚有夫妇之情，何以人
而不如鸟乎？"湘子道："婶娘，你只晓得畜生有交颈比翼之爱，恰不晓得
光阴迅速，驹隙⑦抛梭，无常到来，不能躲避的苦。且听侄儿道来：

　　养鹅鸭群来群往，做鹣鹣捉对成双，为人怎学众生样？夫妻本是
同林鸟，大限追来，不怕你割肚牵肠。少不得收声放气，两下分张。
看将来，好一似水上浮沤草上霜，空落得回头望。"

窦氏道："人生自古谁无死，留取丹心照汗青。死怎么怕得。汝父母早
亡，我罗裙搂抱，抚养得汝成人长大，与汝娶了妻子，只指望汝多男多福，

---

①　款蹙(cù)——徐缓貌。
②　举案齐眉——夫妻和睦恩爱。东汉孟光给丈夫梁鸿端饭时，总把端饭的盘
　　子举得高高的。后人用以形容夫妻相敬。
③　蘋蘩——《诗经》有《采蘋》、《采蘩》二篇。后用以借指能遵祭礼之仪或妇
　　职。
④　胤嗣——后代。
⑤　隐几——靠着几案。
⑥　鹣(jiān)鹣——一种似凫的水鸟。
⑦　驹隙——喻时光迅逝如马过小隙。

接续韩门香火，做坟前拜扫之人，怎么今日说出这般话来，可不痛杀我也！"湘子道："婶娘不消烦恼，侄儿一从尊命便了。"窦氏道："汝若依从我的说话，就是孝顺孩儿，保汝早登黄甲，封妻荫子，也不枉了伯伯姆姆生你一场；若不听我的言语，你就去修行辨道，也是忤逆子了，只怕天上没有一个忤逆神仙。从古说得好：

　　孝顺还生孝顺子，忤逆还生忤逆儿。

　　若能孝悌兼忠信，何须天上步瑶池。

毕竟不知湘子肯去看芦英小姐也不去，且听下回分解。

第 四 回

洒金桥钟吕现形　睡虎山韩湘学道

　　蓬莱三岛是吾家，一任那尘世里喧哗。因缘漏泄，万里烟霞，翠竹影瑶草奇葩。霎时间，浑无牵挂，俺洞府自有那白鹿衔花。

　　话说当日窦氏把湘子说了一番，湘子只得依从窦氏说话，去探望芦英一次。

　　倏忽间过了数月，退之上京会试，高登金榜，初授观察推官，迁四川监察御使，不二年间，历升刑部侍郎，接了窦氏、湘子、芦英，一同在长安居住。一日朝罢归来，路从洒金桥经过，见桥东坐着一个道人，生的豹头暴眼，虎背龙腰，紫膛色面皮，珞腮须胡子，头挽着阴阳二髻，身穿一领皂纱袍，持一管镔铁笛①，约摸来力能扛鼎，赛过子胥②；气可断桥，度越翼德③。桥西坐着一个道人，生的眉清目秀，两鬓刀裁，面如傅粉④，唇若涂朱，头戴一顶九阳巾，身穿一件黄氅衣，约摸来是兴大汉的子房⑤，扶炎刘的诸葛⑥。退之神酣心醉，思量这两位必是异人，遂近前问道："坐在桥东那位先生何方人氏？住居哪里？因恁出家修道？"那道人答道："老夫与大人同辈不同朝。"退之道："怎的叫做同辈不同朝？"那道人道："大人是唐朝刑部侍郎，老夫是汉朝一员大将，总兵戎要路，坐帅府衙门，岂不是同辈不同朝？"退之道："既与皇家出力，辟土开疆，只合河山带砺，与国同休⑦，为怎么弃家修行，装束这般模样？"道人道："大人有所不知，因我王

---

　　① 镔(bīn)铁笛——精炼的铁制成的笛子。

　　② 子胥——即伍子胥。

　　③ 翼德——三国时刘备手下大将张飞，字翼德。

　　④ 傅粉——涂粉。

　　⑤ 子房——西汉开国功臣张良。

　　⑥ 诸葛——指诸葛亮。

　　⑦ 同休——同享福乐。休，吉庆，欢乐。

损害三贤,只得深藏远避。"退之道:"害哪三贤?"道人道:"三齐王韩信①,大梁王彭越②,九江王英布③。这三贤困卧马鞍桥④,渴饮刀头血,明修栈道,暗渡陈仓,在九里山赶田横入海,在乌江渡逼项羽身亡,帮汉高祖夺了楚秦天下,后来死得不如猪狗。因此贫道弃了官职,奔上终南山,埋名隐姓,跟东华帝君学道,得证仙阶,老夫乃汉之钟离权也,原是河间府任邱县人。"退之又道:"桥西坐着那一位先生是哪方人氏?住居哪里?可与钟离先生是一辈不是?"那道人道:"贫道乃本朝士子,祖贯是河中府夏县人也,生来颇读几行书,文章冠世,志气轩昂,曾与李子英同往东京赴试,前到邯郸十里黄花铺垂杨树下,得遇钟离师父,度我三遭四起,不肯回心。他把那芦席一片化作一座地狱,内有十大阎君,把我一灵真性摄在葫芦内,我梦醒回来,方才晓得为官者不到头,为富者不长久,于是弃儒修行,得成正果,我便是两口先生也。"有诗为证,诗云:

> 朝游碧海暮苍梧,袖里青蛇胆气粗。
>
> 三醉岳阳人不识,朗吟飞过洞庭湖。

退之道:"据二位先生这般说话,真是文欺孔孟,武过孙吴,一文一武,也所罕见。学生家下三辈好道,七辈好贤,愿邀先生到舍奉款素斋,不知尊意若何?"钟师道:"既蒙大人错爱,贫道自当造府参拜,何敢叨斋。"退之挽着吕师手道:"学生与两位先生同步到舍何如?"吕师道:"大人是当路宰官,贫道是山野鄙夫,逐队步趋,有失观瞻,请大人先行,贫道随后便至。"退之道:"先生不可失信。"吕师道:"大人尊前,岂敢诳语。"

退之具然先到家中,顷刻间两师也到。退之下阶迎接,坐下吃茶。忽见湘子当面走过,望着两师作揖。钟师道:"此位何人?应得妨父克母。"退之道:"这是小儿。"钟师道:"若是公子,贫道人失言了。"退之道:"是学生侄儿,叫做韩湘子,三岁上没了先兄,七岁上没了先嫂,如今是学生抚养。"吕师道:"此子有三朝天子分,七辈状元才,若不全家食天禄,定应九

---

① 韩信——西汉初人。助刘邦夺天下有功,先封齐王,后封楚王,后贬为淮阴侯。终因功高震主被诛杀。

② 彭越——刘邦手下一员勇将,后以谋反罪被杀。

③ 英布——西汉初年功臣,后被刘邦以谋反罪诛杀。

④ 马鞍桥——即马鞍。

族尽升天,何患不荣华富贵乎!"钟师道:"只是一件,此子目下运行墓库,做事多有颠倒,直交十六岁方才得脱,须请一位好师傅提撕①警觉他一番,庶不致错走路头耳。"退之道:"愚意正欲如此,只是未得其人。请问二位先生,何以谓之天?"钟离道:"牛两角、马四蹄之谓天。"又问:"何以谓之人?"吕师道:"穿牛鼻、络马腹之谓人。不以人灭天,不以故灭命,不以欲害真,谨守而弗失,是谓合其真。"钟师道:"既蒙大人下问,贫道亦有一言请教。"退之道:"愿闻。"钟师道:"天地人谓之三才,何以天地历元会而不变,这等长久? 人生天地间,含阴抱阳,修性立命,为何有寿若彭铿②,夭若颜回? 又有一等殇子③,这般寿夭不齐,却是何故?"退之沉吟半晌,默无一答。吕师道:"人人可以与天地齐寿,人自不悟耳。"退之道:"舜禹相传,人心惟危,道心惟微,不知人心可无乎?"吕师道:"剑阁路虽险,夜行人更多。"退之道:"道心可有乎?"吕师道:"金屑虽珍贵,着眼亦为病。"退之道:"吾其以无心有心乎?"钟师道:"曾被雪霜苦,杨花落也惊。"退之道:"吾其以有心无心乎?"钟师道:"不劳悬古镜,天晓自鸡鸣。"退之道:"所谓有心尽非乎?"吕师道:"不得春风花不开,花开又被风吹落。"退之道:"所谓无心独妙乎?"钟师道:"曙色未分人尽望,及乎天晓也寻常。"退之见两师大有议论,尽可教训湘子,便道:"学生家中有座睡虎山,山内盖一座九宫八卦团瓢,尽自清闲潇洒,意欲屈留两位先生在于团瓢之内,一位教舍侄习文,一位教舍侄习武。若得舍侄学成文武艺,货与帝王家,学生心愿毕矣,不知尊意若何?"两师道:"贫道俱是山野村夫,胸中实无经济才略,荷蒙大人俯赐甄收④,敢不用心教训公子。只是大人要始终如一,不可听信谗言,见罪贫道。"退之待了两师的素斋,便叫张千、李万领两位先生到团瓢内去,又吩咐湘子勤紧学习,以图荣显祖宗,不在话下。

　　且说钟、吕两师同湘子到于团瓢之内,过了一日,也不开口教湘子习

---

① 提撕——提醒。
② 彭铿——传说中人物。相传为颛顼帝玄孙陆终氏的第三子。姓篯,因封于彭城,其道可祖,故又称彭祖。据说其寿长达八百岁。
③ 殇(shāng)子——未成年而死。
④ 甄收——鉴别接受。

文,也不教湘子习武,两个只是闭兑①垂帘,跏趺②静坐。湘子见两师光景,又不敢问,只得又迟一日。看看到第三日,只见钟师吹起铁笛,吕师唱起道情,道:

> 叹水火两无情,欲火煎熬损自身。还须着意多勤慎。阴阳自生,筑基③炼神,降龙伏虎④休狂奔。养其身,调神息气,内外两无侵,内外两无侵。

唱罢道情,才叫湘子道:"韩公子,你近前来,我且问汝。"湘子鞠躬,立在两师面前。钟师道:"令叔大人请我二人教训公子,我二人敢不尽心! 只是不知公子愿学长生二字,愿学功名二字?"湘子道:"敢问师父,功名二字如何结果?"钟师道:"教汝经书坟典,韬略阴符,上可以保国安民,下可以戡凶定乱。逢时遇主,博得一官半职,坐着高堂大厦,出入有轻裘肥马,平白地显祖荣宗,封妻荫子,万人喝彩,这便是功名。但是无常一促,万事皆空,到头来终无结果。"湘子道:"如何是长生二字?"吕师道:"传汝筑基炼己功夫,周天⑤火候秘诀,吐浊纳清⑥,餐霞服气,白日升天,赴蟠桃大会,发白再黑,齿落更生,日月同居,长生不老,这便是长生的结证。两样作用如霄壤之隔,公子心下愿学哪一样?"湘子道:"弟子愿学长生。"两师道:"这个工夫不比文艺,鲁莽不得,断续不得,所谓用志不分,乃凝于神也。"有诗为证:

> 堪叹凡人闹我家,蟠桃云雾霭烟霞。
> 眉藏火候非轻说,手种金莲不自夸。
> 三尺焦桐为活计,一壶美酒作生涯。
> 骑龙远远游三岛,夜静无人玩月华。

两师叫湘子道:"徒弟,如今是怎么时候了?"湘子道:"师父,鼓打一更了。"两师道:"仙有数等,汝愿学哪一等?"湘子道:"秀才岁考,便有一、

---

① 闭兑——"兑"原指孔穴。这里指关门。
② 跏趺——盘腿而坐,脚背放在股上,是修行者的一种坐法。
③ 筑基——道家炼内丹时先排除欲念,安神止息,称筑基。
④ 降龙伏虎——指排除欲念。
⑤ 周天——炼内丹时,周身调养气息。
⑥ 吐浊纳清——吐出浊气,吸入新鲜气息。

二、三、四、五、六等的分别,做神仙怎么也有等数?"钟师道:"不是这个等第之等,仙有天、地、人、神、鬼五样不同。"湘子道:"愿闻其详。"钟师道:"阴神至灵而无形者,鬼仙也;处世无疾而不老者,人仙也;不饥不渴,寒暑不侵,遨游三岛,长生不死者,地仙也;飞空走雾,出幽入冥,倏在倏亡,变幻莫测者,神仙也;形神俱妙,与道合真,步日月而无影,入金石而无碍,变化多端,隐显难执,或老或少,至圣至神,鬼神莫能知,蓍龟①莫能测者,天仙也。"吕师道:"绝嗜欲,修胎息,颐神入定②,脱壳投胎,托阴阳化生而不坏者,可为下品鬼仙;受正一符箓③,上清三洞④妙法,及剑术尸解而得道者,可为中品人仙、地仙;炼先天真一之气,修金丹⑤大药,汞龙升,铅虎降,凝结黍米之珠,则为上品神仙、天仙。"湘子道:"弟子尝闻古语云:学仙须是学天仙,唯有金丹最的端。望师父把那金丹大道传授与弟子。"两师道:"汝既愿学天仙,汝的志向是好的了,只怕汝鲁莽灭裂,中道而废,枉费了我们普度的心机,绝了后来修真门路。"湘子道:"师父若肯指教,弟子岂敢懈弛。"两师道:"居,吾语汝,汝须牢记,不可泄漏。"湘子拱立而听。两师唱道:

〔五更转〕一更里端坐,慢慢调龙虎,润转三关⑥,透入泥丸路⑦。龙盘金鼎⑧,虎咽黄庭⑨户。得些功夫,等闲休诉,等闲休诉。

二更里,二点敲,阴阳真气妙。上下三关,莫教错了。婴儿姹女得黄婆⑩,自然匹配了,自然匹配了。

---

① 蓍龟——两种古代占卦方法。蓍用草,龟用牛骨龟甲。
② 颐神入定——全神贯注,意念高度集中。
③ 符箓——道教写有图案线条的纸符,据说能驱祸。
④ 上清三洞——道教中最高仙境。
⑤ 金丹——即内丹。一种精神凝聚现象。
⑥ 三关——炼丹运气时,由下腹通向头部必须经过的三道关口,即尾闾穴、夹背关、玉枕关。
⑦ 泥丸——头的代称。
⑧ 金鼎——在下丹田之上。
⑨ 黄庭——指腹部丹田处。
⑩ 黄婆——意念。

三更里，月明正把乾坤照。产药①根苗，只在西南道。铅②遇癸生，急采方为妙。海底龙蛇，自然来相盘绕，自然来相盘绕。

四更里更妙，坎离③要颠倒。晨昏火候合天枢，子在胞中，万丈霞光照。位产玄珠④，此法真奇奥，此法真奇奥。

五更里天晓，笼内金鸡叫。有个芒童拍手呵呵笑，喂饱牛儿快活睡一觉。行满功成，自有丹书诏，自有丹书诏。"

湘子听了，牢记在心。两师道："湘子，我们把长生秘诀传授与汝了，只怕汝叔父知道，轻慢我二人。"湘子道："弟子自有主张，不必多虑。"一连教导了两三夜，到第四夜时，两师又打着渔鼓，拍着简板，唱一词教湘子。词名《梧桐树》：

一更里，调神气，心猿意马牢拴系。莫学闲游戏，闲游戏。昏昏默默炼胎息，开却天门地户闭。果然通玄理，通玄理。

二更里，传宇宙，一道灵光渐通透。龙虎初交媾，初交媾。提防三关莫要走，莫要走。

三更里，一阳动，金鼎将来玉鼎共。炼就真铅汞，戊己配元红。鼎内金花哄，金花哄。

四更里，月当空，玉镜高悬处处同。照见海东红，隔山取水闹哄哄，闹哄哄。

五更里，云收彻，灵圭弄新月。处处琼花结，琼花结。火候抽添⑤按时节，氤氲犇红雪。莫把天机泄，天机泄。

到得天晓，两师对湘子说道："我们连日教汝修炼，汝须用心勤习。汝叔父今日必然要赶我们出去了。"湘子道："任凭叔父责罚，弟子决无悔心。只是师父去了，教弟子倚靠着哪个？"两师道："这是理势使然，谚云：'夫妻本是同林鸟，大难来时各自飞。'何况师徒乎！汝只坚心定志，我们自来度汝。"说犹未了，退之着人来唤湘子并当值的去，问湘子道："汝这

---

① 产药——炼内丹时元气凝结于腹部的状态。

② 铅——指元气。

③ 坎离——坎指气，离指神。

④ 玄珠——即内丹。

⑤ 抽添——道教修炼功夫。真气上升为抽，入脑为添。

几日习读得文武经书,亦谙熟否?"湘子道:"侄儿不敢隐瞒叔父,两位师父教侄儿的是一部大道《黄庭经》,不读怎么文武经书。"退之怫然①不悦,再问当值的道:"大叔与这两位先生连日所习何事? 所讲何书?"当值的道:"两个道人教大叔一更打坐,二更飞升,三更四更只是打渔鼓唱道情。"退之听了,一时心头火起,紫涨了面皮,便拿竹片打湘子,道:"汝爹爹弃世,托我看汝,教汝读书,只指望汝成人长大,光显祖宗,谁知汝这般痴呆,要学修行结果,玷辱门闾,怎不气杀我也!"湘子道:"是叔父请这两个师父教我的,不是侄儿自己生发出来的,如何打我?"窦氏在旁再三劝道:"他爹娘早丧,孤苦伶仃,虽是我们恩养成人,也须索三思教训,不要惹旁人议论。"湘子哭道:"赖叔婶养育成人,今后再不敢违严命了。"退之道:"夫人既劝我,我且不打这畜生,汝快进去勤攻书史,休学那出家的勾当。"一面叫当值的:"快去唤那两个道人来,赶他出去,绝了这根苗,不怕湘子不学好。"

果然,当值的去叫两师道:"先生,老爷有请!"钟师道:"纯阳子,那冲和子迷昧前因,来请我和你,要赶出门。我们且去见他,看他有恁话说。"两师随了当值的走到退之跟前,稽首道:"韩大人,贫道见礼。"退之怒喝道:"谁与你这般人见礼不见礼! 你两个可是有些儿人气的么?"两师道:"大人请我们两人训诲公子,岂不晓得尊师重傅的,却为何不以礼相待?"退之道:"我留你两人教侄儿习文演武,以图进取,你如何终日教他打渔鼓唱道情? 岂不是贼夫人之子! 哪道情可是好人唱的?"两师道:"大人,贫道何曾教他唱道情来?"退之道:"我侄儿已是招承,汝两人如何还白赖? 快快出门去吧,休得在此胡缠!"两师道:"我出家人是随缘的,有缘则住,无缘则去,何须发恼!"便向里面叫道:"韩湘子,我们今日去了,汝以后若要寻我们时,可到万里外终南山来,我们在那里等你。"湘子跑出来道:"师父,快不要去,只在这里教训弟子。你若去了,弟子来寻时就难得见了。"两师道:"汝叔父既赶我们出门,有何面目再在汝家里!"湘子道:"弟子情愿跟了师父同去。"退之一手扯住湘子,叫:"张千、李万,把这两个野道人推出去!"两师道:"大人在上,贫道唱一首小词答谢大人错爱,便出门了。"词名《沽美酒》带《清江引》:

---

① 怫然——不悦貌。

想为官有甚好，看富贵似波涛，不如俺色空清净破衲袄。掩柴扉静悄，也不恋雌鸡叫。紫罗袍，煞强如傀儡棚中喧闹，荣华的似瑞雪汤浇。闲伴着仙童采药苗，闷把瑶琴操。操的是古调，鹤鸣九皋，一任旁人笑。

退之道："快出去！我也懒得听这般说话。"两师唱：

有一日削禄祸难逃，蓝关雪拥长途道，那时方晓。

唱罢，拂袖而去。诗云：

大袖遮三界，遨游遍九天。

腐儒无眼力，不识大罗仙。

退之见两师去了，便把湘子领在书房中，关锁他在一间房里，吩咐当值的小心看守，不许放他出来胡行乱走。正是：

埋怨当初二道人，绮言绮语哄儿身。

如今斩草除根净，撇下黄庭内景经。

那湘子被锁在房中，并没怨畅意思，只是勤苦修炼，坐唱道情。有《黄莺儿》为证：

慢慢自沉吟，下深功，受苦辛，经行日夜眠不稳。要见本来那人，把心猿紧萦，三关运转，透入《黄庭经》。炼真精，刀圭不用，天理自相生。

忽见那牛奔，鼻撩天，吼一阵，摇摇摆摆擒不定。拽住了那绳，休教乱行，往来日夜跟随紧。牧牛人，丹田界，管取稻花生。

这湘子虽然昼夜勤修，毕竟不知后来若何，且看下回分解。

第 五 回
砍芙蓉暗讽芦英　候城门众讥湘子

　　白发萧萧两鬓边，青山绿水总依然。人生何异南柯梦，捻指光阴十八年。十八年，景物鲜，旃檀紫竹隔尘凡。且将龙女擎珠出，鹤驭盘旋下九天。

　　不说退之锁闭着湘子，且表夫人窦氏思量："伯伯在日，朝夕拜祷天地，求得这个侄儿湘子，不料生下来整日啼哭，费尽了心神，幸而养得长成，替他娶了林学士的女儿芦英，今已三年，并没男女花儿，岂不是韩门该绝。常闻犀牛望月，角内生祥；蚌蛤含珠，朝阳游戏。芦英这般不生长，如何是好？"心生一计，唤梅香请芦英出来，问道："阶下那一枝是什么树？"芦英道："婆婆，是一枝芙蓉树。"窦氏道："叫梅香拿刀来，砍了这枝树。"芦英道："婆婆，莫要砍他，留下与媳妇早晚看看罢。"窦氏道："我只见他开花，不见他结子，要他何用？"芦英道："婆婆，花与人相似，人生总是花，雄花不结子，雄笋不抽芽。"窦氏道："媳妇，我说与你听：石上栽芙蓉，根基入土中，好花不结子，枉费我儿功。"芦英道："一片良田地，懒牛夜不耕；春时不下种，苗从何处生？"窦氏道："原来如此。梅香，快请大叔来，待我问他。"梅香道："老爷关锁大叔在书房内，哪个敢放他出来。"窦氏便把钥匙递与梅香，叫她去请湘子。湘子道："夫人叫我，有何事故？"梅香道："夫人与小姐在堂上絮絮叨叨，不知说些什么话，叫我来请大叔去会问。"湘子只得近前相见。窦氏道："侄儿，我娶芦英小姐为汝为妻，只指望生男育女，接续香火。今已三载，并不生育，我心中好不忧闷。适间问她，她说汝居室情疏，恩爱间阔，这是何故？"湘子道："婶娘不必问我，我有诗一首，念与婶娘听。"诗云：

　　　　惜精惜气养元神，养得精神养自身。

炉①中炼就大丹药②，不与人间度子孙。

窦氏听见湘子说出这话，便哭道："我儿差矣！自古男子生而愿为之有室，女子生而愿为之有家。汝年纪小小的，妻子又少艾③，如何不思想接续祖宗香火，说出这等绝情绝义的话？伯伯姆姆死在九泉也不瞑目了。"湘子道："佛言人系于妻子，七宝舍宅之，其患有甚于牢狱。牢狱有散逸之文，妻子无合魂之理。情欲所爱，投泥自溺。人能透得此关，即出尘世，是以侄儿与芦英相敬如宾，望婶娘恕罪。"芦英道："这事羞人答答的，说他怎么。"一溜烟跑入房中去了。窦氏扯住了湘子，再三再四劝谕他。湘子道："婶娘，你哪里晓得，生死事大，非同小可，古人有言说得好：

　　三个鱼儿一个头，同心合胆水中游。

　　愚人不识鱼儿意，不是冤家不聚头。"

　　窦氏与湘子正在那里絮聒，恰好退之朝中回来看见了，便道："夫人，在此说些什么？"窦氏道："我在此劝湘子读书。"退之道："湘子是我锁在书房内的，哪个放他出来？"窦氏道："老身取钥匙放出来的。"退之道："湘子过来，我且问汝，汝这几日所读何书？所作何事？"湘子道："仲由④说：'有民人焉，有社稷焉，何必读书，然后为学。'"退之提起竹片把湘子就打，道："汝这痴呆蠢子！也曾晓得孔子说：'是故恶夫佞者'么？"湘子道："孔子问礼于老聃⑤，老聃便是仙人的宗祖，道侣的班头，孔子也不曾说他御人以口给，叔父怎的就把一个佞字儿加我？"退之道："知雄守雌，知白守黑，便是老聃之教。老聃也何曾文过饰非？汝既要学道修真，须索要读书明理，为何丢了黄金掰绿砖？我只打死汝这不才畜生便了！"提竹片乱打湘子一顿。湘子叫道："婶娘救我一救，叔父打得我太重了。"窦氏跪下劝道："相公，你哥嫂临终之时再三嘱咐相公爱护湘子，今日这般打他，晓得的说是相公教训这不肖子，不晓得的只说相公负了哥嫂嘱咐，不看管他，望相公且饶湘子这一次。"退之哭道："夫人，人家养得儿子，指望成

① 炉——内丹家以人体为鼎炉，以炼气化神。
② 丹药——即炼成的内丹。
③ 少艾——年轻漂亮。艾：漂亮，好看。
④ 仲由——孔子弟子，字子路。
⑤ 老聃——即老子，又称李耳。为道家创始人，被道教尊为始祖。

人,求取功名,改换门闾,我家止有这不肖之子,又不肯读书习上,反学那云游乞丐营生,耽误青春。呜呼老矣,是谁之愆①? 谚云:'桑条从小欝,大来欝不直',怎么教我不打这畜生!"窦氏道:"韩家只有这一点骨血,恨只恨当初错留那两个道人,把他哄坏了。"退之道:"我留那道人,只指望他习文学武,做一个文武全才,替朝廷出力,与韩门争气。谁知这道人哄他出家,误了他终身。如今再休提起这话,只是紧紧的教训他,自然回心转意了。"窦氏道:"相公且省烦恼,待老身慢慢劝他学好就是。"退之方才放手。

湘子回到书房中,闷闷不乐,坐在那里调神运气。两个当值的近前道:"大叔不要愁烦,我们寻些怎么替大叔解闷何如?"湘子道:"世上有什么东西解得闷?"当值的道:"插牌、斗草、打双陆、下象棋、绰纸牌、斗六张、掷骰子、蹴气球,都是解得闷。"湘子道:"这些博戏都要耗散精神,消费时日,我不喜欢去弄他。"一个道:"吃酒可以解得闷。"一个道:"果是酒好,快些拿来,待大叔吃几碗,把那愁都赶了去。"湘子道:"怎见得饮酒可以解闷?"这一个道:"酒是仪狄②所造,好者甘香清冽,称为青州从事;恶者浑浊淡酸,号为鬲③上督邮。春时有翠叶红花,可以赏心乐事;夏时有凉亭水阁,可以避暑乘阴;秋时有菊蕊桂香,可以手挼④鼻嗅;冬时有深山霁雪,可以逸性陶情。趁着四时的景物鲜妍,携樽挈榼⑤,邀二三知己友人,吃三喝五,掷绿推红,覆舄⑥杂眯,觥筹交错,那时节百虑俱捐,万愁都卸。这才是:断送一生唯有,破除万事无过,远山横黛蘸秋波,不饮旁人笑我。"湘子道:"酒能迷真乱性,惹祸招灾,故大禹恶旨酒而却仪狄,只有那骚人狂客,借意忘情,取他做扫愁帚,钓诗钩。我却不欢喜吃他。"一个道:"天有酒星,地有酒泉,圣贤有酒德。尧舜千钟,仲尼百瓢,子路嗑嗑,也须百榼。李白贪杯而得道,刘伶⑦爱饮以成仙。从古至今,不要说圣贤

---

① 愆(qiān)——过失。
② 仪狄——相传夏禹时发明酿酒的人。
③ 鬲(lì)——古代炊具。
④ 挼(nuó)——揉搓。
⑤ 榼(kē)——古代盛酒器。
⑥ 履舄(xì)——鞋。
⑦ 刘伶——西晋人,竹林七贤之一。性嗜酒,被后世尊为酒神。

君子与他周旋不舍,就是天上吕神仙①,也三醉岳阳人不识。从来没有一个是断除不吃的,大叔为何说他这许多不好?"湘子道:"你们哪里晓得这酒的不好,古来有诗为证,我且念与你们听着。诗云:

仪狄当时造祸根,迷真乱性不堪闻。

醉时胆大包天外,惹祸招灾果是真。"

一个道:"大叔,酒既解不得闷,我们领大叔到秦楼楚馆之中,邀几个知心帮闲的朋友,烹龙毂凤,拆白道绿,低唱浅斟,偎红倚翠,直到那日上三竿,犹自鸾颠凤倒,蝶恋蜂狂,一点灵犀沁心透骨。真个可解闷也。"湘子道:"若说起色,一发是陷人坑了,如何解得愁闷?古来也有诗为证:

二八佳人体似酥,腰间仗剑斩愚夫。

虽然不见人头落,暗里叫君骨髓枯。

古人又有诗专说这酒色财气四样的不好,我也念与你们听。诗云:

酒色财气四堵墙,多少迷人里面藏。

若有世人跳得出,便是神仙不老方。"

当值的道:"依大叔这般说,人都在愁城中过日子了,怎么得一日快活?"湘子道:"果然人是在愁城中过日子的,有〔山坡羊〕为证,你们听着:

想人生空忙了一世,攒家财都成何济?看看年老,渐渐把你容颜退。亲的是你儿,热的是你女,有朝一日无常来到,哪一个把你轮回替?伤悲!不回头,待几时!伤悲!叶落归根在哪里?"

当值的道:"大叔小小年纪,哪里去学得这许多说话来?可不辜负了老爷夫人抚养的恩念。"湘子道:"你们且安心去睡,不要在此絮叨。"当值的唯唯②而退,背地里商议道:"老爷吩咐我们仔细看守大叔,我们必须小心谨慎,不可托大误事。"一个道:"我和你假睡在门外,听他说些怎么言语,若是他走了出来,就一把捉住了他,通报老爷便是。"这个道:"说得有理,大家小心仔细。"湘子在房中暗忖:"叔父如此严谨,终久误我修行大事。我算起来三十六着走为上着,此时不走更待何时?"只得捱到二更天气,脱了靴帽衣袍,挽起阴阳双髻,穿上一领布衣,悄悄地走到窦氏房门外,拜辞道:"我韩湘自幼蒙婶娘恩养成人,未曾报答,今日不孝抛撇了婶娘,不知

① 吕神仙——即吕洞宾。八仙之一。

② 唯唯——唯唯诺诺,顺从貌。

何年月日,再得相见?"又到芦英房前说道:"小姐,我虽与你做了三年亲,却是同床不同枕,同席不同衾①,有名无实,误你一生。今朝别你修行去,两下分离不要悲。"湘子拜辞已罢,听见谯楼②上鼓打三更,欲要往前门走,无奈前门紧闭,只得留诗一首,爬墙而走。诗云:

懒读诗书怕做官,日高兀自抱琴眠。

今朝跳出迷魂阵,始信壶中别有天。

到得天明,两个当值的不见了湘子,抱着他的巾靴衣服,在那里假哭。退之走来,问道:"汝两个为何在此啼哭?大叔如今在哪里?"一个道:"老爷,不好说得,怪哉,怪哉!虾蟆生出翅来,昨宵稳稳的藏在房里,不知几时轻轻飞出月台?"一个道:"稀有,稀有!网巾圈儿会走,昨宵端端正正挂在壁头,今朝光光秃秃剩得头上一个刷帚。"退之道:"汝这两个狗才!我怎样吩咐汝来!汝放大叔走了出去,倒在此伎俩搪塞,想是汝得了贼道人的钱财,故此放大叔跟他去了。我只把汝这两个狗才送到官去,查问大叔下落。"两个道:"老爷息怒,大叔既逃走出去,我们替了大叔罢。"退之道:"大叔怎么替做得?"当值的道:"老爷没有公子,小的们原是老爷义男,老爷另眼相看,抬举小的们起来,就是大叔一般了。"退之道:"这狗才害疯了!"当值的道:"我不疯,婴儿姹女总无功,一个侄儿容不得,如何做得主人翁?"退之闻言,放声大哭道:"湘子,你抛家弃产往哪里去了?我五十四岁无男无女,一旦阎君来召,鬼使来催,谁人在我眼前披麻祭扫?岂不痛杀我也!"有诗为证:

两边鬓发似银条,半边枯树怕风摇。

家有黄金千万两,堂前无子总徒劳。

窦氏、芦英听得退之哭响,连忙走出来,看见退之哭倒在地上,窦氏慌忙扶起道:"相公为何如此?"退之道:"湘子出家去了。"窦氏道:"是真是假?"退之道:"这巾靴衣服不是他的?脱下在此,爬墙去了。"芦英哭道:"他与媳妇虽是恩爱情㦗③,却是相敬如宾,从来没有一些儿言语,谚云:'女人无夫身无主,'他如今去修行,教媳妇举眼看何人?"窦氏道:"媳妇

---

① 衾(qīn)——被子。

② 谯(qiáo)——鼓楼。

③ 情㦗(sǒng)——感情疏远。

且自耐烦。"芦英哭回绣房去了。退之道："夫人,侄儿负我和你抚养之恩也不必说,只是我看见他的衣服东西,心中便要凄惨,可点火来把这些东西烧了罢。"窦氏道："烧了却也可惜,不如赏与当值的罢。"退之依言,就赏了张千、李万,差他们到各府州县,城里城外、关津渡口、街坊市井、丛杂去处、山林寺观、幽僻所在,遍贴招帖,寻访湘子。那招帖如何写:

　　刑部侍郎韩,为缉访事:照得本府原籍永平府昌黎县,不幸今月今日五更时分,有公子韩湘子越墙走出,寻访道师,头挽阴阳丫髻,身穿茶褐衲衣,手敲渔鼓唱清词,脚踏芒鞋多耳。不论军民人等收留,酬谢青蚨;沿途报信到吾庐,百两白金不误。右招帖谕众通知。

招帖虽然各处分贴,毕竟湘子没有踪迹,退之郁闷,不在话下。

　　且说湘子离了书房,爬过墙头,黑地里奔到城门边。城门还不曾开,那许多做买做卖的经纪,都挨挤在城门口,等候开门。有说家中事务长短的,有说官府贪廉的,有计较生意希图赚钱的,有谈论别人家是非的,也有互答唱山歌的,也有羊唱弋阳腔①曲子的,纷纷攘攘,唧唧哝哝,好不热闹。只有湘子宁心定性,坐在石块上,再不做声。内中有一个人,手提着一盏小灯笼儿,在那里走来走去,看见湘子不做声不做气,便叫道:"师父,从古来说得好:'朝臣待漏五更寒,铁甲将军夜渡关。山寺日高僧未起,算来名利不如闲。'我们为着这几分利己,没奈何早起晏眠②,你出家人吃着十方,穿着十方,既不贪图名利,又没有荣辱得丧,这般时候正好在梅花帐内,软草茵③中,长伸淌脚,安稳睡一觉,何苦也这般早起来等开门?"湘子未及开言,内中一个人道:"朋友,你哪里晓得这道人的心事?他是冲州撞府,街坊上说真方、卖假药,惯会油嘴骗钱的花子,假装这般模样。据我说起来,他心里有做不得贼,挖不得壁洞的苦,你这朋友怎么把那山中的高僧来比他?"又一个道:"呆朋友,道路各别,养家一般,你我为利己,难道这小师父是个神仙? 他早起晏眠,不过也只为利己心重,如何说他做不得贼挖不得壁洞?"一个道:"他或者是牢狱中重犯囚徒,爬墙上屋,逃走出来的,装做这般模样,恐怕开口露出马脚来,故此夹着这张

---

①　弋阳腔——戏曲声腔之一,起源于江西弋阳县。

②　晏眠——晚睡。

③　茵——褥子。

嘴。"一个道:"他这般小小年纪,想是不学好,被父母打骂一场,气苦不过;或者功名上没缘,羞耻不过;或者是妻子被人搭上了,忿气不过,没奈何装做这忍辱的模样也不见得。"一个道:"列位老兄,赵钱孙李,各人心里,何苦说人道人,替人担忧。《千字文》上说得好:'罔谈彼短,靡①恃己长。'又有诗云:'各人自扫门前雪,莫管他家瓦上霜。'开了门,大家跑之天天,没要紧在这里讨舌头的便宜。"众人道:"这位老兄说得极是。"大家拍手拍脚笑了一场。湘子目睁口呆,犹如聋哑的一般,不敢回答一句。说犹未了,管城的来开了门,各人抢先跑去了,只剩下湘子一个,寻思道:"我如今是巨鱼脱网,困鸟离笼,此时不去,更待何时!"他口唱道情,趱行②前去。词名《桂枝香》:

> 至今日,便离城,访仙家,做好人。看你为官为宦,图些甚?辞别了六亲,跳出了火坑,把酒色财气都休论,两离分。华堂精舍都不爱,我爱卧松阴。

> 天清月皎,白云弄巧。脱离了业海波涛,不顾家中老小,把家缘弃了,把家缘弃了。径往山中学道,日勤劳,但得成功就,飞升上九霄。

毕竟不知湘子此去若何,且听下回分解。

---

① 靡——不。
② 趱(zǎn)——快走。

第 六 回

弃家缘湘子修行　化美女初试湘子

撇却家园浪荡游，常将冷眼看公侯。

文章盖世终归土，武略超群尽白头。

冷饭一杯芏野庙，闲愁万古泣新秋。

身披破衲①蒲团坐，得休休处且休休。

话说韩湘子在路行了两日，少不得饥餐渴饮，夜住晓行，只是不晓得终南山在哪州哪县哪个地方。原来钟、吕两师已是看见湘子越墙逃出，要到终南山寻他，两师恐怕他心里一时翻悔，不能够登真证果，乃按落云头，唤出当坊土地，吩咐道："吾奉玉帝敕旨，临凡度化韩湘。那韩湘也肯随我修行，故弃了家缘，去了眷族，径来访寻我们。只怕立志不坚，难成正果，汝可一路上变化多般，试他三番四转。他若果有真心学道，不为色欲摇动，利害蛊惑，我便一力度他；他若贪恋懊悔，便降天雷，打下阴山背后，永不超生。"那土地老儿躬身喏道："谨遵仙师法旨。"两师吩咐山神土地已毕，依先回终南山去。

土地老儿立起身来，用手一指，化成一所房屋，门前店面三间，一边摆列着时新果品、鲜腥鸡鹅、海错山珍、荤素下饭；一边摆列着麻姑酒、三白酒、真一酒、香雪酒、新醅②宿醝③，扑鼻撩人。那店柜中间坐着一个及笄女子，生得不长不短，不瘦不肥，眉横春柳，眼漾秋波，两只手柔纤嫩白，一双脚巧小尖弯，穿着的虽没有异锦奇绡，却也淡妆雅致，惊心乱目。真是越国西施重生在苎罗村里，汉朝飞燕再来引射鸟情人。进到里面，有雕阑画栋，绮阁疏窗，绣幕朱帘，彩屏花褥，壁上挂几幅名人诗画，案上摆几件

---

① 衲(nà)——和尚穿的衣服。

② 新醅(pēi)——此指新酒。

③ 宿醝——此指陈酒。

古玩珍奇,纵然赛不过王恺①、石崇②,也不让陶朱③、猗顿④。有一个老头儿,青巾布袍,傍着一根过头的拄杖儿,坐在门口曝背。

湘子一路行来,走到他的门首,便向前稽首道:"老公公,小道动问一声,终南山从哪一条路上去?"老头儿摇头颤颤的道:"小师父,你问终南山的路作何用?"湘子道:"小道从昌黎县来,要到那里去寻两位师父。"老头儿摇手道:"去不得,去不得!"湘子道:"怎么去不得?"老头儿道:"此去终南山有十万八千九百八十五里陆路,还有三千里水路不算。一路上,倾岑阻径、回岩绝谷、石壁千寻、嵯峨磊落⑤、蟠溪万仞、潆回⑥澎湃。行者攀缘,牵援绳索。那山中又有鬼怪魔王,毒蛇猛兽,妖禽恶鸟,阛隘吞啖。便是神仙过去,也要手软筋麻,动弹不得。你这个小小的道童儿,不够他一餐饱,如何去得?"湘子道:"老公公偌大年纪,不说些老实话教道后生家,却只把这没正经的话来恐吓人,难道我就听你的说话,半途而废不成?"老头儿笑道:"小师父说话呆了,我偌大年纪,眼睛里不知见了多少,耳朵里也不知听了多少,岂不晓得终南山这条路难走。你说我话不老实,倒是我说的不是了。"湘子道:"不是怪老公公说,只是我道心坚定,不怕那万水千山,也不怕那蛇虎妖怪,只怕世上没有一个终南山,若有这个终南山,就有两位师父了,岂有去不得的道理。"老头儿道:"既如此说,我也不阻挡你,但是天色晚了,且在我家中权宿一宵,明日早行何如?"湘子道:"蒙老公公吩咐,敢不遵命。"便立住了脚,驮着衣包,走进他店中去。那老头儿仍旧坐在店门外椅子上,不走进来。

湘子进得店门,眼也不抬起来,脚趔趄只往里头走。谁知店里那个女子从柜身子边摇摆出来,手里捧着一杯香喷喷的浓茶。口里叫道:"官人来路辛苦,且请吃茶。"湘子接茶到手。那女子便把他的手捏上一下,道:"官人,哪房安歇?"湘子道:"我出家人但得一席之地就够过夜了,哪里管

---

① 王恺(kǎi)——西晋人。其姐嫁与司马昭。历任高官,生活极其奢侈,曾与石崇斗富。
② 石崇——西晋人,曾任荆州刺史。于河阳置金谷园,奢靡成风。
③ 陶朱——即范蠡。佐越王灭吴后弃官至陶,称朱公,以经商致富。
④ 猗(yī)顿——春秋鲁人。以经营畜牧及盐业成为豪富。
⑤ 磊落——石块堆积貌。
⑥ 潆(yíng)回——水流回旋。

什么房。"女子又低低悄悄叫一声道："官人，我家有三等房，云游仙长，过往士夫在上房宿，腰缠十万、买卖经商在中房宿；肩挑步担、日趁日吃的在下房安置。"其声音嘹亮尖巧，恰似呖呖莺声花外啭，钻心透髓惹人狂也。湘子道："娘子，宅上虽有几等房，我不好繁华，只在下房歇罢。"女子怒道："我是一个处女，并不曾嫁丈夫，如何叫我做娘子？"湘子道："称谓之间，一时错见，是我得罪，姐姐勿怪！"女子嚷道："你和我素不相识，又非一家，怎么叫我做姐姐？"湘子道："你未曾嫁人，我差呼你为娘子，所以叫姐姐，哪里在相识与不相识。"女子变了脸道："出家人不识高低，不生眼色，我只听得衒衒中人叫做姐姐，我是好人家处女，难道叫不得一声姑娘、小姐，叫我做姐姐？"湘子道："姑娘，是贫道不是了。"女子道："奴家也是父精母血十月怀胎养大的，又不是那瓦窑里烧出来的，你如今才叫我做姑娘，连我也惹得烟火气了。"湘子道："这个姑娘忒也难说话，难为人。"女子带笑扯住湘子道："你这等一个标致小师父，一定是富贵人家儿女，如何到下房去歇？依奴家说，也不要到上房中房去，奴家那堂屋里面，极是幽雅干净的所在，你独自一个在那里宿一宵倒好。"湘子道："小道托钵度时，随缘过日，身边没有半文，只在下房随人打铺，明早就行。"女子道："堂房间壁就是奴家的卧房，从来没人走得到那里的，奴家如今发一点布施心，不要官人一分银子，瞒着老祖公领官人安歇何如？"湘子道："小道出家人，足不踏入内室，事不瞒心昧己，如何敢到姑娘房前？"女子道："我有一句心腹实话要对你说，你须依我。"湘子道："但说不妨。"女子道："奴家今年十五岁，上无兄与姐，又无弟与妹，只得这个老祖公，九十多岁了，耳无闻，目无见，家中枉挣下这百万贯资财，却没有一个人承管。奴家日逐在此招接往来客商，再没有一个像官人这般少年标致的。奴今对老祖公说过，情愿倒赔妆奁，赘你在家做一个当家把计的主人公，这正是有缘千里来相会，不是无缘对面不相逢也，不知你心下肯否？"湘子面红耳热，半晌应不出来。女子道："小师父，你休装腔做势，从来出家人见了妇人就如蚂蝗叮血，只管望里面钻的。奴家这般一个黄花女儿，情愿赘你，你为何不应一声？你莫不是家中还有父母尊长，恐怕惹下不告而娶的罪么？古来大舜也不告而娶，你料来不是个大舜，便有这些不是，父母也不责备你，官府也不计较，你纵有怎么官司口舌，奴家拼着几百两银子，包得官府不难为着你，你忧他则甚？"湘子怒道："我只说你是个好人家儿女，原来是没廉耻不识羞的淫贱！我叔父是刑部尚书,岳父是翰林学士,娇妻是千金小姐,我都抛弃了来出家,哪里看得上你这样不要脸的东西!"女子道:"世界上只有戤①门的毡②,没有戤门的毡③,你这等一个游手游食走千家踏万户的野道人,我倒好意不争嫌你,贴些家私赘你为婿,你反骂我没廉耻淫贱,你岂不是没福?"湘子道:"我的清福享用不了,哪里稀罕你的腌臜④臭钱!"女子道:"清不清,享不享,都不在我,我只问你,如今要官休?要私休?"湘子道:"怎么官休私休?"女子道:"奴家如今扯着你走,若要官休,奴就叫喊起来,说你出家人强奸良家子女,待地方上送你到官,把你打上几十荆条,枷示⑤几处市井,追了度牒⑥,钉回原籍,这便是官休。若肯入赘在奴家,与奴成其夫妇,官人便做了梁鸿,奴家便学了孟光,一句闲言不提,这便是私休。"湘子道:"小道今日出来,就是鼎镬⑦在前,刀锯在后,虎狼在左,波涛在右,我也只守着本来性命,初生面目,哪怕官休私不休,私休官不休!"女子便一手扯住湘子道:"爷爷快来,道人要强奸我!"

那老头儿拄了拐杖儿,颠头簸脑走进来道:"孙儿,怎么说?"吓得湘子魂飞天外,魄散九霄,口里说道:"韩湘前世少你一命,今朝情愿抵还,但凭老公公怎么处治我便了。"老头儿道:"小官儿,你真呆了,你这般小小年纪,正该在人家做个女婿,承管一分家私,生男育女,接上祖先后代,性命又不是盐换来的,为何只说要死?"女子道:"爷爷,他见我独自一个,就搂住我亲嘴,摸我的腰里,因我叫喊起来,假说要死诈我,真比强盗又狠三分。"老头儿道:"我只说你为何要死,若是你看得我孙女儿中意,我便把他招赘你做了孙女婿,承管门前生意,养我老儿过世就是了,何消寻死觅活。"湘子道:"老公公,我离了家远走出来时,就把性命丢在脑后了,如何说不消死得?"老头儿道:"寻死的有几等:上欠官钱,下欠私债,追逼拷打的过不得,衣不遮身,食不充口,饥寒穷苦的当不得;三病四痛,不死不

---

① 戤(gài)——依靠。此通"盖",覆盖之义。
② 毡——毡的俗字。
③ 毡——方言用语,指某种织物。读音不详。
④ 腌臜——肮脏。
⑤ 枷示——犯人戴枷示众。
⑥ 度牒——僧尼出家,由官府发给的凭证。
⑦ 鼎镬(huò)——古代大锅。此种残酷的刑具。

活眠在床上,爬起探倒忍不得;作恶造罪,脚镣手肘,吃苦磨折受不得,方才去寻条死路。若是人家有美貌女子,铜斗儿家私,赘你为婿,肯不肯凭你心里,何消得死?”湘子道:“我一心只愿出家修行,再不要提起入赘的话。”老头儿道:“要知山下路,须问过来人。我少年时节,也曾遇着两个游方的道人,卖弄得自家有掀天揭地的神通,搅海翻江的手段。葫芦内倒一倒,放出瑞气千条,蝇拂上拉一拉,撮下金丹万颗。见我生得清秀标致,便哄我说修行好。我见他这许多光景,思量不是天上神仙,也是蓬莱三岛的道侣,若跟得他去修行,煞强似做红尘中俗子,白屋里愚夫,便背了父母跟他去求长生。谁知两个贼道都是些障眼法儿哄骗人的例子,哄我跟了他去。一路里,便把我日当宜,其夜当妻,穿州过县,不知走了多少去处,弄得我上不上,落不落,不尴不尬,没一些儿结果。我算来不是腔了,只得弃了他走回家来。我爹娘只生得我一个儿,那日不见了我在家,好不啼哭,满到处贴招子寻我,求签买卦,不知费了多少。一时间见我回家,好不欢天喜地,犹如拾得一牛宝贝的一般。我爹娘背地里商议道:这孩子跟了贼道人走出去许多时节,一定被道人拐做小官,弄得不要了,他心里岂不晓得女色事情,若再不替他讨个老婆,倘或这孩子又被人弄了去,这次再不要指望他回来了。连忙的寻媒婆来,与我说亲行聘,讨了房下,生得一个儿子。巴年巴月,巴得儿子长成,娶得媳妇,刚刚生得这个孙女儿,三岁上我儿子患病身死,媳妇改嫁别人去了。我两口千难万难,才养得孙女儿大,房下又在前年辞世,剩下这许多家当,并没有一个房族来承继,故此要赘一个女婿在家里。如今小官儿思量出家修行,想是遇着几个游方的道人,哄动心了,你何苦做这样事情? 不如依我孙女说,赘在我家里,接续这支血脉,承当这般家私,岂不两便?”湘子道:“老人家说的话都颠倒了,空教你这人活这一把年纪。我如今只是出店去罢。”女子又作娇声道:“官人! 此时已是黄昏,一路上豺狼虎豹,蛇蝎妖魔,横冲直撞,不知有多少,你出我的门,也枉送了性命。就不肯入赘,权在下房歇一宵,到天明起身何如?”湘子道:“蛇伤虎咬,前生分定,好死横死,总是一死,不劳你多管。”老头儿道:“小官人说话一发痴了。你就是要出家去寻师父,也须留着性命,才讨得个长生,若此时先死了,哪里见得出家的长生不死? 我有个比方说与你听。”湘子道:“老人家有怎么比方?”老头儿说道:“话有一句,我老人家吃盐比你吃酱也多些,我看书上说,汉武帝闻得君山洞中有仙酒数斗,得吃者便长生不死,乃斋戒七日,觅得此酒。东方朔①道:'臣识此酒,愿先尝之。'将酒一饮而尽。武帝大怒,要杀东方朔。东方朔道:'臣吃的是不死仙酒,今日陛下杀臣,是促死酒了,陛下要他也没用处;若果是仙酒,陛下杀臣,臣亦不死。'武帝笑而释之。可见留得方朔性命,才是不死的仙酒。小官人指望长生,先投死路,也是自捉死了,出恁么家?修恁么行?"湘子道:"随你千言万语,我只是立意要走,不听! 不听!"那女子大怒道:"野道人这般不识人知重,老祖公苦苦把言语对他说,是把热气呵在壁上了,快拿条索子来,把他吊在后边梁上,饿死这贼道,料没有亲人来替他讨命。"老头儿道:"他既不知好歹,吊他也没要紧,只是赶他出门,由他自送性命罢了!"女子依言,便把湘子一推,推出门外,口中念道:

　　十指纤纤来递茶,金盆拥着牡丹花。

　　痴人不识花王意,辜负临轩莫叹嗟。

湘子出得店门,不胜欢喜,连忙答道:

　　你说你貌美如花,我看犹如烂冬瓜。

　　花貌也无千日好,烂瓜撇下不堪嗟。

毕竟湘子此去性命若何,且听下回分解。

---

① 东方朔——西汉武帝时人。曾任太中大夫。因言语诙谐滑稽,被武帝视为弄臣。后代方士又附会为神仙。

第 七 回

虎蛇拦路试韩湘　妖魔遁形避真火

　　莫笑荆棘丛,荆棘生芝兰。除却荆棘刺,芝兰掌上看。芝兰近有香,荆棘远勾裳。庭阶植芝兰,荆棘置道旁。

　　话说湘子被那女子推了出门,正值星月无光,不辨路径,只得凝神定息,坐在一株大树底下,等候亮光。不想那女子在家中埋怨老头儿道:"这般一个标致小师哥儿,料是受苦不过的,待我把他吊在后头梁上,他自然赘在我家了,生生的被老祖公赶了他去。倘或路上遇着虎狼,不可咬杀了他,哪里再寻得这样一个标致的小官人来?"一会儿又咒诅湘子道:"这个小贼道不看人在眼里,十分轻慢①人得紧,想他是空桑里生出来的,不然也是江流儿和尚渭来生的,今夜出了我的门,不被虎咬,定被蛇伤,又要吃猪拖狗嚼的,只是辜负了我这一点热心肠。"一会儿又叫道:"你这般一个标致人,心里岂不聪明,为何硬着肚肠。一些儿也没转变?难道是柳下惠②重生,封陟再世?"一会儿又叫老头儿道:"祖公公做你不着,快点了火把去寻那小官人转来,不要枉送了他性命。"一会儿又道:"你老人家眼昏耳聋,黑地里没寻他处,料他也去不远,我虽然鞋弓袜小,待我自去邀他回来。"这几段娇声细语软款的话儿,被那顺风儿一句句都吹到湘子的耳朵里,只指望打动湘子。谁知湘子这一点修行的念头如金如石,一毫也惑不动,听了这些声音言语,越发不耐烦了,便顾不得天气昏黑,脚步高低,一径往前乱走。走不上三五十步,只闻得风声泣树,水响潺湲,伥鬼③高呼,山魈④后应,没奈何强跑了二三里程途。远远的望见前面亮烁烁两盏灯,一阵大风随着那两盏灯吼地而起,这灯光直望湘子面前射将来,并不

---

① 轻慢——轻视慢待。

② 柳下惠——春秋时鲁国贤大夫。原名展禽,因食邑柳下,谥惠,故名。

③ 伥(chāng)鬼——古时迷信者所言被老虎咬死、又助虎食人的鬼。

④ 山魈(xiāo)——山中一种形似猴子的动物。古时视为山怪。

因风摇动。湘子口中自念道:"我师父有灵有感,见我黑地摸天走不得路,故远远送两盏灯来照我了。"念诵未已,那灯看看移到跟前,止离半箭之地,原来不是两盏灯,是猛虎的两只眼睛光。那虎见了湘子,便发起威势来,怎见得那虎的威势怕人:

> 头低尾翘,口中吼吼似雷鸣;腰蟲爪爬,地下纷纷起泥土。满身上斑斑点点丝毛,硬比钢针;遍口中截截齐齐牙齿,森排剑戟。山中狐兔闻其声,隐迹潜踪;坞内獐狍嗅其气,藏形匿影。这真是金睛白额兽中王,不让那玄豹黄狮青色吼。

湘子不看见是虎,还说是明晃晃两盏灯笼,远远的望见是老虎的眼睛,不觉惊倒在地上,一些儿也动弹不得。

那只老虎在湘子身边左盘右旋,闻了又闻,嗅了又嗅,却像不吃伏肉的模样,忽地里用只爪把湘子拨一个转身。那湘子方才魂复附体,如梦初醒一般,战兢兢爬起身来,道:"我师父常说有降龙伏虎的手段,我今日弃了家计,万里寻师,难道舍身在老虎口里,死得不明白不成?"当下挣扎向前,斥道:"虎是山中百兽之长,算来也通些人性。我韩湘抛弃父母坟茔,妻孥恩爱,找寻师父,原是舍得身躯,丢得性命的主子,不是那贪生怕死的云游道人!汝今撑开威势,装出头颅,终不然我怕你不成!我又不做那割肉喂鹰、舍身喂虎的老佛,就是我胆怯心惊,被汝这畜生吓杀了,我的师父也不肯饶汝,我也少不得到阎罗殿前告汝,难道平白地就等汝吃了我!"那只虎听了湘子这一篇话,恰像知言识语的一般,把头摇一摇,尾巴翘一翘,望山那边一溜烟跑去了。湘子此时才明心见性,还却本来面目。正是:

> 莫道无神却有神,举头三尺有神明。
>
> 若还少有差池①念,猛虎横吞活不成。

湘子见猛虎去了,不免趱行几步,只见腾云冠峰②,高霞翼岭,岫壑冲深,含烟罩雾,天色渐渐明朗起来。正欲赶上前去,寻个人家化些斋饭吃了再走,忽然间火光灼烁,云雾晦冥,分明是一条大路,恰是周围无客住,四望少人行。湘子定睛仔细看时,见一条毒蟒,约有庭柱般粗细,七八丈

---

① 差池——差错。
② 冠峰——云压山峰如冠状。

长短，横躺在地上，拦住了湘子的去路。怎见得毒蟒的凶猛，行人不敢近前，有赋为证：

> 满身鳞甲，似赤虺出现山岗；遍体毫光，如野火延烧岭麓。昂头吐舌势凶顽，钻南落北；凹眼曝腮形丑恶，游东过西。尾末有钩，中之则折；鳞中有足，逢人便伤。料不是白龙鱼服①，网堕豫且②；亦不比酒影弓形，忧添楚客。斯时也，韩湘子不学得孙叔敖③，埋瘗两头，功高阴骘，也须学汉沛公剑诛当道④，鼎定三秦。

这蛇望着湘子，喷出一口毒气，湘子望后扑地便倒，正在惊惶，不料那蛇望草丛中游去了。看官，且说这蛇这虎既来赶扑湘子，为何不吃了他，便隐隐寂寂的去了？只因湘子背了叔婶，丢了妻孥，万里跋涉，修行辨道，钟、吕两师怕他道心不坚，人心陡发，难以脱化凡躯，超升天界，故此化这蛇虎来惊吓他，看他生退悔心不生。湘子既无退悔的心，虎蛇自然不敢伤他。

当下钟、吕两师慧眼看见湘子不贪女色，不畏蛇虎，不怕辛苦勤劬，真真是个玄门⑤弟子，意欲度他，还恐他魔障未除，孽根未净，又吩咐一行鬼判："在黄沙树下试他一试，待他吐出三昧⑥真火，方许放他过来见我。他若畏缩退避，便把他射在阴司地府，永不翻身。"鬼判领旨，前去黄沙树下，拦着往来的路头。这鬼判怎般模样：

> 头角狰狞，面目凶恶。头角狰狞，恰似蛟龙离土窟；面目凶恶，犹如瘥嗻⑦立庙门。身躯靛染又加红，个个獠牙青脸；手足露筋还见骨，双双赤发钩拳。远望着，顶天席地胜金刚；近看时，横阔扁圆如簸斗。若不是追魂摄魄地府无常，也应是铁脚铜头取经行者。

湘子一见鬼判拦着路口，便忖道："我万里寻师，辛勤跋涉，只指望得见师父以慰夙心⑧，谁知一路来遭这许多障害。不是师父不来救我，只是我道

---

① 白龙鱼服——白龙化鱼。
② 豫且——传说中射中白龙的渔者。
③ 孙叔敖——春秋时代楚国令尹。
④ 剑诛当道——相传刘邦初起兵时，道遇大蛇，以剑斩之。
⑤ 玄门——此指道教。
⑥ 三昧——清除杂念。
⑦ 瘥(chē)嗻(zhè)——厉鬼。
⑧ 夙心——往日心愿。

心不坚,所以不得见我师父,我且上前喝问是怎么妖魔,再作计较。"当下湘子挺一挺身子,整一整衣襟,向前喝道:"汝是何方妖怪?怎处邪魔?敢来拦挡我的去路!"鬼判应道:"咱是凛凛威雄,正直无私之帅将;堂堂猛烈,公平有道之神君。占据一方,庙食千载,专啖①生人肝胆,血肉身躯。汝小小道童不够咱家一饱,来此何干?"湘子道:"世间只有天帝、神仙、城隍、社令,顺时风雨,保护下民,哪有称为神者纵性贪饕②,恣情口腹?据汝说来,不过是妖精鬼怪,假托神灵,妄啖生民,擅干天宪!我韩湘子不辞辛苦,万里寻师,性命脱于蛇虎口中,哪怕汝这邪妖拦挡去路!"那鬼判听他言语,便张起欲焰,煽动情烟,把一个天遮得昏濛濛,伸手不见掌;一条大路黑漫漫,似有铜墙铁壁阻挡住的一般。烟焰中间现出许多奇形异状、长长短短、大大小小的怪物,正不知有几千几百,一齐嘻嘻哈哈直迸到湘子跟前。湘子到此地位,犹如鸡堕厕中,万蛆攒簇;膻③落地上,千蚁丛扛。颤笃速心忙意乱,似狗丧家;还喜得性定神清,如龙蜇穴。当下直截截立着身子,略不退缩;赤裸裸吐出真火,冲着妖魔。怎见得是真火:

> 无炉无灶,自丹田透出重楼;没焰没烟,奔泥丸光摇银海。不用硫黄发烛,红灼灼直射斗牛④墟;何烦鼓鞲风箱,赤腾腾遥冲霄汉里。
>
> 当着的头焦额烂,化作飞灰;近着的手慌脚忙,藏无踪迹。正是:灵台⑤有种,何须乞自邻家;绛府⑥滋生,不让咸阳当日。

湘子吐出那三尺三寸真火,真个把那许多鬼判冲得无影无形,不知逃躲在何方去了。湘子才把心来放下,道:"我若不亏师父传授秘诀,口吐真火,冲散邪魔,岂不被他一伙挤落阴山背后。"于是大踏步往前又走。不觉过得几日,平安无事。远远望见前面有一座高山,怎见得那山高处?

> 苍崖翠岭,千寻矗耸接层霄;赤岸青峰,万仞崔巍连上界。巅顶上,松柏森罗;腰凹里,草芝蕃殖。飞禽有玄鹤,青鸾,黄鹂,练雀;走

---

① 啖(dàn)——吃。
② 贪饕(tāo)——贪吃。
③ 膻(shān)——肉。
④ 斗牛——二十八宿中的斗宿和牛宿。
⑤ 灵台——谓心。
⑥ 绛府——神话中仙人居住的宫府。

兽有黑熊，苍鹿，玄豹，灰獐。放鹰逐犬，冬天猎户满张罗；觅静寻幽，
随月道人常驻足。真是神仙洞府，蓬岛梯航。

湘子见了这座山，便道："前面高山，一定是终南山了，两位师父必然住在
那里。不免奔上山去，寻见师父，方才心满意足。"正是：

> 得道何愁仙路远，文高哪怕状元迟。

湘子趱步上山，口里说道："怎么走了这许多路，还不见一些影子？
不知师父住在哪一个山头？"恰好抬起头来，隐隐的树木丛中，露出一个
金字匾额。湘子道："那个去处断然是师父的道院了。"急抓攀藤附葛，大
踏步走。但见层松饰岩，列柏绮望；方岭云回，奇峰霞举，孤标①秀出，罩
络群山。遥见石室之中，有一仙人坐石床上，凝瞩②不转，恰不见有金字
匾额的神仙洞府。湘子左顾右盼，又不见有一条去路，不觉心里焦躁，仰
天叫道："师父！韩湘今日走到这个去处，还不得见师父一面，是韩湘道
念不坚，师父不肯来接引我耳。我韩湘这一点修行的念头除死方休，不如
就这里寻个自尽，把魂灵去见师父罢。"说犹未了，只听得远远地吹笛响，
定睛看时，一个牧童骑着一匹青牛在树丛里过。湘子叫道："牧童哥，你
到这边来，我问你一个消息。"牧童答道："那边都是尘罗欲网。你是怎么
人？踏在这里面还不转头。我是识得这条篴的，决不踏着这个篴。"湘子
哀恳道："牧童哥，没奈何引我一条活路，待我脱离了网罗，自当重重谢
你。"牧童道："既然如此，我这青牛到认得路头，待我牵到你那边，同你骑
在牛背上，慢慢领你出活路罢。"湘子道："哥，你不要哄我。"那牧童果然
骑了牛，直冲过湘子这边来，叫湘子爬上牛背，坐在他的前头，呜呜的吹着
笛儿，往前便走。那笛儿吹出来的却是一首诗。诗云：

> 牛儿呼吼发癫狂，鼻内穿绳要酌量。
> 若是些儿松放了，尘迷欲障走元阳。

湘子听了笛声，不觉心内有感，便问道："牧童哥，这笛儿是谁人教你
吹的？"牧童道："是我师父教我的。"湘子道："你师父是谁？"牧童道："我
师父是天上神仙，不是凡夫俗子。"湘子道："莫不是钟离师父么？"牧童
道："若说那钟离，他是个贪财尚气杀人不转眼的魔头，不是神仙，不是神

---

① 孤标——孤高的山峰。
② 凝瞩——凝目注观。

仙！"湘子又道："莫不是吕洞宾师父么？"牧童笑道："那吕道人三醉岳阳楼，私戏白牡丹，鼎州卖假墨，浔阳卖敝梳，一派都是障眼法儿哄人，一发不是神仙了。"湘子斥道："你这童儿有眼不识泰山，趁口胡说！我那钟、吕两师父是天仙的领袖，神圣的班头，你不曾认得他便罢，怎敢谤毁他！"牧童道："我在这山中，哪一日一时不见几个神仙，稀罕这两个鸟道人！我老实对你说，若要见我的师父时，却也有许多艰难。你若只要寻钟、吕两个道人，远不千里，近在目前，我引你去就是。"湘子道："哥，我只要见钟、吕师父，烦你指引一指引。"牧童拽着那牛的鼻索儿向东就走，这湘子如梦里醒来一般。正是：

分明指与平川路，提起天罗地网人。

毕竟不知湘子走到哪里，且听下回分解。

第 八 回

菩萨显灵升上界　韩湘凝定守丹炉

　　牟尼①西来佛子，老君②东上英贤。算来佛老总陈言，不怕东摇西煽。神定玉炉凝定，心忙丹灶茫然。总来菩萨且登天，哪怕凡人不转。

　　话说韩湘子与那牧童骑在青牛背上，走上山去。一路里见了些重阜③修岩，云垂烟接；青崖点黛，赭石呈红。又到一座风山，有穴如轮，冷气萧瑟冲飚④。湘子觉得坐身不定，那牧童全然不怕，在那青牛背上，有若鹰隼迎风，鹏鹗展翼一般，招摇快乐。转过东北行二十里，见一菩萨，珠冠垂映，相貌端严，在于贝多树下，敷⑤吉祥草，东向而坐。湘子心念："仙佛二教，虽有不同，其源则一，我若得果证金仙，菩萨当有灵验。"念已，石壁上即有佛现形，青螺攒髻，满月金容，长三四丈许。复行十五步，有青雀五百飞来，绕菩萨三匝而去。顷之，诸天幢幡⑥接引菩萨上升天界。湘子暗念："是佛显灵，我必得道成仙。"牧童道："五行三界内，唯道独称尊，这菩萨是释迦文佛，昔日我太上老君骑青牛出函关，度化他入中国来，才有此灵异。"湘子道："你缘何认得他？"牧童道："庄严虽别，心境皆同，这菩萨与我师父常常往来，故此我认得他。"湘子道："你既认得他，怎的不跟了他上天？"牧童笑道："我跟了他去，哪个领你去见师父？"湘子道："这正是不因渔父引，怎得见波涛。"说话之间，又过了几个山头，牧童道："韩湘，这便是祖师的洞府，仙圣的瑶坛，你怎的还不奔上前去，倒这

---

① 牟尼——即释迦牟尼，佛教创始人。

② 老君——即太上老君，道教所奉鼻祖之一。

③ 重阜——重叠的山峦。

④ 飚（biāo）——狂风。

⑤ 敷——铺。

⑥ 幢幡——佛教所习旗子仪仗之类。

般从容自在？莫不起一点怠慢心么？"湘子道："韩湘怎敢怠慢。"牧童道："你既有信心，便须勇猛精进。"湘子依命，跨下牛背，燕跃鹄踊，前奔几里，才到一个去处。只见岩层岫衍，涧曲崖深，翠柏荫峰，青松夹岸，素湍委练①，苍树分绮，飞鸟翔禽，鸣声相和。那两扇洞门，半开半掩，一个小道童站在那里。湘子连忙近前喏道："师兄拜揖。"道童答礼，道："你莫不是苍梧郡湘江岸口的鹤童么？"湘子道："我叫做韩湘，不是怎么鹤童。"道童道："既不是鹤童，我师父不许相见，请别处去罢。"湘子便在门外叫起撞天屈来，道："我万里寻师，得到这里，你怎的这般奚落我？"牧童劝道："哥，你便与他通报一声，但凭师父见不见就是，何苦执滞，不通些疏？"道童道："哥这般说，我便进去报来，若是师父不许你进见，你只索就走，不要在此做赖皮。"湘子唯唯而立，不敢多言。

道童进去，替他禀报钟、吕两师。两师道："韩湘便是鹤童，哪有两个，着他进来。"湘子进到里面，朝着两师拜了八拜，跪倒地上道："师父，你丢得韩湘好苦！韩湘受尽了百难千磨，方才到得这里投见师父，望师父慈悲弟子则个。"钟师道："韩湘你来迟了，我这里用汝不着。"湘子道："师父临行吩咐弟子说，若要见我，可到万里外终南山来，故此弟子抛闪②身家，越墙逃走，来寻师父，怎么今日说出用不着弟子的话来？"钟师道："我原叫你快来寻我，汝如今来得迟，我另度了别人，所以用汝不着。"湘子道："弟子背了叔婶，不知路径，从那万死一生中间，脱得这条性命出来，故此来迟了些，望师父方便，救度弟子，真是覆载洪恩。"钟师叫吕师道："我用韩湘不着，你收他做徒弟罢。"吕师道："师父且不留他，吕嵓如何敢收。"湘子见两个师父你推我让不留他，他便哭告道："师父既不肯收留弟子，是弟子前世里不曾栽种得，所以该受这般苦楚，说也是徒然，弟子情愿撞石而死，以表白弟子一点诚心也，羞回故乡去见江东父老。"吕师见湘子这般哀苦，便跪告钟师道："韩湘既尔坚心，师父将就留他看守茅庵，也不枉他这场跋涉。"钟师道："然虽如此，韩湘且近前来，听我吩咐。"韩湘跪在案前，钟师道："我这终南山从来是仕宦的捷径，有一等妆高的，便隐在此山中，足迹不入城市，不至公门，以博名高。当道的大人敬仰他如景

①　素湍委练——白色急流与曲折的溪水。
②　抛闪——抛弃。

星庆云①。其实他营营逐逐②，终日在那里算计着城市中的名利。兜揽得公事去讲的时节，再不说是亲戚朋友来央浼③他，又不说出自己得些钱钞，以供酒资，以助放生，祈祝胜会；只说我耳朵里闻得有这件事，心中为他抱不平，素性又憨直，不能隐默，故此敢写这书，为这件事表暴一个明白，那当道的大人看了他的书，便说某老先生颇有澹台灭明④之风，他的话句句是真实的，就依他问了。他便暗暗地称心足意，得了谢礼，置买田产，起造房屋。人只说他是好人。这便是如今世上做乡官，把持衙门，嘱托官府的路头。有一等巧宦的，见自己做官有些犯了周折，将次要挂入弹章，他便预先弃了印绶，一道烟跑回家来，躲在这终南山中，说道：我无意于功名，随人弹劾，我只是不做官了。那惠文柱后见他弃了官去，弹章上便不写他的名字。过得一年半载，见人士冷落了，不提起他，他却钻谋营干，依先起官去做。见人只卖弄说：我本无心求富贵，谁知富贵逼人来。这便是昏夜乞哀，骄人白日的路头。故此，这终南山比不得那蓬莱三岛境界清宁。汝既到此地位，我替汝把那名利关牢拴固锁，任汝横冲直撞，荣享一生罢。"湘子道："怎么叫做蓬莱三岛？"钟师道："蓬莱方丈在海中央，东西南北岸，相去正等。方丈面各五千里，上广，故曰：昆仑。山有铜柱，其高入天，所谓天柱。围三千里，圆周如削，下有回屋，为仙人九府治所。上有大鸟，名曰'稀有'，南向张右翼，覆东王公，左翼覆西王母，背上小处无羽，一万九千里。西王母岁登翼上之东王公也。故柱铭曰：'昆仑铜柱，其高入云，圆周如削，肤体美焉。'其鸟铭曰：'有鸟稀有，绿赤煌煌，不鸣不食，东覆东王公，西覆西王母。王母欲东，登之、自通，阴阳相须，唯会益工。'上有金玉琉璃之宫，锦云瞩目，朱霞九光，三天司命所治处。群仙不欲升天者，皆往来此地。"湘子道："弟子把现成富贵都抛弃如浮云一般，只求师父领弟子到那蓬莱三岛上头，做一个散仙，也是师父莫大的恩，决不学那妆高巧宦的愚人，以图荣享，为子孙作马牛。"钟师道："汝心既坚，我当尽心教汝。"口唱《挂枝香》道：

①　景星庆云——象征吉祥的星辰云彩。
②　营营逐逐——追逐名利。
③　央浼——挽留。
④　澹台灭明——孔子弟子，以貌丑不为孔子所重，退而修行，后名闻诸侯。

天明月皎,修真学道。今朝领到山中,传汝真经玄妙。汝把无明①灭了,无明灭了。戒言除笑行颠倒,把门牢。五岳朝天日,金丹火内烧。

吕师亦点动渔鼓,口唱一词:

心明意皎,工夫不小。只因你宿世根缘,遇着长生正道。把三尸②降倒,三尸降倒。形神俱妙且逍遥。慢饮长春酒,方知滋味高。

湘子低头便拜道:"弟子有缘,得遇师父,亦唱一词:

师明法皎,拈香祝告。若得见性明心,才显恩师传教。喜穹苍知道,穹苍知道。心中情表是今朝,乾坤互换,离坎③卦中交。"

湘子唱罢,钟师道:"湘子,你晓得那九还七返大道玄机么?"湘子道:"弟子愚朦,望师指点。"钟师道:"金丹者先天一气交结而成,为母为君,故谓之铅虎。己之真气,后天地而生,为子为臣,故谓之汞龙。殊不知二物虽有异名,而乾坤为二物之体,阴阳为二物之根,龙虎为二物之象,男女为二物之形,铅汞为二物之真,彼我为二物之分,精气为二物之用,玄牝为二物之门。先天混元真一之气,实产于二物之内。汞龙、铅虎,交合神室之中,结成圣胎,神化无方。世人见闻不广,不辨龙虎二物,若井蛙篱鷃④,蠡测⑤管窥,安能证无上九极⑥,成太液金丹。"吕师道:"丹诀云:神功运火非终且。又云:晨昏火候合天枢。火为二弦之气,运为作用之符。子时为六阳之首,故曰晨,午时为六阴之首,故曰昏。晨则屯卦⑦直事,进火⑧之候;昏则蒙卦⑨直事,退符⑩之候。一日两卦直事,始于屯蒙,终于

---

① 无明——愚暗,缺乏真知。
② 三尸——道家认为在人体里兴风作浪的作祟之神,共三个,故称。
③ 离坎——本指《易经》中离卦、坎卦。比喻人体内元气、元神。亦称外丹为铅汞。
④ 鷃(yàn)——雀类小鸟。
⑤ 蠡(lí)测——喻以浅见揣测。
⑥ 无上九极——极高境地。
⑦ 屯卦——震下坎上。象征一阳生于下。内丹家以晨旦为体内阳气初生时。
⑧ 进火——从丹田引气上升。
⑨ 蒙卦——喻阳气由盛转微貌。
⑩ 退符——引气下行。

既未,周而复始,循环不已。一月计六十卦,一卦六爻,并乾坤坎离四卦,计三百八十四爻,以应一年及闰余之数。乾之初九,起于坤之初六。乾之策,三十有六,六爻计二百一十有六。坤之初六,起于乾之初九。坤之策二十有四,六爻计一百四十有四。总而计之,三百六十,应周天之数。日月行度,交合升降,不出卦爻之内。月行速,一月一周天;日行迟,一年一周天。天枢者,斗极也。一昼夜一周天,而一月一移。如正月建寅,二月建卯是也。故曰月月常加戌,时时见破军。上士至人,知日月盈亏,明阴阳上下,行子午①符火。日有昼夜数,月应时加减,然后暗合大道,得成大丹。"湘子道:"蒙师父指教,弟子不敢有忘。"钟师道:"我们暂上天去,汝且静坐在这里温养丹炉,待过了九日,我们又来看汝。"便引湘子到一个所在,室屋精洁,非常人所居,采云遥覆其脊,鸾鹤飞翔其上。正堂有丹炉一座,高广径寸,紫焰发光,灼烁窗户。玉女数人环炉而坐,青龙白虎分据前后。吕师取一蒲团放于堂内西壁,命湘子向东而坐,谨视丹灶,莫教走泄。两师吩咐已毕,闭门腾空而去。

湘子细视室中,空空洞洞,再无他物,才知此般至宝家家有,不必深山守静孤。彼托为高远者,渺茫无涯;妄加作用者,执着有迹。于是闭兑垂帘,盘膝坐定。不及一时,忽有旌旗戈甲,万乘千骑,遍满崖谷,呵斥声惊天动地。内一人,身长丈余,满身金甲,光芒射人,带领亲卫甲士数百人,拔剑张弓,推门直入,怒声如雷,左右辣剑前逼湘子。湘子视之,漠然不动。金甲者指挥攫拿,劲怒而去。

俄而猛虎、毒龙、猰狰、狮子、蝮蛇、恶蝎,万有千余,哮吼纷拿,争前搏噬,或跳跃过其头上,或盘踞其肩,有顷而散。

既而雷电晦冥,大雨滂注,火轮走掣,飚驭盘旋。须臾庭际水深丈余,其势若山川崩破,淹没座下。瞠目不开,未顷而止。又有牛头狱卒,马面鬼王,枪戟刀叉,四面环绕,抬一大镬,置湘子前,中有沸油百斛,欲取湘子置之镬中。已而执湘子妻芦英小姐,㧗②于阶下,鞭棰流血,射砍煮烧。芦英苦不可忍,泣告湘子曰:"妾与郎君恩爱情疏,非妾之罪,是君修行学道,以妾为陋拙耳。今为鬼卒所执,不胜其苦,不敢望郎君匍匐代乞,能不

①　子午——干支记时。
②　㧗(zuó)——揪。

出一言以相救乎？人孰无情，君乃无情若是！"雨泪庭中，且咒且骂。

　　俄而芦英不见，鬼卒散逸，见十殿阎君，森坐室中，牵系百十罪囚，跪于庭际，湘子父韩会，母郑氏皆跪其中。但闻阎君指挥吩咐，熔铜化铁，硙捣碨①磨，使囚倍受惨苦，号泣之声无远不届。

　　未几，天色皎洁，星辰朗然，诸般奇怪，寂不见形。突有一人，自头至足，皆是破烂恶疮，脓水臭秽不可近，强挨至湘子蒲团上头卧倒，要湘子抚摩拂拭，略略停手，便叫喊狂跌，诈死卖命。湘子只得为之抚摩，其脓水浸淫，沾惹手指，斥湘子吮舐干净，方再摩拂。

　　湘子正在那里服侍这个臭人，忽见吕师携一个美貌女子近前，斥退臭人道："尔是何妖？敢来侮弄我仙家弟子？"臭人惶惧，爬沙遁去。吕师指美女谓湘子道："此女就是白牡丹之流，我若不得白牡丹采补抽添，也不得成仙人道。今汝功行将成，必须得一个补益先天，方得成九转还丹，登瑶台紫府，我故此送这个女子来与你，你好为之，不要使钟师父知道，怪我私心度你。"湘子笑道："弟子心坚金石，念不磷缁②，师父也该鉴察愚衷，怎么把白牡丹、黑牡丹的话头来哄弄我？"吕师道："轩辕黄帝，采阴补阳，鼎湖③上升，群臣皆从。篯铿④娶妻五十三人，生子八十一个，寿至八百，逍遥蓬岛。自古来成仙的谁不用着美貌女子补益元阳。况丹经云：'玄牝之门，是谓天地根。'又云：'生我之门死我户，几个惺惺几个误。'正说女子之阴是真玄牝，只要那学道的人洗心全神，晓得三峰直义，五字秘诀，自然撒手过黄河也。我且把三峰讲与汝听。女子口鼻舌为上峰，舌下两窍内属心，通小肠经，故心生肝，肺生唾，唾出为液，采取之时呃定女子舌尖，搅他舌底，则玉泉涌出华池，津液满口，吸采口内，取他鼻内清气，送下丹田，灌溉五脏，名曰上莲花峰。女子两乳为中峰，交媾之时，以我手睄她两乳头，乳得摩睄，则身痒痒，乳窍开通，内有真气，属三焦胆中之药，乳汁流出，咽之，名曰中莲花峰。女子阴窍为下峰，灵龟入鼎，先须缓缓入步，候女子情动，阴窍开张，津液流出，用两手紧抱女子，缩肋提腰，吸取精髓，

---

①　硙（wèi）——石磨。

②　磷缁——喻因环境而起变化。

③　鼎湖——传说黄帝铸鼎升天处。

④　篯铿——即彭祖，古之长寿者。

名曰下莲花峰。那五字秘诀：乃存吸闭抽缩也。一曰存。存者，定其气也。以心想泥丸宫，存夹脊双关；咽一二口气，存想周天，自然气定，体交而神不交。二曰吸。吸者，交接之时想玉茎为气之管，以我口、鼻、玉茎吸她精气，运至夹脊，透至泥丸宫也。三曰闭。闭者，乃是紧闭人门。人门通天关，天关通命门，若天关不闭，则元神走失。如龟伏气，百无一失。四曰抽。抽者，缓缓进步，不深不躁，接取精气。五曰缩。缩者，交接之时，缩肋提腰，缩令上行，不令顺下。诀曰：言存便吸，既吸便闭，既闭便抽，既抽便缩。五字不是一时俱用，在人先后作用，随其紧慢行之，自然长生久视，日月同庚。"湘子听了这些说话，面红耳赤，大声斥道："你是何方阴怪？敢假装我师父形象来说这旁门外道，蛊惑世人！"只这一声呵斥，如雷震天庭，炮响空谷，钟、吕两师从空而下，就不见了那个吕师、美女。两师道："湘子历试不回，大丹成矣。"便开炉视鼎，只见蟾朗星辉，帘帏晃耀，珠成黍米，灿烂金花。果然是出世奇珍，万镒黄金无处觅；身中异宝，连城白璧也难夸。当下两师捧置丹台之上，方寸盘中，令湘子遥空礼谢，然后吸入鼻中，升泥丸顶上。他那一股真气自下元气海中涌将起来，像风浪一般，与此丹翕然相合，方显得凡胎俗骨，一朝改换更移，浊气尘根，今日消磨变化。正是：

　　　　学仙须是学天仙，唯有金丹最的然。

　　　　二物会时情性合，五行全处虎龙蟠。

　　　　本因戊巳为媒聘，遂使夫妻镇合欢。

　　　　只候功成朝北阙，九霞光里驾祥鸾。

　　毕竟不知后来若何，且听下回分解。

第 九 回

韩湘子名登紫府①　两牧童眼识神仙

混迹尘寰百二秋，芝田②种子喜全收。

光生银海天无际，气敛华池水逆流。

金鼎漫藏龙虎③相，玉壶分别汞铅④头。

丹成指日归蓬岛，始信人间别有丘。

话说湘子既得脱化凡胎，超出世界，在那山中逍遥自在，无拘无束。一日，钟、吕两师领了湘子去遨游海外，遍踏名山，参谒那历代仙真，蓬莱道侣。朝游碧落，暮下沧桑；浪迹烟霞，忘形宇宙。潜踪于大地之山，寓目于壶中之景。正是：神游紫府瑶池内，名在丹台石室中也。

忽一日，玉帝升坐龙霄宝殿，钟不撞自鸣，鼓不打自响，聚集上八洞天仙，中八洞神仙，下八洞地仙，并无数散仙，各班齐列，同赴蟠桃大会。钟、吕两师也与湘子同出洞天，先去朝参玉帝，然后到瑶池赴蟠桃大会。谁知把南天门的神将，远远见湘子到来，便将金锁锁住了天门，不放进去。众仙道："湘子，玉帝怪我等来迟，吩咐把天门锁住，不容进去，如之奈何？"湘子道："众师请过一边，待弟子用手指开天门，同众师进去。"钟师道："汝有这般手段么？"湘子乃禹步⑤上前，将先天真气一口吹去，吹落了天门金锁。众仙齐登金殿。但见：

瑶天高邈，玉陛森严，帝王端居，后妃胪列⑥。两下里星辰成行逐队，一望地仙子落后参前。琼英缭绕，瑶台上彩结飘扬；瑞霭氤氲，

---

①　紫府——道家仙界。

②　芝田——原指仙人种芝草的地方。此指道家精华。

③　龙虎——喻元气元神。

④　汞铅——原为炼丹所用原料。内丹家以之喻人的阴阳两气。

⑤　禹步——跛行。此指道士作法的一种步法。

⑥　胪(lú)列——排列。

宝阁内香烟沾惹。凤鸾形缥缈，金玉影浮沉。上排着八宝紫电墩，都
披着九凤丹霞被；中列着几层青玉案，却堆着千花碧甸盆。席上有凤
髓龙肝，猩唇熊掌；壶内有珍珠琥珀，紫醴香醪①。果然是珍馐百味，
般般出自天厨；异果佳肴，色色来从阆苑。

　　玉帝传旨问道："来者是何等样人，敢闯进我天门之内？"钟师道："臣
等是上八洞神仙，来赴蟠桃大会。"玉帝开金口露银牙，问道："上八洞只
有七个神仙，今有八个，这一个是谁？"钟师道："臣弟子韩湘。"玉帝道：
"卿与吕师领旨下凡，度得几人成道？救得几处生灵？"钟师奏道："臣与
吕嵒奉旨到凡间去，见洪州蛟螭②为患，拥水漂泊生灵，吕嵒飞剑斩之。
西粤蛇妖兴云驾雾，吞啖下民，损伤禾稼，臣运神摄伏，幸获清宁。前往永
州昌黎县，度得韩湘一人，今来见驾。"玉帝问湘子道："朕闻一子登仙，九
族升天；若不升天，众仙妄言。卿既登仙，为何不度脱了卿家九族，同来见
朕。"湘子道："臣蒙钟、吕两师殷勤点化，屡试心坚，方得成真证果。臣家
九族，不蒙恩旨，未得仙师指点，如何便得离脱凡尘，朝参陛下。"钟师奏
道："左卷帘大将军冲和子，因三月三日在蟠桃会上与云阳子醉夺蟠桃，
打碎玻璃玉盏，冲犯元始天尊圣驾，贬在下方韩家为男子，名叫韩愈，这便
是韩湘的叔父。云阳子贬在下方林家为男子，叫名林圭。如今罪限将满，
合还旧职，只是无人前去度他。"玉帝道："钟离权既前知五百年之事，后
知五百年之事，晓得冲和子罪限将完，何不前去度他成仙了道，证果朝
元？"钟师道："臣与吕嵒化作道人，三番五次去点化他，只因他现在朝中
为官，贪恋酒色财气，不肯回心，所以只度得韩湘一人。这韩湘就是昔年
苍梧郡湘江边的鹤童，蒙旨着他去与韩会为子，喜得元神不散，性地明朗，
是以臣与吕嵒度他来朝参圣驾。"玉帝问湘子道："卿既在家修行，卿叔韩
愈怎么不随卿一同修行？"湘子奏道："臣叔父韩愈尝言：'孔子之道，如日
中天，周道衰，孔子没，火于秦③。黄老于汉，佛于晋魏梁隋之间。而天下
之人，不入于老，则入于佛。入者主之，出者奴之；入者附之，出者污之。
入此出彼，孰从而正之？其所谓道，道其所道，非吾所谓道也。其所谓德，

---

①　香醪(láo)——醇美的酒。
②　蛟螭(chī)——蛟龙。螭为传说中一种没有角的龙。
③　火于秦——指秦始皇焚书，毁灭文化之举。

德其所德,非吾所谓德也。弃而君臣,去而父子。禁其相生相养之道,以求其所谓清静寂灭者。其亦幸而出于三代之后,不见黜于禹、汤、文、武、周公、孔子;其亦不幸而不出于三代之前,不见正于禹、汤、文、武、周公、孔子。'故不肯同臣修行。臣于半夜三更越墙逃走,寻见钟、吕两师,方才得成正果。"玉帝道:"韩愈虽然不肯修行,卿可下凡度他复职。"湘子奏道:"臣有此心久矣,奈无金旨,不敢擅离洞府。"玉帝道:"朕赐卿三道金书,上管三十三天,中管人间善恶,下管地府冥司,即便前去。"湘子道:"臣去不得。"玉帝道:"朕赐卿金书,如何说去不得?"湘子道:"臣无阴阳变化之神通,正一斩馘①之术法,是以去不得。"玉帝道:"朕赐卿头挽按日月的风魔丫髻,身穿紫罗八卦仙衣;缩地花篮,内有不谢之花、长春之果;冲天渔鼓,两头按阴阳二气;两个降龙伏虎的简子。卿可即行。"湘子道:"臣去不得,臣叔父韩愈是当朝大臣,出入在驾前驾后,臣无职事,难以度他。"玉帝道:"封卿为开元演法大阐教化普济仙,卿作速前去。"湘子道:"臣还去不得。"玉帝道:"卿左推右阻,只是说去不得,想是卿不肯去度冲和子么?"湘子道:"臣怎敢违旨不度叔父,只是官府走动百役跟随,神仙走动万灵拥护,臣单身独自,如何去得?"玉帝道:"朕敕马、赵二将在卿左右,听卿调遣。"湘子谢恩领旨,即便参拜王母娘娘,俯伏奏道:"娘娘千岁,臣上八洞神仙韩湘,领玉帝金书宝贝,前往昌黎度臣叔父左卷帘大将军冲和子韩愈成仙了道,特启娘娘讨些职事。"王母道:"我赐卿三面金牌,第一面金牌,纠察三十三天一十八重地狱善恶生死;第二面金牌,钤②管四海龙王、三十六员天将随身听用;第三面金牌,掌理风云雷雨、各府州县城隍社令、十殿阎罗天子。卿须用心前去,不得停留。"湘子拜谢毕,随众仙宴罢蟠桃,即便收云揽雾,两袖腾空,降下尘凡。

　　湘子暗道:"我不怕千人看,只怕一人瞧,倘或有人识得我是神仙,惊动了一郡人民,泄漏天机,我便难度叔父了。"当下收了神仙相貌,摇身一变,变做一个面黄肌瘦、丑恶不堪的道人,在那垂杨树下,盘膝打坐。只见两个牧童,一个叫做张歪头,一个叫做李直腿,正在那青草地上放牛,远远的望见前面一道火光冲天的亮起来,那张歪头道:"李家哥,前面这阵亮

①　馘(guó)——古代战争中割掉敌人左耳以计数献功。
②　钤(qián)——印章。

光,想是藏神出现,我和你造化到了。"李直腿道:"不是藏神出现。"张歪头道:"莫不是鬼火。"李直腿道:"哥,也不是鬼火,比如大清早晨红红闪闪的光,是日轮初从扶桑①推起来,照映得大地光芒灼烁,这叫做晨光。晚间青青荧荧,光在地上移来移去,倏远倏近,才是鬼火。午间有光,黄黄灿烁,直透天庭,便是神仙的瑞气。如今这光黄亮灿烂,直透在天庭之上,恰好是晌午时分,一定有一位神仙在那个去处。"张歪头道:"哥既认得真,我和你竟去寻着他,跟他去求仙访道,岂不是好?"李直腿道:"有理,有理!"两个便将牛丢下在这边,你搀着我的手,我搀着你的手,拽开步上前看时,果然是一个道人,盘膝脚坐在那垂杨树下。这道人怎生打扮,但见:

　　头戴一顶参朝洞府的青纱包巾,脑后坠着老龙睛磨就赛日月双圈,上垂着两条按阴阳二气绿罗飘带。身穿一领嵌七星、丽北斗八卦紫绶衣。腰系一条九龙须攒织就双穗吕公绦。脚蹋着登山走海、蹅云雾入搭鞲鞋②。手拿定晃日迎风傲松枝一腔渔鼓。看形象,却便是游手游食的道人;论装束,真是个吸露餐霞的仙侣。

　　两个牧童近前稽首道:"神仙老爷拜揖。"湘子道:"你怎么认得我是神仙?"张歪头道:"远远望见师父头上霞光万道,瑞霭千重,因此识得师父是位神仙。"湘子暗笑道:"我叔父读诗书,中科第,也认不得钟、吕两位师父是神仙,这小小牧童到认得我是神仙,真是异事。"便叫牧童道:"我在终南山来,走得饥渴,我那花篮内有金丝玉钵盂一个,你拿往涧下舀些水来我吃,我把真心度你。"李直腿叫张歪头道:"张家哥,我去舀水,你在这里看着神仙,不要放他走了。"张歪头道:"这个使得,你只要来快些便是。"果然立着看守湘子,眼也不转,头也不回。湘子思量道:"他虽然认着我,我且把地上土灰搽在脸上,变做一个老儿,三分似人,七分似鬼,看他还认得也不认得。"便捉着张歪头的空,改了仙容,变成老相。这老儿怎生模样:

　　戴一顶烂唐巾③,左偏右折;穿一领破布袄,千补百衲。前拴羊

────────────

①　扶桑——神话传说中海外的大桑树。相传太阳从树下升起。
②　搭鞲(wēng)鞋——一种带筒的鞋。
③　唐巾——一种进士巾。

皮,后挂毡片;东漏脊梁,西见胯骨。腰系一条朽烂草绳,又断又接;脚踏一双多耳麻鞋,少帮没底。面似鸡皮,眼如胶葛①;鼻涕郎当,馋唾喷出。笑杀那彭祖八百年高,倒不如陈抟②千金一忽。

李直腿舀得水来,不见了神仙,只见一个半死半活的老儿坐在那树下,便捶胸跌脚,埋怨张歪头道:"费了许多辛苦,取得水来,不见了神仙,把与哪个吃好?"张歪头道:"我站在这里头也不动一动,不知被怎么人把这个老儿来换了我们的神仙去,如今把水来与这老儿吃了,也是我和你一件阴骘。"李直腿气忿忿的道:"宁可倾坏了,把与他吃,当得怎么数?"张歪头道:"你不读书来,敬老慈幼,五霸载在盟书,把这一盂水与老儿吃,也是我们一点热心肠,何苦倾坏了?"李直腿道:"神仙便被人换了,这个钵盂也值几分银子,我和你打破了分好? 总卖了分好?"张歪头道:"哥,不要说那分的话,神仙的东西难得到手的,我们拿回去一家轮一日,藏在那里做个镇家宝罢。"湘子见他两个在那里议论,便叫道:"牧童你眼错了,我不是神仙,哪里又有个神仙?"牧童回言骂道:"少打你这老柴头,你人不像人,鬼不像鬼,老而不死是为贼,怎么神仙?"湘子道:"牧童,凡人不可貌相,海水不可斗量。孔子云:'以貌取人,失之子羽。'你怎见得我老人家就不是神仙? 我且问你,你们要寻那神仙做怎么用?"牧童道:"我们情愿跟他去修行,做个逍遥快活的人。"湘子道:"方才那个道人也是我的徒弟,你们肯跟我出家修行,我就度你们成仙。"两个牧童拍手笑道:"你自己性命也是风中之烛,朝不保暮的光景,倒思量度我们两个,岂不是折福的话?"湘子道:"黄梅落地擂三擂,青梅落地扑地碎。我老便老,亏得修行早,修行若不早,今日更烦恼,你怎敢欺侮我老人家?"两个牧童道:"你老人家不要絮烦,且请回去安耽坐一坐,待我们过了二三十岁外头,便来跟你去出家。"湘子道:"这般年纪不肯修行,更待几时? 只怕没我老儿的年纪,岂不错过好光阴?"两个低头叹气道:"我们真是晦气,一位神仙老爷不见了,倒吃这老头儿在此歪厮缠③。"

湘子趁他两个眼错,依然变做先前模样,坐着不动。李直腿低头一

---

① 胶葛——原指错杂,此形容眼睛混浊不清貌。
② 陈抟(tuán)——北宋道士,著书言导养及炼丹之事。
③ 厮缠——纠缠不休。

看,拍手叫道:"哥,这不是神仙来了,只是那个老头儿不知又被怎么人调了包儿去?"张歪头悄悄地说道:"哥,你不晓得神仙变化之术,神仙看得我们有些仙风道骨,故此变化来试我和你的心,你刚才不该骂这老儿。"李直腿便鞠躬尽礼,捧着水递与湘子道:"神仙受人滴水之恩,必有涌泉之报,我取水与你吃了,不知你怎么度我?"湘子道:"我度你同去出家。"张歪头道:"出家有恁么好? 还是保护我做一个官的好。"湘子道:"官倒要与你做,只是你们头蓬蓬不像戴乌纱帽,腰款款系不得黄金带;赤裸裸一双脚蹬不得皂朝靴,黑漆漆两只手捧不得象牙简。只好在软草茵中,黄牛背上,横眠直躺,穿东落西,挽着那牛鼻子,唱那无腔曲。一朝阎君来唤鬼来招,两眼瞪空伸直腰,怎么思量要做官?"张歪头道:"神仙老爷说得是,我情愿跟老爷去出家。"湘子道:"你且不要忙,那边树下又是一个神仙来了。"两个回头望时,湘子化一阵清风,隐形而去。张歪头跌脚叫道:"哥,这个不是神仙,是个白日鬼。"李直腿道:"怎见得是白日鬼?"张歪头道:"若是神仙决不说谎,只有那白日鬼弄着自己空头,趁着别人眼错,不管三七二十一,一味的哄人,哄杀人不偿命哩。"李直腿道:"我们捣了半日鬼,只好依旧去看牛。"正是:

> 山有根兮水有源,从来老实是神仙。
>
> 只因不肯分明说,误却众生万万千。

毕竟湘子隐在哪里,且听下回分解。

第 十 回
自夸诩龟鹭罹灾　唱道情韩湘动众

得逍遥处且逍遥，不学人间两路跑。

赶得东时西已失，未曾南向北先抛。

庄生①曳尾轻人爵②，列子③乘风重草茅。

祸福总缘时下彩，世情争似道情高。

不说湘子隐形在绿杨树下。且说那绿杨树正靠着湘江岸口，正是湘子前世做白鹤的时节，同那个香獐游戏的所在。那香獐被吕师贬谪在深潭底下，已经一十八载，终日服气吞精，指望一个出头日子，又不见鹤童来度他。正在没法，只见岸口有霞光霭气，晓得是神仙经过，便伸头探脑，作起波浪，叫做："弟子今日有缘，凑遇大仙经过，望慈悲方便，救拔则个④。"湘子听见声音，明晓得是香獐叫他，故意大声问道："汝是怎么妖怪？敢在深水下面兴风作浪，阻我仙轺？"香獐道："我是一个香獐，十八年前曾与鹤兄结为伴侣，终日在此闲游戏耍。忽然一日，有钟、吕两位神仙在此经过，度化鹤兄去做青衣童子，怪我言语冲突了他，把我贬在这潭水底下。待鹤兄成仙了道，果证飞升，才来度我。我悬悬望眼，再不见鹤兄到来。今日幸遇大仙，实是三生有幸，万望救度弟子，脱离毛畜，超出爱河，再不敢作歹为非，自贻伊戚⑤。"湘子暗想："玉帝不曾有旨着我度他，师父又不曾吩咐我放他，我如何敢自作自是。"便道："我今日奉旨下凡，来得急了，不曾带得金丹，教我把怎么度你？只有交梨、火枣在此，权且与汝二枚。

---

① 庄生——庄周，先秦哲学家，道家创始人之一。

② 人爵——官位。《庄子·秋水》载庄子拒绝楚威王邀请，自称宁做曳尾于泥中的乌龟，而不肯做官。

③ 列子——列御寇，郑国人。《庄子》中将列子描绘成御风而行的人。

④ 则个——我。

⑤ 伊戚——悲伤。

那鹤童已成仙了,不久就来度汝,汝且安心宁耐,不要躁急,又取罪累。"言罢,把火枣、交梨丢下水去。那香獐接得在手,三咽下腹,顿觉境地清凉,五内宁谧,点头称谢,风恬浪静。湘子遂敛那祥光,依旧坐在那绿杨树下。

话不絮烦。却说那江潭中间,有一个金线绿毛龟在深凹之处,养活已经百十余年,只是不曾生得胁翅,飞不上天,向来跟着香獐、白鹤做个小妖儿。自从香獐遭贬,鹤童托胎去后,他便逐日在这潭口晒衣游玩,遇着人来,连忙缩了下去,人也拿他不着。这一日虽值天时炎热,气宇觉得清朗,龟儿恰好浮在水面上,伸出头来,四下里一望,见湘子坐在绿杨树下,他也不认得是旧日主人家,只说是渔翁来捉他的,连忙缩了头,浮浮沉沉的不动。正是:

> 背负一团瓢,蹄攒四马腰。
>
> 风云难际遇,衣晒在江皋。

那龟儿在水里浮来消去,就是一块浮石一般。湘子欲待点化,怕他不醒头,正在犹豫之际,忽有一只鹭鸶望空飞来,这鹭鸶也是历了百十个春秋,经了百十番寒暑,江潭内的鱼儿、虾儿,也不知被他吃了多多少少,这时正飞来寻鱼虾儿吃,见绿沉沉的一块漾在水面上,他只说是一块石头,茸茸的绿草儿生满在上面,一径展翅停下来,站在他背上吃水。这龟儿觉得背上有些沉重,只道是水蛇儿游来歪斯缠他,便昂起头来一看,见是只白鹭鸶,心中不忿,大声喝道:"你是何物?敢大胆立在我背上?"那白鹭鸶吃了一惊,道:"清平世界,朗荡①乾坤,你是何物,敢来作人言?"绿毛龟道:"我是一个金线绿毛龟,在此多年,无生无死。你是哪里来的泼鸟,敢吐人言,明来欺我?"白鹭鸶道:"我生长在华岳山中,展翅在瑶池碧落,色斯举矣,翔而后集②。汝这般龌龊东西,虽能见梦于楚元王,而不免七十二钻之苦,只合藏头缩颈,曳尾泥涂!谁许汝浮沉碧浪,荡漾清波,口作人声,惊人怍物?"绿毛龟道:"倮虫③三百六十,人为之长;羽虫三百六十,凤为之长;鳞虫三百六十,龙为之长;介虫三百六十,我为之长。汝虽然翔汉

---

①　朗荡——明朗开阔。

②　集——落下。

③　倮(luǒ)虫——身无羽毛鳞甲的动物。

冲霄,不过是羽虫之末,有怎么手段,敢胡说漫天大话?"鹭鸶道:"世上只有鹦鹉能言,鸲鹆①念佛,再不曾见乌龟说话。"龟道:"石言于晋,无情之物且然,况我有灵心,何足为异?"鹭鸶道:"我莫笑你短,你莫说我长,今日结为兄弟何如?"龟道:"各将本身胜处说来,说得过的便是哥。"鹭鸶道:我占先了。

　　　　遍体白翎,洒洒扬扬,不让千年朱顶鹤。

绿毛龟道:

　　　　满身金线,闪闪烁烁,何殊百岁紫衣鼋②。

白鹭鸶道:

　　　　我立水窥鱼,影落寒潭成璞玉。

绿毛龟道:

　　　　我朝阳向日,壳留池畔赛含珠。

白鹭鸶道:

　　　　我举翼傍红霞,锦绣窝中添个太真仙子③。

绿毛龟道:

　　　　我挺身浮绿水,藻萍深处现出碧眼胡儿④。

白鹭鸶道:

　　　　我顶有丛丝,谩说江边濯锦。

绿毛龟道:

　　　　我胸怀八卦,岂非心上经纶。

白鹭鸶道:

　　　　我若吞一粒金丹,指日⑤丹丘羽化⑥。

绿毛龟道:

　　　　我若得八仙救度,须臾度脱尘寰。

---

① 鸲(qú)鹆(yù)——即八哥。
② 鼋(yuán)——鳖。
③ 太真仙子——指杨贵妃。相传其死后成仙。
④ 碧眼胡儿——指北方某些游牧民族。
⑤ 指日——形容时间短促。
⑥ 羽化——成仙。

白鹭鸶道：

　　我立在清水潭边，清白羽毛堪入画。

绿毛龟道：

　　我趴在绿杨树下，绿莎甲胄更惊人。

　　两物正在那里角口，不曾见得高下。不想一个猎户一步步挨将近来，见白鹭立在那里伸头展翅，就像与人说话的一般，他便兜起金丝弓，搭上狼牙箭，把那白鹭一箭就射倒了。这正是：

　　左手开弓右手推，穿杨百步有神威。

　　虽然不中南山虎，白鹭翻身一命亏。

　　那绿毛龟见白鹭鸶被箭射倒，正叹息间，谁知一个渔翁撑着一只小船，荡在深潭岸口。绿毛龟见船势来得汹涌，连忙伸开四足望水深处就走。那渔翁看见他走，也不慌不忙，便把铁叉照着龟头叉将去。那龟被铁叉一下，就叉开了圆壳，流出许多鲜血来。真个是：

　　一把钢叉丈二长，锋尖铦利①胜神枪。

　　眼明手快无空放，乌龟今日见阎王。

　　不一时两个畜生都死于猎户、渔翁之手。湘子才现出形来，叹道："一饮一啄，莫非前定。死生有命，富贵在天，信非虚语。"叹息未完，想得起来道："我领了玉帝敕旨，离却金殿去朝参过王母娘娘，就该去辞别两个师父，如何竟自下凡，也不对师父说一声，这是我有罪了。"连忙腾云驾雾，赶到洞府，叫清风、明月禀知钟、吕两师。两师道："湘子领旨去度冲和子，有恁事又转来？"湘子跪告道："弟子奉玉帝敕旨，领了宝贝金书，又蒙王母娘娘赐弟子金牌三面，前往永平州昌黎县度化叔父韩愈，登真了道②，证果朝元③，特亥拜辞师父，望师父指教一二。"两师道："他现做高官，享大禄，如何便肯弃舍修行？汝须要多方点化，不负玉帝差遣才好。"湘子道："叔父若不回心，弟子作何区处？"两师道："汝三度他不回心时，缴还金旨便了。"湘子道："谨遵严命。"正是：

　　古洞闲云已闭关，香风缥缈遍尘寰。

————————

①　铦(xiān)利——锋利。

②　了道——得道。

③　朝元——朝见天皇。

神仙岂肯临凡世,为度文公①走一番。

湘子下得山来,将头上九云巾捺在花篮里面,头挽阴阳二髻,身上穿的九宫八卦跨龙袍,变作粗布道袍。把些尘土搽在脸上,变作一个面皮黄瘦、骨格伶仃、风魔道人的模样,手拿着渔鼓、简板,一路上唱着道情。且说那道情是何等样说话?有《浪淘沙》为证:

　　贫道下山来,少米无柴。手拿渔鼓上长街,化得钱来沽美酒,自饮自筛。

　　渔鼓响声频,非假非真。不求微利与鸿名,一任狂风吹野草,落尽清英。

湘子打动渔鼓,拍起简板,口唱道情,呵呵大笑。那街坊上人不论老的、小的、男子、妇人,都哄拢来听他唱。见湘子唱得好听,便叫道:"疯道人,你这曲儿是哪里学来的?再唱一个与我们听。"湘子道:"俗话说得好,宁可折本,不可饿损。小道一路里唱将来,不曾化得一文钱,买碗面吃,如今肚中饥了,没力气唱不出来。列位施主化些斋粮与小道吃饱了,另唱一个好的与列位听何如?"众人齐声道:"酒也有,斋也有,只要你唱得好,管取你今朝一个饱罢。"那湘子便打着渔鼓、简板,口中唱道:

　　〔遍地锦〕十岁孩童正好修,元阳②不漏可全周。金丹一粒真玄妙,身心清净步瀛洲。

　　二十以上娶浑家③,活鬼同眠不怕她。只怕金鼎走丹砂,撞倒玲珑七宝塔。

　　三十以上火烟缠,却似蚕儿茧内眠。浑身上下丝缠定,不铺芦席不铺毡。

　　四十年来男女多,精神耗散损中和。思量若是从前苦,急急修来也没窠。

　　五十以上老来休,少年不肯早回头。直待元阳都耗散,恰似芝麻烤尽油。

　　六十以上老干巴,孙男孙女眼前花。哪怕个个活一百,皂角揉残

---

①　文公——即韩愈。

②　元阳——即元气,阳气。

③　浑家——妻子的俗称。

一把渣。

七十以上顷刻慌，妻儿似虎我如羊。若有喜来同欢喜，若有忧愁只自当。

一个老儿七十七，再过四年八十一。耳聋眼瞎没人扶，苦在人间有何益？

众人听罢，个个夸奖说好。也有递果饼与他吃的，也有递酒肴与他吃的，也有出铜钱银子与他，说道："风师父，你拿去自买些吃。"也有递尺布、寸丝、麻鞋、草履之类，说道："与师父结个缘。"湘子一一都接了，只吃几个果子，其余酒肴并铜钱、银子、布丝、鞋子之类，随手又散与市上乞丐。众人便向前劝道："这些物件，是我们布施与你的，如何就与了乞丐？莫不是嫌我们不好，不识人知重么？"湘子道："贫道出家人，全靠施主们喜舍，怎敢憎嫌多寡轻重？只是从古至今，酒色财气这四个字是人近不得的东西，贫道怎敢饮酒受财，以生余事？"便又点动渔鼓，唱一套《玉交枝》道：

贪杯无厌，每日价泛流霞①潋滟②。子云③嘲谑防微渐。托鸱夷彩笔拈，季鹰④好饮豪兴添，忆莼鲈⑤只为葡萄酽，倒玉山恁般瑕玷。又不是周晏相沾，糟腌着葛仙翁，曲埋着张孝廉。恣狂情谁与砭？英雄尽你夸，富贵饶他占。则这黄垆畔有祸殃，玉缸边多危险。酒呵！播声名天下嫌。

么待谁来挂念？早则是桃腮杏脸，巫山洛甫⑥皆虚艳。把西子比无盐⑦。哪里有佳人将四德兼？为龙鳌⑧衾枕是干戈渐，锦片似江山着敌敛。可曾悔恋子秾纤？碎鸾钗，闲宝奁，这风情怎强谵⑨？眼见坠楼人，犹把临春占。笑男儿，自着鞭；叹青娥，藏刀剑。色呵！

----

① 流霞——酒名。

② 潋(liàn)滟——水光波动貌。

③ 子云——西汉哲学家、文学家扬雄。子云是字。

④ 季鹰——西晋人张翰，因思念家乡的莼鲈而弃官归隐。

⑤ 莼(chún)鲈——一种水草和鲈鱼。

⑥ 巫山洛甫——美女的代称。

⑦ 无盐——古代丑女。

⑧ 龙鳌(lí)——又作"龙漦"。龙的涎沫。喻祸国的女子。

⑨ 强谵(zhān)——胡说妄语。

播声名天下嫌。

　　么富豪的偏俭,奢华的无过是聚敛。王戎、郭况心无厌,拥金穴,握牙签,可知道分金鲍叔①廉?煞强如牢把铜山占。晋和峤也多褒贬,恰便是朱方聚歼。有齿的焚身,多财的要谦。斗量珠,树系缣②,刑伤为美姝、杀伐因求剑。空有那万贯钱,到底来亡沟堑。财呵!播声名天下嫌。

　　么英雄气焰,貔虎般不能收敛。夷门③燕市皆为僭。空僝僽④,枉威严。探丸厉刃掀紫髯,笑谈落得填沟堑。尽淋漓,一腔丹悭⑤,惹旁人血泪横沾。冷觑王侯暖,守兵铃,发冲冠,雄猛添。惊惶博浪椎⑥,寂寞乌江剑⑦。恁忘了?泡影与河山,算相争都无餍。气呵!播声名天下嫌。倒不如我道人呵!

　　〔醉乡奉〕打渔鼓高歌兴添,采灵芝快乐无厌。大叫高呼,前遮后掩。腾云驾雾,霎时间游遍九天。一任旁人笑我颠。

　　众人听罢,尽皆喝彩道:"这道人虽然有些害疯,恰是博古通今,知文达理,不比那街坊上弄嘴头哄骗人的野路货。"那递酒与湘子的道:"师父,你若不吃我的酒,难为我买来这片心。况且酒是人间之禄,神仙祖代传留下的,就是刘伶、阮籍⑧因之而得道成仙。享天祭地,也用着太羹玄酒。师父今日便吃几杯,也不为害。"湘子被他劝不过,只得吃上几杯,不觉醺醺伴醉,倒在地上。众人见他醉了,便问道:"疯道人,你家在哪里?安身何处?这般醉倒,谁人扶你回去?"内中有一个人道:"这个道人倒也有趣,我们问他一个的确,做个手轿儿抬了他去罢。"湘子见众人唧唧哝哝的碎聒,便踉踉跄跄,立起身来,呵呵大笑,唱《浪淘沙》道:

---

　　①　鲍叔——春秋时齐国人。为人廉洁公正。

　　②　缣(jiān)——一种丝织品。

　　③　夷门——城东门。

　　④　僝(chán)僽(zhòu)——折磨。

　　⑤　丹悭(qiǎn)——诚心。

　　⑥　博浪椎——秦末张良曾与力士在博浪沙处用铁椎狙击秦始皇。

　　⑦　乌江剑——项羽兵败逃至乌江,因无颜见江东父老,以剑自刎。

　　⑧　阮籍——西晋人,竹林七贤之一,性嗜酒,每日大醉。

酒醉眼难开，倒在长街。人人笑我不哈咳①。动问先生居何处？家住蓬莱。

众人见他唱，一齐拍手笑道："师父道情虽是唱得好，你想是苏州人么？"湘子道："我是永平州昌黎县人，不是苏州。"众人道："原来是本地人，怎的不老实，慢说空心话。"湘子道："列位施主在此，贫道不打诳语不瞒天，句句说的是实话，为何说我空心？"转身就走。人人都道："你看这疯子！"一下里跟着他跑去。正是：

世上肉眼欠分明，当面神仙认不真。

虎隐深山君莫问，安排牙爪便惊人。

毕竟不知湘子走到哪里去，且听下回分解。

---

①　哈（hái）咳——叹声。

第十一回
湘子假形传信息　石狮点化变成金

贫者衣中珠，本自圆明好。

不会自寻求，却数他人宝。

数他宝，终无益，只是教君空费力。

争如认取自家珠，价值黄金千万镒。

不说湘子走去。且说长安街上有一个淌老儿，家中也有几贯钱钞，只因不做生意，坐吃箱空，把这几贯钱钞都用尽了。没奈何，穷算计，攒凑些本钱，要开一个冷酒店。拣着这月这日这时，挂起招牌，开张店面。恰好湘子拍着渔鼓简板唱将来：

日月转东西，叹人生百岁稀，总不如我头挽一个双丫髻，身穿领布衣，脚穿双草履。许由瓢①是俺随身计，待何如，云游海岛，谁似俺犹夷②。

湘子唱到淌老儿门首，见店面上挂着花红，晓得是新开酒店。便近前一步道："不化无缘化有缘，莫把神仙当等闲。老施主，今日新开酒店，小道化一壶酒，发个利市。"那淌老儿见湘子走来，连忙的回转了头，只做眼睛不看见，耳朵不听见，不理他。湘子见淌老儿这个模样，又走近前一步，敲着渔鼓唱道：

老公公，我看你两鬓白如绵，你今日开了酒店，只为要赚些钱，因此上，老少们不得安然。俺化你一壶香醪饮，保佑你买酒的闹喧喧。

你若是肯欣然，俺替你做一个利市仙，包得你一本儿增出一倍钱。

那淌老儿道："我今日才做好日，开得这店，你这道人就走将来要化酒吃，难道我开的店是布施店不成？"湘子道："有本生利，我出家人怎敢要老人家布施？只是今日是个吉日，你老人家也该舍一壶酒，做利市钱。"淌老

---

① 许由瓢——此指所拿化缘用瓢。许由，传说中尧时隐士。

② 犹夷——逍遥，无拘束。

儿道:"你这样人忒不知趣,我开下店,还不曾卖一分银子,怎么叫我先把一壶酒舍与你做利市?"湘子道:"和合来,利市来,把钱来。你一毛不拔,也叫你做个人?"淌老儿道:"我老人家苦苦凑得本钱,做好日开这酒店,卖一壶酒恰像卖我身上的血一般,好笑你这师父,蛮力骨碌①要我布施!"湘子道:"不是贫道硬要你老人家布施,只因你老人家新开店,酒毕竟是好的,贫道也讨一个出门利市耳。"那淌老儿吃湘子缠不过,低着头怃了一会,就颤簌簌拿起一个酒盏儿,兜了大半盏酒,递与湘子,道:"师父,我舍这一盏血与你吃,你吃了快些去,省得又惹人来缠我。"湘子道:"你家酒果然好,我吃这盏就醉,若吃不醉,就是你的酒淡了。说怎么人来缠不缠。"淌老儿道:"我白白地舍与你吃,你倒来揭跳我。你这样人也来出家,请燥跸!"湘子拍手大笑,唱道:

　　堪叹那人心不足,朝朝暮暮,只把愁眉蹙②。凡夫怎识大罗仙,
胡言乱语多抵触。笑你年高犹自不修行,开张酒店空劳碌,人心待足
何时足!

唱罢便走了去。那淌老儿道:"你看这人好不达时务,我刚刚开得店,你就来布施,我连忙布施你一盏酒,还不足意,倒说我轻薄他。我若是一滴不破悭③,倒是没得说。"旁边人说道:"淌老官,你快快不要言三语四。这道人也不是好人,你既舍与他,落得做一个囫囵人情。"淌老儿道:"列位请坐。我淌某今庚④七十三岁了,这般的道人不知见了若千若万,哪里稀罕他这一个人。比如我家对门韩尚书老爷家里一位公子,好端端的在馆里读书,平空地两个道人说是终南山上来的神仙,把他公子一拐就拐了去,经今许多年代没有寻处。那韩老爷、韩夫人好不烦恼得紧,终日着人缉访,再没一些儿踪影。今日不是我老淌捏得主意定时,也要被这道人骗坏了。"旁边人道:"然虽如此,只这一盏酒怎么骗得你老人家?"一递一句说了一遍。

　　湘子也不管他,一径走到退之门前。正值姆娘窦氏坐在房中打盹。

---

①　蛮力骨碌——谓十分蛮横。

②　蹙(cù)——皱眉头。

③　破悭(qiān)——不吝啬。

④　今庚——今年年龄。

湘子慧眼观见窦氏未醒，便遣睡魔神托一梦与窦氏。待窦氏醒来，着人寻他，他才乘机去点化她。那窦氏果然梦见湘子立在面前，叫她一声，她惊醒转来，心中好生不快。唤芦英出来商议，要着人去寻湘子。芦英道："这是婆婆心思意想，所以有这个梦，叫人哪里去寻他？"窦氏又叫韩清道："我儿，你哥哥湘子方才在这里，叫我一声就不见了，你快去寻他来见我！"韩清道："哥哥出家许多年，知他在哪里地方，叫我去寻得他着？"正说话间，那湘子坐在街上，把渔鼓简板敲拍一番。窦氏隐隐听见，便道："韩清，这不是敲渔鼓响，怎地说没处寻你哥哥！"韩清道："是一个道童坐在门外马曼石上打渔鼓唱道情，簇拥着无数人在那里听。哪里是哥哥。"窦氏道："你去叫他进来，待我问他，或者晓得你哥哥的消息也不见得。"韩清连忙走到门外，看见这许多人挨挨挤挤，伸头探脑，侧耳跷脚，人架着人在那里听。便说道："你这伙人也忒没要紧，生意不去做，倒在这里听唱道情。他靠着唱道情抄化过日子，难道你们也靠得这道情过日子不成？"这许多人见韩清这般说，打了一声号子，都四散跑了去，只剩下湘子坐在石头上。韩清便走近面前，叫道："道童，我夫人叫你进来，和你说话！"湘子只是坐着不应他。韩清骂道："贼道童，好生无礼！我是韩尚书府里相公，好意叫你，你怎敢大胆坐着不起身？"湘子忖道："我当初在富阳馆中读书，叔父见我自抱书包，怕人笑话，讨得张家孩子张清，改名韩清，跟我读书。想因我出家修行，叔婶没有亲子，抬举他像儿子一般。如何就叫起韩相公来，岂不好笑。待他再来叫我，我把青淄泥①撒他一脸，看他如何说话。"只见韩清又说起那着水官话②，搬起那富阳呔③声，嚷道："你这贼道，真个可恶！若再不起身，叫手下打你这贼狗骨头！"湘子道："我出家人又不上门布施你的钱钞，又不拦路冲撞着你；你怎么就骂我，平白地又要打我？"手拿青泥一把，照脸撒将去。

　　韩清气忿忿跑进家里，叫人去打他。窦氏看见他变了脸乱跑，便叫住他道："我使你去叫那打渔鼓的道人，你怎的做出这一副嘴脸来？"韩清只得立住脚，回复道："孩儿去叫那贼囚，他身也不立起来，倒拿把青淄泥撒

---

① 清淄泥——黑泥。

② 水官话——拿腔作调，造作的官话。官话，通行的语言。

③ 呔(tǎi)——方言。说话带外地口音。

我一身。我如今叫人去拿他进来,吊在这里,打他一个下马威,才消得我这口气。"窦氏道:"必定是你倚家主势,打那道童,道童才敢将泥撒汝。汝快快进去,不要生事,惹得老爷不欢喜。"韩清只得依言走了进去。窦氏唤叫张千道:"门外那敲渔鼓的道童,你好好地叫他来见我,不要大呼小叫,吓坏了他。"张千果然去叫湘子道:"小师父,我府中夫人请你进来唱个道情,散一散闷。你须小心上前,不可撒野放肆。"湘子便跟了他进来见窦氏,道:"老夫人,小道稽首①。"窦氏道:"童儿,你是几岁上出家的? 如今有多少年纪了?"湘子道:"小道是十六岁出家,也历过几遍寒暑,恰忘记了年庚岁月。"窦氏道:"出家的囊无宿钱,瓮无宿米,东趁西讨,有恁么好处? 你小小年纪,便抛撇了父母妻小,做这般勾当。"湘子道:"夫人有所不知,小道有诗一首,敢念与夫人听者。"诗云:

> 一钵千家吃,孤身万里游。
>
> 为求生死路,乞化度春秋。

窦氏道:"千家饭有米麦生熟不均,烂湿干燥各别,吃在口中,有恁么好处? 少年孤身一个,东不着庵堂,西不着寺观,飘荡荡似浮云孤鹤一般,饱一餐,饥一日,有恁么好快活? 想起当初一时间差了念头,抛撇了家属,走了出家,就像我湘子一般行径,只怕如今也悔之晚矣!"湘子道:"小道并无悔心。只为着要度两位恩养的父母,故此暂离山洞,到这里走一遭。"窦氏道:"你从哪一山来的?"湘子道:"小道是从终南山来的。"窦氏问张千道:"天下有几个终南山?"张千答道:"十五道三百五十八州府,只有一个终南山。"窦氏又问湘子道:"你那山到我这里有多少路程?"湘子道:"陆路有十万八千七百八十五里,还有三千里水路不算。"窦氏道:"你走几时才到这里?"湘子道:"不瞒夫人说,小道今早巳时在山上辞别了师父,午时就到长安。"窦氏笑道:"先生这般说,莫不是驾云来的?"湘子道:"云便不会驾,略略沾些雾露儿,故此来得快。"窦氏道:"先生既腾云跨雾,往来霄汉之间,这一定是一位神仙了。"湘子道:"我头顶泰山,脚踏大地,手托日月,腰揭②青天,四壁上没有遮拦,徒然怕无端漏泄。筑基炼己,功行满三千;降龙伏虎,不让大罗仙。"窦氏道:"先生上姓?"湘子道:

---

① 稽(qǐ)首——低首致礼。

② 揭(tuò)——撑拒。

"姓卓名韦。"窦氏道:"先生,你既是从终南山来,我要问你一个消息。"湘子道:"夫人问什么消息?"窦氏道:"数年前,有两个道人将我侄儿拐上终南山去,至今没有信息。不知他生死存亡,朝夕悬挂,所以要问先生一声。"湘子道:"夫人侄儿叫恁么名字?"窦氏道:"名唤韩湘,小字湘子。"湘子道:"山上是有两个湘子,只不知哪一位是夫人的侄儿。"窦氏道:"他两个约有多少年纪?"湘子道:"大湘子是海东敖来国长眉李大仙的徒弟,约有一千多岁了。"窦氏笑道:"先生错说了,大湘子敢只有一百岁。"湘子道:"小湘子是永平州昌黎县人氏,山上钟离师父、两口先生①的徒弟,还不满三十岁。"窦氏道:"据先生所言,小湘子是我的侄儿了。可怜!可怜!我侄儿几时才得回来?"湘子道:"我听得他说不回来了。"窦氏道:"他身上衣服何如?日逐吃些恁么物事?"湘子道:"那湘子效三皇圣父,身穿草衣,日餐树叶,苦捱时光,像小道一般模样。"窦氏哭道:"湘子儿,你在他乡外郡,受这般凄凉苦楚,只你自家知道,你叔父腰金衣紫②,哪一日不想着你来!"湘子道:"夫人不必啼哭,小道几乎忘了,今早小道起身时节,小湘子曾央我寄有一封家信在此。"窦氏道:"谢天谢地,有了信息,就好着人去寻他了。先生,我侄儿书信如今在哪里?拿来我看,重重酬谢先生。"湘子假向腰间摸了一摸,道:"咳!小道因今日起得早了些,在那聚仙石上打个盹,倒失落了小湘子的家书,如何是好!"窦氏道:"我侄儿千难万难,寄个家信,如何把来失落了?这可是受人之托,终人之事的。"湘子想一想,道:"书信虽故失落,小湘子写的时节,我曾见来,还记得在此,小道便念一遍与夫人听罢。"窦氏道:"书是怎么样写的?你快念来,省得我心里像半空中吊桶,不上不落。"湘子道:"他写的是《画眉序》一首,夫人听小道念来:

儿封母拆书,霜毫③未染泪如珠。幼年间,遭不幸,父母双徂④。多亏叔婶抚遗孤,养育我二八青春富。虽然娶妻房林氏芦英,抛撇了去出家修行不顾。算将来六载有余,炼丹砂碧天洞府。谨附书拜覆,

---

① 两口先生——两口为吕,指吕洞宾。
② 腰金衣紫——唐朝官制,三品以上服紫,佩金符。
③ 霜毫——白色未染墨的毛笔。
④ 徂(cú)——同"殂",死去。

婶娘万勿空忧虑,万勿空忧虑!"

窦氏听念书中说话,号啕大哭。正是:

世上万般哀苦事,无过死别与生离。

今朝忽闻湘子信,高堂老母愈悲啼。

这湘子见窦氏号啕大哭,便打动渔鼓简板,唱一个《浪淘沙》道:

贫道乍离乡,受尽了恓惶;抛妻恩爱撇爹娘,万两黄金都不爱,去躲无常①。

窦氏道:"我看先生身上衣服也没一件好的,甚是苦恼,没要紧去出家。"湘子又唱道:

身穿破衣裳,百纳千行;手中持钵到门旁。上告夫人慈悲我,乞化斋粮,乞化斋粮。

曹溪水茫茫,上至明堂;胎元十日体生香。身外有身真人现,怕甚无常,怕甚无常。

窦氏见说,呵呵笑道:"这般一个艰难道人要化斋粮度日,兀自说嘴夸能。自古来有生必有死,就是佛也不免要涅槃②,老君也不免要尸解,你怎么躲得那'无常'二字?"湘子道:"偏有小道躲得'无常'。"窦氏道:"孔圣留下仁义礼智信,老君留下金木水火土,佛家留下生老病死苦。尔且把佛家那五个字唱一个与我听。"湘子轻敲渔鼓,缓拍简板,唱《浪淘沙》道:

生我离娘胎,铁树花开,移干就湿在娘怀。不是神天来庇佑,怎得成孩?

窦氏道:"人生在世,老来如何?"湘子唱道:

白发鬓边催,渐渐猥衰③,腰驼背曲步难移,耳聋不听人言语,眼怕风吹。

窦氏道:"老来得病如何?"湘子唱道:

得病卧牙床,疼痛郎当,妻儿大小尽惊惶。晓夜不眠连叫苦,拜祷医王。

---

① 无常——佛家谓世间一切事物不能久住,都处于生死成灭之中。

② 涅槃——佛家语,指圆寂,死亡。

③ 猥衰——衰老。

窦氏道:"死去如何?"湘子唱道:

> 人死好孤恓,撇下夫妻,头南脚北手东西,万两黄金将不去,身埋
> 土泥。

窦氏道:"死去受苦如何?"湘子唱道:

> 死去见阎王,痛苦彷徨,两行珠泪落胸膛。上告阎王慈悲我,放
> 我还乡。"
>
> 又:瓜子土中埋,长出花来,红根绿叶紫花开。花儿受尽千般苦,
> 苦有谁哀?

窦氏道:"卓先生,那浮世上光阴,你道如何?"湘子道:"浮世上急急忙忙,争名夺利,皆为着一身衣食计,儿女火坑,牵缠逼迫,何日得个了期!古语云:'百岁光阴若火烁,一生身世水泡浮。'寻思起来,人有万顷良田,日食一升米;房屋千间,夜眠七尺地。何苦把方寸来瞒昧天地,不肯修行,就是那夫妻子母恩爱也有散场的时节。徒然巴巴急急,替人作马牛,有何益哉!"窦氏道:"卓先生,我侄儿不肯回来,我如今助你些盘缠,劳你捎一个信儿与他,叫他早早归家,以免我们悬望。你肯捎去否?"湘子道:"书信替夫人捎去,盘缠小道却用不着。"窦氏道:"你衣不遮身,食不充口,拿些盘缠去,也省得一路上抄化,为何用不着?"湘子道:"小道有诗一首,呈上夫人。"诗云:

> 不事王侯不种田,日高犹自抱琴眠。
>
> 起来旋点黄金用,不使人间作孽钱。

窦氏道:"怎么叫做作孽钱?"湘子道:"官吏钱,都在那滥刑枉问棒头上打来的;僧道钱,都是哄那十方施主三宝面上骗来的;经纪担头钱,都是那抠心挖颡①算计得来的;新鲜腌腊行里钱,都是那戕生好杀害物性命换来的;赌坊、衖衕②人家钱,都是那没廉耻、没礼义拐来的。这都叫作孽钱。小道哪里用不着。"窦氏怒道:"我好意要助你盘缠,你倒说出这许多唠叨浑话来。"湘子又吟诗一首道:

> 怕做公婆懒下船,饥时讨饭饱时眠。
>
> 风雷雨雪都堪卖,石化金银土化钱。

---

① 颡(sǎng)——脑门,额头。

② 衖(háng)衕(yuàn)——妓院。

窦氏怒道："风雷雨雪都是天上神物,如何随你变卖? 石头泥土,乃至贱东西,如何可点化作金银? 张千,可赶这野道童出门去!"张千禀道:"夫人息怒,郏卓先生说会点石成金,夫人何不叫他点些看看。若点不成时,送到五城兵马司,问他游手骗财,惑世诬民,大大的罪名,他也甘心瞑服。"窦氏道:"也说得是。"便叫湘子道:"先生,你既说会点金,可把石头点些与我看?"湘子道:"夫人快着人取石头来,小道自有点化。"窦氏叫张千:"去睡虎山前取几块大石头来!"张千便叫众人同去。众人道:"哥,你叫我们何处去?"张千道:"那道童说会得点石成金,夫人叫我去拾些石块来与他点。你们都去拾些来,待他点成了,讨回家去也是好的。"众人听说,恨不得挑一担来。热烘烘一阵都望睡虎山前跑去。

湘子暗道:"婶娘叫人去取石头,我不放些手段出来,他也不信我是神仙。且吹一口气去,把那山前山后的石块都遮藏不见,看他如何处置。"当下,湘子显出神通,把气向睡虎山一口吹去,果然大大小小石头一块也没有了。张千同众人满山前后去寻一遍,要鸡蛋大石子也没一块,惊得呆了。道:"这山上石头被谁人都搬了去? 若不是神偷鬼运,定然是这道童点化不来,故弄些法术遮藏过了。"只得回复窦氏道:"各处寻转,没有一块石头。"窦氏道:"山边既没有石头,可叫人夫去抬那石狮子来。"湘子道:"不消人夫去抬狮子,只用阳犀手帕一条,净水一碗,夫人焚香下拜,小道叫那石狮子自家走来。"窦氏就叫张千快取手帕、净水、香炉。张千忙取来时,湘子将阳犀手帕盖在狮子身上,窦氏拜跪上香。湘子用仙气一口吹去,那石狮子就如活的一般,望里面跳将进来,这狮子如何模样:

头上毛旋螺卷起,眼眶内露出金睛。遍身毛片似铜针,五爪攫拿不定,牙齿森排剑戟,舌尖风卷残云。山中虎豹尽心惊,只怕普贤拴定。

窦氏见狮子跳跃进来,惊得坐身不定。湘子斥道:"畜生住脚! 不要惊动贵人。"狮子就住了脚,依然是一个守门的石狮子,没些儿活动。窦氏道:"我虽是个女流,也晓得些道理。你既要点石为金,必须用些药物。快快说来,我好着人置办。"湘子道:"点石成金非容易,只要夫人着眼观。"那湘子仍用阳犀手帕盖在狮子身上,向葫芦内倾出一粒金丹,将来放在狮子口内,含水一口,向他一喷,口中念念有词,把右手一指,喝道:"西山白虎正猖狂,东海青龙势莫当。两手捉来临死斗,化成一块紫金霜。畜生不变,更待何时!"猛然间,天昏地暗,有一箇时辰。只见霞光掩映,瑞气缤纷。揭起手帕看时,变做一个金狮子。有《西江月》为证:

本是深山顽石,良工雕琢成形。崚嶒①气象貌狰狞,镇守门庭寂静。

今日有缘有幸,皮毛色变黄金。劝君莫笑巧妆成,世情翻掌变,总是这般情。

窦氏看了,道:"真是金狮子。"张千禀道:"狮子外面见得是金,里面端只是石头。夫人不要信他!"窦氏叫湘子道:"卓先生,这金是假的。"湘子道:"夫人凿一块看,便见真假。"窦氏便叫张千:"取锤凿来,看是金是石。若是金,方信这先生是神仙。"张千连忙拿锤凿,把狮子凿下一只脚爪。打一看时,里面比外边更紫黄三分。吓得张千目瞪口呆,倒退三步。窦氏道:"果有这般奇事。"张千跪禀窦氏道:"这神仙变得好金狮子,夫人赏他些酒饭吃也好。"窦氏便叫厨下安排一桌斋来与卓先生吃。张千抬桌面去摆在书房里,才来请湘子。湘子本待不去吃他的,晓得张千、李万要偷他葫芦内仙丹,不好说破他,只得随他到书房里坐下。他两个站在一壁厢。湘子道:"这许多酒肴,我吃不了,两位长官不憎嫌贫道,同坐吃一杯,何如?"张千道:"我也吃不多的。"李万道:"贫穷富贵,都是八字所生。先生是位神仙,我们有缘得遇,再添些酒,陪奉先生一醉。"湘子道:"我也量浅,三五杯就醉了。"他两人果然又拿些酒,对着湘子,你一杯、我一盏,吃了个不亦乐乎。

湘子略吃几杯,假推沉醉,故意倒在地上,鼾睡如雷。那张千就手去解他那葫芦。李万道:"葫芦没了,他醒来时,左右寻着我两人,少不得要还他。不如偷他些丹药,拿来点些金子用,倒是便益。"张千依了李万的话,在葫芦内倾出一丸药来,上得手时,变做一块火,张千丢也丢不及。李万不肯信,也去倾出一丸来,只见一条花蛇盘住手掌,惊得他两个魂飞魄散,丢在地上。那蛇与火依然向葫芦口钻进去了。恰好湘子醒来,假问道:"长官,你们为何在此喧闹?"张千道:"师父睡了,我们不曾去回复得夫人,怕夫人见责,故在此计较。"湘子便同往谢窦氏。

窦氏道:"我门前还有一个石狮子,先生索性也点成金子,待我相公回来,献与朝廷,讨一个官与你做。"湘子见说,微微笑道:"官有恁么好?

①　崚(léng)嶒(céng)——高峻突兀貌。

小道不要他做。有诗在此：

　　　　为官不甚高，纸绳作系绦。

　　　　干时空好看，下水不坚牢。"

窦氏道："这野道人甚不中抬举！你怎敢句句伤我？我也回你一首诗。
诗云：

　　　　为官身显达，功名四海扬。

　　　　你是枯杨树，岂能作栋梁？"

湘子道："杨树虽枯，逢春便发。贫道再献诗一首，夫人听取。"诗云：

　　　　杨树虽然死，还堪作栋梁。

　　　　为官运限到，败落势难当。

窦氏听了大怒，便叫张千赶他出去。湘子暗道："婶娘偌大年纪，还不知
死活，贪心不止，如何是好？我今日且去，再作理会。"正是：

　　　　酒逢知己千盅少，话不投机半句多。

　　毕竟不知湘子还来否，且听下回分解。

第 十 二 回

退之祈雪上南坛　龙王躬身听号令

> 黄芽白雪不难寻,达者须凭德行深。
>
> 四象①五行②全藉土③,三元④八卦岂离壬⑤。
>
> 炼成灵质人难识,消尽阴魔鬼不侵。
>
> 欲向人间留秘诀,未逢一个是知音。

不说湘子出门去了,且表唐宪宗皇帝登极以来,田禾丰熟,万民安堵⑥。不料这二年旱魃⑦为灾,雨雪不下,井底无水,树梢生烟,百姓俱不聊生。乃传旨谕诸大臣道:"朕即位四年,禾生两穗,麦秀双岐⑧。二年以来,朕躬不德,上天示警,以致树木焦枯,井泉干涸,野无青草,户绝炊烟。尔文武百官,谁人肯领我旨,去南坛祈求雨雪?若在半月之内,祈得雨雪下来,官上加官,职上加职;若求不下来,是天绝朕命,情愿搭起柴棚,身自焚死,以谢下民,以答天谴。"退之道:"臣韩愈愿领旨到南坛祈雪。若祈不雪来,臣甘自焚,以谢陛下。"林学士道:"臣林圭愿领旨监坛。若韩愈祈不雪来,臣甘同焚,以报陛下。"宪宗见说,龙颜大喜:"二卿用心前去,以副⑨朕怀。"退之与林圭两个出得朝门,便叫张千吩咐长安县整备五方旗帜,点拨执事人员,俱在南坛伺候;一应官民人户,各各焚香点烛,向空祈祷。张千吩咐已毕。

---

① 四象——指四方。

② 五行——古代以金木水火土为五行。

③ 藉土——凭借于土。五行以土为首。

④ 三元——古代以六十甲子配九宫,上、中、下三甲子为三元。

⑤ 壬——天干第九位。

⑥ 安堵——安宁。

⑦ 旱魃(bá)——旱神。指旱灾。

⑧ 双岐——双穗。

⑨ 副——合乎。

那湘子在云端内听见这个言语，便道："原来叔父与岳父要往南坛祈求雨雪。这般天气，如何得有雪下来，我明日就到那里去度他一番，再作计较。"又道凡夫肉眼不识神仙妙用，即便改变形容，脱换衣服，把花篮悬在手腕上，渔鼓简子拿在手中，一路里唱着道情到南坛去。远远望见五凤楼前彩旗高挂，香案端严；户户门前供奉龙王牌位，小缸满贮清水，四围插下柳枝、树叶、香花；灯烛摆列停当。街坊上老的、小的都在那里仰天而告。湘子便走近前，假意的高叫道："列位贤良，贫道稽首。你众人摆着香案，莫不是迎接我大罗仙么？"众人抬头，看见湘子面黄肌瘦，丑陋不堪，便道："小道童，快休说这般大话！你也晓得一句非言①折尽平生之福么？如今天气亢旱②，民不得生，皇上差韩老爷、林老爷上坛祈求雨雪，故此摆列香案，祷告天地。"用手一指，道："兀的不是韩老爷来也！"湘子闪在一迍看时，那退之朝衣象简③，端端肃肃坐在马上，前面头踏一对对呵喝而来，十分齐整。那林学士也是朝衣象简，恭恭敬敬，迤逦随后。湘子看了一会，乃走上酒楼，沽一壶美酒，自斟自饮，自唱自歌。他唱的是一阕《雁儿落》：

> 看青山绿水沉，见松柏常依旧。石崇万贯财，彭祖千年寿；究竟来归何有！我每日常安乐，朝朝得自由，快活无愁，万事皆成就。舒展那自由，饮数杯长生不老酒。

湘子饮酒中间笑道："叔父，叔父，你是个凡人，如何祈得雪来？却不枉费朝廷钱粮，百姓辛苦。我且过几日去代他祈一天雪，显出手段与他看，才好度他。"

果然这韩退之同林学士在南坛上虔诚祈祷，昼夜加修，荏苒已过十有二日，不要说雪，就是云，天上也没有一点半片。退之忧闷倍增，林圭焦烦愈甚。没法处置，只得张挂榜文，通行晓谕。那榜如何写的？但见：

刑部尚书韩

翰林学士林

为祈祷事：照得天时亢旱，泉水焦枯；土著居民，旅游商贾，俱各逃生，

---

①　非言——冒犯的话。

②　亢旱——大旱。

③　象简——象牙厈制手板，朝官所执。明以前，一至五品执象简。

不安故业。见今祈祷，无法感通。为此榜示：不论仕宦军民、行商坐贾、云游僧道、居士山人，真有德行法术，会祈雨雪者，当率文武百官，礼请登坛。如果应验，奏闻给赏。

右榜谕众知悉

榜文张挂方完，东门外有一个老儿，姓王名福，立在榜边，看得明白，转身回去。恰好湘子抱着渔鼓，歌唱而来。简板上写着"出卖瑞雪"。这王福走得眼花乌暗，抬头看见湘子的简板，便扯住湘子道："师父，你有雪卖？卖些与我。"湘子道："你真要买？兑下银钱，我便叫他飞下来卖与你。"王福道："你这道人，想是疯癫①了。这般大旱，皇帝命百官在南坛祈祷了十多日，还不能够一点雪来，你敢说叫他飞下来卖与我，岂不是疯癫的说话！"湘子道："我倒不疯，风云雪月都在我两袖中。只怕那官儿祈不下雪，唐皇发怒不相容。"王福道："既有如此手段，便到南坛祈一天大雪。待韩老爷奏准，朝廷敕封你做个国师，起造一所道院与你居住，岂不是一场富贵。"湘子道："我不要封做国师，起造道院，只要韩老爷千万两黄金，一百斛明珠，便替他祈一天大雪。"王福道："师父，瓶儿罐儿也是有耳朵的，那韩老爷一清如水，哪里得有这许多金珠送你！"湘子道："他既然清廉没有钱，我便做个舍手传名的事，只要他率领百官，一步一拜，请我登坛，包得扬手是风，合手是雪。"王福道："韩老爷奉皇上圣旨，为万姓痌瘝②，便一步一拜，他也是肯的。只怕师父没有这般手段。"湘子道："手段倒有，只是没人去对韩老爷说，叫他一步一拜来请我。"王福道："师父，你是哪里来的？姓恁名谁？说得明白，我好去报与韩老爷知道。"湘子道："我是终南山来的，唤做卓韦道人。"王福道："终南山离我京师有多少路程？"湘子道："十万里多些儿路程。"王福道："师父一路里抄化将来，也走了几个月日？"湘子道："我早来早到，晚来晚到，哪消几个月日。"王福道："我只听得人说，世上有乘云驾雾的仙人，眼睛实不曾见。师父这般小小年纪，难道会得驾云？"湘子道："我云不会驾，只是足下生云。"王福道："师父休要取笑，我老人家吃盐比你吃酱还多，你怎么把那没巴臂的话来哄我？"湘子道："我从小儿老实，再不会说一句谎的。"王福便乃吩咐街坊

---

① 疯癫——疯相。
② 痌（dòng）瘝（guān）——疾苦。原指病痛。

上众人道:"列位上下,仔细看着这位师父,安排些好酒好食款住他,不要放他走了。待老拙①跑去报与韩老爷知道,便来请他。"街坊人众道:"老尊长请自便,只要走快些,不要逢人说话、着处生根才好。"王福吩咐已罢,拽开脚就跑,一径跑到南坛门处。正是:

　　一心忙似箭,两脚走如飞。

　　王福跑得面红气喘,立脚不牢,一堆儿蹲在地上。那南坛外把门的职官,见王福这般模样,便拦住他问道:"老头儿,急急忙忙跑到这里,要见哪一位老爷,告怎么状? 这两日各位老爷斋戒,一应词讼都不准理。你空跑这一个角直②了。"王福喘吁吁的答应道:"我也不告状,我也没有词。只因朝廷洪福齐天,文武百官造化,这方黎庶灾星该退,感动得上天降下终南山一位道童,头挽双丫髻,身穿粗布衣,手持渔鼓,简板上写着'卖雪',年纪不上二三十岁,他说上坛之时,扬手是风,合手是雪。小老儿不敢隐藏,特特跑来禀过众位老爷,快去请他来做法师。"把门官问道:"你老头儿叫做怎么名字?"王福道:"小老儿叫名王福。"把门官便领了王福,直到厅阶下面,跪着禀道:"上老爷,方才张挂榜文,这老儿来说长安街市上有一个道童,简板上写着'出卖风云雨雪',老儿问他果有手段没有,那道童说:'请我上坛,包得就有雪下',故此这老儿来见老爷。"退之听说,十分欢喜,便问王福道:"道童如今在哪里?"王福上前应道:"是小老儿留在家中。"退之就叫锦衣卫官同一员旗牌官去请湘子。

　　他两个同王福出了南坛,来到东门外,看见有百十余人围定着湘子。他两个分开众人,打一看时,吃了一吓,扯扯王福道:"南坛中见有许多法官,一个神充气壮、道行高强的还没有手段法术祈得雪来,这般一个道童,性命也活不久长的,哪里有怎么手段! 你保举他?"湘子听见锦衣官的说话,便呵呵笑道:"官长休得小觑人,那坛中枉有许多法官,把与小道做徒孙也用他不着。"锦衣官转口道:"众位老爷着我二人来请先生上坛祈雪,救济万民,望先生早行动些,以免悬望。"湘子道:"既来请我,我岂不去? 官长请先行,我随后便至。"锦衣官道:"这是脱身之计了。"开口未完,湘子化阵清风就不见了。锦衣官惊得面如土色,一把扭住王福道:"老官

────────────

①　老拙——自称谦词。

②　角(lù)直——厡为地名。此指空跑远路。

人,不是我得罪,来说是非者,便是是非人,今日这场祸事,你自去见韩老爷分说,我们不替你担这干系。"王福合口不来,只得跟他两个同走。一路上,如牵羊入市,一步不要一步,扯扯拽拽,才到南坛。

不想湘子先坐在大门上。锦衣官看见湘子坐在那里,便指与王福道:"那坐的不是道童? 真好古怪。"王福把手揩一揩眼睛,近前一步道:"师父从哪里先走了来? 把老拙魂灵都吓得不在身上。"湘子道:"老官人不必担忧。我出家人走动如风,哪里比得你们摇摆。我说一是一,决无虚言。长官放这老官人先回去罢。"锦衣官依言,便放了王福的手。那王福如脱网的鱼、高笼的鸟,不顾着脚步高低,性命死活,一径跑了回去,不在话下。

湘子问锦衣官道:"长官,这三座门为何一高二低,侧首又开这扇小门?"旗牌官道:"中间那座高的是龙凤门,皇帝御驾来才从此门进去,一年只开得一次;两边低的是文武百官走的甲门。"湘子道:"长官,我今日从哪一门进去?"旗牌官道:"师父,三座门都不是你走的。我领你从侧首小门里进去。"湘子道:"我出家人左肩青龙①,右肩白虎②,前有朱雀③,后有玄武④,岂可从小门里走动? 你开中门,我才进去。"锦衣官大惊失色,道:"礼部尚书专管辖天下僧道的也走不得中门,你不过是一个方士道童,谁敢开中门放你进去?"湘子道:"僧道也有贵贱,岂可繁华一例看? 若不开中门,我便走了回去,哪个敢阻挡得我住!"锦衣官暗道:"手段不知若何,且是要四司六局,待他祈不得雪来,然后去奈何他,不怕他走上天去。"当下吩咐旗牌官道:"你们仔细看着他! 我进去禀过老爷又处。"那锦衣官到里面禀道:"终南山道童已请在门外,只是胆大得紧,小官不敢说。"退之道:"他怎么样胆大? 说来我听。"锦衣官道:"他到得门首,便立住了脚,问:'这三座门为何中间高,两边低,旁边又开这扇小门儿?'小官说:'中间是上位爷爷行走的,故此高;两边是文武东西各位老爷出入的,故此比中间略略低些;这扇小门乃是杂色人往来的。如今师父要从小门

①　青龙——原为东方星宿名。后代指东方。此指道教所信奉的东方之神。
②　白虎——原为二十八宿中西方七宿的合称。此指道教所奉西方之神。
③　朱雀——二十八宿中南方七宿的合称。此指道教所奉南方之神。
④　玄武——二十八宿中北方七宿的合称。指北方之神。

里进去，见各位老爷。'那道童说：'开了中门，我才进去上坛。'若不开中门，他决不进来。叫老爷另请别人祈雪。小官不敢擅便，但凭列位老爷上裁。"退之听说，怒从心上起，恶向胆边生，喝叫左右："去拿那道童进来！着实打他四十大棍，追他度牒，解还原籍去。"林学士拱手说道："韩大人不必发恼。那道童敢出大言，必有大用，如今正是要紧用人时节，何必琐琐①与他计较？俗语说得好：'杀私牛，卖私酒，不犯出来是高手。'学生与亲家奉着圣旨，为着万民，今日私开禁门，请他进来祈得一天好雪，就是皇上见罪，也自甘心，况且文武官员都在这里看见的，又不瞒了哪一个，谁人敢在上位面前道个不字？但若皇上知道见罪，都是学生承当。"退之依了林学士言语，叫张千："去揭下封皮，开了中门，放那道童进来。"

　　张千走到门外，去请湘子。看见湘子十分丑陋，不像一个神仙，便道："先生，一来今日用人之际，二来你的造化到了，众老爷特特开了中门，等你爬进去。"湘子道："我又不是乌龟，怎么说爬进去？"张千道："先生年纪小，身材短，这中门门槛高得紧，怕先生跨不过去，故此说个'爬'字，休要见罪。"湘子道："长官，贫道住在山中，多见树木，少见人烟，哪得福分在禁门②内出入！烦长官去请众位老爷出来，接我一接。"张千道："出家人吃一巴二，肯开中门许尔出入，已是过分了；又思量要各位老爷出来迎接，岂不是自讨死吃！"湘子笑道："你老爷来求我，不是我来求见，若迎接我进门祈下雪来，也是你老爷的造化，怎么说我自寻死路？"张千只得又到厅前，禀退之道："那道童无福走大门，要众位老爷去接引他进来。"退之又大怒道："怎么野道童敢装出这许多模样，快把铁链去锁押他来见我！"林学士道："韩亲家不消动气。禁门且开了让他走，我和你接他一接，也不过是为国为民，哪里便打落了我们纱帽翼翅？岂不知汉时韩信不过是胯上辱夫，高祖筑坛拜他为将，然后逼得项羽乌江自刎，田横海岛身亡，成就了汉朝三百余年基业。那道童虽比不得韩信，我们也须学周公一饭三吐哺③，一沐三握发，礼贤如渴的意思才妙。今日便屈抑这一遭儿，有何妨害？"退之听言，只得与林学士同走出坛门外头，去迎接湘子。两边陌

――――――――――

①　琐琐——琐碎貌。
②　禁门——皇宫之门。
③　三吐哺——三次吐出口中的饭。据说周公为接待贤才，一顿饭要停下三次。

排列着百十员文武官僚,丹墀①内齐站着千余辈法师僧道。旗牌官跑上前,叫湘子道:"师父好造化,韩老爷出来接你。你快快起身接上前去。"湘子全然不理,直待退之与众官走近面前,他才起身说道:"列位大人,贫道稽首。"林学士并众官各还他一礼。退之只做不见,不还他礼。湘子指着丹墀下问道:"这许多僧道在此何干?"林学士道:"这都是祈雪的法官,先生休轻觑他们。"湘子鼓掌笑道:"这群人睡卧也不知颠倒,饮食也不知饥饱,怎么也来祈雪?"林学士道:"因这伙人祈不下雪来,故此启请先生上坛。"湘子道:"大人几时要雪?"林学士道:"圣上限在半月之内要雪,学生们祈祷也是十三日了,只在明日下雪便好。"退之道:"玄门有二十四样祈祷,你是哪一门法术?"湘子道:"贫道是五雷天心正法。"退之道:"要备办哪几行物件?"湘子道:"大人,贫道只用新桌子十张,黄旗十把,执旗童子十人,瓦瓮十个,芦席十条,摆列坛前听用;再用猪头一个、酒一坛、馒头十个,待贫道登坛取用。"退之道:"一坛神将,怎么用一个猪头祭他?"湘子道:"大人休管,祭得祭不得,只要雪下便罢。"退之道:"若求得雪来,我奏准朝廷,另排筵宴,重封官职,决不慢你。"湘子道:"贫道久住山林,只吃惯黄齑淡饭②,吃不得御宴糟食;只晓得擎拳扣讯③,不晓得谄媚足恭④。"退之怒而又笑道:"这道童只说些伤时言语。"便留湘子在坛内斋房歇息。

到得次日,诸色物件俱已齐备。果然退之与林学士率领百官,礼请登坛。湘子吩咐:"把桌子按五方摆下,每方两张,桌子叠做高的,上面放一只瓦瓮,下面也放一只瓦瓮,瓮中满贮清水,把芦席盖在上头。"两个道童,各按方色执定旗号,立在桌子旁边,听候湘子行持法事。那湘子行行然走上坛去,把两袖卷起,将酒满饮一杯,又将猪头、大馒头扯碎了,虎食狼吞吃一个罄尽⑤。众官僚及僧道法官人等只说湘子自家吃了,谁知他暗里赏了天将。湘子开口道:"贫道酒醉食饱了,要新席子一条、枕头一

---

① 丹墀(chí)——宫廷中台阶。
② 黄齑(jī)淡饭——指粗劣的饭食。
③ 扣讯——问讯。
④ 足恭——媚态。
⑤ 罄(qìng)尽——完全吃完。

个、大被一床，待贫道稳睡一觉起来，与大人祈雪。"退之道："列位大人请看，这道童只有骗酒食的手段，哪里会得求雪！"林学士道："亲家且不要忙，只问他几时有雪就是。"退之便问道："先生睡了，几时得有雪下罖？"湘子道："巳时起风，午时有雪，直下三尺三寸才住。"退之道："既然如此，请先生稳睡。"大家暗笑不止。

哪知湘子不是要睡，乃是睡功祈祷。睡在席上，鼾声如雷，汗出如雨，阳神直到南天门外。把门天将问道："韩神仙，你去度冲和子，度到哪里了？"湘子道："早哩，早哩，还不曾有影哩。"天将道："你此来有何事故？"湘子道："有件紧急公文，要见玉帝哩。"天将乃引湘子直上龙霄宝殿，朝参玉帝。湘子把退之南坛祈雪的事备奏一遍。玉帝忙传旨意，宣四海龙王、雨师、风伯都随着湘子，要扬手是风，合手是雪，不得违误。湘子便领了众神，同到南坛听候指使，不在话下。

且说退之一行官宰并许多法师，只等巳时起风，午时下雪。看看日已傍午，湘子犹然鼾睡，不见风起，大家叮叮噹噹①，唠唠叨叨，都在那里说笑。那些法官道："我们自幼学习五雷天心正法，还求不得一点雪来。他这模样，又不见书符念咒，红皎皎这轮日头，须得寻一个大鹏金翅鸟来遮住了他，不然纵是神仙，也不能够午时下雪！"说笑中间，忽然湘子醒来，立在坛上，叫退之道："韩大人可同众人退在廊下向西北方跪着，等候东海龙王送雪来。"退之道："从古以来，彤云②布，朔风③旋，方才像下雪的光景，这般日色皎洁，玉宇清明，风也没有一阵，如何能够有雪？"湘子道："大人你说没风，要风打怎么紧！"便在西首童子手中拽一把旗来，向西北角一招，叫道："西海龙王敖英，怎的不起风？"叫声未罢，只见半空中彤云霭霭，一气飕飕④，东南云长，树枝剪剪摇头，西北雾生，尘土纷纷扑面。那西海龙王敖英躬身喏道："韩神仙，这不是风？"刮喇喇⑤一阵卷将过来，真好大风。排律为证：

---

① 叮叮噹(dōng)噹——即丁丁冬冬，像声词。
② 彤云——红色云层。
③ 朔风——北风。
④ 飕(sōu)飕——风紧吹貌。
⑤ 刮喇喇——风声。

       刮刮走埃尘,飕飕过树林。海翻银浪阔,山滚石头沉。骏马嘶长道,兰房①坠绣针。飞鸢落双翮,池水逆游鳞。黄叶蟠空舞,青山扫见根。泥神吹倚壁,金殿响悬铃。行路难回首,疏帘挂不成。这般风作雪,哪怕不缤纷。

又诗云:

       一阵西风万叶飘,园林树木折枝腰。

       上方刮倒婆婆树,下方吹倒赵州桥。

风过处,湘子问道:"列位大人,这风是哪里来的?"退之道:"圣上的洪福,天地的灵感,众人的造化,方才有这阵风。"湘子笑道:"早是未曾下雪,就把我的功劳先涂抹了。"林学士道:"日将过午,有风无雪,如之奈何!"湘子又在东首童子手中拽一把青旗,向东南角上招登②,叫道:"东海龙王敖闰,怎的不送雪来?"只见那青旗展处,白茫茫,蝴蝶群飞,扑簌簌,鹅毛乱洒。东海龙王近前喏道:"韩神仙,这不是雪?"果然好一场大雪。有赋为证:

       柳絮漫漫,梨花片片。四下里乱扇鹅翎,一地里碎剪冰纨。投林鸟迷离③,满目瑶瑶④;出洞蛟错认,五湖窄浅。玉碾就,白玉楼台,银妆成银丝亭阁。压得梅花不放,稍埋了多少无名草。妆狮子,势雄豪,叠弥勒,开口笑,果然是,日月无光冷气生,撒开铅汞盖红尘。寒江冻合渔舟道,掩上柴扉撇却春。

诗云:

       片片舞悠悠,空中落未休。马嘶轻粉地,车碾白泥沟。公子高楼赏,经商旅邸忧。光摇银海日,冻合使人愁。

那雪下够有半日,就像下几日的一般,堆山积海,塞井填河。众人见了,无不欢天喜地,顶戴湘子。湘子道:"雪有三尺三寸,尽够用了。"林学士便叫张千取尺来量一量,看有多少。张千笑对湘子道:"师父,量得少了,你须没了功劳。"果然张千拿一条尺来,望高处插下去,分毫也不多;望低处

———————————

① 兰房——闺房。

② 招登——即招展。

③ 迷离——迷乱。

④ 瑶瑶——洁白色。

插下去,巧巧的分毫也不少。都是三尺三寸。众官道:"这雪是哪个祈来的?"退之道:"是皇上德荫,众姓虔心①,感得上苍降这大雪。"湘子道:"这雪是贫道呼唤龙王送来的,怎的不带挈贫道说一声?"退之道:"龙王在哪里? 眼前就掉这般大谎!"湘子道:"龙王现在空中,大人不信,我唤他现出真身,与众位一看,只怕惊了列位大人。"退之道:"有怎么惊! 若龙王不现出身子来,我把你送上柴棚,活活烧死你,以杜②左道妖术,惑世诬民!"湘子便把黄旗望空中一招,喝道:"四海龙王,速现真身,毋得迟误!"喝声未绝,只见半空中四个龙王齐斩斩盘旋飞舞,两旁虾精鳖将蟹师鱼侯不计其数。城内城外的百姓,老老小小,没一个不看见,惊得乱窜,呐起喊来。把这文武百官吓得痴呆懞懂,脚也移不动一步。湘子笑道:"韩大人,这是龙王不是?"林学士道:"龙王这般模样,倘或作起风波,岂不害了百姓? 先生是上界大仙,怎与凡人斗气,快请龙王退去罢!"湘子依言,又把黄旗一摇,喝声道:"去!"只见一天光皎洁,万里静风烟。退之自觉惭愧,便叫张千取十匹大布送与湘子。湘子道:"贫道用他不着,请大人留下凑赏守边将士。"退之道:"拿去做件衣服遮身,煞强如吊着羊皮树叶。"湘子道:"贫道衣破人不破,饥时吃饭饱时做,少柴无米不忧煎,宽袍大袖倒难过。"退之道:"你既不要布,待我奏闻朝廷,重加旌赏。"湘子道:"我也不图旌赏,只要大人弃官,跟我修行学道,心愿足矣。"退之大怒,叫人拿也来打。湘子道:"不消打贫道。大人不肯修行也罢,只怕他日大人遇着的雪比今日还大哩! 须牢记取,后日是大人寿辰,贫道当来相贺,万勿见拒。"退之道:"道不同,不相为谋。我也不做生辰,你也免劳下顾。"湘子拍手呵呵,踏着大雪而去,不在话下。正是:

今朝祈下漫天雪,显得君臣福寿齐。

毕竟不知湘子去庆生日否,且听下回分解。

---

①　虔心——诚心。
②　杜——根绝。

第 十 三 回

驾祥云宪宗顶礼　论全真湘子吟诗

　　不识玄中颠倒颠，争知火①里好栽莲。

　　牵将白虎②归家养，产个明珠③似月圆。

　　漫守药炉看火候，但安神息任天然。

　　群阴剥尽月成熟，跳出凡笼④寿万年。

　　话说退之与林圭回朝复命，湘子也到。退之奏道："上叨陛下洪福，下赖众官诚意，请得终南山一位全真，祈下三尺三寸瑞雪。但见雪满山林，泉流川泽，沟浍⑤皆盈，草木复茂，百姓们无不欢娱歌舞，尽祝皇图万万年。全真见在朝外候宣。"正是：

　　圣天子独把朝纲，诸宰官共成燮理⑥。

宪宗大喜，道："全真既在这里，可宣来见朕，朕有旌赏。"当驾官忙传圣旨。不一时，湘子宣到。他也不嵩呼⑦，也不拜跪，直立在金銮殿上，不行君臣之礼。宪宗怒道："普天之下，莫非王土；率土之滨，莫非王臣。朕为天下之主，上自卿相臣僚，下至苍黎黔赤⑧，见朕者无不嵩呼拜跪。汝不过一游方道人，生养在王土之内，何敢如此无礼！"湘子道："贫道身住阆苑蓬莱，不居王土；口吸日月精华，不餐火食。不求闻达，不恋利名，天子不得臣、诸侯不得友者，贫道也。陛下为何要贫道嵩呼拜祝，行人间俗礼乎？"宪宗道："汝在天坛祈雪，庵观栖身，而今站立金銮殿上，难说不居王

---

　　① 火——炼丹用炉火。内丹指呼吸运气。

　　② 白虎——指炼丹用铅。

　　③ 明珠——指炼成丹药。

　　④ 凡笼——如笼子般受束缚的世俗社会。

　　⑤ 沟浍（kuài）——小河沟。

　　⑥ 燮理——协调治理。

　　⑦ 嵩呼——祝颂帝王，高呼万岁。

　　⑧ 黔赤——指平民百姓。

土。"湘子道："不要贫道立在地上,有何难哉!"举手一招,一朵彩云捧住湘子,腾空而起。湘子叫道："请问官家,贫道是王臣不是?"宪宗见湘子起在云中说话,惊得面如土色。走下龙床①,招湘子道："师请前来,朕愿为师弟子。"退之奏道："自古至今,哪里得有神仙?秦皇、汉武,被徐福、李少君愚弄了一生,终无所益。这个全真不过是些小法术,惑世欺民,料不是真神仙,陛下以师礼相待,岂不长他志气,灭己威风?"宪宗道："这般大旱,万物焦枯,他祈下一天大雪,朕言含讽,他腾身立在虚空,不是神仙,如何有这般手段?"退之道："久旱雨雪,天道之常。这全真想是晓得天时,乘机遘会②,凑着巧耳。若腾云驾雾,乃是旁门邪术,障眼瞒人,取猪狗秽血一喷,这全真登时坠下,粉骨碎身矣,有恁奇处。"宪宗道："卿且暂退,朕自处分。"退之羞惭满面,忿忿出朝。那湘子方才立下地来,道："贫道暂回荒山,异日再来参见。"宪宗道："秦皇、汉武竭财尽力,不得一见神仙。朕今有缘,得师下降,忍不出一言以教朕耶?"湘子道："陛下富贵已极,欲求何事?"宪宗道："朕求长生不死。"湘子道："长生不死,乃清闲无事的人抛弃家缘,割舍恩爱,躲在那深山穷谷之中,朝修暮炼,吐故纳新,方得长生不老。陛下以四海为家,万民为子,自有正心诚意之学,足以裨益斯民,保护龙体,岂可求长生之道,置万几千丛脞③乎!"宪宗道："朕躬多病,药饵罔功④,求师一粒金丹,苏朕宿恙。"湘子道："陛下日逐逐于爱河欲海,疲神耗精,乃欲借草根树皮以求补益,譬如以囊贮金,日以铁易之,久而金尽铁存,空无用矣;乃欲点铁成金,岂易易哉!"宪宗道："师言诚有理,朕请从事,唯师教之。"湘子道："贫道山野顽民,不能绳愆纠缪⑤,补阙拾遗。自今以后,陛下唯清心寡欲,养气存神,当有异人来自西土,保圣躬于万祀⑥,绵国祚⑦于亿年也。"宪宗道："其人若何?"湘子道："其人

---

① 龙床——皇帝座位。
② 遘会——利用机会。
③ 丛脞(cuǒ)——琐碎。
④ 罔功——无功。
⑤ 绳愆纠缪——改正过错。
⑥ 万祀——万代。
⑦ 国祚(zuò)——国运。

虽死,其骨犹存,宝其骨而什袭①藏之,自有灵异。"言毕辞去。宪宗苦挽不住,自叹无缘。正是:

> 有缘千里神仙会,无缘对面不能留。

不说湘子辞了出朝。且说退之过得数日,正当寿旦。那五府六部、九卿四相、十二台官、六科给事、二十四太监,并大小官员,齐来庆寿。有《驻云飞》为证:

> 寿旦开筵,寿果盘中色色鲜。寿篆②金炉现,寿酒霞杯艳。嗟,五福寿为先。寿绵绵,寿比冈陵,寿算真悠远。唯愿取,寿比南山不老仙。

> 寿霭③盘旋,寿烛高烧照寿筵。寿星南极现,寿桃西池献。嗟,寿雀舞蹁跹,寿万年。寿比乔松,不怕风霜剪。唯愿取,寿比蓬莱不老仙。

> 寿祝南山,万寿无疆福禄全。寿花枝枝艳,寿词声声美。嗟,海屋寿筹④添,寿无边。寿日周流,岁岁年年转。唯愿取,寿比东方不老仙。

> 寿酒重添,寿客缤纷列绮筵。寿比灵椿⑤健,寿看沧桑变。嗟,得寿喜逢年,寿弥坚。寿考惟祺,蟠际真无限。唯愿取,寿比昆仑不老仙。

这一日,退之请众官在厅上饮酒。虽无奇珍异果,适口充肠,却也品竹调丝,赏心悦目。当下吩咐张千、李万,同着一干人役,把守大门、二门,不许放一个闲人来搅筵席。湘子在空中听见,既按下云头,执渔鼓简板,一径来到退之门前,望里面就走。张千拦住道:"我老爷好打的是佛门弟子,好骂的是老氏师徒。喜得今日寿筵,百官在堂上饮酒,不曾见你,不然也索受一顿打骂了。你快去了倒是好的。"湘子道:"你老爷为何怪这两样人?"张千道:"老爷先年也是好道的,只因数年前有终南山来的两个野

---

① 什袭——把物品层层包起来。
② 寿篆——祝寿时点起的香烟。
③ 寿霭——瑞祥的烟气。
④ 寿筹——寿命。
⑤ 灵椿——传说中一种长寿的灵木。

道人把老爷至儿拐了去，因此上老爷闭了玄门，再不信这两样人了。"湘子笑道："我贫道不是老、佛之徒，乃是辟①佛家的宗祖，距老氏②的元魁，只因读书没了滋味，过不得日子，胡乱打几拍渔鼓，唱几阕道情，装做道人形状。今日既是你老爷寿辰，劳长官替我禀一声，待我化些酒饭充饥，也是长官的阴骘。"李万道："放你进去不打紧，只是连累我吃打没要紧。"湘子道："你说终南山那个卓韦道人要求见，决不累你就是。"张千道："李家哥，这道童从终南山来的，认得公子也不见得。我和你今日不替他禀一声，倘或老爷入朝出朝时节，他拦马头告将来，那时老爷查起今日是谁管门，我和你倒有罪了。不如进去禀过老爷，见不见但凭老爷自做主张，何如？"李万道："哥说得是。"张千便慢慢地走在筵前，捉空儿禀退之道："外面有一个道童，说是终南山来的，要见老爷。"退之道："莫不是那祈雪的卓韦道人？若是他，不要放他进来。"张千道："面貌语言敢不是那祈雪的。"退之道："是不是且休理论，只是我早上吩咐你们，谨管门户，不许放一个闲人来搅酒席，你怎么又替这道童来禀我？该着实打才是！姑饶你这初次。"张千呆着胆，低低又禀道："老爷吩咐，张千怎敢乱禀？但自古说'五行三界内，唯道独称尊'，今日是老爷寿辰，这道人从远方来求见，明明说老爷独称尊了。"退之听说，便起身拱手道："列位少坐，学生去打发了一个道童就来奉陪。"

张千飞星跑到大门首，道："老爷出来了。"又扯扯湘子道："我耽了无数干系，替你禀得一声，那板子滴溜溜在我身上滚过去，若不是我会得说，几乎被你拖累了。如今老爷出来，你须索小心答应。倘有些东西赏你，也要三七分均派，不要独吃自屙③！"说话未完，众人见退之出来。大家闪在两边，齐齐摆着，倒把湘子推落背后。湘子暗道："可怜，可怜，人离乡贱，物离乡贵，我昔年在荇里时，谁人不怕我？今日竟把我推在他们背后。"只见退之开口叫道："终南山道童在哪里？"只这一声，众人便把湘子一推，推得脚不跕地，挫到退之面前。退之看见湘子，就认得是祈雪的道童，便道："你家住何处？为何从终南山来？"湘子道："我家住北斗星宫下闲

①　辟——批判。
②　老氏——指老子。
③　屙(ē)——拉，大便。

戏南天白玉楼。昔年跟着师父在终南山修行,故此从那里来。"退之笑道:"这道童年纪虽小,却会说大话,想我湘子流落在外,也是这般模样。"湘子早知其意,便道:"大人,公子身上衣服还不如贫道哩。"退之道:"我且问你,修行的人,百年身后无一子送终,有恁么好处你去学他?"湘子道:"人家养了那不长进的儿女为非作歹,垫他人的嘴唇,揭祖父的顶皮,倒不如我修行的无挂碍。况且亲的是儿,热的是女,有朝一日无常到,那一个把你轮回替。"退之道:"据我看起来,还是在家理世事的长久,哪见修行得久长?"湘子道:"大人,日月如梭,光阴似箭,青春不再,白发盈头,你可晓得老健春寒秋后热,半夜明灯天晓月,枝头露水板桥霜,水上浮沤山顶雪,都是不长久的么?"退之道:"汝且立在门外,我说一言与你听。你若答应得来,便有酒饭与你吃;若答应不来,急急就去,不要在此胡缠。"湘子道:"愿闻!愿闻!"退之道:"相府问全真,来此有何因?"湘子道:"能卜天边月,会点水底灯。"退之道:"石上无尘怎下稍?"湘子道:"浑身铁攒①几千条。"退之道:"炉中有火常不灭?"湘子道:"扳倒大河往下浇。"退之悄悄吩咐张千道:"你头上可戴两根草,去二门上,坐在木头上,看他如何说。"张千依命,头戴两根草,坐在门栓上不动。湘子看了,往里面就走。李万扯住道:"你到哪里去?"湘子道:"韩大人请我吃茶。"退之只得笑了一声,转到席上坐下。湘子随了进来,立在阶前。吟诗道:

　　茅庵一座盖山前,脱却金枷玉锁缠。

　　潇洒林泉真自在,一轮明月杖头悬。

吟罢,执着渔鼓,唱一阕《黄莺儿》:

　　　明月杖头悬,论清闲,谁似俺。苍松翠柏常为伴。看岩前野猿,
　　听枝头杜鹃,青山绿水真堪美。向林泉,心无挂念;山涧下,自留连。

唱罢道情,向前扣讯道:"列位大人,贫道稽首。"林学士慌忙出席还礼。退之道:"亲家,有哪一位宰官公子来与学士上寿,劳列位大人出席迎接?"林学士道:"与这道人见礼。"退之道:"亲家有失观瞻了。"叫左右:"将金钟满斟在此,但有举荐道人者,先饮三杯!"林学士道:"亲家今日有三喜,列位大人知否?"退之道:"学生有哪三喜?"林学士道:"这般大旱,百姓惊惶,亲家在南坛祈了瑞雪三尺三寸,圣上大悦,升为礼部尚书,岂不

---

①　铁攒(zuǎn)——器物上轴,手柄一类铁器。

是一喜？"退之道："这是天子洪福，众大人虔心所致，韩愈何功之有。"林学士道："亲家今日寿辰，除圣上一人外，其余亲王国戚、五府六部、九卿四相、三法司、六科、十三道、五城执事、十八学士、二十四监，都来与大人上寿，乃二喜也。"退之道："蒙列位大人错爱，韩愈感谢不尽。"林学士又道："列位大人祝寿才罢，影墙上便有一位神仙唱一声'明月杖头悬'，走将下来，岂非三喜？"退之道："古来王母蟠桃，八仙庆寿；单丝不成线，孤木不成林，一个道人说什么神仙不神仙！"林学士道："亲家久叩玄关①，可解得'明月杖头悬'么？"退之道："学生不晓得。"林学士道："明者，日月并行，昼夜不息；杖者，乡老挂的拐杖，和尚挂的禅杖，老子挂的仙杖；悬者，挂也。昔日老子将'明月'二字摘将下来，悬挂在那仙杖上头，骑青牛出函谷关，东度大圣成仙，西度胡人成佛，南答孔子问礼，方才引出历代的神仙。学生有诗夸扬他的好处。"诗云：

> 明月杖头悬，逍遥出洞天。青鸾飞宛转，白鹤舞蹁跹。
>
> 酒泛金杯艳，花开玉树鲜。祝公多福寿，不让古钱铿。

退之道："林亲家忒过誉了。"湘子又近前一步，向退之退："韩大人稽首。贫道敬来庆寿。"退之道："你做出家人也不达时务，不识进退？因汝前日祈下瑞雪，我特奏闻今上，讨旌赏②与汝，汝再三不要，今日酒席之间，都是天子门前客，皇王驾下臣，哪里所在容得汝这出家人？汝难道不晓得天下的道士、和尚都要在礼部关给度牒么？我说汝听：

> 山中蒿草蓬蓬发，淡饭黄齑活苦杀。
>
> 饶你神仙做道人，也应伏着礼部辖。"

湘子道："韩大人休要夸口，虽然天下的僧道都伏礼部管辖。贫道恰是王母筵前客，玉皇殿内臣，人爵不如天爵贵，大人如何管得贫道着？贫道也有诗一首，试念与大人听：

> 唐朝天子坐金銮，鹭序鹓班③两下编。
>
> 五行僧道伏宫管，凡夫焉敢管神仙。"

退之道："从来神仙非同小可，有三朝天子分，七辈状元才，眉目清秀，两

---

① 玄关——玄妙的理论。

② 旌赏——赏赐。

③ 鹭序鹓班——形容上朝时百官排列的队形。

耳垂肩,神王气全,精完体胖,才是神仙。汝这等面黄肌瘦,丑陋不堪,不过是一个没度牒的云游道人,怎敢说这等大话?"湘子道:"贫道还有几句大话说与大人听:转背乾坤窄,睁睛日月昏。手心天柱列,脚底海波平。山岳为牙齿,苔芹是发根。恒河沙作食,毛孔现星辰。抬头只一看,少有这般人。"退之道:"这都是那讨饭教化头的话,我懒得听他。"湘子道:"蒙大人叫贫道是教化头,只是贫道当这三个字不起。"退之道:"教化头三个字有什么怎好处?说当不起。"湘子道:"只有太上老君在初三皇时化身为万法天师,中三皇时号盘古先生,伏羲时号郁华子,神农时号大成子,轩辕时号广成子,少皞①时号随应子,颛顼②时号赤精子,帝喾③时号录图子。尧时号务成子,舜时号尹寿子,禹时号真行子,汤时号锡则子,汤甲时分神化气,寄胎于玄妙玉女八十一年,方诞于楚之苦县濑乡曲仁里李树下,遂指李为姓,名耳,字伯阳,谥曰聃。周武王时为守藏史,迁柱下史④;昭王时过函谷关,度关令尹喜,降于蜀青羊肆,会尹喜同度流沙胡域;至穆王时复还中夏。平王时复出关,开化苏邻诸王。复还中夏。灵王二十一年,孔子生,敬王十七年,孔子问道于老君,退有犹龙⑤之叹。烈王时过秦,秦献公问以历数,遂出散关。赧王时飞升昆仑。秦时降峡河之滨,号河上丈人,授道安期生。道尊德贵,代代不休,才是教化头。小道身居浊世,口出浊言,与这些凡胎俗骨周旋,怎敢当教化头之称?"退之道:"吉人之词寡,躁人之词多,中心疑者,其词枝。汝明明是一个花嘴贫子,快些去罢!"湘子道:"古圣先贤也曾化饭,怎么叫贫道不化斋粮?"退之道:"几曾见圣贤化饭来?"湘子道:"仲尼领了三千徒弟、七十二贤人,周流天下,在陈绝粮,难道那个时节,圣贤不去化饭吃?"退之道:"我再问你,天地间何为道?何为人?"湘子道:"包罗天地之谓道,体在虚空之谓人。若说起人之一字,铺天盖地,也无一个。"退之道:"列位大人,这道童是个疯子。"湘子道:"我不疯。"退之道:"满席间朝官宰执,若干人在这里,汝既不疯,

---

① 少皞(hào)——传说中上古帝王。
② 颛(zhuān)项(xū)——传说中五帝之一。
③ 帝喾(kù)——传说中五帝之一。
④ 柱下史——掌管纠察,为周秦时官名。相传老子曾任此职。
⑤ 犹龙——孔子曾称赞老子似龙般变化莫测。

怎么说无一个人?"湘子道:"人虽然有,都是假人。"退之怒道:"我们是假,哪个是真?"湘子道:"只有贫道是个真人。"退之道:"真假在哪里分别?"湘子道:"我来无影,去无踪,散成气,聚成形。抱金石而无碍,与天地同休。石烂海枯,权当顷刻;阎君鬼判,拜伏下风。岂不是真人? 若说众人,一口气为千般用,一日无常万事休,纵是身荣家富客,哪个能人会磕头? 岂不是假人!"这一篇话,说得众官无言可答。退之又问道:"何为全真?"湘子道:"精气不耗,阳神不散,补得丹田,开得胃尸,一生无病,千岁长春,这便是全;冬不炉,夏不扇,寒暑不能侵,水火不能害,这便是真。"退之道:"鸟之飞,鱼之潜,以为有心乎,无心乎?"湘子道:"有心则劳,必堕矣,沉矣;无心则忘,亦必堕矣,沉矣。有心无心之间,是谓天机①之动。不动不足以为机②;机之自动者,天也,万物皆动乎机,忘乎机;而各任其天。"退之道:"这道童年纪虽小,倒会说几句话。"林学士道:"先生此一来为何?"湘子道:"来与韩大人庆寿,众大人化斋。"退之道:"汝既来化斋,怎么见列位老爷头也不磕一个儿?"湘子道:"贫道因昨日大醉回去得迟了,赶不上南天门,又赶不到蓬莱三岛,又赶不上桃源洞,到得陕西华山朝阳沟,洞门又闭了,清飑、明月两闲人不放我进去,连忙又走到武当山投碧霞洞,半路上遇见碧霞元君命驾他出,只得又走回南天门,在七星石上盹睡片时。走得辛苦,折了腰,因此磕头不得,大人休罪。"退之道:"疯道童,你会吟诗么?"湘子道:"幼年间也曾读书,吟得几句。"退之道:"汝把仙家的事吟来我听。"湘子吟道:

> 桑田变海海成田,这话教人信未然。
>
> 驾雾腾云哪计日,餐霞服气③不知年。
>
> 月移花影来窗外,风引松声到枕边。
>
> 长剑舞罢烹茗试,新诗吟罢抱琴眠。

林学士道:"韩亲家,这诗倒也有致。叫他再唱一曲道情,打发斋与他罢。"湘子把渔鼓简板轻敲缓拍,唱道:

> 韩大人不必焦躁,看看的无常来到。我吃的是黄斋淡饭,胜似珍

---

① 天机——造化的奥秘。

② 机——智慧。

③ 服气——吸收新鲜空气。为道教修炼方法之一。

肴;你纵有万贯家财,难倚靠。想石崇富豪、邓通①钱高,临死来也归空了。总不如我闷把瑶琴操,弹一曲鹤鸣九皋,无荣无辱无烦恼。逍遥慢把渔鼓敲,访渔樵,为故交。

又诗云:

　　衮衮②公侯着紫袍,高车驷马逞英豪。

　　常收俸禄千钟粟,未除民害半分毫。

　　满斟美酒黎民血,细切肥羊百姓膏。

　　为官不与民方便,枉受朝廷爵禄高。

退之怒道:"这疯道童说的话句句不中听,张千,可把他叉出门外,再不许放他入来!"湘子道:"我虽是疯魔道人,唱个道情,也劝得列位大人的酒,如何要叉我出去?"那张千、李万,不由他分说,连推三推,推出门外。正是:

　　酒逢知己千钟少,话不投机半句多。

　　毕竟不知湘子去否,且听下回分解。

----

① 邓通——西汉文帝时受宠爱的内臣,曾自铸钱,富超王侯。后失宠穷饿而死。

② 衮衮——众多。

第 十 四 回

闯华筵①湘子谈天　养元阳退之不悟

三五一都三个字,古今明者实然稀。

东三南二同成五,北一西方四共之。

戊己自居生数五,三家相见结婴儿。

婴儿是一奎真气,十月胎圆入圣机。

　　湘子被张千推了出门,影身往里面就走,又立在筵前。退之道:"我打发你出去了,如何又走进来? 我且问你,世上有三样道人,你是哪一样?"湘子道:"大人,我是五湖四海云水道人。"退之道:"常时来的道人,我问他'云水'二字,都讲不出来,你且把这二字讲来我听。"湘子道:"大人先讲,贫道后说。"退之道:"我说天上的黄云、黑云、青云、白云、红云、祥云,就是云。"湘子道:"这都是浊云。"退之道:"我说天上下的雨水、地上有的井泉水、五湖水、溪涧水、四海水,便是水。"湘子道:"大人说的云都是浊云,水也是浊水。"退之道:"你讲云水来我听。"湘子道:"我这云水,出在海东敖来国,有一个白猿,收在石匣中,吹一口仙气出来,我将肉身坐在那上边,一时闫东风刮得西边去,北风吹得往南行,心似白云常自在,意如流水任西东。"退之道:"天下水皆东流,如何说西流?"湘子道:"孽水只东流,我这仙水可以东流,亦可以西流。"退之道:"云散水枯,归在何处?"湘子道:"云散月当空,水枯珠自现。"退之道:"你闲游海上,淘得几句说话在肚里? 我也不问你了,你快些去罢!"湘子道:"贫道为化斋充饥而来,与列位大人说了这一日,却不曾得些斋饭,怎么就打发贫道去?"退之道:"张千,取一碗冷饭赏他!"湘子道:"蹴尔②而与之,行道之人弗受;呼尔而与之,乞人不屑也。大人不舍得斋便罢,怎么说个赏字?"林学士道:"这是韩大人不是了。"张千叫湘子道:"先生,饭在此,快些吃

---

　　①　华筵(yán)——盛大豪华的宴会。

　　②　蹴尔——践踏状。语出《孟子·告子》。

了去罢,不要只管胡缠!"湘子道:"既蒙赐饭,再赐一葫芦酒何如?"退之
道:"酒乃出家人所戒。既与汝饭,又思量要酒,岂不是贪得无厌?"湘子
道:"不瞒大人说,我师父在碧霞洞修炼,化些酒与师父止渴。"退之道:
"张千,再与他些酒。"湘子道:"既然有酒,再化桌面一张。"林学士道:"韩
亲家,便把一张桌面与那道人。"退之叫张千、李万抬桌面与湘子。湘子
道:"长官,烦你再说一声,既有了桌面,没有一个立着吃的道理,须与一
个座儿。"张千禀退之道:"疯道人说有了桌面,还少一个座儿。"退之道:
"你去拿金钉马凳来,看他坐也不坐。"张千便取马凳,递与湘子。湘子
道:"贫道只求一把交椅,不要这凳。"退之叫张千道:"你取那虎皮交椅与
他,看他敢不敢坐。"张千连忙掇了张交椅,放在湘子背后。湘子见是虎
皮交椅,晓得是退之公座上坐的,就挺身坐在上面。拍动渔鼓,唱一个道
情道:

　　衲头①胜罗袍②,腰间金带不如我草绦③。我在蒲团上拍手呵呵
笑,大人早朝,丹墀拜倒。双丫髻胜似乌纱帽,我逍遥清闲快活,终日
乐滔滔。

　　退之道:"汝上不拜君王,下不养父母,游手游食之徒,飘零浪荡之
子,穿一领破衲衣,遮前遮不得后,掩东掩不得西,怎敢这般无状?"湘子
道:"大人休笑我这件衲袄,我有个《古衲歌》,唱与列位大人听:

　　这衲头,不中看,不是纱罗不是绢,不是绫绸不是缎。冬天穿上
暖如绵,夏天穿着如搧扇。也不染,也不练,不用红花不用靛④,功到
自然成一变。线脚八万四千行,补丁六百七十片。不拆洗,不替换,
不怕风吹雪扑面,烧不焦,浸不烂,不怕刀枪不怕箭。严霜骤雨总一
般,风寒暑湿皆方便。乾三连⑤,坤六断⑥,九宫八卦随身转,曾与天
地成功千。阴是里,阳是面,中间星辰朗朗排,外头世界无边岸。舒

----

① 衲头——指出家人穿的衣服。
② 罗袍——绸制外袍。指官服。
③ 草绦(tāo)——草编的带子。此指草腰带。
④ 靛(diàn)——青蓝色染料。
⑤ 乾三连——乾为八卦之一,卦象为☰,故称"三连",即三道横杠相连。
⑥ 坤六断——坤卦象为☷,故称。

里直,横里宽,穿在身上宝样看。不在州,不在县,一切经商不敢贩。披一边,挂一片,为中自有真人现。也曾穿到广寒宫①,也曾穿赴蟠桃宴。休笑吾穿破衲头,飞升直上龙霄殿。"

退之道:"疯道人,众大人牵羊担酒与我上寿,你穿了这件破衲头,只管在此胡诌,是何道理?"湘子道:"牵羊担酒稀什么罕!我自有仙羊、仙鹤可以上寿。只要哪一位大人肯弃了功名,跟我出家的,我就唤那仙羊、仙鹤下来。"林学士道:"三百六十位大人在此,你要度哪一位出家?"湘子道:"大人,贫道要度那坐主席的大人出家。"退之道:"自家一身尚且如此凄凉,敢说度人出家的话。张千,快叉他出去!"湘子拍手大笑,口唱《折桂令》,出门去了。

想人生不得十全,便十全,嗟叹难言。一年四季,少吃无穿。享富贵,先亡命短,有一等,受贫穷,松柏齐年。暗想当初,多少英贤,仔细思量,万事由天。

正是:

　　相逢不饮空归去,洞口桃花也笑人。

到得次日,退之重排筵席,请百官饮宴。不想湘子又走来道:"列位大人稽首。"退之道:"昨日被汝搅了一日,众大人都不欢喜,为何今日又来?"湘子道:"来度大人出家。"退之说:"我官居二品,立在一人之下,坐在万人之上,与汝玄门大不相同,怎么只管说那度我的话?"湘子道:"我仙家有许多好处,大人若不信时,有诗为证?诗云:

　　青山云水窟,此地是吾家,午夜流丹液,凌晨咀②绛霞。琴弹碧玉调,炉炼白丹砂。金鼎存金虎,芝田养白鸦。一瓢藏世界,三尺斩妖邪。解造逡巡酒,能开顷刻花。有人能学我,同去看仙葩③。"

退之道:"这道人只会说大话,何曾见一些儿手段?"湘子道:"不是没有手段,你若坚心跟我出家,自然有仙鹤、仙羊来与大人庆寿。"退之道:"汝果有仙鹤、仙羊,我情愿跟你出家。"湘子道:"大人若朝天立一个誓愿,我就叫仙鹤、仙羊下来。"退之指天立誓道:"我若不肯跟汝出家,三尺雪下死,

---

①　广寒宫——指月宫。

②　咀(jǔ)——咀嚼。

③　仙葩(pā)——仙境里的美丽花朵。

七尺雪内亡。"湘子暗道:"叔父,叔父,今日立誓,只怕你后悔晚矣!"便仰面叫道:"天神将帅,四直功曹,快去兰关山下勾销明白!"退之道:"我誓愿已立,又不见你怎么仙羊、仙鹤,明明是弄楦头①。"湘子道:"快取一个捧盘来。"退之叫人拿雕红盘一个,递与湘子。湘子接在手内,就吐了一盘,腌腌臜臜②,放在地下。众官都掩面道:"好腌臜!道童一些规矩也没有。"退之大怒,叫张千连盘拿去丢坏了,李万赶道童出门,再不许放他进来!喝声未绝,旁边闪出一只犬,把盘中吐的吃得干干净净。湘子捶胸跌脚,赶打犬时,那犬就地打一个滚,化成一只仙鹤,腾空而起。湘子道:"这不是仙鹤?"众官向退之拱手道:"大人,学生们曾闻古圣说,仙人的金丹,人吃了成仙,鸡吃了变凤,狗吃了变鹤。却不曾听得说犬吃了道人吐的东西也会变鹤。如今这犬变仙鹤,道童岂不是神仙?"退之道:"这都是邪术,有怎么稀罕。"便叫湘子道:"道童,这鹤飞上天,哪辨真假?汝依先叫他下来,与列位大人一看,才见汝手段?湘子听这说话,把手向空一招,道:"仙鹤,快些下来,同度韩大人出家。"只见那鹤盘空鸣舞,落下地来。众官见了,笑道:"果有这等异事,真是神仙。"退之道:"这等仙鹤,学生睡虎山前也有一二十对,何足为奇。"湘子道:"大人的仙鹤就有一千对也换不得我这仙鹤身上一根毛。"退之道:"怎见得你的仙鹤好处?"湘子道:"我这仙鹤有些本事。"退之道:"鹤的本事,不过是蹁跹飞舞,唳③彻九皋④,哪有十分本事?"湘子道:"鸣舞有恁稀罕,我这鹤知觉运动尽通人性,诗词歌赋无不通晓,随大人吟咐他,他都会做出来与大人看。"退之道:"若会得做诗歌,我便算他是仙鹤。"湘子道:"说便是这般说,區毛畜生怎么会吟诗作赋?"退之道:"方才说凭我吩咐他,都会得做,如今又说不会得,一味的胡遮乱掩,诳语欺人!吾谁欺,欺天乎?"湘子道:"大人且莫忙,试叫他一声,吩咐他一遍,看他肯答应否?"退之道:"仙鹤,道童说你会得说话,我今出一对与你,若对得来,我就信这道童是个神仙,你若对不来,我便把这道童拿下,问他一个欺诳的罪名!"只见那仙鹤两脚挺立,

---

① 弄楦头——卖弄不实之词。
② 腌腌臜臜——肮脏不堪。
③ 唳(lì)——鹤、雁等高声鸣叫。
④ 皋(gāo)——深远的水泽地。

双眼圆睁,看着退之,把头颠三颠,既当三拜,垂翅展颈,嘹嘹亮亮的应道:"请大人出对。"众官见鹤口吐人言,吓得魂不附体,都暗暗埋怨退之。退之道:"鸟翼长随凤,可谓众禽之长。"那鹤望着退之答道:"狐威不假虎,难为百兽之尊。"众官无不喝彩。退之又道:"你吟诗一首与我听。"仙鹤道:"我吟一诗一歌,请大人听,诗云:

> 白鹤飞来下九天,数声嘹亮出祥烟。
> 日月不催人已老,争如访道学神仙。

又歌云:

> 你既为官兮,尚不知人事;你既为人兮,反不如畜类;埋名隐姓兮,免遭凶祸。

大人,岂不闻张良弃职归山去,范蠡游湖是见机。你今若不回头早,只怕征鞍雨湿,蓝关①路迷,进退苦无依!"退之道:"你特来与我庆寿,再不见你说一句长生不老,安富尊荣的话,只把那不吉利的山歌唱出来,正气是個毛畜生,不识一毫世故。"湘子道:"仙鹤之言,日后自有证验。为何倒说是不吉利?"退之道:"为人在世,眼下尚且顾不得,说恁么日前日后?"湘子道:"仲尼说得好:'人无远虑,必有近忧。'大人的心,只是见小。"退之道:"我的话也不是见小,只是世间哪里有个早得知?你今日说话不中听,我也不计较,你快些去罢!"湘子道:"大人肯跟我出家,小道就去;若不肯跟我,小道决不出去。"退之听了这句话,怒喝手下:"叉他出去,再有放他进来的,决打四十!"湘子便使出一个定身法来,那伙人把湘子推的推,扯的扯,莫想动得一步,退之道:"道童,你怎么把那定身法来欺我?"湘子道:"大人,贫道只会驾雾腾云,不会使定身法。"退之道:"你既会驾雾腾云,因何来我府中之斋?"湘子打动渔鼓,唱一词道:

> 〔上小楼〕我今日单来度你,你快撇了家缘家计。我和你挽手挨肩,抵足谈玄理,再休执迷。速抽身,躲是非,隐姓埋名一地里,在首阳山②,寿与天齐。

退之道:"五行自有生成造化,寿夭修短,俱从受生时定下来的。你不是神仙,怎得寿与天齐?"湘子道:"我不是神仙,世上更有谁是神仙?"退之

---

① 蓝关——关名。在陕西蓝田县东南,即秦之峣关。

② 首阳山——山名,在今山西永济县南,又名首山。相传伯夷叔齐饿死此处。

道："你既是神仙,才说有仙鹤、仙羊,怎么只见有鹤,不见有羊?"湘子道:
"仙羊一来,就要走了,不要看得这般容易。"退之道："羊也不曾见,先说
他会走?"湘子道："列位大人谨守元阳①,待贫道唤他出来。"便用手招
道："仙羊,快快走下来!"说声未罢,只见一只羊骨禄禄从那辘轳夹脊②转
过双关,跑上泥丸,直下十二重楼,踏着丹台,往那丹田气海之中一溜烟跑
将出来。众官见了,都道："这羊红头赤尾,白蹄青背,花花绿绿,果是
一只好羊。你原养在何处,叫得一声就来?"湘子道："这羊是从小养熟的,
远不千里,近在目前。"退之道："出家人养鹤养鹿,是本等的事,羊岂是出
家人养的?"湘子道："养鹤养鹿,不过是闲游嬉耍,供一时之玩好;羊乃先
天种子,龙虎根基,若养得他完全,就发白返黑,齿落更生,长生不死,正是
出家人该养的。"退之道："我府中也养得有羊,因时喂饱,随心宰杀,只用
其粪壅田壅地,并不听见说有这许多好处。"湘子道："大人府中养的是外
羊,吃野草,饮泥浆,只好供口腹之欲;贫道养的是内羊,饥食无心草,渴饮
玉池浆,收藏圈子里,不放出山场,非同容易养的。"退之道："这羊要多少
钱? 卖与我吧。"湘子道："昔日汉武帝要买这只羊,肯出连城七十二座,
还不够羊一半价钱。大人不过是一位尚书,莫说买我这只羊,就是一根羊
毛,也买不起哩!"退之道："一只羊重得多少斤两,敢笑我没力量买他?"
湘子道："大人有了羊,也不会得养他。"退之道："你说一个养的方法,我
照依你养就是了。"湘子道："我家有个养羊歌,说与大人听。歌云:

　　养羊之法甚简易,也不拴,也不系。饥食无心草上花,渴饮涧下
长流水。羊饱任颠狂,不放闲游戏,一般头角共毛皮,偏能参透人间
意,不野走,也不睡,左右团团不出市。呼得来,唤得去,用之不用弃
不去。我若卖时无人买,拿着黄金无处觅。高打墙,独自睡,女娘如
狼心也醉。吃尽羊羔不口酸,吞却元阳没滋味。人不惺,畜倒会,哪
个识得其中意。我今学得任逍遥,你们不会参同契③。鬓边白发几

---

①　元阳——即阳气。
②　夹脊——身体穴位名,在脊背处。
③　参同契——又名"周易参同契",相传为东汉人魏伯阳作。以周易、黄老、炉
　　火相同,借周易爻象附会道家炼丹修养之说,被奉为"丹经之祖"。

千茎,阎王排到拘①将去。饶君法术果通神,泄了气时成何济②。"
湘子歌罢,说道:"列位大人,这是养羊之法,须牢记取。"

林学士道:"先生,此羊有恁么本事?"湘子道:"也曾作歌吟诗。"退之
道:"你叫羊作歌来我听。"湘子用手指道:"羊不作歌,等待几时?"那羊把
身子抖一抖,头儿仰一仰,口吐歌云:

　　堪叹世人不养羊,争气贪财道我强。酒色太过神气散,百病临身
　不提防;腰疼痛,泪汪汪,咳嗽不止卧牙床。请师巫,唤五郎,许斋许
　醮③许猪羊。求神拜佛俱无效,针灸浑身尽是疮。不省悟,怨上苍,
　寻思日夜怕无常。早知弄巧翻成拙,何不当初学养羊。要养羊,费思
　量,拜明师,求妙方,养羊精气补肾堂。羊饱癫狂防走失,昼夜不睡看
　守羊。紧扎篱,高筑墙,有狼有虎要提防。若还被狼拖羊去,一场辛
　苦枉劳张。不惺惺,倒呆装,色心引在鬼门乡。因甚少年君子头白
　了,损了丹田走了阳。有人解得养羊法,便是长生不死方。

仙羊作歌已罢,众官道:"韩大人,道童若不是神仙,如何这羊会说
话?"退之道:"这羊说的都是道童的话,众大人不要听他。"湘子上前把袍
袖一拂,羊与鹤俱不见了。退之道:"众大人,你看他这一件破衲衣袖子,
把羊与鹤都遮藏得没踪影,岂不是障眼法儿?"林学士问道:"先生,羊在
哪里去了?"湘子道:"羊被狼来咬了去。"退之道:"我们明明白白坐在这
厅堂上,几曾见有狼来?"湘子道:"厅后坐着那两个穿红袍的,恰不是
狼?"退之怒道:"一个是老夫人,一个是我侄儿媳妇芦英小姐,怎说是狼?
这道童眼也花了,还说是神仙!"湘子道:"正是狼,大人有所不知。"便弹
动渔鼓,唱道情道:

　　〔山坡羊〕将羊儿长收在圈儿里,休惹得狼来戏。饱了怕癫狂,
　癫狂防走失。问大人,知不知这消息?谁省得你养的婴儿姹女④,尽
　都是你元阳气。吁嗟!亡精又败髓。伤悲!粉骷髅是追命的鬼,粉
　骷髅是追命的鬼!

---

①　拘——押。
②　何济——有何帮助。
③　醮(jiào)——道教祭神的仪式。
④　姹(chà)——小女,美女。内丹家指元阴之气。

〔清江引〕将羊儿养在丹田里;休教狼偷去。你恋美娇娃,损你真元气。这样玄言说与你,这样玄言说与你!

将羊儿养在圈儿里,休等狼驮去。财是杀人刀,色是偷羊鬼。问大人,这消息可曾知未? 这消息可曾知未?

江儿里海儿里都是这水,哪讨一块闲白地,走又走不得,行又行不去。劝大人,寻一个稳便处,寻一个稳便处。

走遍了天下知音少,料有几个通玄妙? 买的无处寻,卖的没人要。因此上,把好光阴虚度了。

又有绝句一首:

　　　　三角田儿在下方,朝耕暮耨不提防。

　　　　有朝一日元阳走,髓竭精枯一命亡。

退之听了,怒发如火。唤左右:"把他叉将出去!"那张千、李万便把湘子推出大门外,紧守着二门。湘子忖道:"叔父不听良言,如何是好?"正是:

　　　　不肯修行不学仙,任君万语复千言。

　　　　忽然鬼使来催促,两脚蹬空两手拳。

毕竟湘子还来度退之否,且听下回分解。

第 十 五 回

显神通地上鼾眠　假道童筵前畅饮

人生南北如歧路,世事悠悠等风絮。造化小儿无定据。翻来复去,倒横直竖,眼见都如许。

伊周①事业何须慕,不学渊明②便归去。坎止流行③随所寓。玉堂金马,竹篱茅舍,总是无心处。

话说湘子收了仙鹤、仙羊,出得门去,思量不曾度得退之,难以缴旨,只得又转到门首叫道:"长官开门,开门!"张千、李万大家拦住道:"老爷吩咐,放你进去,要打我们二十板。你怎么不怕没意思,只管来缠? 若不看出家人面上,我们先打你一顿,又送你到兵马司问罪。"湘子道:"长官休啰唝④,古人说,僧来看佛面,怎么就说个打? 我也不怕你打。我有句话与列位商议,列位休得执拗。"李万道:"老爷不肯跟你修行,你想是要度我们哩。不是轻薄说,宁可一世没饭吃,没衣穿,冻死饿死,也情愿死在家里,决不肯跟你去修行,免开尊口。"张千道:"你就肯送我门上钱,要我放你进去,我也决不放的,不消商议得。"湘子道:"我也不来度你们,也没门上钱送你们,只是你老爷吩咐说,放我进去就打你们,我思量起来,放我进去,倒未必打你们;不放我进去,你两个决然吃打二十板。"张千道:"我不放你进去,为何打得我着? 不信,不信!"李万道:"我又不是三岁半的小孩子,被你倒跌法弄得动的,不信,不信!"湘子道:"你敢说三声不信么?"张千道:"莫说三声,就是三百声待何如?"湘子道:"既然如此,你说,你说!"众人齐声说道:"不放,不放,断然不放!"

―――――――――――

① 伊周——指商朝开国功臣伊尹与西周周公旦。代指开国元勋、执掌权柄、治理有方的宰辅。
② 渊明——陶渊明,东晋大诗人,曾三仕三隐,最后弃官归田。
③ 坎止流行——随境遇而或退或进。
④ 啰唝——啰嗦。

湘子就显出神通，把袍袖一展，一跤跌在地上，头枕着渔鼓，鼾睡不动，那元神①却一径走到筵前，道："列位大人在上，小道又来了。"退之一见湘子，怒发冲冠，心头火发，道："你从哪里进来的？"湘子道："从大门首进来的。"退之道："张千、李万都在哪里？"湘子道："贫道已去远了，他两个说，大人要与我说话。故此又转来。"退之道："你且去耳房坐着，我另有处。"湘子依言，坐在厢房里面，弹拍渔鼓。只见退之叫张千、李万问道："那道童去了不曾？"张千道："那道童醉了走不动，睡在门外地上。"退之道："你蠢起驴耳朵听，那打渔鼓的是怎么人？"张千道："小的不晓得是怎么人。"退之喝道："你这狗才，怎般可恶！一个道童放了进来，还说他睡倒在外面地上，眼睁睁当面说谎，每人各打二十！"两边皂甲②呐一声喊，拖的拖，拽的拽，把张千、李万拖翻在地上。他两个苦苦告道："现今一个道人睡在外面地上，老爷如不信时，请众位老爷一看，便见明白，不要屈打了小的。"众官道："这两个虽然可恶，道人恰有些古怪，真不要错打了他。"

退之便同众官走出门前去看，果然有一个道人睡在地上，鼾声如雷，里面耳房内又有一个道人在那里打渔鼓，唱道情。众官都道："人虽有两个，面庞衣服恰是一般，明明是分身显化的神仙，韩大人不可怠慢他。"退之便对这道人说道："你这出神的术法不为奇特，只好去哄别人，怎么来哄我？我一把火把你那躯壳先烧化了，看你元神归于何处？"说犹未了，只见那厢房内的道人走将出来，地上睡的道人醒将起来，两个合拢身来，端只一个道人，哪里去寻两个？

众官见了这个光景，人人倒身下拜，说："我等今日幸遇神仙，万望救度。"退之连忙扯住众官说："列位休得眼花缭乱，落了拐子的圈套。"湘子道："韩大人，我也不是拐子，我和你沾亲带肉，不忍你堕落火坑，所以苦苦来度你。我魂归地府，魄散九霄，一点元神常存不坏，你那凡火如何烧得我着？"退之道："你明明是游方野道，我与你有怎么亲？"湘子道："亲不亲，故乡人；美不美，故乡水。山水尚有相逢日，人生何地不相逢？怎么就说出绝情绝义的话来？"林学士道："韩大人几次要责罚你，众位再三劝饶

---

①　元神——此指湘子的魂灵化身。

②　皂甲——听差人的首领。

了。你既是神仙，何不高飞远举，使人闻名不得见面。为恁的苦苦来打搅他家的酒席，蒿恼①我等众宾，是何缘故？"湘子道："贫道在山中闻韩大人九代积善，三世好贤，府中有好馒头，特此来化些上山，与师父充饥。"退之道："早说要化馒头，你便尽力拿了些去，何必言三语四，叫出这许多把戏来。"便叫张千去厨房中取几分馒头，打发他去。

张千领湘子到厨房内，说道："馒头凭你要几分，恰把恁么家伙来盛了去？"湘子道："我有花篮在此。"张千道："这小小花篮，盛得几个馒头，我布施你一分银子，雇一个脚夫来挑一担去何如？"湘子道："我哪里吃得有数，只装满这花篮也够了。"张千就把馒头抬一笼来，凭湘子去装。湘子使出一个除法，装了一笼又一笼，不多时，把他那三百五十六分馒头尽数装在花篮里面，还装这花篮不满。张千见没了馒头，惊得上唇合不拢下唇，慌忙把手扭住湘子叫喊起来。湘子把袍袖一展，足踏花篮，腾空而起，空中飞下一张纸来。

张千仰天叫道："你这道人忒也欺心，把花篮装了我家这许多馒头，也不去谢谢老爷，倒丢下一纸状子，待要告谁？难道我再赔一个花篮与你不成？"湘子便立下地来，道："我和你同去见老爷。"张千又扯住了湘子叫屈。退之问道："你为何扯住道人这般喊嚷？"湘子道："他全不遵大人吩咐，反扯住贫道叫喊。贫道倒也罢了，只是韩大人辖伏②不得两个手下人，如何去管辖朝廷大事？"张千将纸递上退之，禀道："老爷吩咐赏那道人几分馒头，那道人把三百五十六分馒头都装在小花篮内，那花篮还不曾满，倒写状子要告小的门，故此小的扭他来见老爷说个明白。"退之接到手看时，乃是一首诗，单道花篮的妙处。诗云：

　　一根竹竿破成篾，巧匠编来实奇绝。

　　外形矮小里边宽，装却乾坤和日月。

退之看罢诗句，便道："你这道人着实无礼，我那三百五十六分馒头要请众位大人吃的，好意赏你几分，你怎么弄出那除法来将我这许多馒头都骗了去？"湘子道："大人不要小器，馒头都在花篮里，若不舍得，依先拿出来还了大人。"退之道："这一点点花篮儿如何盛得我三百五十六分馒

---

①　蒿恼——麻烦，打扰。

②　辖伏——制服。

头?"张千道："外看虽然小，里面犹如枯井一般深的。"湘子道："大人休小
觑这篮儿，有《浪淘沙》为证：

　　小小一花篮，长在桃源。玉皇殿前一根紫竹竿，王母破篾①三年
整，鲁班编了整十年。这花篮，有根源，乾坤天地都装尽，也只
一篮。"

退之道："你卖弄杀花篮的好处，也不过是障眼法儿，我决不信。"湘子道：
"大人信不信由你，只是贫道再问你化些好酒。"退之道："我已赏了你酒
与桌面，如何又说化酒？"湘子道："不瞒大人说，我师父在山中煎熬万灵
丹，缺少好酒，故此再求化些。"退之道："万灵丹我也晓得煎，不知你用多
少酒？"湘子道："只这一葫芦就够了。"退之道："一葫芦有得多少，如何够
煎万灵丹？"湘子道："大人不要小看了这个葫芦，有诗为证。诗云：

　　小小葫芦三寸高，蓬莱山下长根苗。

　　装尽五湖四海水，不满葫芦半截腰。"

退之道："你不要多说。张千，快把酒装与他去。"张千道："师父，你的竹
筒在哪里，拿过这边来，把酒与你。"湘子道："竹筒上绷了你的皮，做渔鼓
了，只有个葫芦在此。"张千道："有心开口抄化②一场，索性拿件大家伙
来，我多装几壶与你。这个小葫芦能盛得多少，也累一个布施的名头。"
湘子道："我要不多，只盛满这葫芦罢。"张千把酒装了十数缸，这葫芦只
是不满，便道："又古怪了，怎的还不见满？"湘子道："再装几缸一定就满
了。"他便打起渔鼓，拍着简板，唱道：

　　小小一葫芦，中间细，两头粗。费尽了九转工夫，堪比着那洞庭
湖。你们休笑我这葫芦小，装得你海涸江枯。

　　张千禀退之道："小的有事禀上老爷，这道人又用那装馒头的法儿来
装酒，酒都装完了，尚不曾满得他的葫芦。"退之道："道童，有来有去，才
是神仙；有去无来，不成大道。你这般法儿只好弄一遭，如何又把我的酒
也骗了去？"湘子道："大人不消忙得，但凭抬几只空缸来，我一壶壶还与
大人，若少一滴，愿赔一缸。抬几个竹箩来，还大人三百六十五分馒头，若
少一个，愿赔一百。何如？"果然张千抬了空缸、竹箩放在厅前。只见湘

---

① 篾(miè)——劈成薄片的竹皮。
② 抄化——零星募求财物。

子卷拳勒袖，轻轻的把葫芦拿来，恰像没酒的一般，望缸内只一倾，倾了一缸又一缸，满满倾了十数缸，一滴也不少，那葫芦里头还有酒，正不知这许多酒装在葫芦内哪一搭儿①所在。众官见了，人人喝彩，个个称强。退之只是不信，道："总来是些茅山邪法②，只好哄弄呆人，岂有神仙肯贪饕酒食，卖弄神通的理？"湘子听得退之这等言语，便又显起神通，从花篮里摸出三百五十六分馒头，一个也不少。众官齐声道："这般手段，真是人间少有，世上无双。"赞叹不已。

　　一霎间，湘子又把酒与馒头依先收在葫芦、花篮内，暗差天神、天将，押到蓝关山下交付土地收贮，等待来年与退之在路上充饥御寒。当下手拍云阳板，唱一阕《上小楼》：

　　　　人道我贪花恋酒，酒内把玄关参透。花里遇神仙，酒中得道自古
传留。炼丹砂，九转回阳身不漏。只管悟长生，与天齐寿。

退之道："你这人只是夸口，我承列位大人盛情，也要识论些国家大事，你连连来此缠扰，不当稳便，也不是你出家人与人方便的念头。"叫手下："快与我叉他出去！"湘子道："不消叉得，再斟几杯酒与贫道吃了，就再不来搅大人。"退之笑道："你有多少酒量？"湘子道："只管贫道一醉，不要论量大小。"退之道："你吃得一百大杯么？"湘子道："五十双半醉。"退之道："据你这般说，酒量也是好的了。如今三百五十六位大人在此，每人赐汝一杯，汝先从我面前吃起。"湘子道："谨遵严命③。"退之叫人斟上酒来。湘子刚刚吃得三杯，便沉醉如泥，跌倒在地上。退之道："列位大人，看这道人吃得三杯酒就醉得这般模样，只是大言不惭，哪里是怎么神仙？张千、李万，可抬他出去，丢在大门外头，不要理他。"张千、李万用尽平生气力，一些儿也抬不动。退之看了，恼怒得紧，喝叫："多着几十人，把这野道倒拖出去！"张千果然唤过两班皂甲来拖湘子。这湘子倒也不像个醉倒的，就像生铜生铁铸就的一般，一发拖不动了。退之怒道："你这些狗才，都是没用的。且由他睡着，待他醒来不许他开口。竟自叉他出去。"

————————

①　那一搭儿——那一边。

②　茅山邪法——指道教法术。茅山在江苏句容县，相传汉人茅盈与其弟茅固、茅衷得道于此。

③　严命——郑重、尊严的命令。

张千众人喏喏而退。

　　谁知湘子睡过半个时辰,一骨碌爬起来道:"大人,贫道酒量何如?"退之道:"吃得三杯就醉倒不起来,还说怎么酒量?"湘子道:"贫道酒量原不济,不能奉陪列位大人。贫道有一个师弟,果是不辞千日醉,酩酊太平时,请他来陪奉一杯何如?"退之道:"他是怎么人出身? 如今在哪里?"湘子道:"出身在窖里,藏身在府里,吃酒在肚里,醉死在路里。大人若许相见,贫道招他便来。"退之道:"汝去招他来。"湘子道:"贫道站在这里叫他,自然来。"

　　当下湘子弄出那仙家的妙用,把手向空中一招,叫道:"师弟快来。"只见一朵祥云捧着一人坠地。那人怎生打扮,有《西江月》为证:

　　　　黑魆魆①的面孔,光溜溜的眼睛。铳头②阔口巨灵③形,露齿结喉相应。巾戴九阳一顶,腰缠穗带双根。脸红眼腚④醉翁形,李白、刘伶堪并⑤。

这道人立在阶前,朝着众官唱个喏道:"列位大人稽首。"退之道:"师兄说汝会饮酒,汝实实吃得多少?"道人道:"大宾在座,司酒在旁,揖让雍容,衣冠济楚⑥,席不暇暖,汗沾浃背,小道可饮二三升。知己友朋,呼卢掷雉,红裙执斝,玉手擎杯,一曲清讴,当筵妙舞,自旦至暮,可饮二三斗。宴至更深,酒阑客散,主人送客,独留小道,引坐密室,灯烛交辉,裙袂连帷,履舄杂沓,玉体贴于怀抱,粉面偎于酥胸,主人兴浓不知小道,小道酣极忘却主人,袒裼裸裎⑦,颠狂无忌,斯时也,小道可饮二石。"退之道:"出家人怎说那淳于髡⑧狂夫的话,可恼,可恼! 我这里用汝不着,汝快去罢。"林学士道:"我也不与汝讲闲话,只顾尽量吃酒与我们看,若吃得多,才见汝师兄荐举的光景;若吃不多,连汝师兄一体治罪。"道人道:"大人若是这

---

①　黑魆(xū)魆——黑暗貌。

②　铳(chòng)头——斧状头。

③　巨灵——古代传说中劈开华山的河神。相传其体魄巨大。

④　眼腚(dìng)——此指眼神迷乱。

⑤　堪并——可以相提并论。

⑥　济楚——衣着整洁。

⑦　袒裼(xī)裸裎(chéng)——脱衣露体。

⑧　淳衣髡(kūn)——战国齐人,以博学、滑稽、善辩著称。

般说，可取酒来，待小道吃。"退之便叫张千、李万打了两三坛好酒放在他面前。他一壶不了又是一壶，一壶不了又是一壶，一连吃了十数壶，方才咀嚼些儿果品，把腰伸一伸道："好酒！"吃不上一个时辰，把这三坛酒吃得罄尽，觉道有些醉容。退之对林学士道："亲家，这酒量才好。"林学士道："汝像是醉了，还吃得么？"道人道："但凭大人拿来，小道再吃。"退之又叫张千、李万抬一大坛来。这道人也不用壶，不用碗，将口布着坛口，只情吃，一霎时又吃尽了，一跤跌在地上，动也不动。湘子道："师弟醉了，睡在地上不成礼体。韩大人有被借一条盖覆着他，待他酒醒好同回去。"退之叫取条被盖了这道人，便对湘子说道："汝弄了许多楦，都是假的，只这吃酒的人是真本事，我不计较汝了，急忙回去，不可再来。若再来时，我当以王法治汝。"湘子道："王法只治得那要做官的人，贫道不贪名利，不恋红尘，不管那兔走乌飞，哪怕这索缚枷栲。"退之道："若再胡言，我斋戒沐浴，作一道表章奏闻玉帝，把汝这贪饕酒食，惑世诬民的贼道，直配在阴山背后，永堕轮回。"湘子暗笑道："只说我会说大话，夸大口，原来叔父也会弄虚头说空话。玉皇大帝只有我去见得他，你这凡胎俗骨，怎么上得表文到他案下。这般大嚼儿的话不要说吓我不动，连鬼也吓不动一个的。"
正是：

> 从头彻尾话多般，话说多般也枉然。
> 伶俐尽从痴蠢悟，因何伶俐不成仙？

毕竟不知湘子后来若何，且听下回分解。

第 十 六 回
入阴司查勘生死　召仙女庆祝生辰

真幻幻真真亦幻,幻真真幻幻非真。

本来面目无真幻,一笑红尘有幻真。

且说湘子先前饮得三杯酒,睡倒在地上,人人都说他酒醉跌倒了,恰不知道湘子出了阳神,径住阴司地府去。看官,且说湘子为何这等时候,忙忙地去见阎罗天子,有恁事故?只因玉帝敕旨,着他去度韩退之成真复职,他见退之禀性迂疏,立心戆直,贪恋着高官大禄,不肯回头,恐怕一时间无常迅速,有误差遣,因此上一径到阴司阎君殿上,查看退之还有几年阳寿,几时官禄,待他命断禄绝的时节,狠去度他,庶不枉费心机,这正是:

钦承朝命出南天,直往阴司地府前。

查勘韩公生死案,度他了道证金仙。

当下湘子那一点元神来到鬼门关上,三十六员天将前遮后拥,七十二位功曹①、社令②沿路趋迎。白鹤双双,青鸾对对;幢幡旌节,缭绕缤纷,只见毫光现处,照彻了黑暗酆都③;神气氤氲,冲破了刀山地狱。吓得那牛头马面胆战心惊,鬼卒阴官手忙脚乱。地藏佛忘拿了九环锡杖,谛听神空撇下两耳聪灵。打扫的不见了笤帚,殿宇堆尘;焚香的消煞了沉檀④,金炉冷淡;左判官倒捧善恶簿,寿夭难分;右判官横执铁笔管,死生未定。当下牛头击鼓,马面撞钟,聚集那秦广王、楚江王、宋帝王、五官王、阎罗王、平等王、泰山王、都市王、卞城王、转轮王、十殿阎罗天子,齐来迎接湘子。只是一个个衣冠不整,礼度仓皇,装哑推聋,蹑足附耳,都不知上八洞神仙下降阴司有何事故。

---

① 功曹——官名,掌管考察记录功劳。
② 社令——土地之神。
③ 酆(fēng)都——指阴间地狱。
④ 沉檀——沉香与檀香。

那湘子展开袍袖，摆跮①逍遥，手捧金牌，口宣玉旨，对阎君道："山中方七日，世上已千年；人间一昼夜，阴司十二年。我无事不来冥府，劈破幽扃②，开通地府，止因玉帝差我度化叔父韩退之成仙了道，证果朝元，我度化几次，叔父略不回心，倔强犹昔。我恐怕行年犯煞③，禄马归空，一旦鬼使来催，枉费辛勤跋涉，因此上，径来查勘俺叔父还该几年阳寿官禄？以便下手度他。"那阎罗天子听言才罢，便唤鬼判："快把报应轮回簿拿来，待神仙亲自查勘。"左判官忙忙将簿呈上湘子。湘子接到在手，展开看时，第一张是晋公裴度，第二张是皇甫镈④，第三张是李晟⑤。第四张上面写着："永平州昌黎县韩愈，三岁而孤。后登进士第，为宣城观察推官，迁监察御史，贬山阳令，改江陵法曹参军。元和初，擢知国子博士，分司朵都改都官员外郎，即拜河南令；迁职方员外郎，复为博士；改比部郎中，史官修撰，辅考功知制诰，进中书舍人；改太子右庶子为淮西行军司马，迁刑部侍郎，转兵部侍郎，升礼部尚书，上表切谏佛骨，贬为潮州刺史，一路上豺狼当道，雪拥马头，饥寒迫身，几隕性命；得改袁州刺史，召拜国子祭酒，复为京兆尹，吏部侍郎。"湘子看完道："原来叔父还有这许多官禄，所以不肯回心。我如今把他官禄一笔勾销，除去他的名字，省得善恶簿中轮回展转，生死账上解厄延年。"正是：

　　阎王殿上除名字，紫府瑶池列姓名。

那右判官慌忙捧笔，饱掭⑥浓墨，递与湘子。湘子即便把退之这一张尽行涂抹了。揭到第五张，恰好是学士林圭的终身结果。湘子道："岳父是云阳子转世，叔父复了原职，岳父也要归天回位，索性一笔涂抹了，免得又走一遭。"那十殿阎君齐齐拱手问道："六道轮回，天有神而地有鬼；五行变化，生有死而死有生。因阴阳以分男女，合聚散而别彭殇⑦，故南斗注生，北斗注死。小圣谨守成案，不敢变易。今福仙不行关会，一概涂抹，只怕

---

①　摆跮（duò）——踱步。

②　扃（jiǒng）——门户。

③　犯煞——碰上倒霉事。

④　镈（bó）。

⑤　晟（shèng）。

⑥　掭（tiàn）——用毛笔蘸墨在砚台上弄均匀。

⑦　彭殇——指寿夭。彭，彭祖；殇，短命儿。

上帝得知,见罪小圣。"湘子道:"俺叔父韩退之是卷帘大将军冲和子,学士林圭是云阳子,俱因醉夺蟠桃,打碎玻璃玉盏,冲犯太清圣驾,贬谪下凡,不是那俗骨尘躯,经着轮回,魂销魄散,如今谪限将满,合还本位。玉帝怕他迷昧前因,堕落轮回恶趣,差俺下来度他二人,故此先除名字,省得追魂摄魄,勾扰滋烦。"那十殿阎罗天子各各躬身下礼道:"小圣有所不知,故尔唐突,幸得神仙明诏,心胸豁然。"当下随着湘子,送出阴司。这许多牛头鬼卒、马面判官,青脸獠牙,靛身红发,都齐斩斩摆列两行,匍匐跪送。湘子捧着渔鼓,拥着祥光,离了阴司,复来阳世,假装酒醒转来的光景,但凡人不识得耳。

却说湘子问退之讨被,盖了那小道人,复与退之说了半晌,又上前一步道:"韩大人,有酒再化几杯与贫道吃。"退之道:"汝方才吃得三杯就跌倒在地上,那小道人睡至此时还不曾醒,又化恁么酒?"湘子道:"贫道不是酒醉跌倒,乃是到阴司地府阎罗天子案前去看一位大人的官禄寿数,故此睡着了。那陪酒的师弟,贫道适与大人说话的时节,已辞去多时了,怎么大人说他还不醒?"退之道:"好胡说!汝师弟若酒醒去了,那被下盖的是恁么人?"湘子道:"大人揭起被来一看便见端的。"退之叫张千把那被揭起看时,不见那吃酒的道人,只见一只大缸盖在被底下,满贮着一缸好酒,倒吃了一惊,走上前禀退之道:"道人不见了,只有一只缸,满满盛着好酒。"退之道:"我只说这吃酒的人是真酒量,原来也是障眼法儿。"便开口叫湘子道:"野道人,我且问汝,汝到阴司去查哪一位大人的官禄寿数?"湘子道:"列位大人中一位。"退之道:"在席有三百五十六位朝官,是张是李,索性说个明白,日后也显得汝的言语真实。若这般含糊鹘突①,谁人肯信汝的说话?"湘子道:"单查礼部尚书韩大人的官禄寿数。"退之道:"你查我做恁?"湘子道:"我要度大人修行,恐怕大人阳寿不久,故此到阴司去查勘一个明白。"退之道:"我今庚五十七岁了,你查得我还有几十年阳寿?几十年官禄?若说不着,一定要处置你这大言不惭妖言惑众的贼道了。"湘子道:"大人莫怪贫道口直,你若要做官,明年决遭贬谪。寿算只有一年多些;若肯跟我修行,可与日月同庚,后天不老。"退之道:"我自幼年到今日,算命、相脸的不知见过了多少,哪一个不说我官居一

---

① 鹘突——即糊涂。

品,独掌朝纲,寿活百年,康宁矍铄①。汝怎敢如此胡说!"湘子道:"延寿命虽然难算,恰也要大人自去延,若不修行,便是自投罗网了。"退之道:"你不过是一个游方道人,既不是活无常在世,又不曾死去还魂,哪里得见阴间的生死簿子?"湘子道:"贫道身卧阶前,神游地府,那鬼门关上阎君、鬼判、狱卒、阴兵,哪一个不来迎接? 我坐在森罗殿②上,取生死簿从头一查,见大人名字在那簿子上,注庚五十七岁,五十八岁丧黄泉,字字行行,看得真实。若说那死去还魂的,自家救死且不暇,哪得功夫去查别人?"退之道:"这话分明是活见鬼,我不信,我不信!"湘子道:"大人不信也由你,只怕明年要见贫道时没处寻了。"退之怒发如雷,喝叫张千推湘子出去。

湘子出门一步,又转到门首叫道:"长官,我要进去见你老爷,说一句紧要的话。"张千道:"你这道人脸忒涎③了,莫说老爷要恼,连我们也厌烦了,快些去倒是好的。"湘子道:"你们怎么也厌烦我? 这叫做狗咬吕洞宾,不识好人了。"张千道:"圣人说得好:'未见颜色而言谓之瞽④'。你又不是双盲瞎子,看了老爷这般发怒,赶打你出门,你只该识俏去了罢,只管在此油嘴揭舌讨没趣吃,也没要紧。"湘子道:"我是笋壳脸,剥了一层又一层,极吃得没意思的。你只做个囫囵人情,放我进去对老爷说一句话,就回去了。"李万道:"你要骂就骂我一场,要打就打我一顿,若要我放你进去,实是使不得。你就是做我的爷和娘,只要挣饭养得你,也不替你吃这许多没趣。"湘子见他们这般说,便用仙气一口吹到张千、李万的脸上去,他两个如醉如梦,昏昏沉沉睡着了。

湘子闪进里面,打起渔鼓。退之道:"这野道人又来搅我,真是可恶!"叫手下:"拿他去打四十板,枷号在门首,以警这些游方僧道!"手下人一齐动手来拿湘子。湘子不慌不忙,把仙气一口吹在林学士看马的王小二身上,那王小二就变作湘子模样站在那里。退之看见这些人乱窜,便喝道:"你这一干人眼睛都花了,明明一个道人站在那厢,不去拿他,倒在

① 矍(jué)铄——老而勇健。
② 森罗殿——阎王厅在阴间殿宇。
③ 涎——脸皮厚。
④ 瞽(gǔ)——盲人。

这里胡诌乱扯!"手下人见退之发怒,便一下子把王小二拿将过来,撳①在地上,用竹片打他,却看不见湘子。这王小二被撳住了打,发狠的喊叫道:"我是林老爷家的王小二,为何打我?"林学士道:"叫的是学生小仆,不知亲家何事打他?就是小仆触犯了亲家,也须与学生说明,打他才是。俗云:'打狗看主面'。为何这般没体面,就把小仆乱打?"退之道:"亲家勿罪,方才叫人打那贼道人,如何敢打尊使王小二!想是贼道人用寄杖法,寄在尊使身上。"林学士道:"贼道这般可恶,如今在哪里?待我拿来打一顿还他。"湘子挺身道:"贫道在此。"林学士喝道:"汝来搅扰韩大人的酒筵,故此韩大人要打汝。汝受不得这样羞辱,吃不得这样苦楚,只合急急去了,才是出家人的行径,为怎么苦苦在此缠扰,倒把我的人来替你打?"湘子道:"大人勿罪,这是金蝉脱壳,仙家的妙用。尊使该受这几下官棒,贫道才敢借他替打,与他消除灾难。"林学士道:"王小二没有过犯,白白的受这顿打,还说替他消除灾难。我算汝的灾难目下断难躲过,何不先替自家消除一消除?"王小二道:"我和你都是父娘皮肉,打也是疼的。你慷他人之慨,风自己之流,不要忒爽神②过火。"退之道:"这样奸顽贼道,不要与他闲说,只是赶他出去,大家才得安静。"湘子道:"俺偏生不去。"退之道:"汝不肯去,待要怎么!"湘子道:"大人肯跟贫道出家,贫道就去了。"退之道:"肯出家不肯出家,凭着人心里,汝十分强劝,谁肯听汝?"湘子道:"不是贫道不识进退,强劝大人,只是这回错过,万劫难逢,贫道不好去缴金旨,大人从此便堕轮回。去而复来,皆贫道不得已的心。"退之道:"缴怎么金旨?堕怎么轮回?这些话忒惹厌了。我且问汝,从我生辰至今日,也是四五日了,汝逐日来搅扰我筵席,今朝也说是仙家,明朝也说是仙家,但见汝说这许多不吉利的言语,再不见汝拿出一件仙家的奇异物件来与我上寿,岂不可羞?"湘子道:"大人说得有理,我有一幅仙画献于大人,愿大人万寿无疆!"退之道:"我家有无数好画,少也值百十两一幅,怎见得汝的画就是仙画?"湘子道:"大人虽然有许多好画,都是死的。贫道这一幅画恰是活的,要长就长,要短就短,人物都是叫得下来的,只怕大人府中没有俺这样一幅。"退之道:"如今在哪里?有多少长短?快拿来

---

① 撳(qìn)——用手按住。
② 爽神——谓得意。

挂在中间，与列位大人赏鉴一赏鉴。"湘子道："直有丈二，横有八尺，恰好挂在大人这间厅上。"退之道："张千，取画叉来，将那道人的画儿挂起我看。"

张千拿了画叉，道："先生，画儿在哪里？"湘子道："在我袖中，待我取出来。"张千道："你说直有丈二，横有八尺，如今说藏在袖中，可不道手长衣袖短。"湘子道："长官休得取笑，我拿出来便见分晓。"那湘子从从容容在袖子里面抽出一幅画儿，递与张千。张千接过手中，用画叉挂将起来。果然直长丈二，横阔八尺，上面画着许多美女，一个个就像活的一般，好不动人。有诗为证：

斜倚雕栏拂翠翘①，名花倾国②惜妖娆。

娥眉扫月横双黛③，云髻堆鸦压二乔。

洛浦瑶姬④留玉佩，凤台仙子⑤赠琼箫。

写真纵有僧繇笔，隔断巫山去路遥。

退之道："画倒也好。"林学士道："你既来庆寿，怎么不画些寿意？单单画这许多美人，莫不是把韩大人比做石季伦么？"湘子道："韩大人正色立朝，直己行道，怎比那铜臭愚夫，守钱贱虏。我因韩大人寿日，特到终南山碧霞洞碧霞真人那里，借这八洞仙姬来与他庆寿。"退之道："美人画得好，不过是传神得法，图绘入神，怎么碧霞洞的仙姬？"湘子道："贫道一心要度大人出家，故借仙姬来与列位大人递酒。"退之道："汝叫得下来，我才信是仙姬。"湘子道："这个有何难哉！"用手向画儿一指，叫声："仙妹，下来劝列位大人的酒。"那画儿上美女果然走下两个。怎见得仙女的美处？

金钗斜嚲⑥，掩映乌云⑦；翠袖巧裁，轻笼瑞雪⑧。樱桃口，浅晕

① 翠翘——妇女头上所插戴的翠鸟尾状头饰。

② 倾国——指女子有绝色容貌。

③ 双黛——双眉。

④ 洛浦瑶姬——即洛水女神。

⑤ 凤台仙子——即秦穆公之女弄玉。在凤台与萧史乘鹤归去。

⑥ 斜嚲(duǒ)——斜垂的发髻。

⑦ 乌云——黑发。

⑧ 瑞雪——喻白色肌肤。

微红;春笋手,轻舒嫩白。纤腰袅娜,绿罗裙微露金莲;素体轻盈,红
衲袄偏宜玉腕。脸堆三月桃花,眉扫初春杨柳,香肌曲簇瑶台月,翠
鬓笼松楚岫云。

这两个仙姬近前道:"列位大人万福。"众官看了,真个是天姿国色,绝世
无双,便道:"韩大人,这不是月殿嫦娥,定是蓬莱仙子。道人若不是真神
仙,如何请得他下来?"湘子打动渔鼓,叫道:"仙妹唱一个《步步娇》,奉列
位大人一杯。"仙女唱道:

苦海茫茫深万丈,今古皆沦丧,英雄没主张。特驾慈航①,稳载
尔离风浪。今日里若不悟无常,凡鱼终堕青丝网②。

〔新水令〕你若肯一朝挥手谢君王,脱朝衣,把布袍儿穿上,早离
了金銮殿,即便到水云乡③。两袖飘扬,两袖飘扬,觅一个长生不
死方。

两个唱毕,忽然隐形去了,那画儿上就不见了两个。湘子又用手招画
儿上仙姬道:"仙妹,再请两位下来。"只见袅袅娜娜,摇摇摆摆,又走下两
个来。有诗为证。

八幅罗裙三寸鞋,妖娆体态是仙胎。

九天玉女临凡世,为度文公去复来。

仙女缓步上前,道了万福。湘子便拍动云阳简板,叫道:"仙妹,列位大人
在此庆寿饮酒,你唱一阕《寄生草》何如?"仙女捧上一杯酒,递上韩退之,
口中唱道:

叹富贵风中烛,想浮名水上泡。劝你把包巾换了乌纱帽,衲衣渔
鼓祥云罩。仙家妙境谁能到? 只这个五湖四海恣游遨,煞强如王家
一品花封诰。

〔煞尾〕风急浪花浮,鼠啮④枯藤倒。便从此撒手回头犹欠早,莫
等到席冷筵残人散了,一沉苦海中,永劫难捞。但灵消难认皮毛,鬼
窟翻身知几遭? 平生意气豪,只争一些儿不到。这时节,哪里寻贵王

---

① 慈航——佛道称济世救人,使人脱离苦海。

② 青丝网——喻永堕轮回。

③ 水云乡——谓天上仙境。

④ 啮(shì)——咬。

公官品高？

　　湘子道："仙妹唱完，请归洞府，再请两位来祝寿筵。"霎时间就不见了这两个仙姬。另有两个舞向筵前。众官抬头看时，比先前来的更觉得娉婷①娇媚？怎见得她的娉婷娇媚？但见：

　　　　蓬松云髻，插一枝碧玉簪儿；袅娜纤腰，系六幅绛绡②裙子。素白单衫笼雪体，淡黄软袜衬弓鞋。娥眉紧蹙，惺惺凤眼赛明珠；粉面低垂，细细香肌欺瑞雪。若非月窟嫦娥女，也是湘皇洛浦妃。

这仙姬回旋飞舞，口中唱道：

　　　　叹人生空自忙，不觉的两鬓霜。你便积下米千担，攒黄金万万两，晓夜枉思量，费心肠。恨不得比石崇家私样，王恺富豪强，孟尝君食客成行。总之一身难卧两张床，一日难餐一斗粮。有一日大限临在你头上，哪一个亲的儿，热的女，替得你无常？有钱难买不死方，有钱难买不无常。你就有李老君的丹，释迦佛的相，孔夫子的文章，周公八卦阴阳，卢医③扁鹊仙方，他也一个个身亡。世间人谁敢和阎王强，假如你做了梁王，置买下田庄，留与儿郎；或生下不成才破家子，出头来一扫儿光。花开时三月天，家家在荒郊外挂纸钱。百般挑列在坟前，孝子泪涟涟，亡人几曾沾？你如今有得吃，有得穿，速回头去学仙，过几年得自然。若还不肯抽身早，免不得北邙山里稳稳眠。

　　退之道："换来换去，总是这两个女子，没什么奇异；说来说去，只说我为官的不好，也不十分新鲜。今后再有说着做官不好的，就先打嘴巴十下，连那道童也不饶他。"仙姬道："大人何须发恼，我有个《黄莺儿》唱与大人听：

　　　　劝大人莫猖狂，烈烈轰轰总一场。吉凶祸福从天降，站立在朝堂，谁人敢相抗。哪个高官得久长？细推详，君王怒发，遣戍在他方。"

退之喝道："我正直当朝，清廉律己，有恁么罪过，遣戍得我？连这些女子也胡言乱语了，左右，快与我叉她出去，不许在此絮烦！"湘子道："大人息

怒，又有一个仙姬来劝酒了。"

〔混江龙〕位冠群僚，官居极品身荣耀。果然是清廉律己，正色当朝。殿上待君悬玉带①，家中宴客续兰膏②。自恃雄豪，名扬八表③，从古官高祸亦高。船行险处难回棹。只恐怕一封朝奏，夕贬不相饶。

退之大怒，叫左右："把这女子拿下，送到法司问她一个捏造妖言、侮慢官长的罪名。"湘子道："大人既做过刑部侍郎，难道不晓得女子有罪，罪坐夫男？这女子不过是说官高必险的意思，又不曾唐突了大人，她又没有夫男在这里，如何送她到法司拟罪？且请息怒，又有一个仙姬来了，大人试听他唱一个《皂罗袍》何如？"林学士道："亲家不必性躁，她这伙人是笼中鸟、釜中鱼，要拿就拿住的，怕她走在何方去。且听这个女子唱些怎么来？"湘子拍响渔鼓，仙姬唱道：

软弱的安闲自在，刚强的惹祸招灾。闲争好斗是非来，闭口藏身无害。安然守分，愁眉展开。光阴有限，青春不来，功名得意终须耐。

林学士道："这一曲唱得好，再饮一杯。"退之道："这女子劝人凡百忍耐，倒也有理。你再唱一曲，我重重赏你。"仙姬道："六月披裘不是拾遗④，浪子千金不易，宁甘曳尾泥涂。咱在阆苑寄楼，蓬莱暂住，既无利心溷扰⑤，亦无妄念牵缠，大人怎么说个重赏来？"湘子拍动渔鼓，仙姬又唱道：

劝大人且从容，春花能有几时红？堆金积玉成何用？叹金谷石崇，笑南阳卧龙⑥，今来古往都成梦。细研穷，归湖范蠡，他到得安荣。

退之道："这般言语，总是那野道人一派传来的，可恶，可恶！我这里一句也听不得，快叉他出去！"

退之说得一声叉出去，那张千、李万许多人蜂拥也似赶来叉仙女。这

---

① 玉带——玉饰的腰带。唐代三品以上官吏佩金玉带。

② 兰膏——泽兰炼成的灯油。

③ 八表——八方之外。

④ 拾遗——官名，掌监察进谏。

⑤ 溷（hùn）扰——侵扰。

⑥ 南阳卧龙——指诸葛亮。

仙女化一阵清风，又不见了。壁上刚刚剩得一幅白纸，不见一个仙姬，也不见有诗歌、山水，犹如裱褙铺①里做的祭轴②一般挂在那里。激得退之三尸神暴跳，五脏气冲霄，恶狠狠的道："这贼道明明欺侮下官，做出这般不吉利的模样，可恨！可恼！"这正是：

　　　　甜言送客三冬暖，恶语伤人六月寒。

　　毕竟不知退之恼怒若何，且听下回分解。

---

① 裱（biǎo）褙铺——裱字画的店铺。
② 祭轴——祭奠时挂轴。

第 十 七 回

韩湘子神通显化　林芦英恩爱牵缠

变幻神通不可当，牵缠恩爱最难防。

心猿意马牢拴定，一任东风上下狂。

话说退之发怒，喝湘子道："你这羊、鹤、女子，都是那撮弄幻术，不足为奇。你先前说解造逡巡酒①，能开顷刻花②，如今一发做出来与我看，我便信你是个仙人。"湘子道："逡巡酒、顷刻花是开天地阴阳之橐龠③，夺鬼神造化之权衡，不是容易得见的。若大人肯随我出家，我就卖弄出来与列位大人看。"退之道："不要多言，做得出来才见手段。"湘子就问张千讨了一个空壶，口中念道：

一尊佳酝试新开，不是庖牺④置造来。

琥珀光浮香味好，莫辞沉醉饮三杯。

念罢，喝声道："疾！"只见那空壶内便有酒满将起来。湘子叫道："列位大人看酒。"众官见了，无不惊讶。湘子捧着酒壶，从首席起，直斟到退之主席方止，共有三百五十六杯，都是这一把壶内斟出来，竟不晓得这壶能得几多大？却盛得这许多酒。众官各各吃了一杯，都道："好酒！"只有退之不肯吃，道："这酒不过在我家里摄出来的，有怎么好歹？"林学士道："亲家不要错认了，此酒乃天边甘露，紫府琼浆，比府上酒大不相同。"

退之叫湘子道："你一发把那顷刻花开出来与列位大人看，才见你真实本事。"湘子道："先朝则天皇后不过是一位篡窃的后主，他吟诗到上苑⑤，也催得百花烂漫，何况我仙家运化机于掌内，夺天巧于眼前，有何难

① 逡（qūn）巡酒——顷刻之间所酿成的酒。
② 顷刻花——立时开放的花。
③ 橐（tuó）龠（yuè）——古代冶炼时鼓风吹火的装备。
④ 庖（páo）牺——指厨师、酿酒人。
⑤ 上苑——指皇家园林。

处？只是大人看了花，心中不要添烦恼就是了。"退之道："看眼前花，见眼前景，有怎么烦恼？"湘子便指着阶前石砌上，口中念道：

　　一朵鲜花顷刻开，不须泥土苦培栽。

　　神仙自有玄微妙，却向蓬瀛布种来。

念声才罢，只见石砌上长出几枝绿叶，中间透出一干心，心上黄丛丛、鲜滴滴开着一朵金莲花。众官都喝彩道："果然是顷刻花。"

大家近前一看，那花瓣上有两行金字云："云横秦岭家何在？雪拥蓝关马不前。"退之看了这两句诗，便问道："这一联是怎么话头？为何写在花瓣上？"湘子道："这是大人日后的结果，不必问他。贫道只劝大人早早随我出家，免得他年懊悔。"退之大怒道："泼道无知，怎么逡巡酒、顷刻花，不过是障眼法儿拐钱钞的例子。张千，快把猪狗秽血浇在他身上，拿下去着实拷打一番，省得他又行寄杖的法儿！"众官劝道："大人且请息怒，这道童年纪小，不知法度，如今且取了他的供状，然后问罪不迟。"

退之喝叫："张千、李万！押这泼道取供状①来，务要供称：'擅入衙门，搅扰筵席，搬演戏术，拐带人口。'待我照律解发他回原籍去。"湘子道："要供就供，快取纸笔来我写，何消押得？"退之道："怕汝不供招明白，走了上天不戍！"湘子道："我家住在南天门内。"林学士道："韩亲家，你须寻一个会上天的解子②，才递解得他起身。"退之道："陕西华山有个南天门，泰安神州有个南天门，襄阳武当山有个南天门，泰州齐云崖也有个南天门。这道人想在齐云崖南天门，哪里是天上的南天门？"林学士道："汝住在南天门内是何向？扉③东过西，上南落北？"湘子道："紧在④龙霄太极殿旁。"学士道："玉皇住的才称龙霄太极殿。道人，汝那里有寒暑么？"湘子道："我那里无寒无暑，常有五色祥光，神灵聚会，仙鹤盘旋，青鸾飞舞，猿猴献果，麋鹿衔花，岂若凡间烟尘陡乱，浊气熏蒸。"退之道："疯道人，你说这闲话也没用，快写供状来。"湘子接了纸笔，供道：

---

①　供状——即供词。

②　解子——押解犯人的差役。

③　扉——门扇。

④　紧在——即紧靠。

供状人列仙子,年甲①不书。我生居天地,长在蓬壶②,赖三光祐其生,托五气全其体。蒙老君传流道法,参悟玄真③。跨鸾鹤日游蓬岛,腾云雾暮宿仙亭,尊南极东华为主,与北斗西母为邻。丹砂炼就,救苦济人。今日临凡,提撕聋聩④。我本是大罗天上开元演法、大阐教化普济仙卿,休猜做凡胎俗骨远方募化吃菜事魔挂搭全真。所供是实。

湘子供完,张千递与退之。退之看了道:"我只要明白供说姓恁名谁,祖居在哪里,父母叫怎么名字,有无弟兄叔伯,原先作何生理,几年上出家,这才叫做供状。汝如今只管东扯西拽,糊糊涂涂说这虚头的话,终不然饶了汝不成!"湘子打动渔鼓,唱道:

家住半山坡,水为邻,山伴我。山前山后无人过,不纳税粮正课,也没有渔樵庚和。衲衣穿着似风魔,共那虎豹豺狼作伙。

退之道:"先前供状,卖弄自家是天神一辈,上圣同俦⑤。如今又说与野鬼为群,山精作伴,这一派胡言呓语,想是熟极了。"喝叫:"张千、李万,若再不明白供写,先把铁链锁了他的脖子,铁肘、铁镣拴了他的手足,再把夹棍夹他起来,不怕他不招明白!"湘子听见这话,不觉满眼流下泪来。退之喝道:"汝既怕夹打,眼中流泪,何不说了老实的话?若只管东伎西侣,便是眼睛流出血来也没人慈悲你。"湘子道:"贫道不是怕大人夹打啼哭,因大人要贫道实落的供状,贫道一时间想起父母来,故此泪出痛肠。"退之道:"汝不学长进,牵爷娘拽头皮,哭也迟了。"湘子道:"我住在永平州鸾州城昌黎县。"退之道:"在城内哪一方?"湘子道:"东门里,十字街,坐南朝北,鼓楼靠西地方。"退之道:"何等样人家出身?"湘子道:"俺家九代积善,三世好贤,叔父是礼部尚书。"退之道:"汝叔父是何名字?哪朝代上做尚书?如今家里还有恁么人?"湘子道:"叔父韩愈,字退之。婶娘窦氏,曾封二品夫人。"

---

① 年甲——年龄。

② 蓬壶——即蓬莱,仙人所居。

③ 玄真——玄妙的真谛,指道教。

④ 聋聩(kuì)——不明道家玄理的人。

⑤ 同俦(chóu)——同辈。

林学士道:"据道人的供招,是令侄公子了。"众官十分欢喜,拱手道:"韩大人,恭喜公子今日回来。"退之羞惭满面,道:"舍侄眉清目秀,哪里是这般憔悴黧黑①,不像人的模样。这道人不过是探听得学生思念舍侄,故假托姓名来哄骗酒食耳,岂有是舍侄之理?"便又问道:"汝姓韩,叫甚名字?"湘子道:"学名韩湘,字清夫。三岁上没爷,七岁上没娘,亏得叔婶抚育长成。九岁攻书,十二岁学道,十五岁娶林学士千金小姐芦英为妻。这便是我的实供了。"林学士哭道:"汝正是我的女婿韩湘子了。"退之道:"亲家不要心忙,错认别人做了女婿,惹人背地笑耻。依愚见看来,这道人想是与舍侄云水相逢,舍侄将家中事体告诉了他,他记在心里,特地来家下骗些东西。"林学士哭道:"若不是令侄,说话中间不免露出马脚来,如何这般详细得紧?"退之又问湘子道:"汝这一篇话好像我侄儿与汝说的。"湘子道:"韩湘子与贫道一同下山,在路上告诉贫道这些话,叫贫道先来与大人上寿,他迟几日才回来。"退之道:"据汝说终南山到我这里有十万多里路程,汝知我侄儿是驾船来的? 还是乘车、跨马来的?"湘子道:"苦恼,苦恼! 出家人十方施主,就是囤下的仓粮;两脚奔波,就是驰驿的头口②,哪得银子去雇觅船车马匹? 我两个手挽着手儿走来的。"退之哭道:"我那儿! 你生长在阀阅人家,出入有轻车、肥马,何曾受这般跋涉,吃这般苦楚,可不痛杀我也!"林学士道:"令侄既是回来,就着人同这道童去寻着他,收拾他便了,何必又添烦恼?"退之又问道:"我侄儿如今在哪里? 为什么不同来见我?"湘子道:"他现在东门外头,因身上褴褛③得紧,未〔便〕见大人之面。"退之便叫左右:"快取一副好衣服来,同这道童去请公子换了回来。"湘子暗道:"叔父不认得我仙风道骨,我且暂去,明日现出原身与他相见,多少是好。"转身对退之道:"大人不必着人去请,待贫道去唤他来便了。"说罢竟扬长出门而去。

退之忙叫张千施从所之。恰好转得一个弯,连道人踪影都不见了,跑回来禀复退之。林学士道:"明明是仙人下降,韩亲家只管把他当做凡人,真是有眼不识泰山。依学生愚见,莫非令侄已成了仙,特特化形来试

---

①　黧(lí)黑——非常黑。

②　头口——牲口。

③　褴(lán)褛(lǚ)——衣裳破旧。

探我们也不见得？"退之道："亲家，不可信有，不可信无，且待他再来，又着眼看个下落。"这正是：

　　一别家乡数载余，忽然闻信暂疏眉①。

　　混浊不分鲢共鲤，水清方见两般鱼。

当日酒筵散罢，退之愈觉忧闷无聊，焦烦一夜。到得次日清晨，窦氏吩咐张千道："公子去了多年不曾回家，昨日那道人说领公子回来，添得老爷焦闷，没做理会。你快去站在门前等候，公子来时竟扯了他进来；若只见那道人，也扯住他问一个的确，不可有误。"张千领命不题。

且表湘子因退之不肯认他，他便摇身一变，现出昔日形容，走到自家门首。恰好张千在那里瞧望，看见湘子走来，一手扯进门里，叫道："老爷！夫人！公子回来了！"有诗为证：

　　十八容颜依旧胎，唇红齿白纂新裁。

　　且教叔婶重相见，觉得眉头不展开。

退之与窦氏听见说湘子回来，真个是喜从天降，三脚两步跑将出来，扯住他衣服，不住的汪汪泪落，道："我儿，你一向在哪里？抛得我夫妻两个举眼无人，好不凄楚。你身上怎的这般褴褛？教我看了越发心酸。"湘子道："叔父、婶娘，且省烦恼，听侄儿道来：

　　我身穿纳袄度春秋。

退之道："吃些怎么物件？'湘子道：

　　我旋砍山柴带叶收，黄精野菜和根煮，无酱无盐饱即休。

退之道："这般食用，有恁快活？"湘子道：

　　笙箫不奏，冷暖自由。石铛②内清泉常沸，瓦瓯中玄酒时浮。这滋味，无非无是我甘受。

窦氏叫芦英道："媳妇，你丈夫回来了，快扯住他，不要放他又去了。"芦英依言来扯湘子，湘子就闪过那边。芦英赶到那边扯他，湘子又闪过这边，只是扯他不着。芦英道："婆婆，媳妇扯他不着，怎生是好？"窦氏道："你且住，有我自留他。"

退之道："我且问你，你一向在哪里安身？"湘子唱道：

①　疏眉——展眉。因高兴而使紧皱的眉头松开。
②　石铛(chēng)——石锅。

　　我住在终南佳境，山水可怡情①。闲来时，漫将仙鹤引；得意处，
好把《黄庭》②竟。参玄谈道，了悟无生③，长春自在心缘净。

退之道："汝在那里与何人往来？"湘子道：

　　汉钟离开坛阐教，吕洞宾传法授道。我呵，参透玄机微妙，登仙
侣，脱尘嚣，心散诞④，意逍遥。

退之道："看你这般模样，也不像个神仙，随你卖弄得锦上添花，我只是不
信。"湘子又道：

　　虽不得神仙位，且躲些闲是非。困来时，一觉鼾鼾睡。布衣袍，
且把麻绦系。草庵口，饮几杯瓮头清，总是个今朝有酒今朝醉。

退之道："汝在那山中，怎比得俺做官的快乐？"湘子唱道：

　　漫说为官好，争如学道高，无忧无辱无烦恼。山中景致人知少，
四时不谢花长在，一任双丸频跳。寿与天齐，喜得长生不老。

窦氏道："你去了这几时，可思想我抚养深恩及妻子被窝中情爱么？"湘
子道：

　　婶母恩非小，你儿行常自焦，扯干就湿真难报。枕边恩爱从来
少。婶娘，你可劝叔父呵！休官弃职早修行，免得纷纷雪拥蓝关道。

退之道："怎么蓝关、白关，伍子胥也曾走过了照关⑤。"湘子道："照关到
容易过，只怕蓝关有些难过。叔父你听我道来：

　　我看那弃职张良，归湖范蠡，跳出虎狼郡⑥，再不列朝班⑦里。
爱看着，翠巍巍千丈岭头松，绿滔滔万顷长江水。他只为着七国争

① 怡情——娱悦情性。
② 《黄庭》——道经名，讲道家养生修炼之道。
③ 无生——无生无灭的仙境。
④ 散诞——恬淡安适。
⑤ 照关——即昭关。地名，在安徽含山县北，为春秋时吴楚之界。伍子胥从楚
　国逃往吴国时路过此关。
⑥ 虎狼郡——喻黑暗混乱的政局。
⑦ 朝班——指官府。

雄,孙庞①斗智;商鼎②中移,夷齐③饿死。又只怕指鹿为马,呼凤作鸡。财广伤身,官高害己。因此上葫芦提不辨是和非,醉如泥,省问红尘事。假便有黄金堆,北斗齐,也难买生死期。轮回吃紧的,鸡儿④飞,兔儿⑤催,此时眼睫不相随。白发古来稀,到头空自悔!"

退之见说,心中大怒,就骂道:"汝这没爷娘没人收管的忤逆种,去了这许久回来,再不说一两句好言语,只在我跟前胡说乱道,成何规矩!我做了官要治天下百姓,一个侄儿也不能整顿,如何去治国平天下!我若不看哥嫂面上,就一顿打死了你这畜生!满顶绝了后代,也省得被人笑耻。"湘子暗笑道:"我已成仙,你怎么打得我死。"

窦氏叫韩清:"快去吩咐张千摆列筵席,待哥哥换了衣服,出来饮酒。"湘子道:"叔父寿辰,侄儿不曾拜祝得,如今有些薄礼与叔父把盏上寿。"退之道:"三百五十六位朝官都来与我庆寿,只因汝不在家,我心中十分不快活,汝如今回来我就欢喜了,哪里要你的礼物。"湘子道:"侄儿已叫人去取,就来了。"退之道:"礼物在哪里? 谁人去取?"湘子道:"在碧天洞里。"退之道:"我生日哪一位朝官、亲戚不送礼来,哪一件事物没有? 只是我不肯收,哪个稀罕你的东西? 你说这般没对会的话来哄谁?"湘子道:"侄儿岂敢诳言,已差仙童清风、明月到碧天洞蟠桃会上借桌面四十张,来与叔父上寿。只待香尽,仙童就来了,快着人去请列位朝官来赴筵席。"退之道:"我不信。"湘子道:"香尽仙童不来,我也没有面目见得朝官。"退之遂叫张千一边取香来点,一面去请林学士等许多官员。

不一时,众官齐到。退之上前相见,说及湘子相邀之事。俱各暗暗而笑,依次坐下。退之一连起身几次,看那点的香,见香渐渐尽来,便道:"侄儿,香将尽了,仙童还不见来,岂不虚邀了列位大人?"湘子仰天一看,道:"请叔父和众大人迎接仙童。"退之与众官立得起身,但见两个仙童从

---

① 孙庞——指孙膑、庞涓。
② 商鼎——指商代政权。
③ 夷齐——指伯夷、叔齐。
④ 鸡儿——喻太阳。
⑤ 兔儿——喻月亮。

空直至筵前，果然揣不成画不就生成的神仙体段①。退之问道："道童，那花篮内是怎么东西？"仙童道："与大人上寿的桌面。"退之道："这一点点花篮儿盛得多少东西？也不够我一个人吃，倒教我去请这许多大人。"仙童道："我花篮内是天上珍肴，瑶池玉液，不是人间的滋味。列位大人得到口尝一尝，也是无量的福了，指望要吃多少。"

当下清风便在花篮内一件件搬出来，明月便一件件摆列在桌子上，虽没有蛟唇、龙脯，熊掌、驼蹄，恰都是目不经见，耳不经闻的奇品。退之道："侄儿，这般东西只好在山里受用，如何摆在我的厅上？到觉得冷淡没趣？"湘子道："叔父，要山有甚难处，侄儿就将前面影墙上画一座山，同列位大人上山一游何如？"退之道："影墙上原画着一个麒麟，若再画些山水，怕污坏了我的影墙。"湘子道："待侄儿叫麒麟走了下来，然后去画山水。"退之道："水墨颜色画的麒麟有形无气，怎么叫得下来？"湘子道："口说无凭，做出便见，请众大人仔细着眼。"说声才罢，湘子又大喝一声道："畜生还不下来，等待几时！"只听得一声响，如天崩地塌一般，那麒麟跳下墙来，奔出门外，站着不动。湘子就拿一把笤帚在手，向影墙上乱扫将去。但见青山绿水，翠柏苍松，麋鹿盘旋，凤鸾飞舞；悬崖瀑布，匹练②横施；诸石绮分，气暖若露。明明是一堵影墙，却变作真山真水。众官看了，喜之不尽。怎见得这山的奇异处，有《一枝花》为证：

> 山林中山鸟飞，山顶上山鸡叫，满山川尽都是芭蕉。绿荫荫高松、古柏，红灿灿山果、山桃；明晃晃落下些青鸾、翠鹤，乌燕、皂雕③。我只见，山鸡儿一来一往，山猢狲倚定青楷。神龙行处，霹雳东闪；虎离窝，摆尾伸腰。只听得山寺里钟声不断，山观④里法鼓⑤忙敲；山和尚议论些经文佛法，山道士贪恋着清高。又见一个打柴的樵夫，手执着大斧呵呵笑，笑着的是巅顶高峰峦巧。忽抬头，见那酒望子摇，酒店里村姑俏。唤山童，急急忙忙沽入酒瓢，同吃一个饱。

---

① 体段——身段。

② 匹练——喻如白色绸带般清澈的溪水。

③ 皂雕——一种黑色鹰。

④ 山观——山间道观。

⑤ 法鼓——诵经时敲的鼓。

湘子道:"列位大人,这山好么?"林学士道:"果然一座好山,若引我们同到山上游玩一番,才显得仙家的妙用。"湘子道:"要上山去有何难哉!"便一手招着众官,叫退之道:"贫道先行,列位大人同叔父都上山去走一遭。"众官雀跃鹄踊,都随上山,冉冉要从独木桥上过去。只见崩浪千寻,悬流万丈,鸣如巨雷,白如雪练,蹑足其上,魂惊魄依。林学士道:"韩亲家,脚下须要仔细。"退之听了,不敢前进。湘子道:"叔父,眼前就是蓬莱三岛,不肯上去,岂不可惜?"退之道:"明明白白一堵影墙,却弄这些法术来魇诈,我等被你哄了上去,一个脚踢跌将下来,不死也要做残疾了,我怎么把性命丢在这个去处?"湘子见说,把手一推,退之和众官端然都站在厅上,影墙内依旧还是一个麒麟,仙童、湘子都不知何处去了? 正是:

　　　　分明咫尺神仙路,无奈凡人不肯行。

　　毕竟后来湘子回来否,且听下回分解。

第 十 八 回

唐宪宗敬迎佛骨[①]　韩退之直谏[②]受贬

日月穿梭驾步高，时光劈面斩人刀。

清风明月旬朝有，烟瘴缠身日日熬。

苦海无边难到岸，慈航有路枉心劳。

你强我弱俱休论，不免阎王簿上销。

话说湘子与仙童都不见了，也没有怎么桌面、山水，众官相推埋怨道："神仙立在面前也不认得，生这眼睛何用？倒不如瞎了，心里还有些明白。"退之道："舍侄一定还来，列位大人不必心焦。"

道犹未了，只见湘子又立在面前叫道："叔父，侄儿又来了。"退之道："汝既回来，须改过自新，读书学好，做那显祖荣宗、封妻荫子的勾当，不要说我面上好看，就是列位大人面上也好看。你快快去换了衣服出来。"湘子道："侄儿回来祝寿，叔父又憎嫌我的桌面，不肯吃，我如今再取一个仙桃与叔父上寿何如？"退之道："怎么仙桃不仙桃，我也不要他吃。"林学士道："既有仙桃，便多取几个带挈我们都尝一尝，也是你的好处，不枉了一场相与。"湘子道："仙桃岂是容易得吃的。我那山上西北方有一株仙桃，实大如斗，硃砂斑点的，人吃了成仙。东南方有一株仙桃，实大如升，马吃了成龙。西南方上有一株仙桃，实大如茶盅，犬吃了化成仙鹤。若没有凤缘，不要说吃，就是影儿也不能够得见。"林学士道："我们有缘与你相会，难道桃子倒没缘得吃？你只是悭吝不舍得，单把这些言语来搪塞。"湘子笑了一声，道："既是大人见教，待贫道叫仙童取来，不拘多少，列位大人分吃就是了。"林学士道："只要到口，谁敢争多嫌少？"

湘子就仰天叫道："清风、明月，快些取仙桃下来！"叫声未罢，只见两个仙童各捧一盘桃子，从空降下，递与湘子。湘子接桃在手，便捧着两颗，

---

① 佛骨——相传释迦牟尼死后，留下四颗牙齿，称佛牙，亦称佛骨，佛舍利。

② 直谏——臣对君直言劝谏。

五体投地，拜祝退之道："侄儿无物奉祝叔婶眉寿①，愿叔婶遐龄②不老，鹤算③绵长。再愿叔父早早回头，弃职休官，随我修行辨道。"又捧着余桃献上林学士并众官道："愿大人收心敛迹，及时解绶④辞朝。众大人保重前程，尽忠报国。"

退之道："我儿，你既取仙桃庆寿，心已尽了，趁早丢下渔鼓简板，换了冠服，陪侍列位大人吃酒，再不要提起'出家'二字了。"湘子拍动渔鼓唱道：

> 叔父你怎不愁？

退之道："我身穿绫锦，日食珍馐，居住有画栋雕梁，出入有高车骏马，要愁哪一件？"

> 我只怕灾祸临身，逆鳞⑤触犯难收。一心为国，谁知反做冤仇。
> 我劝你早回头，寻一个云霞朋友⑥。

林学士道："你去了许久，今日回来，好生劝令叔饮一杯酒，才见你叔侄至情，不要只管把言语去恼他。"湘子又唱道：

> 前世里曾修，今世里酬，怕只怕名缰利锁难丢。倒不如张良弃职，跟着赤松子⑦去游，汉高皇要害何能够？

退之道："你这些话忒惹厌，且听我道来：

> 〔寄生草〕你休得再胡言，劝修行徒枉然。俺官居礼部身荣显，俺君臣相得人争美；俺簪缨⑧奕世家声远，俺朝朝执笏上金銮。谁肯呵弃⑨功名，忍饥寒去学仙？

湘子道："叔父你说便这般说，只怕君王一朝不相得起来，有些跌蹉，没人救你。"退之道："畜生！汝说话全不知机毂，明明像风颠一般，蓬莱山

---

① 眉寿——颂祝词，长寿之意。

② 遐龄——高龄。

③ 鹤算——古人以鹤为长寿之鸟，故称长寿为鹤算。

④ 解绶——绶为系官印的丝带。解绶指辞官退隐。

⑤ 逆鳞——倒生的鳞片。古代以君主为龙，因称触怒君主为逆鳞。

⑥ 云霞朋友——指信奉道教者。

⑦ 赤松子——传说中的仙人。《史记》载张良欲弃人间事，从赤松子游。

⑧ 簪缨——古代官吏的冠饰，指显贵人家。

⑨ 呵弃——抛弃。

上哪里有风颠的神仙？汝依先去罢，不要在这里搅得大家不清静！”湘子道："叔父，侄儿再三劝你，不肯回心，反发恼起来，想是怪侄儿叨了你酒饭，我把酒饭仍旧吐还你罢。"说声未了，便吐出一钵盂酒饭来，递与退之道："还你的酒饭。"退之掩鼻道："这样腌臜话，你便少说些。"

谁知芦英小姐与窦氏夫人都站在屏风后面，看见湘子这般呆景，思量："我的丈夫真个是仙人也未可知？"连忙赶上前来，拿起钵盂要吃，被窦氏就手夺来，倾在地上，道："这样腌臜东西，亏你要举口吃下些。"只见家中一个白猫跑来，都舐吃了，登时化成一只白凤凰，腾空飞起。芦英埋怨道："婆婆，你看这猫吃了吐的酒食，就变作凤凰，丈夫岂不是神仙？分明错过了。"窦氏也惊骇道："真个错了！真个错了！"退之道："从古以来不知多少人被这些术法捉弄了，夫人不要信他。"湘子见退之坚意不听，便望空一指，道："叔父你看，仙驾来了。"退之抬头看时，半空中列着几队仙童、仙女，手执幢幡宝盖，各各驾一朵祥云自天而下。湘子便端坐在祥云里面，冉冉升天，杳无踪迹。退之口占一词道：

乔才①堪怒，把浮言前来诱吾。世间哪有长生路，谁人能得到清都②？金人仙掌擎晓露，汉武秦皇终不悟。到如今传为话谱，到如今传为话谱。

那湘子足踏祥云，直至终南山，叩见钟、吕两师。两师道："湘子，你去度韩退之，度到哪里了？"湘子倒身下拜，道："师父，惭愧，弟子下凡度化叔父，已经五次六番。他只是不肯回心转意，如之奈何？"两师道："你把怎么神通显与他看？"湘子把自从领旨下凡，到南坛祈雪，与见宪宗，闯华筵以后许多神通变化，一一说了一遍。

两师听罢言语，便同湘子直上三天门下，启奏玉帝道："臣弟子韩湘领旨下凡，去度卷帘大将军冲和子翰愈。这韩愈贪恋荣华，执迷不省③，伏候另裁。"玉帝闻奏大怒，便着天曹诸宰检点簿籍。天曹奉旨，查勘得永平州昌黎县韩愈，原是殿前卷帘大将军，因与云阳子醉夺蟠桃，打碎玻

---

① 乔才——骂人话，即无赖，恶棍之意。

② 清都——天帝居处。

③ 不省——不醒，不怔。

璃玉盏,谪到下方,投胎转世,六十一岁上该受百障千磨,方得回位。玉帝对湘子道:"韩愈谪限未满,卿再下去化他,不得迟误。"湘子奏道:"宪宗好僧不好道,韩愈好道不好僧。臣与蓝采和变化两个番僧①,把臣云阳板变作牟尼佛骨,同去朝中进上宪宗皇帝,待叔父韩愈表谏宪宗,那时宪宗龙颜大怒,将叔父贬黜潮州为刺史,臣在秦岭路上教他马死人亡,然后度他,方才得他转头。"玉帝准奏,便着蓝采和同湘子前去。

当下湘子与蓝采离了南天门,摇身一变,变作番僧模样。一个是:

　　身披佛宝锦袈裟,头戴毗卢帽②顶斜。耳坠金环光闪烁,手持锡杖上中华。胸藏一点神光妙,脚踹鞰鞋状貌奢。好似阿罗来降世,诚如活佛到人家。

一个是:

　　戴着顶左牸绒锦帽,穿着件毡毡③线毛衣。两耳垂肩长,黑色双睛圆大亮如银。手中捧着金丝盒,只念番经字不真。虽然是个神仙变,俨是西方路上哈嘛僧④。

二僧来到金亭驿馆,馆使迎接坐下,问道:"两位从何方来? 有何进贡?"二僧说了一荡胡言,馆使一毫不省⑤。旁边转出通使,把二僧的言语译过一遍。馆使才晓得他是来进佛骨番僧,便对他说道:"今日已晚,两位暂在馆中宿歇,明早即当启奏。"连忙吩咐摆斋款待不题。

湘子暗与采和计议道:"看人上这般光景,若不显些神通,未必动得百姓。不如今夜先托一梦与宪宗皇帝,待来早宪宗登殿宣诸臣圆梦的时节,我们撞去见驾,庶乎于事有济。"采和道:"此论极妙。"当下湘子便遣睡魔神到宫中去托梦。恰好宪宗睡到子时前后,梦见仓厫⑥粮米散布田中,旁有金甲神人,左手持弓,右手搭上两箭,望宪宗射来,正中金冠之上。

宪宗惊得醒来,一身冷汗。次日早朝,宣众官上殿,说道:"朕夜来得

① 番僧——外国僧人。
② 毗卢帽——僧帽。
③ 毡(pǔ)毡(lǔ)——藏语音译,谓毛毯。
④ 哈嘛僧——即喇嘛僧。
⑤ 一毫不省——一点不懂。
⑥ 仓厫(áo)——粮仓。

其一梦,梦见仓厫粮米散布田中,旁有一金甲神人,站在殿前,手持一张弓、两枝箭,射中朕的金冠,不知主何吉凶?"学士林圭执简当胸,跪在丹墀下面奏道:"此梦大吉,主有番国进贡异人之兆。"宪宗道:"卿细细解来,待朕自详。"林学士道:"米在田中,是个番字;一人持弓、两枝箭,是个佛字。番为外国之人,佛为异域之宝。陛下此梦,主今日有番人进贡奇物。"说犹未了,只见两个番僧手持着金丝大匣,上嵌着一颗绀色①宝珠,匣内盛着牟尼佛骨,周围簇拥着霞光万道,瑞气千条,一径闯入五凤楼前,高声叫道:"大唐皇帝听者:佛在西方,未来东土,因悯南瞻部州四大众生,贪杀淫邪,诳欺凶诈,不忠不孝,不仁不义,不重三光,不惜五谷,造下无边罪孽,酿成宿世愆尤②,故于太宗皇帝贞观十三年差观世音菩萨点化金蝉长老上西天雷音寺拜佛求经,超度亡魂,提撕聋聩。然经文启发者有限,佛力裨益者无穷。今有雷音寺世尊归天留下指骨一节,重九斤六两,在凤翔寺。相传三十年一开,开则岁丰人安。贫僧特特赍③来奉献,要使天下有知血属④咸敬重如来,广修善果,庶保国祚绵长,皇图巩固。"黄门官闻得两个番僧说话,连忙转奏宪宗。又见那金亭驿馆使前来启奏。宪宗皇帝闻奏,便道:"昔年那求雪的仙人曾说必有异人来自西土,保朕躬于万祀,绵国祚于亿年,今日果应其言。"即时宣召番僧入见。

番僧手捧佛骨,直立在金銮殿下。宪宗皇帝看见空中祥光缭绕,瑞气盘旋,喜之不胜,就立起身来,走下御座,接捧佛骨,供养在龙凤案上,倒身下拜。即命光禄寺备办素斋,款待这两个番僧。说不尽咸酸苦辣香甜滋味尽调和,珍异精佳清美品肴都摆列。虽是人间御膳,胜似天上仙厨。

两僧斋罢,稽首辞朝。宪宗钦赐黄金千两,白璧十双,锦绣千纯⑤,明珠一斛⑥。两僧拂袖长往,分毫不受。宪宗愈加敬重,要将那佛骨留在禁中。二月,乃颁告天下,历送诸寺,着人人念佛,户户斋僧,有谤毁不敬者,

---

① 　绀(gàn)——青紫色。

② 　愆(qiān)尤——罪过。

③ 　赍(jī)——拿东西赠予他人。

④ 　有知血属——有智慧者,指人。

⑤ 　纯——指一段丝绵布帛。

⑥ 　斛——量器名。

以大逆不道论。忙得那在朝官宰,贵戚皇亲,以至庶民妇女,瞻奉舍施,唯恐弗及。有竭产充施者,有燃香顶臂供养者,无不向天顶礼,称扬佛号。

独有礼部尚书韩愈,不肯拜佛,倡言说:"身居大位,职掌风化,佛乃西方寂灭之教,骨乃西方朽秽之物,有何凭验知是佛指? 清明世界,遭此欺愚,心实不忿?"乃具表奏闻宪宗皇帝。奏曰:

伏以佛者夷狄①之一法尔,自后汉时流入中国,上古未尝有也。昔者黄帝在位百年,年百一十岁;少昊在位八十年,年百岁;颛顼在位七十九年,年九十八岁;帝喾在位七十年,年百五岁;帝尧在位九十八年,年百一十八岁;帝舜及禹,年皆百岁。此时天下太平,百姓安乐寿考,然而中国未有佛也。其后殷、汤亦年百岁;汤孙太戊,在位七十五年,武丁在位五十九年,书史不言其年寿所极,推其年数,盖亦不减百岁;周文王年九十七岁,武王年九十三岁,穆王在位百年,此时佛法亦未入中国,非因事佛而致然也。

汉明帝时始有佛法,明帝在位才十八年耳,其后乱亡相继,运祚不长。宋、齐、梁、陈、元、魏以下,事佛渐谨,年代尤促②,惟梁武帝在位四十八年,前后三度舍身施佛,宗庙之祭,不用牲牢③,昼日一食,止于菜果,其后竟为侯景所迫,饿死台城,国亦寻灭。事佛求福,乃更得祸。

由此观之,佛不足事,亦可知矣。高祖始受隋禅,则议除之。当时群臣才识不逮,不能深知先王之道,古今之宜,推阐圣明,以救斯弊,其事遂止,臣常恨焉!

伏惟睿圣文武皇帝陛下,神圣英武,数千百年以来,未有伦比。即位之初,既不许度人为僧尼道士,又不许创立寺观。臣常以为高祖之志,必行于陛下之手,今纵未能行之,岂可恣之转令盛也!

---

① 夷狄——对少数民族,境外民族的鄙称。

② 促——寿命短促。

③ 牲牢——祭祀用品。

今闻陛下令群僧迎佛骨于凤翔①，御楼②以观，舁③入大内④，又令诸寺递迎供养。臣虽至愚，必知陛下不惑于佛，作此崇奉，以祈福祥也。直以年丰人乐，徇人之心，为京都士庶，设诡异之观、戏玩之具耳。安有圣明若此，而肯信此等事哉！然百姓愚误，易惑难晓，苟见陛下如此，将谓真心事佛。皆云："天子大圣，犹一心敬信；百姓何人，岂合更惜身命？"焚顶烧指，百十为群，解衣散钱，自朝至暮，转相仿效，唯恐后时，老少奔波，弃其业次⑤。若不即加禁遏，更历诸寺，必有断臂脔身，以为供养者，伤风败俗，传笑四方，非细事也。

夫佛本夷狄之人，与中国言语不通，衣服殊制，口不言先王之法言，身不服先王之法服，不知君臣之义、父子之情。假如其身至今尚在，奉其国命来朝京师，陛下容而接之，不过宣政一见，礼宾一设，赐衣一袭，卫而出之于境，不令惑众也。况其身死已久，枯朽之骨，凶秽之余，岂宜令入宫禁！孔子曰：敬鬼神而远之。古之诸侯，行吊于其国，尚令巫祝先以桃茢⑥祓除不祥，然后进吊。今无故取朽秽之物，亲临观之，巫祝不先，桃茢不用，群臣不言其非，御史不举其失，臣实耻之。乞以此骨付之有司，投诸水火，永绝根本，断天下之疑，绝后世之惑。使天下之人，知大圣人之所作为，出于寻常万万也。岂不盛哉！岂不快哉！佛如有灵，能作祸祟，凡有殃咎，宜加臣身，上天鉴临，臣不怨悔。无任激切恳悃⑦之至，谨奉表以闻。

自战国之世，老庄与儒者争衡，更相是非，至汉末益之以佛，然好者尚寡。晋宋以来，日以繁盛，自帝王至于士民，莫不尊信。下者畏慕罪福，高者论难空实，独愈恶其盗财惑众，故力排之。

表奏，宪宗大怒道："韩愈这厮唐突朝廷，欺毁贤圣，着实可恶！着锦衣卫官校绑至云阳市曹斩首示众，有来谏者，与愈一体施行。"两边闪出

---

①　凤翔——今陕西凤翔县。
②　御楼——临楼，登楼。
③　舁（yú）——抬。
④　大内——皇宫。
⑤　业次——所从事行业。
⑥　桃茢（liè）——桃木与扫帚。
⑦　恳悃（kǔr）——真心诚意。

二三十名刽子手,把退之剥去朝衣、朝冠,捆绑起来,押赴市曹。只见旗帜漫空,刀枪耀日,前遮后拥,何止千百余人。吓得退之魂飞天外,魄散九霄,仰面叫道:"天那!我韩愈忠心报国,一死何难?只是我侄儿湘子不曾还乡,我难逃不孝之罪耳。"看看来到市曹,不见有一人上前保奏。

毕竟不知退之性命若何,请听下回分解。正是:

阎王注定三更死,定不留人到五更。

青龙共白虎同行,吉凶事全然未保。

第 十 九 回

贬潮阳退之赴任　渡爱河湘子撑船

　　睠①彼东门禽，伤弦恶曲木。金滕②功不刊，流言枉布毒。拔木偃秋禾，皇天恩最渥③。成主④开金滕，恧然⑤心感服。公旦⑥事既显，切莫闲置喙⑦。

　　不说退之押赴市曹，且说两班文武崔群、林圭等一齐卸下乌纱、象简，脱下金带、紫袍，叩头奏道："愈言抵牾，罪之诚宜，然非内怀至忠，安能及此，愿陛下少赐宽假，以来谏诤。"宪宗道："愈言朕奉佛太过，情犹可容，至言东汉奉佛以后，天子咸夭促，何乖刺耶？愈，人臣，狂言敢尔，断不可赦！"于是中外骇惧，戚里诸贵，亦为愈言。宪宗乃准奏，姑免愈死，着贬谪极恶烟瘴远方，永不许叙用。班中闪出一位吏部尚书，执简奏道："现今广东潮州，有一鳄鱼为患，民不聊生，正缺一员刺史，推选此地者，无不哭泣告改，何不将韩愈降补这个地方？"宪宗问道："此郡既有妖鱼，想是烟瘴地面了，怔不知离京师有多少路程？往返也得几个月日？"吏部尚书奏道："八千里遥远，极快也得五个月才到得那里。"宪宗道："既然如此，着韩愈单人独马，星夜前去，钦限三个月内到任。如过限一日，改发边卫充军；过限二日，就于本地方斩首示众；过限三日，全家尽行诛戮。"退之得放回来，谢恩出朝，掩面大哭。正是：

----

①　睠（juàn）——深情地看。

②　金滕（téng）——《尚书》篇名。周武王病重，周公向三王祈祷，愿以自己代替。史官记其言，置于金绳绑住的匣子中。管蔡散布流言，谓周公想夺权，成王开匣得祝文，乃知周公的忠心，执书而泣，迎周公归都。

③　渥——厚治。

④　成主——周成王，武王之子，周公之侄。

⑤　恧（nǜ）然——惭愧。

⑥　公旦——周公旦。

⑦　置喙——闲言碎语，无端猜疑。

不信神仙语,灾殃今日来。

一朝墙壁倒,压坏栋梁材。

退之忙忙到得家中,对窦氏道:"我因谏迎佛骨,触怒龙颜,几乎身首异处。亏得满朝大臣一力保奏,留得这条性命,贬为潮州刺史,钦限一人一马,即日起程,三月之内到任。如违钦限一日,发边远充军;二日,就于本管地方处斩;三日,全家抄没。算来八千里路,会飞也得三四个月,教我如何是好?"窦氏闻言,捶胸大哭,连忙收拾行李,吩咐张千、李万,跟随退之起身。退之当时吩咐窦氏:"好生看管媳妇芦英,拘束义儿韩清。内外出入,俱要小心,不得惹是招非,以罹①罪谴。"泪出痛肠,难分难舍。只听得门外马嘶人哄,慌得张千跑出去看时,乃是百官来与退之送行。百官原要到十里长亭饯别的,因宪宗有旨,凡是官员出郭送韩愈的即降二级,故此百官止来退之家中作别。退之见了这个光景,更加悲痛,各各洒泪而别。独林学士送到长亭,说道:"大丈夫不能流芳百世,亦当遗臭万年。亲家今日虽受了贬谪的苦,日后清名,谁不敬仰? 但放心前去,指日圣上霁怒②回颜,决然取复旧职。"退之道:"多谢亲家费心,另图报效。"正是:

江山风物自伤情,南北东西为利名。

劝君更尽一杯酒,西出阳关无故人。

当下退之一行三人要赶上前驿去处,以图安歇,谁知冷落凄凉,不比前日。有词为证:

趱步前行,一盏高灯远远明。四下人寂静,主仆三人奔。

莫不是寺观茅庵酒肆与茶亭? 只怕冷淡凄凉,没个人儿问。

不提退之赶路。且表韩湘子与蓝采和见退之洒泪,不忍分别,林学士独到十里长亭把酒钱送,便拍手呵呵唱道:

叹文公,不识俺仙家妙用,妄自逞豪雄,山岳难摇动。朝堂内夸尔尊,众官僚俱供奉。权倾中外,谁不顺从? 岂知佛骨表犯了重瞳③,绑云阳④几乎命终。幸保奏救贬潮阳,一路苦无穷。如今方显

---

① 罹(lí)——遭遇。

② 霁(jì)怒——息怒。

③ 重瞳——相传舜重瞳,代指皇帝。

④ 云阳——因佛骨为云阳板所变,故代指谏迎佛骨事。

俺仙家妙用。

湘子见退之一路里愁眉不展，面带忧容，十分憔悴，比昔日在朝时节大不相同，便对蓝采和道："仙兄，我和你驾起云来，先往蓝关道上，等俺叔父前来何如？"蓝采和道："依我愚见，再去请钟、吕师父来铺排一个机关，才好下手度他。"湘子道："仙兄所言有理，就劳仙兄往洞府去走一遭，弟子在蓝关道上相候。"采和依言而去。湘子唱道："叔父！

　　我度你非同容易，你为何苦苦执迷？空教我费尽心机，你毫不解意。只得变番僧，藏机度你。再若是不回头，光阴有几？阎王勾①，悔之晚矣！"

　　湘子唱道情才罢，只见蓝采和同钟、吕两师来到。湘子上前施礼，告两师道："我叔父已往潮阳，正在路上。若不降些风雪，惊以虎狼，使我叔父备尝苦楚，则道心不坚。今欲吩咐值日功曹唤巽二②起风，滕六③作雪，一月之间，倏大倏小，不得暂止。弟子与蓝师两个，或化作艄子撑驾渡船；或化作渔父涧下钓鱼；或化作樵夫山头斫树；或化作田父带笠荷锄；或化作牧童横眠牛背；再化一美女庄招赘叔父受些绷吊之苦。一路上各显神通，多方变化。若再不回心，须命蓝关土地差千里眼、顺风耳，化为猛虎，把张千、李万先驮至山中修行，止留叔父一人一骑走上蓝关，就于蓝关近便去处化出一间草庵，与他栖止，待马死人孤，然后度他，不知仙师以为可否？"两师道："作用甚当。"正是：

　　　　双跨青鸾下玉阶，瑶天相送白云垓④。

　　　　神仙岂肯临凡世，为度文公去复来。

　　湘子与众仙商榷已定，依计而行。湘子便乃画地成河，阻着退之的云路，把云阳简板化作一只船，撑在对河树阴底下歇着，等待退之前来，把几句言语打动他。那河有愚险处，有诗为证：

　　　　洪水滔滔一派波，流沙漠漠漾金梭。如江烟浪掀天起，似海风涛卷地拖。游戏蚊蜃冲窟出，翻腾鼋鳖转身多。莫言小艇难摇桨，纵有

---

①　勾——勾命。

②　巽(xùn)二——巽为八卦之一，卦象征木与风，后指巽二为风神。

③　滕六——雪神名。

④　垓(gāi)——极远之地。

龙舟怎得过?

退之一路上对张千说道:"我们离家的时节恰像天气还热,如今竟像深秋光景,红叶黄花,金风乍起,好不凄凉。真个是:石路荒凉接野蒿,西风吹马利如刀。谁怜千里飘零客,冷露寒霜逼二毛①。"张千道:"老爷,你一身去国甘辛苦,千里投荒莫叹嗟。自恨当初忠劝主,谁知今日受波查?"正在愁叹,恰好过着一个地方,那门楼额上题着"黄华驻馆"。退之道:"这是驿地了,我们且进去歇宿一宵,明日再行。"谁知那驿丞再三不容,道:"新奉圣旨,单言不许留你在驿中宿歇,如有容留者以违旨论。"退之听了,垂下泪来,道:"我已离京远了,有谁人知道?"驿丞道:"若要不知,除非莫为。我实是官卑职小,怕长官知道。"退之正要发怒,忽见李万来禀道:"老爷,前面不知是怎么地方,有一条大河阻住去路,四下里空荡荡,没有一只渡船,怎么过得去?"退之抬头一望,叹道:"果然是条大河,风浪这般汹涌,怎生得渡到那边?"便问驿丞道:"你既不肯容我安歇,有渡船寻一只送我过河也罢。"驿丞道:"渡船哪里得有,你识得水性,就下水过去。"退之听了这些言语,好不恼怒得紧,吩咐张千道:"这等一个去处,难道渡船也没有一只?你们快去寻着地方总甲,问他一个明白,雇一只来送我过去,不可迟滞。"李万道:"一望不见人烟,只有这个驿馆,便有几个驿夫,都伏着驿丞管辖,只听他的指挥,叫我哪里去寻居民总甲?莫不是我们错走了路,走到天尽头了?"退之道:"胡说!我们起身不过四十余日,怎么就走得到天尽头?快快去寻船,不要耽误了时日。"那张千扯了李万便去寻船,寻过东,寻过西,不见一个人影;寻上南,寻落北,不见一叶扁舟。寻了半晌,转身回复退之。不料那个驿丞装个肚痛,走了进去,再不出来。

退之独自一个冷清清坐在驿厅上。张千只得又跑去寻船,恰好一个艄公驾着一只小船,远远地顺流头荡将下来。张千便用手一指,叫李万道:"哥,好了,这不是有船来了?"李万瞅着眼道:"在哪里?"张千道:"兀的那黑影儿动的不是一只船?"李万道:"望着像一个老鸦展翅,哪里是船?就是船,不过是顺水淌来的,没人在上面摇橹也用不着。"张千道:"你说那展翅的正是一个人。"两个争论未决,看看船到面前。李万道:"你好眼力,真个是一只船,一个人摇着橹。我先去回复老爷,你等船来

---

① 二毛——黑白斑驳的花白头发。

留住了他的，要他送过河去。"

　　李万去不多时，只见船将到岸，张千立在岸上叫道："撑船的来渡我们一渡。"艄公道："不渡，不渡！"张千道："艄子，你渡我们过去，多与你些渡钱。"艄公道："我船小渡不得。"张千道："我们不多几个人，将就渡一渡过河，你不要作难。"艄公道："那马上远远来的是怎么人？要我渡他？"张千道："那一位就是韩老爷。"艄公道："如今才交秋天，怎么就做韩老爷？"张千道："艄子，你不曾读书过？"艄公道："书也曾读几行。"张千道："既读过书，怎的不晓得韩字？《百家姓》上说：'蒋、沈、韩、杨。'我老爷是姓韩的韩字，不是你那寒字。你说的寒字，是《千字文》上'寒来暑往'的寒字。"艄公道："寒与热我也分清理白这许多不得，但那个人气昂昂坐在马上，像是个有势耀的人一般，我怎么去渡得他？"张千道："我老爷做人极好，再不使势耀的，你若渡了他，他重重赏你渡钱。"艄公道："从古说上门的好买，上门的好卖。你老爷既做人好，为何不坐在朝中讨快活，却来这河边寻我去渡他？"

　　两个人正对答问，只见退之一骑马，李万一肩行李，都到面前。张千向前禀道："艄子说船小，渡不得我们。"退之便下了马，走近岸口，叫道："艄公，你渡我过河，我决不轻慢你。"艄公道："老大人，我这船儿就似做官的一般，正好修时不肯修，如今破漏在中流，思量要补无人补，哪得明人渡出头？"退之道："闲话休讲，将就渡我一渡。"艄公道："老大人，你看这个河的模样，除是神仙才渡得你，我若渡你，你也不信。"退之道："哪里能够有神仙来？"艄公道："神仙到有，只是大人倚着那做官的势耀，在家中不肯理他，他如今再不来渡你了。"张千道："我实实对你说，你若渡，便渡我们过去；若不肯渡，我老爷行牌去叫起地方人夫，把你这只船儿拔了上岸。再不许你在这里赚钱生理。"艄公听说，便把脚蹬开船道："这般说话又来使势了，我不渡！我不渡？"李万道："艄子哥！你不要着恼，我家哥是这般取笑说，你怎的就认起真来？"艄公道："请问大人，为怎事要到河那边去？"退之道："我奉公干①要去。"艄公道："做人不要学那雄鸡，乖躲头不躲脚。我只怕你马行窄路收缰晚，船到江心补漏迟。"说得退之面皮红涨，半晌无言。张千道："艄子哥，时光有限，我们过河还要去寻客店，

――――――――――

　　①　公干――公务。

你只管把这闲话来说,正经是坐的人不知立的苦,快渡我们去罢!"艄公道:"我的船小,只好渡人,却渡不得马。"李万道:"这马是我老爷脚力须用,同渡过去,宁可多与你些渡钱。"艄公道:"风浪大得紧,实是船小,同渡不得,我做两次渡何如?"张千道:"你说那都是自在话,渡得我们过去,转来再渡马,可不月亮光光上了,教我们到哪里去寻宿店?"艄公道:"老兄,我未晚先忧日落,何不在家里坐着?我到不怕月上,只怕风雪来得紧,摇不得船才是苦事。"张千道:"这个天气风雪断然没有,只是你摇快些才好。"艄公道:"既如此说,你们一齐下船来,只要小心仔细些,不要做顺水推船没下梢。"

　　退之人马同到船中,退之坐在中舱,马在一舱,张千、李万并行李共占一舱,恰也不觉得船小。那艄公慢慢地摇着橹,唱着歌道:

　　　　乱石滩头驾小航,急流溪畔柳阴长。歌欸乃①,濯②沧浪,不怕东风上下狂。

　　　　烟波深处任尤游,南北东西到即休。功业恨,利名愁,从来不上钓鱼钩。

退之听他唱罢歌,便问道:"艄子,你家住哪里?"艄公道:"我家住在碧云霄斗牛宫中。"退之道:"碧云霄斗牛宫乃是神仙的居址,怎么有你的住处?"艄公道:"我比神仙也差不多。"退之道:"既做神仙,为何又撑着小船图赚钱?"艄公道:

　　　　我爱着清闲,驾着只小船,把五湖四海都游遍,哪里去图钱?

退之道:"你曾读书也不曾?"艄公道:"我也曾悬梁刺股③,映雪囊萤④,坐想伊、吕⑤,梦思周、孔⑥。"退之道:"你既用了苦功读书,也曾中举做官么?"艄公道:"我也曾插官花,饮御筵,执象简,拜金銮。"退之道:"好没来

---

①　欸(ǎi)乃——原为行船摇橹声。此指渔歌。
②　濯(zhuó)——洗。
③　悬梁刺股——战国时东周洛阳人苏秦游说失败,归乡时受家人冷落,故下决心揣摩古书,刻苦学习。晚上为防止疲倦,悬梁铁锥以刺股,一年后果然游说成功,名动天下。
④　映雪囊萤——晋人车胤家贫无灯,便用袋装萤火虫以照明读书。
⑤　伊、吕——伊尹与吕尚。吕尚即姜子牙。
⑥　周、孔——周公与孔子。

由,既登黄甲①,做了官,在哪里衙门?"艄公道:"初授监察御史,升授考功司郎。"退之道:"后来若何?"艄公道:"历升刑部侍郎,因南坛祈雪有功,转升礼部尚书。"退之道:"既做了尚书,为何弃职在此撑驾小船?"艄公道:"只因朝谏皇王迎佛骨,云阳斩首苦无边;亏得百官来相救,夕贬潮阳路八千。"退之低首忖道:"这艄子言语,一句句都说在我身上,就是神仙一般。"艄公道:"大人,你思忖着谁来?"退之道:"我思忖侄儿韩湘子。"艄公道:"我见一个韩湘子,衣不遮身,食不充口,已作尘中饿莩②,倒不晓得是大人的犹子③。"退之哭道:"如今死在哪里?"艄公道:"死便不死,活也不活,不死不活,好似啮缺④。"退之道:"啮缺是古得道的,依你这般说,我侄儿也得道了,为何衣不遮身,食不充口?"艄公道:"古人说:'饱暖思淫欲,饥寒起道心'。若湘子衣食周全,便又思量做官了,怎肯弃官修行?"退之道:"那轻狂的人才肯去修行,若学好的人决不肯修行。"艄公道:

休得笑轻狂,切记美女庄;

过得美女庄,才算翰林郎。

说话之间,不觉来到彼岸。退之一行人马,但跳起船。张千便去慎袋内摸钱,数与艄公时,艄公、渡船俱不见了,也没有怎么阔大的河,汹涌的水,端端是一块平洋大路。惊得退之面如土色,捉身不定道:"怪哉!怪哉!"李万道:"老爷不必惊疑,这是上天鉴察老爷忠良被谪,故化这艄公渡船来试老爷耳。"正是:

湛湛青天莫怨尤,忠心为国更何求?

举头就有神眼在,只要愚人自醒头。

退之叹息一会,只得上了马,趱行几里,不觉来到山林幽僻处,前无村落,后无宿店,四下里旷旷荡荡,没有一些人烟。正在胆怯心寒,忽然乌云陡作,卷起一阵大风,吹得他一行人满身寒簌簌,遍体冷清清,口噤头摇,唇青面白,各各捉脚不住。退之道:"自离长安以来,一路好不焦劳辛苦,受怕担惊,谁知今日到这广莫之野,又遇这一阵大风,岂不凄惨。"张千

---

① 黄甲——科举甲科进士及第者名单用黄纸书,故名。

② 饿莩(piǎo)——饿死者的尸体。

③ 犹子——兄弟之子。

④ 啮缺——古人名。相传为许由的老师。

道:"头先艄公说月到未必有,只怕风雪来。如今风已来了,又没有安身之处,如何是好?"退之道:"且带住了马,待我作一篇《风赋》,以消愁闷。"赋曰:

> 冷冷飕飕,无形无影;呜呜乳吼,有力有声。簸土扬尘,摧林折木;收云卷雾,透户穿窗。一轮红日荡无光,万点明星皆陡暗。须臾间,乾坤罩合,顷刻时,宇宙遮漫。震撼斗牛宫,八大金刚身侧立;刮倒应真殿,五百罗汉眼难开。煽得飞禽惧怕,收毛敛翅,蹲身缩颈树丛藏;吹得走兽仓皇,摆尾摇头,战胆惊心山下躲。飘飘荡荡,三江精怪撞船翻;喇喇呼呼,五岳凶神冲树倒。刮倒东洋海水晶宫展,西华山玛瑙殿摇。响吟吟,赵州石桥两断;怒轰轰,雷音宝阙齐塌。只见补陀山白鹦鹉、红莲台摆摇不稳;菩萨院青毛狮、白赖象滚动难拴。走石飞沙,神号鬼哭;天昏地暗,月黑星沉。千年古塔黑悠悠,震动如雷;万里江山昏邓邓,迷离无主。正不知二郎因怎生嗔怒,使尽翻江搅海威?

退之作赋才罢,张千道:"老爷,风倒息了,又有雪丝下来,教人怎生走路?"退之道:"风既住了,料来雪也不大,我们快趱上前寻个人家安歇,又作计较。"张千道:"影也不见一个,哪得有人家安歇?"李万道:"好苦!好苦!前日大叔回家时也曾说来,今日不见他来救我们一救。"张千道:"大叔再三劝老爷弃了官职,老爷不肯信他,他如何肯来这里救我们?"

说话之际,不觉又走了几里路程,不料那雪越发大了。李万道:"雪大得紧,我们且在前面竹林中躲一会儿再走。"退之道:"这个去处,如何说得太平的话?就是躲也不为了当,不如快走,寻得一个店家,耽待几日,等晴了走的才是。"张千道:"人便硬着肚肠,阐阓①得去,马又没料得吃,这般寒冷,如何肯走?"一头说,一头走,当不得那雪拦头拦脑扑将下来,满脖子项里都是雪。退之正在愁闷无聊,只见李万指道:"前面林子中间有一股烟气冲起,恰像有一村人家一般,我们快赶前去讨一夜安耽,明日又好走路。"退之依言,狠把马趱上一鞭,那马答嗤嗤乱走。

不知果然有人家否,且听下回分解。这正是:

> 堪叹凡夫不肯修,不知消息不知休。
>
> 若将三百年来算,白了先主几转头。

---

① 阐(zhèng)阓(chuài)——挣扎。

第 二 十 回

美女庄渔樵点化　雪山里牧子醒迷

御气餐霞①伴老君②,服形厌世出苍垠③。

五行颠倒成金鼎,三景皈依凌紫氛。

焦尾④漫调仙侣曲,锦囊应有王虚文。

相期脱却尘寰去,紫府琼宫生绛云。

　　话说那树丛里去处叫做三山庄地方,前后三百里广阔,也有四五百家人家住着,家家有几个女子,共有七八百个女子,因此唤为三山美女庄。看官,且说为何这一个地方就有这许多女子? 只因韩退之不肯弃职修行,蓝采和特特在这个去处化出这一所庄屋,铺排出一个酒店,叫明月、清风变作美女,待退之进去躲雪,就把美女局去试他的心。

　　果然,退之和张千、李万挡风冒雪赶到这庄门前,见有一个酒店,不胜欢喜,慌忙下了马,附着张千的耳朵说道:"进店家去,不要说我是礼部尚书韩老爷,只说是到潮州去寻伙计算账的客人。"张千颠头应了,挑着行李前走。退之殿后跟进店中,拣一副座头坐下。那过卖⑤就来问道:"客官用酒不用酒?"退之道:"这般冷天,怎的不吃酒? 先把上好的酒镟⑥热些拿来我吃,然后做饭。"过卖道:"酒有上好的,烫也烫得热,只是吃了要醉人。"退之道:"吃酒不醉,如同活埋。若是淡酒吃了不醉的,也没人来买了。"过卖道:"古来说酒不醉人人自醉,色不迷人人自迷。因此上不劝客官吃酒。"退之道:"你这里是怎么地方?"过卖道:"唤做三山美女庄。"

---

① 　御气餐霞——道家两种修炼之术。御气为调节呼吸,餐霞为服食日霞。

② 　老君——俗称老子为老君,亦称太上老君。唐高宗乾封元年上老子尊称曰玄元皇帝,武则天时改称老君。

③ 　苍垠——此指人间。

④ 　焦尾——指焦尾琴,琴名。东汉蔡邕用烧过的桐木制成,其音绝佳。

⑤ 　过卖——即伙计。

⑥ 　镟(xuàn)——温酒器。

退之道:"美男破老,美女破舌,从古所戒,为何取这样一个地名?"过卖道:"小孩儿没娘,说起话长,我这三四百人家只会养娜儿①,再不养一个孩子。这许多娜儿俱各长成,未曾出嫁,因此唤做三山美女庄。比如我店主人有个女儿,名唤明月仙,今庚三十八岁了,算命的说,目下该有一个贵人来娶他做二夫人。还不知贵人几时临门?若再挫一年就是三十九岁,可不头白了。明月仙有一个妹子,名唤清风仙,今年也是三十一岁。算命的说,她那八个字中稳稳的有三个贵子。店主人也思量把与人做小奶奶,图日后生得儿子,好享福。"

退之再欲问他,谁知张千听得不耐烦,大声叫过卖道:"你这人不来烫酒服侍,只管闲逃白话,不像个做生意的人!"那过卖听见张千叫他,忙忙转身来搬酒肴,摆在桌子上面,把一只碗,斟一碗热酒,放在退之面前。退之拿起便吃,刚刚吃得一碗,只见店里边走出一个人来,看了退之,瞅了一眼,道:"我家明月仙夜来梦见一位半老贵人,头戴幞头②,身穿朝服,手执象简,到她房中同拜花烛。你们在门前支撑生意,须要着眼看看,贵人不要错过了。"说罢,依先走进里面去。过卖笑道:"你看,我主人家这般雪天,寒冷得了不得,还睡不醒,做春梦哩。"退之听了他说话,心中就如抓痒一般,欲言不言。过卖近前问道:"老客官从哪里地方来?如今要到潮阳有何事干?"退之道:"我与一个伙计合本生理,他久不回来,如今去寻他算账。"过卖道:"算账,算账,横风打戗③,若肯混账,到是了当。"道犹未了,只见对面朱楼画阁之上一个美貌女子,倚着栏杆,手卷珠帘,唱道:

闻说功臣拜祷,南坛瑞雪纷。普救黎民困,枯槁禾苗润。今得宰相到来临,自古道贵人难近。敛衽含一羞,免不得相恭敬。

退之听得声音似莺啭乔林④,忙忙抬头看时,不觉魂飞天外,魄散九

---

① 娜儿——指女孩。
② 幞(pú)头——包头软巾。
③ 打戗(qiāng)——言语冒犯。
④ 乔林——高大的树林。

霄,左回右顾,注目凝睛。那女子秋波①斜溜,眉黛偷颦②,屡屡送情,遥遥寄意。退之看了一会,便叫道:"再镟热酒来。"过卖捧壶当面。退之问道:"你主人家姓甚名谁?"过卖道:"我店主人老爹叫做贾似真。"退之道:"这三四百人家共有几姓?"过卖道:"都是贾。"退之又道:"那朱栏画阁上面还是主人家的卧楼? 是客楼?"过卖道:"主人卧房直在后面第七层房子内,这楼上是主人女儿明月仙的卧楼。"退之道:"天色将晚了,雪又大得紧,不知前途有好客店安歇么?"过卖道:"这般雪天,前途客店又远,去不得了。我这店中极好安歇,但凭老客自裁。"退之道:"既然如此,你打扫一间洁静房屋,待我安歇一宵,明早便行。"过卖道:"房子、床铺,件件干净的,不消打扫得,就是这明月仙楼下,极是清洁幽雅,任从客官安置。"退之道:"楼下倒好。"便叫张千、李万搬了行李,跟着过卖,走到楼下看时,果然精致得紧。退之心中暗喜,掇了一张椅子,傍着栏杆坐着。

坐不多时,只听得咿吱③门响,里面走出一个人来,正是那姓贾的主人。退之便立起身来迎他。那贾似真敛气躬身,近前喏道:"相公请见礼了。"退之还了一个揖,道:"老夫经纪营生,偶从贵处经过,借宿一宵,主人翁何为这般称呼?"贾似真道:"小女明月仙夜梦贵人与她同拜花烛,候至此时,不见有她客到来,止有相公三位借我家安歇,正应小女的梦了,岂不是有缘千里能相会? 在下情愿把两个小女都嫁与相公,以成吉梦④。"退之听得这一句,恰便似抓着痒处一般,便悄悄问张千道:"我正没有公子,若娶了这个二夫人,生下一男半女,也是韩门后代。但不知她是头婚? 是二婚?"张千道:"老爷既要生儿子,管她头婚二婚,熟罐子偏会养儿子。"李万道:"据小人主见,又不是这般说。"退之暗道:"你主意是怎么样光景?"李万道:"这般大雪,我们且将计就计,老爷赘在他家住几时,落得嚼他的饭食,睡他家娘子,等他天晴,我们一溜烟走去到任。若得恩赐回乡,老爷也不要驰驿,依先打这条路转来。倘或二夫人生得公子,稳定带她回家,也管不得老夫人吃醋捻酸;若不曾生得公子,老爷只哄她说我到

---

① 秋波——眼传媚波。

② 偷颦(pín)——偷送眼波。

③ 咿吱——像声词,开门声。

④ 吉梦——好梦。

家就着人来取你,且把这件事瞒过老夫人,省得耳根闹吵。不知老爷主意若何?"退之低头想一想,道:"李万说得甚有理。"即转身上前,对贾似真说道:"实不相瞒,我是朝中礼部尚书,姓韩,因谏迎佛骨,被贬到潮州为刺史,今庚五十多岁,正应着令爱①梦见的半老贵人。只是我夫人尚在,令爱就是嫁我,止好做二夫人,须要与令爱说过。"贾似真道:"算命的算定小女目下有贵人娶做二夫人,又与梦相符合,莫说做二夫人,就是铺床叠被做通房也是情愿的,何须讲过。"退之见他应允,一似孩儿吃糖,贫子拾宝,满脸堆下笑来。

当下,贾似真叫丫环:"快请两位小姐出来,趁此吉日,与韩贵人成亲。"不移时,丁当珮响,馥郁香飘,四个丫环,一个叫做标致,一个叫做致标,一个叫做稀奇,一个叫做奇希,她四个簇拥着明月仙、清风仙出来拜见退之。退之就与她拜了花烛,同归罗帐②。只见楼上摆下酒果一桌,这酒不知是真是假?看官听说,这酒原来就是退之寿诞那一日摆与湘子吃的那一张桌面,其时湘子差天将运在这里,今日摆将出来,试退之记得不记得。只见明月仙手捧金杯,满斟绿蚁,递与退之,道:

酒泛羊羔③,大雪纷纷日未消。喜得有缘相会,凤友鸾交。鸾交来,同欢笑。请宽袍,今宵恩爱,百岁乐滔滔。

退之接酒饮了。清风仙又斟一杯酒,递上退之,唱道:

玉斝④香醪,且喜新知是故交。只愿青丝绾结,白首同调。切莫半路相抛。请宽袍,怜新弃旧,风雨打花朝⑤。

退之接酒在手,问道:"二位新人,这两个大丫环曾有丈夫么?"明月仙道:"妾身姊妹今日才得伏事贵人,如何丫环得有丈夫?"退之道:"她们既不曾有丈夫,趁着今日良宵,将标致配与张千,致标配与李万,也是春风一度。"明月仙道:"谨依贵人严命。"

当下,退之叫张千、李万道:"两位夫人把标致、致标配与汝二人为夫

---

① 令爱——尊称对方的女儿。

② 罗帐——纱罗制成的床帐。

③ 羊羔——酒名,味道淳美。

④ 玉斝(jiǎ)——玉制酒器。

⑤ 花朝——旧俗以农历二月十五日为百花生日,号花朝节。

妇,汝两个可磕头谢了夫人。"张千扯一扯退之,低声说道:"老爷,

　　你只见佳人娇祥,全不想这些人都不是凡人骨相。我记得那撑
船的曾说:过得美女庄,才是翰林郎。看今朝景象,明白是装成榜样。
倘被她骗了行囊,化作清风飘荡,那时节,就是神仙也难主张。"

退之道:"你不要多言,这是我的老运通。"张千道:"不要说老运,只怕要
倒运。"退之大喝道:"我做了朝廷大臣,不知见过多少奇异古怪的事,今
日这件小事儿,倒要你多口饶舌!本待赶汝回去,大夫人只说我不能容
人,且饶你这一次!"嗬得张千喏喏连声而退。

　　当下,明月仙敛衽上前道:"大人不责细人之过,且请息怒。"那标致、
致标捧着巾靴衣服,递与退之脱换。退之忙忙地把身上衣服巾靴脱了下
来,转过稀奇、奇希接去;一面穿上新鲜巾服,一面吩咐张千、李万,俱出外
厢伺候。明月仙、清风仙携着退之手吟道:

　　说我家穷家不穷,安眠自在过秋冬。

　　虽然无恁田和产,薄薄家私赛邓通①。

退之左顾右盼,答道:

　　笑我身穷道不穷,皇恩迁转在秋冬。

　　虽然半百非年少,管取生儿老运通。

明月仙笑道:"玉女八十岁而怀老聃,妾止三十八岁,妹子止得三十一岁,
正好生育,先请安眠,姊妹俱来陪侍。"

　　退之正要脱衣上床,不想那衣带收得紧紧的,就像有人拽着索头②一
般,看看地悬空吊将起来,睁眼再看时,一个人影儿也不见有,慌得退之叫
喊如雷。张千道:"这般时节,老爷正好做新郎,为何叫喊起来?想这两
个夫人兜搭③的了。"李万道:"不是夫人兜搭,只怕是那话儿事发。"两个
定睛只一看时,哪里有怎么房屋?怎么美女?只见退之高高的吊在松树
上,树梢头挂着一幅白纸,上有诗四句。诗云:

　　笑杀痴迷老掉儒,贪官恋色苦踌躇。

　　而今绷吊松梢上,何不朝中再上书?

---

①　邓通——西汉文帝宠臣,家资富有。

②　索头——绳索。

③　兜搭——勾搭,套近乎。

张千连忙上前解放退之下来。退之羞惭满面，看了这诗，更增惶愧。正在没法，忽听得歌声隐隐，四下里一望，原来是一个樵夫，挑着一担柴，踏着雪，唱着歌而来。歌声渐近，退之听时，乃是四句山歌。歌云：

> 执斧樵柴早出门，山妻叮嘱最堪听。
>
> 朝来雨过山头滑，莫在山巅险处行。

退之听罢，不觉腮边两泪交流，叫张千道："那打柴的不过是个愚夫，妻子不过是个愚妇，他也晓得险处当避。古云：'高官必险'。我到不知回避，致有今日的苦，是不如这个愚夫愚妇了。"

正说话间，樵夫已到面前，张千便问他道："我老爷为国为民，受这般磨折，你住在这深山穷谷之中，必然是廪①有余粮，机有余布，俗话说：'有得穿有得吃的人，决不是灶下无柴，瓮中无米，有一餐没一餐的主子，'为何冲寒冒露，也来打柴？"樵夫道："我们四季斫②柴都是有诨名③的。"退之道："判下山柴随时砍伐，有怎么诨名？"樵夫道："老大人你不要只逞自己聪明，笑我樵夫愚蠢。我们春天砍柴叫做初得地，夏天砍柴叫做望前行，秋天砍柴叫做正好修，冬天砍柴叫做寒退枝。"退之听了"寒退枝"三字，暗暗忖量道："好古怪，这樵夫说话句句含着讥讽，又说我的表字，明明是个暗里藏阄④。"张千道："樵哥，樵哥，你不要之乎也者在鲁班面前掉花斧⑤，我借问你一声，要往潮州地方，从哪一条路上去才有人家好安歇？"樵夫道："四海之内皆兄弟也，东西南北四边都有人家，随分择一家安歇就是，何消问我。"张千喝道："只因四下里不见人影，我们要拣近便路儿走，故此问你一声，你满口胡柴⑥，是何道理？况我老爷是朝中官宰，因贬谪潮阳，在此经过，遇着这天大雪，问你一条走路，又不是低三下四的人，你如何这油嘴骗舌！若是在长安的性儿，就乱棒打你一顿，还要枷示在十字街头！"退之道："张千，你不要闹嚷，你牵住了马，待我自问他一个

---

① 廪（lǐn）——储粮之处。
② 斫——砍。
③ 诨名——俗称，别名。
④ 暗里藏阄（jiū）——此指暗藏讥讽。
⑤ 掉花斧——意谓卖弄。
⑥ 胡柴——胡说。

下落。"

退之便近前一把扯住樵夫，说道："我韩愈在朝时也曾兴利除害，为国忧民，南坛祈雪，拯济万方，今日在这里受苦，竟没个人来救我。"樵夫道："老大人说是在朝官宰，这等时节，怎的不在那红楼暖阁中间烹羔煮酒，炽炭煨香，拥着燕姬赵女，掷绿推红，却来此处奔驰，也甚没要紧？"退之道："只因皇帝贬我到潮州为刺史，行至此处，迷踪失径，不能前去，望老兄指教往那一方去是潮州的大路，有人家可以借宿得？"樵夫道："老大人原来是一个老士，路儿还不晓得。潮州的路径，我说与你听：前去潮州崎岖难走，险怪难行。'退之道："上命严紧，势不由己，就是难走，我也决然要去的，只求你说一声，此去还有多少路程？"樵夫道："路到只得三二千里了，恰是人烟稀少，有许多去不得的事哩，且听我慢慢说来：

老士不要忙，听我细分讲。前面黄土峡，便是颠险处。脚踏陂底崖，手攀葛藤附。手要攀得牢，脚要踏得住。若还失了脚，送你残生去。转过一山头，一步难一步。妖精鬼怪多，填塞往来路。

退之道："怎见得都是精怪？"樵夫道：

玄豹为御史，黑熊为知府；魑魅①为通判，魍魉②为都护；豹狼掌县事，猛虎管巡捕；獐鹿做吏卒，兔鹿是黎庶③；狮羊开张店，买卖人肉铺。

退之道："这一班走兽怎么会得做官？会得做买卖？你说我也不信。"樵夫道：

多年老猴精，腌腊是主顾。你问他相识，他知潮阳路。若要知吉凶，神庙签不误。连求三个下，教你心惊怖。秦岭主仆分，马死蓝关渡。那时不自由，生死从天付。我是山中人，不识仕途路。你要到潮阳，涧下问渔父。

退之闻说此话，吓得遍体酥麻，手足也动不得，扯住樵夫道："樵哥，你老实与我说，打那一条路去好？不要只把言语来恐吓我。"樵夫道："你不听我说话，我说也是徒然。那东涧下有一渔父，他是惯走江湖，穿城过市做

---

①　魑（chī）魅——山神、鬼怪。

②　魍（wǎng）魉（liǎng）——传说中的山中精怪。

③　黎庶——百姓。

卖买的,颇晓得路头,你自去问他便了。"

退之回头看东涧时,这樵夫连影子也没有了。慌得退之叫张千道:"樵夫哪里去了?"张千、李万道:"大家都在这里,不曾看见他从那一条路去。"退之道:"我正问着他,他哄我转头看东涧,就不见了,岂不是对鬼说了半日话?"张千道:"老爷不要管他,大家赶路要紧。"退之道:"且不要忙,那东涧下果然有个渔父在那里钓鱼,待我再去问他一声,走也不迟。"

退之便一步步捱到涧边,叫道:"渔翁哥,此去潮州还有多少路程?"渔父道:"要到潮州,早哩,早哩!"退之道:"我听得说早路上不好走,不知水路去可得平安无事否?"渔父道:"水路到也去得,但那愚人睡着还未醒哩。"退之道:"你就是渔人,现在面前说话,怎么说还未醒来?"渔父道:"我不是渔人,眼跟前倒有一个愚人在这哩。"退之道:"渔翁你高姓? 今庚多少高了? 高居在哪厢?"渔父道:"名高、年高、居高都要招灾惹祸。我隐姓埋名,巢居①穴处,不计甲子②,不怕风波,不过是个海上钓鳌客,难比朝中名利臣。"退之道:"你这般养高③,倒也是了,只是少些见识。"渔父道:"我是非不理,宠辱不惊,钓得鱼儿换一壶美酒,吃得醺醺醉倒,斜枕船头,卧看夕阳西下,好不快活,少怎么见识?"退之道:"岂不闻夜静水寒鱼不饵,满船空载月明归。如今这般天气,江河俱冻合了,你却在此钓鱼,岂不是少些见识?"渔父道:"你说的是那水寒鱼不饵早回头的高鱼,我钓的是那迎风吸浪,摆尾摇头,吞了钓脱不得的寒鱼。"退之对张千道:"好古怪,先前那樵夫说我的表字,如今这个渔翁又说我的表字,真是古怪!"张千道:"怎么古怪,不过是趁口胡柴。待小人把他打上一顿,他自然不敢油嘴了。"渔父听见张千要打他,掩口大笑,过涧那边去就不见了。

退之道:"不好了! 不好了! 这渔父又是一个鬼?"张千道:"鬼在哪里?"李万道:"眼灼灼三个人,捣了半日的鬼。"张千道:"世上有五样鬼,不知他是哪一样?"李万道:"怎见得鬼有五样?"张千道:"见人说的话一味是甜言美语,哄得人花扑扑的喜欢他,恰不识得他是绵里针,腹里剑,笑里刀,这便叫做柔鬼;有一等行动生硬,说话装憨,心里指望这人的东西,

---

① 巢居——以巢为室,指隐居。
② 甲子——指年龄。
③ 养高——养高洁之志。

却不肯说一句善求的话，只把自家的门面装得紧紧的，不怕这人不送东西与他，这便叫做厉鬼；有一等见了人的东西就思量要，却没本事去要他的，见他与了别人，心中便起妒忌，不怯气他，这便叫做怨鬼；有一等思量要人这一件物事，到把那一件说将来，团团圈圈，做了一个大局面，等那个人不知不觉堕在他的圈套中间，把这件物事送与他，就如天上起的蚝①一般，暗地里摄了人的物事，这便叫做蚝鬼；有一等指东话西，借南影北，代人嘱托公事，说合婚姻，保卖田产，过继男女的，这便叫做白日鬼。看起这个渔父、樵夫，大约是个白日鬼。"退之道："我见了鬼，多分②要死了。"张千道："白日鬼是人人晓得的，哪里会捉杀人。"李万道："老爷不必猜疑，小的算来，还是湘子大权变化渔父、樵夫来点化老爷，哪里是鬼。"

　　果然这樵夫是湘子化的，这渔父是蓝采和化的，两个三言两语，把退之讥讽了一场，退之只是不悟，到被李万猜着了。张千道："胡猜乱猜都是没有用的，且赶上前路寻觅店家，安歇一宵，明日又好走路。"退之道："张千，你且苧住了马，待我把雪作赋一篇，以抒情况。"赋云：

　　　雪者，雨露之精英，丰年之祥瑞。一片呼为鹅毛，二片呼为凤耳，三片为攒，四片为聚，五片为天花，六片为六出。气有升有降，飕飕冷冷布乾坤；味有重有轻，蔼蔼和和长禾稼。资清以化，乘气以霏；值象能鲜，即洁成素；天工剪水，宇宙飞绵。品之有四美焉：落地无声，静也；沾衣不染，洁也；高下平铺，白也；洞窗辉映，明也。透帘穿户，密洒歌楼，鸳鸯瓦半似妆银；漫屋填沟，乱飘僧舍，翡翠楼全如曳练。装成狮子势雄豪，攒簇梨花金刀添冷；剪碎齐纨形灿烂，堆成柳絮罗绮生寒。想樵夫山径迷踪路，料渔翁罢钓归南浦。路绝行人，客无伴侣。见孤村，招沽③酒旗；听孤雁，人无书度。乱纷纷白鹭群飞，扑簌簌素鹏展翅。一山玉砌，游子魂迷；万户粉封，行人肠断。畏寒贫士祝天公少下三分，玩景王孙愿藤六平添几尺。宜长松，宜修行，又宜怪石峻嶒；宜巧石，宜老梅，偏宜深山窈窕。正是尽道丰年瑞，丰年瑞若何？长安有贫者，宜瑞不宜多。

---

①　蚝——蜃的俗字。

②　多分——多半。

③　招沽——招卖。

退之赋罢,笔冻手僵,寒色可掬。张千道:"老爷,雪越发下得大了,怎生是好?"退之道:"风扫地,雪为灯,啮雪吞毡古有人。我既学不得袁安①高卧雪,岂辞千里路难行。"张千道:"老爷,你当时不听人言语,恋着功名不肯休。今朝雪拥前无路,鸦噪枭②鸣在上头。"退之默默无言,凄惶趱路,不想那风越狂,雪越大,腹中饥饿,身体疲劳,因下马,同一行人躲着雪,口占《山坡羊》一首:

> 路迢迢,蓝关不到;恨悠悠,饥寒难保。白茫茫,马不能前;步迟迟,进退多颠倒。梦魂消,些辞③难远招,终年结果真难料。命蹇④时乖,忠心天表。萧条满荒山,雪乱飘林皋,苦迎眸鸦叫号。

退之吟罢,不胜伤感,又上马行。行过数里,到一个山凹去处,却有好几条去路,不知从哪一条去是潮阳大路?正在那里没做理会处,只见一个牧童东张西望,在那里寻牛。退之要问他一声,恐怕又吃他一场没意思,只得心生一计,叫牧童道:"童儿,童儿,你寻些怎么?"牧童道:"我不见了一只牛,在此找寻。"退之道:"你从哪里来,就不见了?"牧童道:"我从长安跟着这牛儿来,他一路上头也不回,不知怎的,到来个所在,蓦地里便不见了。"退之道:"我到看见一只牛在一个所在,只是不知是你的牛也不是?你若肯指引我往潮州去路头,我便领你去寻着那只牛。"牧童拍手笑道:"你休哄我,我的牛相貌清奇,形容古怪,乃是一只异样的牛,你如何认得他?"退之道:"你的牛不过是四蹄双角,细尾巨头,鼻孔穿绳,眼眶戴罩,有怎么异样?"牧童道:"世上的牛有许多名色,怎么比得我的牛。我一一说与你听:背上三洛不转头,崛头崛脑是强牛;偎头束尾不推磨,卧倒地上是懒牛;竖起尾巴常放屁,垃圾腌臜是臭牛;打下荆条全不怕,横行直撞是蛮牛;遍身生疮脊背烂,肉消腿软是瘟牛;踏着尾巴头不动,不死不活是呆牛,身拖犁耙去锄田,走了不住是痴牛;有钱万贯不会使,咬姜呷醋苦啾啾,守财悭吝招人怪,绰号原来是村牛;头戴吴江沿口帽,装腔做势去蹴球,要学子弟风流样,到底称呼是贼牛。我的牛儿润泽乌青无比赛,不是

---

① 袁安——东汉人,为人守正谨严,为乡里所敬重。官至楚郡太守。

② 枭(xiāo)——即猫头鹰。

③ 些辞——指楚辞体诗歌,因句尾常有"些"字,故称。

④ 命蹇(jiǎn)——命运不顺。

人间一样牛,今朝若还寻不见,主人鞭朴实堪愁。"退之道:"当年老子出函谷关,指引尹喜①度脱如来②的时节,曾骑着青牛,你又不是仙童,如何说寻青牛?"牧童笑道:"我虽不是仙童,却也不是等闲的人,你何不弃了官职,跟我修行,不到潮州去也罢!"退之道:"我侄儿韩湘子三番五次劝我出家,我也不情愿跟他,今日如何肯跟你这童子。"牧童道:"若说那韩湘子,我也认得他,他是上八洞神仙。你不跟我去修行,是你没福了。"退之听见牧童说认得湘子,便道:"牧童哥,我正要见湘子一面,他如今在哪里?劳你替我说一声,叫他快来救我。若再淹留几日不来,我定死在这深山旷野了。"牧童道:"老大人,你说话全不知事,亏你在朝中做官。"退之道:"我不知哪一件事?"牧童道:"要我对韩神仙说,叫他来见你,就是不知事了。"退之道:"牧童哥,你不知道,我一来有王命在身,二来湘子是我的侄儿,三来我曾抚养湘子成人长大,四来湘子曾许来蓝关救我,故此劳你寻他。"牧童道:"那为仙的脱了名缰利锁,丢了父母妻儿,再没有一件挂在他心上,那里有工夫来记挂你这叔父。"退之道:"他既不肯来,我宁死也不去寻他了。"牧童道:"既是如此,请大人尊便,莫误了钦限③。"退之道:"牧童哥,你生长在这里,晓得这里是怎么地方?"牧童用手一指道:"前面那树林中有一座大石碑,碑上写着几行字,你自去看个明白,就晓得地名了。"退之便勒了马,上前一看,只见碑上写着"蓝关秦岭"四个大字,便叹息道:"当初湘子来家时说我要到此地受苦,我一些也不信他,谁知今日果遭这场凶祸,又不见他来救我,如何是好?"张千道:"似这等大雪天气,老爷为着朝廷钦限,没奈何来到这个去处,大叔就做了仙人,也不肯来这里讨苦吃。"李万道:"老爷且休埋怨,前面林子深处必有人家,我们且趱行几步,寻得店家安歇,又作道理。"

久旱祈甘雨,他乡望故知。

得他来救我,是我运通时。

毕竟不知林子里有人家没有,且听下回分解。

---

① 尹喜——人名,周时关令。相传老子西游至函谷关,尹喜强留,老子授《道德经》五千言而去。

② 如来——即如来佛。

③ 钦限——皇帝所定期限。

第二十一回

问吉凶庙中求卜　解饥渴茅屋栖身

渺渺秦关百二重，车尘马迹各西东。
悬崖高阁参天柏，古道禅房化石松。
半壁虺虬①笼晓日，一池萍藻漾清风。
茅庵独坐无人问，唯有斜阳映地红。

不说退之一行人马冒雪赶路。且说蓝采和对湘子说道："仙弟，你看韩退之一连十日路绝人烟，身无宁处，他略不回心转意，懊悔当初，真是铁石般坚的性子。但这十分寒冷，倘或冻饿坏他，岂不反误大事？我和你去岗岭上吩咐土地化一间庙宇，暂且与他安身躲雪，有何不可？"湘子道："仙兄之言有理。"即时唤出山神、土地，吩咐他道："俺叔父韩退之原是卷帘大将，谪降尘凡。玉帝有旨着俺去度他，已经屡次，尚不回心，今日这般风雪，在那秦岭蓝关路上，冻馁之极。你可往双岔路口，化一座庙宇与他躲避一时。他若求签问兆，连赐下下，不可有误。"山神、土地领了湘子的话，果然在那双叉路口化出一座庙宇。这庙的光景若何？

矮矮三间殿屋，低低两下厢房，周围黄土半摊墙，门扇东歪西放。
中塑土公土母，旁边鬼判施张。往来过客苦难当，问兆求签混账。

退之与张千、李万冒风雪走了半日，苦不可言，忽见前面有一座庙堂，张千便道："老爷，前头喜得有个庙堂，我们且进去略躲片时。若有庙祝在内，叫他安排些热汤、热水，吃一口儿也好。"退之道："既有庙堂，我们且走到里边权宿一宵，明早赶早又走。"李万连忙上前，带住了马。退之下得马来，走到庙前，抬头一看，见牌额上写着"土谷神祠"。退之便叹道："既有土地庙，便该有人家附近了，怎的走来这许多路，不见有一家烟火？"当下一行人马走进庙里。退之向前躬身喏道："土地公公，你正直无私为神。我尽忠报国遭贬潮阳，一路上风餐露宿，饥寒难禁。今日雪拥马

---

① 虺(huǐ)虬——原指龙，此处喻盘曲的松树。

头,上前不得,只得权借庙中安歇一宵。望神灵庇祐,风雪早霁,仕路亨通,得赐回乡,夫妻聚首。"张千道:"香案有一签筒,定是往来的人在此求签,老爷也求一签,卜此去吉凶何如?"退之依言,撮土为香,对神祝告道:"明神在上,我韩愈贬谪潮阳,一路里受了许多磨折,今到蓝关秦岭,不知离潮阳还有多少路程? 若是此去吉多凶少,愿神灵赐一个上上的签;若是凶多吉少,愿赐一个下下的签。"捧着签筒摇了半日,求得一个下签。连求三签,都是下下。退之看了道:"可怜,可怜! 我连求三个下签,想是我命合休于此。"

　　只见张千、李万往那庙后边去,寻见一个庙祝。这庙祝龙龙钟钟,挂着一条拐杖儿,走将出来,摇头战战的向着退之大笑。退之道:"你有恁么好笑? 我们奔驰了许多路,肚中饥饿,可做些饭与我们充饥,重重谢你。"庙祝道:"我老人家夜里睡不着,清早爬不起,走得起来,已是巳牌过了,摸摸索索煮得一餐,只好做一日吃。你们若肚饥,有米在此,自家去煮,倒得落肚快些。"退之道:"你有火种,拿一个与我们。"庙祝道:"你像个读书的人,怎不晓得石中有火?"退之便叫张千道:"老道人说得有理,你去拿一块石头来取火做饭。"张千道:"小的只晓得钻燧取火,这石头如何取得火出?"退之道:"你去拿来,我自有处。"张千连忙去扒开雪,取一块石头,递与退之。那庙祝便向袖中取出铁击子①、淬火纸筒②。退之接过在手,左敲右敲,哪里有一个火星爆出。庙祝看见敲不出火,便近前来,接过石头击子,战抖斗的敲了两三下,就红焰焰出火来。张千喜欢不尽,连忙接过手中,去寻厨灶。只见房歪壁倒,灶塌锅破,盆钵也没有一件,叹了一口气,扯了庙祝说道:"你老人家想是个不吃食服气的东西。"这庙祝推聋装哑说道:"我不得地的时节,也不东奔西谒,摇尾乞怜;那得地的时节,也肯知足知止,急流勇退,哪里得有气淘?"退之道:"这老道人言语分明是讥诮下官。"张千道:"老人家吃了隔夜螺蛳,古颠古倒来缠话,老爷不必介怀③。"便和李万两个去寻了许多石块,搭下一个地灶,攀些树枝,烧起火来。又去行囊内取出随身带的小铜锅,装了一锅雪,架在地灶上,

---

①　铁击子——用作打火用。
②　淬(cuì)火纸筒——引火用纸。
③　介怀——在意。

谁知那雪消化来不上一碗水,一连化了几锅雪,方才够做饭,直侮到天晚,才吃得一餐。

那庙祝走进后边去,再也不走出来。大家没处存身,张千道:"庙里又没有洁静客房,干净床帐,老爷若不憎嫌,到后边同这庙祝睡一夜也罢。"李万道:"老爷且慢些进去,待小的先去看看这庙祝的房,然后又做计较。"张千道:"你说得有理。"李万便跑到后边一看,只见一领草荐铺在地上,庙祝和衣倒在上头,也没有被盖,哪里有怎么床帐。李万回身就走,口里喃喃道:"不是老爷不进来,原来这庙祝是这般齐整的床帐。"一五一十对退之说了一遍。退之道:"这地方前不爬村,后不着店,庙祝又是老年待尽的人,度得日子过也是好了,教他哪里去布施床帐来睡? 只是我的命苦,贬到这个地方。"张千道:"老爷不要烦恼,据这般风雪天气,又亏得有这个古庙堂等我们安歇,若没有这庙堂时,我们一发苦了。"大家说了一回,只得在神柜前团聚做一堆。

那退之长吁短叹,一夜不曾合眼,眼巴巴到得天明,开眼一看,大家都聚在一株老松树下,一匹马也立在那里不动,四面空荡荡都是雪,幸喜得不落在他们身上,并不见有怎么庙宇,怎么老庙祝,惊得目瞪口呆,慌忙叫张千、李万道:"你两个怎的还睡着?"李万魂梦中用手擦一擦眼睛,道:"起来了。"张千抬起身一看,也吃一个大惊,道:"这老道人是个积贼!"退之道:"怎么,他是积贼?"张千道:"若不是积贼恐怕我们查出他根脚来,怎的连庙宇也拆了去?"李万道:"料这一个老道人也拆不得这般干净,毕竟还有几个木作来帮他。我们为何这般睡得着,连斧头、锯子声也不听得一些儿?"李万道:"我们是行路辛苦的,又白碌了这一黄昏,故此睡着了。"退之道:"你两个都是乱猜,难道拆卸房子,瓦片木屑,也收拾得这般干净? 这还是上天怜悯我忠义被谪,饥寒待毙,故遣山神、土地点化这间庙堂,与我权宿一宵,你们休得说那混话。"张千就拴扣马匹,李万便挑担行李,赶上前路。正是:

> 忆昔当年富贵时,岂知今日受孤恓。潮阳路远何时到,回首长安云树迷。

退之一行人马,走得不上三五里程途,陡然寒风又作,雪片扑面而来。张千道:"老爷,雪又大了,怎生是好?"退之哀哀的啼哭道:"湘子! 湘子! 你虽不念我夫妻抚育深恩,也索念我是你爹的同胞兄弟,怎么到这般苦楚时节，还不来救我一救？"李万道："大叔不知死在哪州、哪县、哪个地方，连骨殖①也不知有人收拾没人收拾，老爷如今在这里叫他，他就是神仙，也听不见，叫他怎的？"

原来湘子正在云端里跟着退之，听见退之哀苦叫他，他便变做一个田夫模样，驮着一把锄头，从前面走将过来。退之看见这个田夫，便暗忖道："这般旷野雪天，如何得有种田的，莫不是一个鬼？前日被那樵夫、渔父两个活鬼混了一日，我如今且念些《易经》去压服他，看他怕也不怕？"一地里寻思，一地里便念乾、元、亨、利、贞几遍。湘子听见退之念诵《易经》，暗暗笑道："鬼是纯阴之物，被《周易》上'精气为物，游魂为变'两句说破了他的来踪去迹，故此怕《易经》。我是纯阳之体，从《周易》上悟出参同②大道，哪怕恁般乾、元、亨、利、贞，且由他念诵，莫先说破了机关。"退之一口气念了许多乾、元、亨、利、贞，见这田夫端端正正立在面前不动，便又暗忖道："前日的樵夫、渔父是鬼也不见得，今日这个田夫的的确确是人了。"便又近前施礼道："借问老哥一声，此去潮阳还有多少路？"田夫答道：

田夫只晓耕田事，不知高岭几多峰。也不知峰头有多少树和水，也不知岭脚有多少柏和松，也不知瀑布流泉从哪里来，从哪里去，也不知僧尼道士打恁么鼓，撞恁么钟。饶你锦衣跨骏马，饶你玉斝饮千钟，饶你财多过北斗，饶你心高气吐虹，到头来终久不如农。

那田夫说完了几句，不瞅不睬，径自去了。退之要赶上前去拽住了他，又恐怕他不分皂白，言三语四，反讨一场没趣；欲待不去赶他，心中又与决不下。张千道："此时此际老爷还不赶路，等待何时？"退之道："我心里思量还要问田夫，讨一个明白。"李万道："要知山下路，须问过来人。这田夫只在山里种田，何曾出去穿州过县，问水寻山，老爷苦挤挤去问他恁的？"退之见张千、李万絮叨叨，只得把马加上一鞭，望前而去，眼中却扑簌簌流下泪来。这正是：胸中无限伤心事，尽在汪汪两泪中。

一行三口儿又奔了十数里，指望寻个店家安歇，不料远远地跳出两只猛虎来，真好怕人。

---

① 骨殖——尸骨。

② 参同——相合为一。

　　深山雾隐，皮毛赛玄豹①丰标②；大地风生，牙爪共青狮斗利。
高岩才发啸，昂头摇尾震山川；绝壑漫迎风，怒目睁眉惊樵牧。任你
卞庄③再世，受饥寒难逞英雄；假饶冯妇④重生，遭冻馁怎施拳棒？
今日退之遇着呵，这才叫做屋漏更遭连夜雨，行船又值打头风。魂灵
不赴森罗殿，也应飞上半空中。

张千转身就跑道："老爷，不好了，前面有两只猛虎赶来了！"退之闻言，一
骨碌在马上跌将下来，晕倒地上，没一丝儿气息。那两只虎奔进近前，把
张千、李万一口儿都咬了去，单单只剩下一个退之。这才是：命如五鼓衔
山月，身似三更油尽灯。

　　话分两头，且说湘子既教山神化猛虎来驮了张千、李万去，惊得退之
晕在地上不苏醒，蓝采和便道："仙弟，你叔父只剩得只身昏晕不醒，你可
速去救他醒来，省得他把真性都迷乱了。"湘子道："仙兄，我叔父还不心
死，思量去潮州做官，待我作一阵冷风吹醒他来，又去前路化一间茅屋，把
花篮盛着他昔日与我的馒头、好酒，放在屋里与他充饥烫寒。再过一日，
把马一发收去魂魄死了，绝了他的脚力，然后去点化他。"蓝采和道："如
此却好。"果然退之惊得晕死半晌，被一阵冷风吹得浑身冰冷，才苏醒阆
阆起来，定睛一看，不见了张千、李万，只剩得这匹马，乜乜遮遮立在那里
不动。不觉两泪交流，叹一口气道："我韩愈尽忠尽孝，为国为民，只指望
名标青史，死有余芳，谁知佛骨一表，弄得家破人亡，夫妻拆散。来时还有
三个人，今日把两个葬于猛虎腹中，到前路去只我一个，若再撞见虎时，性
命决难逃躲。想我自作自受，应该命断禄绝在这个地方，不如早早寻个自
尽，倘或有人怜悯是无主孤魂，掘个坑儿埋葬了我，也得个囫囵尸首，煞强
如被老虎咬嚼得粉骨碎身。"左思右算，走到前面树林茂处，解下腰绦，要
悬挂而死。谁知退之不该缢死，绦儿挂得上去，又跌了下来。退之拣得一
桠粗壮的树枝，说道："这桠儿决挂得牢了。"及至挂上绦儿，连树桠儿也
折了下来。退之道："我想是不该绳上死，该在刀下亡，故此圣上要把我

---

① 玄豹——黑豹。

② 丰标——丰神韵致。

③ 卞庄——即卞庄子，鲁国大夫，食邑于卞，谥庄。以勇敢著称。

④ 冯妇——晋国人，敢手搏猛虎。

在云阳市上斩首,亏了林亲家并众官力救,得贬潮阳,今日终七终八不免这条路。"连忙向行囊上解下佩刀,要自刎时,那刀有如生了根在鞘内的一般,左拔也拔不出来,右拽也拽不出来,急得退之叫道:"天那!我韩愈到了这个田地,求生不得生,要死不得死,留我韩愈一个也是徒然的了。"叫声未绝,只闻得远远地渔鼓敲响,退之道:"好了,好了!我侄儿湘子来救我了。"举头四下里只一看,只见蝶翅鹅毛,好不上下刮得紧,哪里见有湘子侄儿?那里有怎么渔鼓简板?

退之急得欲奔无路,举眼无人,忙忙去解缰绳,对马说道:"马,我骑坐你这几时,没一日离了你,我千死万死终须是死,我今与你分离,你再不要恋着我了。你若不该死,快快依着来的路头,一径回到长安,省得被虎咬坏了。"一头对马说,两行眼泪汪汪的流下来,哽哽咽咽,气都出不来了。只听得渔鼓又敲响,退之听了一会,道:"这敲渔鼓的分明是我侄儿湘子,怎的只闻其声,不见其形?昔日他曾说到蓝关道上救我,今日怎么还不来?教我受这般凄凉苦楚。"便仰面朝天,不绝口的叫了湘子几声,那得有一个人应他?

他正在恓惶没法,忽然听得渔鼓又响,只见一个道童,头上挽着双丫髻,身上穿件缁布单衣,手里拿着渔鼓,肩上驮着花篮,冒着雪走将来,那大片的雪没有一片沾着他的身上,越显得唇红齿白,仙家的模样,口唱道情,是一阕①〔寄生草〕,又是一阕〔山坡羊〕。

　　〔寄生草〕家住在深山旷野,又无东邻西舍。只见些山水幽清,禽鸟飞鸣,麋鹿忙奔。到晚来,人烟稀,鸟声静,冷冷清清。做伴的是,树梢头残月晓星。

　　〔山坡羊〕想当初,有驷马高车,为怎么到蓝关险地?今日英雄在何处?只怕要马倒人亡矣!心惨凄,夫妻两处飞,更添那雪积。雪积如银砌,回首家乡一路迷。伤悲!此际艰难,谁替你孤恓?早早回头也是迟。

退之看见这道童体貌清标,形容卓异,言词慷慨,音调激扬,便向着他拜倒在地上,道:"神仙救我!神仙救我!"道童忙用手扯住退之,道:"你是何等样人?来到这个没人烟的所在,有怎么贵干?"退之道:"我是在朝的礼

---

①　一阕(què)——一曲,一段。

部尚书韩愈。"道童道:"既是在朝的大人,出入有高牙大纛,后拥前呼。这样雪天,何不在红楼暖阁,烹羊煮酒,浅斟低唱,以展豪兴①? 却为怎单人独马,在此走路?"退之道:"我韩愈也是会快活的,只因侄儿湘子劝我修行,我不肯依他,今日在此受这般磨难,教我望前看不见招商客店,望后不见张千、李万,单单剩下我孤身,左难右难,因此上要寻一条自尽的路头。幸遇着仙兄来,借问仙兄,此去潮阳还有多少路程?"道童用手一指道:"前面就是蓝关城了。"

退之抬头看时,这道童化一阵清风,又不见了。退之忖②道:"想是我不该死在这里,所以老天降下仙童指引我的路头,不免趱行几步,寻个安歇店家,又作道理。"偏生雪又大得紧,那匹马冻得寒凛凛的倒在地上,不肯立起来。退之道:"我因得罪于朝廷该受此苦,马,马! 你得何罪,也同我在此处受这般饥寒?"只得慢慢地扶起马来,整理鞍辔,上马而行。只是马已冻坏,行走不得,一步一颠,几乎把退之跌下马来。退之此时也有八九分信湘子是神仙,做官的心也有八九分灰了。

走不上半里多路,望见一间茅屋在那山边,便自言自语道:"那间屋不是茶坊、酒肆,一定是个出家人修行的所在,我且前去,权躲灾难,却不是好。"连忙带了马到得茅屋门前,只见两扇门关得紧紧的,并没有人声气息。退之道:"好古怪,怎的有房子却没有一个人在外头? 想是睡着了,或是有病卧在床上起来不得;或是出外抄化不曾回来,或是寻师访友,或是踏雪寻梅,或被虎狼伤死,或遭魑魅迷魂也不见得。"又自道:"虽然是这样说,只是深山去处,不是一个人住的,少不得也合几个道伴看守房屋,难道没有一个人在屋里不成?"退之把马拴住了,推开门看时,门里并无一个人,只有一张桌子,一把椅子摆在那里。桌子上放着花篮一个,花篮内盛着许多馒头,热气腾腾,就像新落蒸笼的一般。篮旁一个葫芦,盛着一葫芦热酒。退之正当饥渴时节,拿起馒头就吃,刚刚咬得一口,猛然想道:"这馒头好像我生日那一日蒸的一般模样。"仔细看时,果然是厨子赵小乙蒸的馒头,那日赏与那黄瘦道人,用障眼法儿把我席上三百五十六分馒头都装在花篮里面,如何到在这里? 为何还是这般热的? 真是古怪!

①　豪兴——豪健的兴致。

②　忖——想。

又道:"那道人原说我有蓝关雪拥之灾,故此收了我三百五十六分馒头。待我如今把花篮里的馒头细细数看,若是三百五十六分,不消说了;或多或少,不拘定三百五十六分之数,必然是出家人别处化来的馒头,天教他放在茅屋里济我的饥渴。"当下退之将手去花篮内摸出一个,又是一个,摸去摸来,整整的摸出三百五十六分来,一分也不少,一分也不多,乃叹一口气道:"我有眼何曾识好人,谁知那黄瘦道人真是个神仙,真有仙术。且胡乱吃几个馒头充饥,吃些酒解渴。"退之吃得一个馒头,吸得一口酒下肚子去,便觉得神清气爽,身上也轻松和暖了好些。又自想道:"马与我同受饥寒,又没草料吃,不免也把馒头喂他几个。"只见那马垂头落颈,眼中泪出,一些也不肯吃。退之看了,好些伤感,道:"张千、李万被虎咬了去,我只靠这匹马做个伴儿,倘若有些蹊蹊①,教我怎生区处①!"一边摸着这马,一边叹息,不觉天色昏沉,看看晚了,只得在茅庵中权坐一宵。正是:

　　情知不是伴,事急且相随。

　　且听下回分解。

① 区处——处置、安排。

第二十二回
坐茅庵退之自叹　驱鳄鱼天将施功

十二时中风雨恶,悔却从前一念错。坎离①互换体中交,纯阴剥尽纯阳乐。纯阳乐,不萧索,乾乾夕阳如胎鹤。回头拾取水中金,胜似潮州去驱鳄。

话说退之在那茅屋内,既没个床帷衾褥可以安息,又没灯火亮光人影儿相伴,冷清清独自一个,上天无路,入地无门,只得把门来拴得紧紧的,坐在椅子上打盹。思量要睡一觉,无奈心儿里凄惨仓皇,耳朵里东吟西震,免不得爬起眠倒,哪里合眼睡得一刻?因口占《清江引》一词,以消长夜。

一更里,昏昏睡不成,对影成孤另。我意秉忠贞,谁想成画饼,只落得腮边两泪零。

二更里,不由人不泪珠抛,雪拥蓝关道。回首望长安,路远无消耗,想初话儿莫错了。

三更里,又刮狂风雪,门外有鬼说:马儿命难逃,孤身何处歇?想韩愈前生多罪业。

四更里,鸡叫天未晓,听猛虎沿山叫。三魂七魄荡悠悠,生死真难保。没计出羊肠,只得把神仙告。

五更里,金鸡声三唱,不觉东方亮。忙起整衣裳,要到蓝关上,怎当那风雪儿把身躯葬。

退之一夜要睡不得睡,嗟叹到天明,正要整理鞍辔上马前行,看那马时,已直僵僵死在地上。退之见这马四脚挺直,两眼无光,不觉跌脚捶胸,放声大哭,道:"记得昔日在长安起身时节,一行共有四个,一路上虽然冷落,还不孤恓。不想张千、李万被老虎咬了去,我只得朝朝暮暮与马相依。走遍了崎岖险路,踏遍了厚雪层冰,饥无料喂,寒无草眠。还指望赶到潮

---

① 坎离——坎喻气,离喻神。

阳做一日官,博得恩宥①还乡,我与马依旧在长安街上驰骋。怎知今日马
死荒郊,我留茅舍,这都是前生分定,我也不怨,只是教我怎生走得到潮
阳?"那时苦痛不已,便将心事作诗一首,写在茅庵壁上。诗云:

> 一封朝奏九重天,夕贬潮阳路八千。
>
> 本为圣朝除弊政,肯将衰朽惜残年。

退之苦吟四句,还未有后四句,因思向日那金莲花瓣上有诗一联,正应着
今日的事,乃续吟云:

> 云横秦岭家何在? 雪拥蓝关马不前。

退之正欲凑完后韵,不料笔冻紧了写不得,只得放下了笔。那时节才晓得
自家的性命如同雪里的灯,炉上的雪,一心一意指望见湘子一面,以求拔
救性命。只是独自一个在茅庵中不为结局,便又向前走去。

　　谁知走不过半里之程,又有一只猛虎拦住路头。退之叫道:"我今番
死了! 湘子侄儿如何还不来救我?"只见半空中立下一个人来,斥虎道:
"孽畜,不得伤人! 好生回去。"那虎就像是人家养熟的猫儿、狗儿一般,
俯首帖耳,咆哮而去。退之看见,就狠叫道:"救苦救难大罗仙,救我一
救! 我情愿跟你去修行,再不思量做官了。"湘子道:"叔父,叔父,我不是
怎么大罗仙,乃是你侄儿韩湘来看你,你怎的不认得我了?"退之抱住湘
子,号啕大哭,道:"懊悔当初不听汝的言语。整整在路上受了许多苦,汝
如何早不来救我?"因把一路里的事情细细告诉湘子一遍,又道:"我方才
在茅庵中题一首诗,以表我的苦衷,因笔冻坏了,只做得六句,如今喜得见
汝,我续成了这诗。"湘子道:"叔父的诗是哪几联?"退之道:"我念与汝
听。"诗云:

> 一封朝奏九重天,夕贬潮阳路八千。
>
> 本为圣朝除弊政,肯将衰朽惜残年。
>
> 云横秦岭家何在? 雪拥蓝关马不前。
>
> 知汝远来应有意,好收吾骨葬江边。

湘子道:"叔父不须絮烦,侄儿都知道了。请问叔父,如今还去到任做官,
还是别图勾当?"退之摇手道:"感天地、祖宗护佑,死里逃生,一心去修行
办道,寻一个收成结果,再不思量那做官的勾当了。"口占《驻马唱》一词,

---

①　恩宥(yòu)——宽大,恩典。

以告湘子。

> 我痛改前非，再不去为官惹是非。撇却了金章紫绶、象简乌靴、锦绣朝衣。想君恩友谊若灰飞，花情酒债俱抛弃。脱却藩篱，一心只望清修善地。

湘子道："叔父，你既回心向道，一意修行，自然超升仙界。只是这山里没有师父，教哪个传与你丹头妙诀？"退之道："闻道先乎吾者，吾之师也。汝既已成仙，我就拜汝为师，何消又寻别个师父？"湘子道："父子不传心，叔侄难授道，这个断然使不得的。"退之道："侄儿这般说话，又是嫌我轻师慢道，心不志诚了。我若有一点悔心，永堕阿鼻地狱①！"湘子道："侄儿蒙叔父恩养成人，岂不知叔父的心事，何须立誓。只是违了朝廷钦限，又要连累家属，怎生是好？"退之道："我一心只要修行，顾不得他们了。"湘子道："虽然如此说，叔父的清名直节著闻一世，岂可因今日遭贬，便改变了初心。侄儿思量起来，叔父还是去到任做官，缴完了朝廷钦限，然后去修行，才是道理。"退之道："我单身独自去也枉然，倘或前途又遇见老虎，岂不是断送了性命？"湘子道："果然叔父一个人到任也不济事，不如侄儿同叔父去做官，了些公务事情，留下好名儿在那里，我便把先天尸解妙法换了叔父形骸，只说叔父中风，死在公署；我另脱化一身，回到长安，上本报死，求复叔父封诰②，仍旧同叔父寻师访道。上不违朝廷的钦命，下可完叔父为官的美名，中可得长生不死的妙诀，却不是好？"退之听罢，不胜欢喜道："但凭汝作用，我只依汝便是了。"恰才整顿上路，湘子也不驾云踏雾，跟着退之一般的餐风宿雨，冒冷耽寒。

一连走了两日，远远望见一座城楼，湘子道："前面已是潮阳郡了，他那里定有人夫来迎接，叔父可冠带起来，好接见他们。"退之依言，穿了冠带，坐在那十里长亭之下。果然有一个探事人，青衣小帽，近前问道："你们是哪里长官？有恁事来到这里？"湘子道："我老爷是礼部尚书，姓韩，因佛骨一表，触犯龙颜，贬在本府为刺史，今日前来到任。"探事人道："这般说是本府太爷了，且请少坐，待小人去报与官吏得知，出来迎接上任。"

---

① 阿鼻地狱——佛教八热地狱之一。阿鼻，梵语音译，意为"无有间断"，即苦无间断，身无间断。

② 封诰——即死后皇帝赐给封号，以示荣耀。

那探事人说了这几句话，没命的跑进城去，报与客官知道。不一时间，就有许多职官并乡里耆老①、师生人等，备了些彩缯②旗帜，飞也似拥出城来，迎接退之，各各参谒礼毕，退之吩咐道："今朝上吉，我就要到任，一应须知册籍、禁约、条例，俱要齐备，不得违误。"官吏连声喏喏而退。当下退之坐了四人官轿，皂甲人役，鼓乐旗帐，簇拥进城，在官衙驻扎。次早升堂画卯③，谒庙行香，盘算库藏，点闸狱囚。各样事务已毕，便张挂告示，晓谕军民人等，凡有地方大利当兴，极弊当革，许一一条陈，以便振刷。凡有贪官污吏，鱼肉小民；大户土豪，凌轹④百姓；及含冤负屈，抱枉无伸者，许细细具告，以便施行。

张挂得二日，只见许多百姓，老老少少，一齐拥入公堂，跪在地下禀道："老爷新任，小的们也不敢多言，有一个歌儿，乃是向来传下的，今日念与老爷听，凭老爷自作个主见。"退之道："歌儿是怎么样的？念来我听。"百姓们道：

> 潮州原在海崖边，潮去潮回去复连。
>
> 风土古来官不久，鳄鱼为害自年年。

退之道："潮去潮回自有汛候，说他做怎？若说为官，则做一日官，管一日事。俗语说，做一日长老撞一日钟，怎说那不长久的话？"众百姓道："歌语流传，小的们也不晓得怎么样起，只是古来有那'五日京兆'，便是不长久的榜样。"退之道："不消闲说，你们且把那鳄鱼为害的事情备细说一番我听。"众百姓答道："我这地方近着大海，数年前头海内淌一个大鱼来，这鱼身子有几十丈长，朝暮随海水出入，海水泛涨起来，就淹坏了民间田地。他那尾巴也有几丈长，起初看见牛、羊、马畜在岸上，他便把那尾巴卷下水去吞吃了。落后夹看见人，他也把尾巴卷人去吃，因此人怕他得紧，叫他做鳄鱼。这几年间，竟不知被他吃了多少人畜，如今十室九空，伶仃贫苦。往往来的太爷都无法可治。老爷必先除此害，以救万民。"退之道："那鳄鱼形状若何？"众百姓道："龙头狮口，虎尾蛇身，游泳海中，身占

---

① 耆老——受尊敬的老人。

② 彩缯——彩色旗子。

③ 画卯——签到。

④ 凌轹(shuò)——欺压。

数里,不论人、畜,一口横吞。"退之道:"汝等暂退,我有处治。"众百姓纷纷队队走出了衙门。

退之正要散堂回衙,只见一人蓬头大哭,叫苦连天,进来告状。退之道:"你告怎么状? 且不要啼哭,慢慢说上来。"那人道:"小的姓刘,名可,告为人命事。"退之道:"死的是汝怎么人? 凶身姓怎名谁? 现今住在何处地方?"刘可道:"小的每日在秦乔口钓鱼,家中止有一个母亲,日日送饭来与小的吃。昨日等过午时,不见母亲送饭,小的等不过了,只得沿河接到家去。不知被怎人把小的母亲打死了,丢下河内,只留得一双鞋子在岸上,真个是有屈无处伸,望老爷可怜做主。"退之道:"这等是没头人命了,你快去补一纸状子来,我好差人查访凶身,偿汝母亲的命。"刘可磕一个头道:"青天老爷,小的不会写字,只好口禀。"退之道:"没有状词,我怎么好去拿人。你既不会写,可明白说来,我着书吏替汝誊写。"刘可道:

> 告状人刘可,告为人命事:今月今日,有母张氏,被人打死抛弃,骸骨无存,止存绣鞋一双可证。伏乞严缉凶人,究问致死根因,抵偿母命。急切上告。

刘可口中念诵,退之叫值当书吏替他一句句写了,打发刘可出去。自家回到衙内,暗忖道:"百姓们都说鳄鱼惯吞人食畜,为害不小,莫不这刘可的母亲也是鳄鱼咬下河里去? 只不知为何到脱得这两只鞋子在岸上?"便叫湘子近前,把刘可的话与湘子说了一遍。那湘子慧眼早已知道这件事情,正要等退之回衙计较,除去这害。恰好退之叫他,他便对退之说道:"鳄鱼为害已久,从来府官谨谨避他,只候得升迁,离了这个地方就是福了,谁人顾去驱逐他? 所以养成这个祸患。叔父明日出堂,可写下一道檄文祭告天地。待侄儿遣马、赵二将,把檄文纳在鳄鱼口中,驱逐鳄鱼下了大海,锢禁住他,不许再为民害。然后表白出刘可母亲致死缘由,才见叔父忠照天地,信及豚鱼,使这阖郡①士民建祠尸祝,岂不美哉!"

退之依了湘子说话,次早出堂,即便取下榜纸,研墨挥毫,作《祭鳄鱼文》云:

> 维年月日,潮州刺史韩愈,使军事衙推②秦济,以羊一、猪一,投

---

① 阖(hé)郡——全郡。

② 衙推——衙门推官,专掌一郡刑狱。

恶溪之潭水,以与鳄鱼食,而告之曰:昔先王既有天下,列山泽,网绳
擉刃,以除虫蛇恶物为民害者,驱而出之四海之外。及后王德薄,不
能远有,则江淮之间,尚皆弃之,以与蛮夷楚越,况潮岭海之间,去京
师万里哉？鳄鱼之涵淹卵育于此,亦固其所。

　　今天子嗣位,神圣慈武,四海之外,六合之内,皆抚而有之。况禹
迹所掩,维扬①之近地,刺史县令之所治,出贡赋以供天地宗庙百神
之祀之壤者哉！鳄鱼其不可与刺史杂处此土也！刺史受天子命,守
此土,治此民,而鳄鱼悍然不安溪潭,据处食民畜鸡豕鹿獐,以肥其
身,以种其子孙,与刺史抗拒,争为长雄。刺史虽驽弱,亦安肯为鳄鱼
低首下心,伈伈俔俔②,为民吏羞,以偷活于此耶？且承天子命以来
为吏。固其势不得不与鳄鱼辨。

　　鳄鱼有知,其听刺史言:潮之州,大海在其南,鲸鹏之大,虾蟹之
细,无不容归,以生以食,鳄鱼朝发而夕至也。今与鳄鱼约,尽三日,
其率丑类南徙于海,以避天子之命吏。三日不能,至五日;五日不能,
至七日;七日不能,是终不肯徙也,是不有刺史听其言也。不然,则是
鳄鱼冥顽不灵,刺史虽有言,不闻不知也。夫傲天子之命吏,不听其
言,不徒以避之,与冥顽不灵,而为民物害者皆可杀！刺史则选材技
吏民,操强弓毒矢,以与鳄鱼从事,必尽杀乃止。其无悔！
退之作檄文已毕,遣军事衙推秦济赍捧到河边,投下水去。

　　原来那鳄鱼自从来到潮州河内,每日出来游衍,遇着民畜的影儿,他
便乘着水势把尾巴卷到岸上,将民畜一溜风卷下水去吞吃了。以此人人
都怕得紧,没人敢走到邳里去。鳄鱼没得吃,又迎风簸浪,拥水腾波,把城
里城外住的人都淹得不死不活,没一个安身之地。这秦济领了退之的檄
文,思量要去,恐怕撞见鳄鱼发起威来,被他卷下肚子;要不去时,又怕新
官新府法令严明,先受了杖责,削夺了职衔。左思右算,趑趄③没法,不得
已大着胆,硬着肚肠,带几个人,拿了祭物,跑到河边。恰好那鳄鱼仰着
头,开着大口,在那里观望。

①　维扬——扬州的别称。
②　伈(xīn)伈俔俔——胆小畏惧貌。
③　趑(zī)趄(jū)——犹犹豫豫,徘徊不前。

看官，且说鳄鱼每日到河边便掀天揭地，作怪逞凶，今日为何这般敛气呆观，停眸不动？原来是韩湘子差遣马、赵二将，暗中制缚定他，只等秦济把檄文投他口中，便驱他下了海去。那秦济哪里知道这样事情，只说鳄鱼遇着人便吃的，远远望见鳄鱼昂头开口，先吓得手足都酥了，动不得，满身寒簌簌，一堆儿抖倒在地上。抖了一个多时辰，再睁眼看时，那鳄鱼端然是这个模样，一些儿威势都没了。他思量道："鳄鱼从来凶狂特甚，怎么今日韩老爷教我来下檄文，他便身子呆瞪瞪不动一动，岂不是古怪？"正在那里算计，只见天上一时间昏霾①阴暗，轰雷掣电②，大雨倾盆的落将下来。那潮水就像有人推的一般，高高的涌将起来，一点儿也不淌到岸上。秦济没奈何，大着胆，冒着雨，把那檄文向鳄鱼头上只一丢，巧巧的丢在那鳄鱼口里。那鳄鱼衔了檄文，便低着头，闭着口，悠然而逝，好似有怎么神驱鬼遣的一般，一溜烟的去了。

秦济眼花乌暗，不得知鳄鱼已是去了，且趁着势头把猪羊祭品教一下子都推落水去，没命的转身便跑，跑得到府中时节，退之还坐在厅上。他喘吁吁的禀复道："猪羊檄文，檄文猪羊。"退之道："你是着惊的光景了，且停歇一会，定了喘息，慢慢地说来。"秦济呆了半晌，说道："猪、羊、檄文，都被鳄鱼吞下肚了，小官的性命直从那七层宝塔顶上滴溜溜儿滚将下来，留得这口气在此。"退之道："那鳄鱼还在也不在？"秦济答道："还在，还在。"又道："他吞了檄文，便游衍③去了。"退之道："他既吞檄文，自然徒下海去，汝怎么还说在那里？"秦济又思量半晌，答道："小官险被他惊坏了，所以答应差错。"方才把他去下檄文，看见鳄鱼的模样，细细说了一遍。退之道："是亏你了。"叫库中取元宝一锭，赏劳秦济；吩咐秦济且回家安歇一宵，明日早来衙门前伺候差遣。秦济辞谢去了。

退之回衙，与湘子说知秦济的事情。湘子道："叔父明早升堂，须写一张告示，晓谕地方军民人等，以见叔父化乃豚鱼之政。"

到得次日，退之果然写了告示，着秦济去各处张挂。那告示如何样写的，他道：

---

① 昏霾(mái)——昏暗貌。
② 掣电——闪电划空。
③ 游衍——游走。

　　潮州府刺史韩，为公务事照得：本府初莅①兹土，存心为国为民，有利必兴，有害必革，一夫失所，若己推而纳之沟中。乃有鳄鱼为害甚久，前官不行驱逐，遂令民不聊生。本府目击刘可之母遭鳄吞害，深用悯悼，遂发檄文，遣军事衔推秦济投鳄口中，驱鳄下海。幸苍天悯尔百姓横遭吞噬，皇王仁恩远布，感动蠢灵，不费张弓只矢，不劳步卒马兵，一日之间，顿除凤害。本府喜而不寐，为此晓谕汝等，自今以后，各安生理，无摇神于妖孽，惑志于横亡，以取罪戾。所有告人，刘可虽痛母横亡，陈词控诉，亦且安心委命，以尽孝思，毋再攀害平人，以滋烦扰。特示。

告示挂完，满郡黎民挨肩叠背，诵读一遍，无不赞叹，说道："若非本府太爷神明，我辈十死其九，谁与理枉伸冤？今日得这般帖息，真万代恩也。"正是：

　　　　一念精诚答上苍，鳄鱼今日已消亡。

　　　　潮阳自此民安乐，青史千年姓字香。

　　毕竟不知后来若何，且看下回分解。

---

　　①　莅(lì)——临。

第二十三回

苦修行退之觉悟　甘守节林氏坚贞

　　暑往寒来春复秋,总知天地一虚舟①。

　　虽然堕落埃尘②里,自有蓬壶③在那头。

　　花上露,水中沤,人生能得几时留?

　　去来影里光阴速,生死乡中不自由。

　　秦济张挂告示之后,那潮州士民人人仰德,个个兴歌,奉若神明,亲如父母。便有几个乡绅士子为头,敛集金银钱钞,启建生祠④,塑立牌位,香花俎豆,罗列供养。每逢朔望,四民云集,交欢颂美。就是那外府州县过客旅商,见者无不赞叹称扬,志心顶礼。退之谦让,遑不敢当,乃改为潮州书院,中塑大成至圣文宣王孔子牌位,将自己牌位移置后堂,再立颜、曾、思、孟四配牌位,与自己共成五个。每月朔望,聚集士子于此,讲明经传,以发先儒所未发。这也不必絮烦。

　　且说湘子一日正在蒲团上打坐,只见值日功曹来报说道:"皇王觉悟退之直言遭贬,有旨改移袁州内地。"湘子听罢,不觉心惊,暗道:"叔父道心未坚,人心犹在,若见圣上觉悟前非,便思量去做官了,如何肯跟我修行? 必须这般这般,才得成真了道。"便促步向前,对退之道:"侄儿前日与叔父说过的,到了潮州,缴了钦限,留下好名儿在这地方,然后将先天尸解法术脱换叔父形骸,诈说得病身亡,报与圣上知道,复了官职封诰,才去修行。今日有了生祠,得了这般美声,正好回首去也。"退之道:"但凭汝作用,我岂有二心。"

　　当下湘子便取竹杖一根,脱换做退之身子,卧在床上,用一条布盖覆

---

① 虚舟——虚幻不实之地。

② 埃尘——喻俗世。

③ 蓬壶——喻道家仙境。

④ 生祠——为活着的人立祠堂。

停当了。又令马、赵二将护送退之先到秦岭地方，伺候他到，同去修行。各各准备俱完，才在衙署举起哀声，遣人通知合郡官员，申达上司，奏闻宪宗皇帝。合郡大小官员俱来吊慰，湘子一一酬答，并不露出一些马脚。当下收拾起程。众百姓道："可怜，可怜，这等一个神明的老爷，怎么就死了？何不留他寿长些，在这里替我们兴利除害，救济救济我们？真是皇天没眼睛。"一个道："俗语说得好：'好人不在世，恶人磨世'。尊这个老爷，魆急①死了，我们穷百姓哪得个出头的日子？"内中有一个叫做张寡嘴说道："这个是鳄鱼讨报，不然怎么这般死得快？"一个道："善有善报，恶有恶报。这老爷虽然死了，却没有床席债，正是善得善报。"又一个道："你们说的都不是。依我说起来，还是这鳄鱼吃得人多，恶贯满了，玉皇大帝要驱除他，特特差这个神仙降下凡间来收服他。所以他收了鳄鱼，就瞑身回话去了。"又有一个道："我这潮州百姓该有灾难，天便生出这恶物来，吞嚼民畜不计其数。如今百姓灾难该满，皇帝便升出这个好官来驱逐了鳄鱼，一城安者。我看来总是一个劫数，哪里是怎么轮回报应，善恶分明？"一个秀才道："老兄劫数之说，虽是有理，但韩老师佛骨一表，敢于批鳞捋须②，哪怕鳄鱼不垂首丧气，潜踪匿迹？总是邪不胜正，那怪物自然远避。若说起报应轮回，则看他佛骨一谏，至今生气犹存。"当下士民人等，各各痛哭一场，如丧考妣③。真所谓：唯有感恩并积恨，千年万载不成尘也。

其时湘子一面表文回京报死，一面收拾起程，各处吊奠赙仪④，毫不肯收。俱收贮车内，替百姓完纳了税粮，申报上司，不烦征索。那潮阳百姓，无论老少男妇，俱来执绋慰灵，挽车远送。湘子一一抚惜安慰，打发回去。

行了三四日，方才脱离了该管地方，人烟稀少，湘子便腾云驾雾，赶到蓝关秦岭，与退之相会。退之称谢湘子不尽。湘子叫退之道："侄儿送叔父到了这个地面，须索与叔父分首，各自走路了。"退之道："难得你救我，

---

① 魆（xū）急——急促。

② 批鳞捋须——指拂逆皇帝之意。

③ 考妣（bǐ）——考为父，妣为母。

④ 赙（fù）仪——送给丧家的财物。

到了今日,怎么说分首的话来?"湘子道:"我前次奉玉旨来度叔父,叔父再三不肯回心,我只得缴还玉旨,后来在那万死一生的田地,救得叔父性命,已是得罪于玉帝了,如今怎敢再度叔父?"退之道:"侄儿若不度我,我就饿死在这个地方也没人收我尸骸。"湘子道:"叔父埋名隐姓,依先回到长安,与婶娘团聚,便是快活,何须说死?"退之道:"我到这般地位,若再不回心转意修行,是畜类不如了。孔子说:可以人而不如鸟乎?"湘子道:"叔父既如此说,此去东南上有一座山,名唤卓韦山,山下有一洞,名唤卓韦洞;洞内有一个真人,叫做沐目真人,与侄儿是同心合胆,共一胞胎的契友①。如今写一封书送叔父到他那里,教他留叔父在庵中传授大丹妙诀,便不枉叔父这一场辛苦了。"退之道:"倘若他不肯收留我时,教我投奔何处去好?"湘子道:"他与侄儿形体虽二,气脉同根,他见了书自然留你。"退之道:"前面这等深山,若有虎狼出来,教我如何躲避?"湘子道:"如遇见虎狼拦住走路,叔父就将我的书顶在头上,虎狼自然退去。"退之道:"峰高岭峻,树木丛深,一些路径也没有,教我怎么走得?"湘子道:"叔父慢慢的走过这重山,就有大路好走了。"退之接了柬帖,放在怀中,一手扯住湘子,再要问他时,湘子道:"叔父,正东上又有一个仙人来了。"退之回头一看,湘子化作一阵清风,先到卓韦山,做沐目真人去了。

退之不见了湘子,只得依他言语,一步步攀藤附葛,走过几个山头,转过几重岭脚,才见有一条大路,不想上路有半里远近,忽然跳出一只猛虎,咆哮而来。退之惊得倒退不迭,记得起,忙把湘子那封书望他丢去。这虎见了湘子书札,便摇尾低头,一溜烟望林子中间跑去了。退之拾起书道:"原来我侄儿有这等手段,真是神仙,真是神仙!"随即挣扎向前,趱行几步,远远望见一座高山,林壑清奇,山峰叠翠。苍苍松柏齐天,两两鸥凫浴日。只见退之登高临深,肌肤战栗,涉危履险,命若重生。方才上得那座山顶,果然有一个茅庵,额上写着"卓韦精舍"四个大字,四面青山拥护,花木锦攒,真好一个去处。只是两扇门关得紧紧重重,里面有人吟诗道:

> 超凡静养蓬莱岛,香风不动松花老。

> 仙童采药未归来,白云满地无人扫。

吟罢,又闻得唱道情云:

————————————

① 契友——密友。

〔雁儿落〕下一局不死棋,谈一回长生计,食一丸不老丹,养一日真元气,听一会野猿啼,悟一会参同契。有一时驾祥云游遍了五湖溪,谁识得神仙趣? 得清闲,是便宜。叹七十古来稀,笑浮名在哪里?

〔山坡羊〕想人生,光阴能有几? 不思量把火坑脱离。每日价劳劳碌碌,没来由争名夺利。无一刻握牙筹①不算计。把元阳一旦都虚费,直待无常,心口方已。总不如趁早修行,修行为第一。

退之听罢,轻轻的把门叩了两下,里面只当听不得。退之又叩两下,里面才问道:"敲门的是怎么人? 到这里有怎事故?"退之道:"我是韩愈,是师父的相识。"里面答道:"我这里是修行办道,无荣无辱没是非的去处,何曾有你这个相识?"退之道:"我来与师父做徒弟。"里面道:"你是触犯龙颜遭贬黜的杰士,我这里不是你安身之处。"退之暗忖道:"他静养在这深山深处,怎么就晓得是遭贬谪的官,真真是仙人。"便又叩门道:"弟子不远万里而来,师父若不开门留我,我就撞死师父面前,却不损了师父的阴骘?"里面道:"你再且说是怎么人指引你来的?"退之道:"是师父的道友、我的侄儿韩湘子教我来见师父。"里面道:"若是韩湘子指引你来,岂没有一个束帖儿与我?"退之道:"湘子有书在此。"里面道:"既然有书,开门放他进来。"

只见一个道童开那门时,呷呱响处,有如鸾凤和鸣。庵内洁净精莹,赛着天宫琼室。中间坐着一位真人,鸿衣羽裳,箨冠②草履,绀发童颜,肌肤若冰雪,绰约如处子。旁边立着的道童也自清雅,没半点儿俗气。退之朝着他拜倒地下,道:"师父,救弟子一救。"真人道:"韩湘子叫你来我这里有怎么事故?"退之道:"我侄儿说父子不传心,叔侄难授道,教弟子来求师父传些至道妙诀。弟子情愿在师父庵中砍柴汲水,服侍辛勤,只望师父慈悲方便。"真人道:"你在朝中为官,吃的是羊羔美酒,行动有千百人跟随;我这山中只有淡饭黄齑,孤形只影,好不冷落,只怕你吃不得这般冷落,受不得这等凄凉。"退之道:"弟子也受得凄凉,吃得冷淡,不必师父挂念。"真人道:"既如此说,小童,引他去庵后暂住,每日着他往前山殿上扫地焚香。"退之道:"感谢师父收留。"当下小童领退之到厨房内吃点心。

---

① 牙筹——算账用具。

② 箨(tuò)冠——竹皮冠。

退之跟到厨房,小童递一碗饭与退之吃,退之吃了一口,十分苦涩难当,只得勉强吃了下去。正是:

> 心安茅屋稳,性定菜根香。
>
> 参透玄微妙,淡中滋味长。

不说退之在卓韦庵中焚香扫地。且说窦氏与芦英小姐正在家中思念退之,别后杳无鱼雁①,一路上天气寒冷,辛苦劳禄,不知几时才到潮阳上任?要叫人去报房里问一个消息。只见韩清眼泪汪汪走将进来,说道:"奶奶、嫂嫂知否?今日潮州差人进表,说老爷患病死在潮阳公署了。"窦氏、芦英闻得此报,哭做一堆。门外林学士也到,说道:"亲家果然死了,只是死者不可复生,哭也无益,老夫人且省烦恼,保重贵体,打点设灵奔丧,迎柩安葬之事,才是正经。"窦氏哭道:"哪来文内说是怎么病死的?"林学士道:"有司奏说:他郡中旧有鳄鱼为患,涌风作浪,吞噬生民,前边来的太守并无法治。韩大人到任几日,祭天驱逐鳄鱼,那鳄鱼便潜踪敛迹,远往海外,一郡太平,万民乐业,潮阳百姓建立生祠,供养颂祀。不料一夕无病而终,想是归天去了。"窦氏道:"我只指望他恩宥还乡,白头偕老,谁知一旦相抛。我家并无以次人丁,祖宗香火俱断绝了,这苦怎好?如今算来,老身也多应不久人世,令爱这般青春,耽误她也是枉然,不如趁老身在日,亲家早早寻一个好人家,嫁了令爱,到是两便。"林学士道:"老夫人怎说这话?老夫也没主意,只凭小女心下就是。"芦英哭道:"婆婆再不要心焦意恼,公公虽然去世,我爹爹现在为官,家中料不少吃少穿,奴家情愿服侍婆婆过世,以报抚养湘子大恩,再休题那改嫁的说话。若是爹爹不与奴家做主,奴家就撞阶先死,以表素心。"窦氏道:"媳妇,你见识差矣!你青春年少,无男无女,你守着谁来?当初公公在日,还指望寻你丈夫回来,生得一男半女,以接后代,养你过世。如今公公死在他乡,湘子绝无音信,老身又朝不保暮,你苦守也是没用的。不如趁我在这里,劳老亲家寻一头好人家,也了落你一生。料来韩清也不是养你过世的人,日后有不相安,反被他人耻笑,你怎不细细思量?"芦英道:"婆婆年老,说的话都颠倒了,奴家随着婆婆,有怎么过不得日子?况再过几年,奴家身子也半截入泥了,怎么去改嫁?"窦氏道:"小小年纪,为何说半截入泥的话?"芦

---

① 鱼雁——指书信,音讯。

英道:"婆婆不消多虑,婆婆在一日,奴家随婆婆一日;婆婆百年之后,奴回娘家守制就是,断不贻累公婆。"林学士道:"小女之言极是有理,请老夫人安心经理正事,待学生奏过朝廷,复了亲家官诰,讨了老夫人禄米,膳养终身,又作计较。"窦氏道:"多谢亲家费心,九原感戴。"林学士起身作别去了。

　　窦氏唤韩清在家中立竿招魂,设座安灵,七七做,八八敲,随时遇节,一些礼文不缺。只是心中思念退之,便提起湘子,整日夜有许多不快活。一日,唤韩清道:"老爷归天去后,你整日坐在家中,再不理论外边事务,是何道理?"韩清道:"奶奶吩咐孩儿,孩儿不敢不去做;奶奶不曾吩咐,孩儿怎敢胡行,以招罪谴①。"窦氏道:"老爷死的不消说了,你哥哥湘子须不曾死,你怎的不去街坊上打听一个真消息。"韩清道:"孩儿也常去打听,就是林亲家也着人各处访问,只是没人晓得哥哥在哪里,因此上不敢惊动奶奶。"窦氏道:"你也不消远去打听,只站在自家门首,看那南来北往,穿东过西的人,有那面庞生得古怪,衣服妆裹稀奇的,一定是云游方外,广有相识的人了,你便扯住他,问他一声儿,也不亏了你。"

　　韩清忿忿的依窦氏吩咐,果然出去站在门前,看有那稀奇古怪的人,就要问他。偏生只见那做买做卖、经纪挑担、医卜筮相、婆婆妈妈走动,再没有一个稀奇古怪的人走将来。立了多时,正待转身进去,才见两个道人,身上穿着破碎衲袄,手执渔鼓、简板,慢慢地摇摆将来。原来一个是蓝采和化身,一个是韩湘子化身,他两个口中唱个《不是路》道:

　　　欢笑淘淘,暂驾祥云下玉霄。遍游海岛。看樽中有酒,盒内堆
肴,忒逍遥。且到长安市步一遭,度那人功行非小。
韩清暗忖:"这两个道人形容古怪,装束稀奇,断然是游方的人,待我叫他来问哥哥的消息,定有一个下落。"便开口叫道:"道人,这里来。"那两个道:"你叫我做怎么?"韩清道:"我夫人要问你说话。"

　　两个便跟着韩清走到厅上,参见了窦氏。窦氏道:"你两人从哪里来? 在哪里住?"蓝采和道:"在南天门住,从终南山来。"窦氏道:"昔年有两个道人说是终南山来的,骗了我侄儿湘子去修行,至今不见回来。后来我老爷寿日,又有一个道人也说是终南山来的,逐日在我府中弄上许多障

---

　　① 罪谴——以罪过遭上天报应。

眼法儿，只是哄我老爷不动。后我老爷佛骨一表，触怒龙颜，贬去潮阳地方，他再不来了。你两个又说从终南山来，怎的终南山上藏得这许多人，莫不又是假的？"湘子道："前边来的或者是假，若论贫道两人，实实的从那里来，并不打一句诳语。"窦氏道："依我看起来，那终南山到不是怀道宗玄①之士、练精饵食②之夫栖托的去处，倒是一个箖骗拐子③的渊薮了。"采和道："夫人，休错认人，那终南山是一个静嚣喧去处，涤尘俗方隅，若不是凤有道骨仙风的，那虎豹豺狼也不许他踏上山路，怎么夫人说出这落地狱的话来？"窦氏道："不是我不信神仙，只是我被那假神仙哄坏了，汝是走方的人，岂不晓得俗语说得好，一年吃蛇咬，三年怕烂草？"湘子道："信与不信随老夫人，请问容颜为何这般憔瘦，头发都雪白了？想是老相公去世，心中不十分快活的缘故。"窦氏道："老身亏了朝廷大恩，林亲家保奏，岁给禄米养膳，倒也没怎么不快活。只是我湘子侄儿一去不回，日夜想念着他，故此精神减短，头发都白了。"湘子暗道："原来婶母这般记挂我，我怎的不报她的恩。"便又道："老夫人虽然为着湘子不回来病得伶仃瘦怯，湘子却不知道，全不记念老夫人。贫道幸得与湘子同一法门，替湘子医好了老夫人，省他一番罪过何如？"窦氏道："有怎么药医得我好？"湘子道："方从海上传来，药在龙宫炼就，吃下去包得衰容复壮，发白返黑。"窦氏道："果有海上奇方，灵丹妙药，当以百金奉酬。"

当下，湘子便在葫芦内倾出一丸还少丹，递与窦氏。窦氏接丹吞下，登时精神强健，返老还童，满身上没有一些病痛，窦氏不胜欢喜，叫梅香取银子谢那两个道人。湘子道："贫道不要酬谢，只要老夫人跟贫道去修行。"窦氏道："老爷在日，曾有一个道人来度他出家，老爷只是不信，你今日要度我，我也只是不信。"湘子道："老夫人还记得那一个道人的模样否？"窦氏道："模样倒不记得了。"湘子道："不瞒老夫人说，昔年来的就是贫道。"窦氏道："这些游方的人专会得趁口胡柴，极是可恶。汝且说昔年把怎么物件来与我老爷上寿？说得对，我就信汝是神仙。"一个道："当年老相公同林学士在南坛祈雪，是贫道卖雪与他，他才得升礼部尚书兼管刑

① 怀道宗玄——虔诚信奉道教。
② 练精饵食——道家修炼之功。练精即炼内丹，饵食即餐霞服日。
③ 箖骗拐子——即骗子。

部。奏准宫里免朝五日。庆寿之时，贫道曾献仙羊、仙鹤、仙女、仙家桌面四十张，又造逡巡酒，顷刻花，花瓣上有'云横秦岭家何在？雪拥蓝关马不前'之句，夫人曾记得否？"窦氏道："这些我都记得，只是老爷不信。"湘子道："老相公虽然不信，后来被贬潮阳，要见我不能够，好生懊悔。"窦氏道："哪个见他懊悔来？汝说的都是死无对证的话，我也不信。"一个道："夫人若不信，只怕日后懊悔又是迟了。"窦氏道："汝怎么又说这不吉利的话？我且问汝，祖家原在何方郡县？父母是何等样人？因何走上终南山去学道？那终南山有多少广阔？山上有多少修行的人？内中有个韩湘子否？汝一一从头老实说来，若有半句遮头盖脚，我拿你送到林天官府中，以官法治汝。"一个道："我家住在昌黎县，鼓楼巷西，坐北朝南是祖居。父名韩会，母亲郑氏。叔父韩愈，婶娘窦氏。幼年间没了父母，是我那叔婶抚养长大。娶妻林氏，叫做芦英小姐。我叔父被贬去潮阳，路途上受了万般苦楚，我已度他成真了道，做了大罗仙。今日特来度你。"窦氏道："既然是我侄儿，怎的是这般模样？"湘子道："仙凡各别，体段不同。"窦氏道："既是湘子，可现原身出来我看。"湘子道："要现原身，有何难处？只怕婶娘执迷不悟耳！"正是：

　　　几回翘首望儿还，骨肉参差各一方。

　　　峰岭雪消方见路，云横苍树却遮山。

当下湘子摇身一变，果然还了旧日形容，不是那云游道人的模样。窦氏一手扯住他，道："我儿，你一向在哪里？今日方才回来。你叔父过了世，家中好不凄楚，教我日夜想你。今既回来，是万千的喜了，依先整顿门风规矩，做一个好人，再不要说那出家的话！"湘子道："侄儿今日同吕师父回来，要度一个有缘分的人出家，怎肯恋着家中繁华世界，做那没结果出的营生。"采和道："仙弟，你如今且在家中过几时，待我往南天门去走一遭，转来同你回终南山去。"窦氏道："我儿，原来师兄也教你只在家中，不要往别处去，怎的师兄说话也不听？"湘子听罢，便与采和作别，又道："侄儿多年不回来，不知那睡虎山团瓢还依旧好的否？如今且去看一看。"窦氏道："韩清，你同哥哥到那里看来。"

韩清便领湘子到那睡虎山九宫八卦团瓢里面。原来退之弃世以后，韩清把那走路都改过了，转弯抹角，弯弯兜兜走了一会，才到得那里。湘子抬头一看，只见路径虽差，房廊如旧，几榻上堆满了灰尘，案上许多书籍都乱纷纷叠着，一些也不整理。那山前山后的好果木焦枯了一半，只有地上草长得蒙蒙茸茸，便有人躲在里头也不见影子。湘子暗道："叔父做官时节，哪一日不着人来这里打扫灰尘，拔除柴草，叔父去得这几时，就把一个花锦世界弄做这般光景。我那婶娘图享荣华，也是虚了。"便对韩清说道："你自进去，我只在这里安歇。"韩清道："哥哥一向不回来，今日还该到嫂嫂房中去过夜，怎的冷清清独自一个人在这里安歇？"湘子道："我自有主见，你不要管我。"韩清依言，走到窦氏房中，把湘子要在团瓢内安歇的话说了一遍。窦氏忙叫厨下人打点酒肴，搬到团瓢内与湘子吃，又吩咐韩清道："待哥哥吃了酒，扯他进嫂嫂房中安歇。"芦英道："婆婆，不可扯他进来。当初公公在日，那一个道人也说是湘子，来家混了两日，依旧去了，到底不曾有一个下落。今日这个道人知他是真是假，就扯他进来？"窦氏道："媳妇言之有理，如今世上人术法的多得紧，不可不信，不可全信。韩清，你快去陪他过夜，且到明日又作计较。"韩清依先到团瓢内来陪湘子，不在话下。这正是：

　　　情知不是伴，今日且相随。

　　毕竟后来不知若何，且听下回分解。

第二十四回
归故里韩湘显化　射莺哥窦氏执迷

　　茫茫苦海,虩虩①风波。算将来俱是贪嗔撒网,淫毒张罗。几能够,翻身跳出是非窝? 讨一个清闲自在,不老婆婆。

　　湘子在那团瓢内到得三更时分,一阵清风吹将来,湘子就不见了。看官,且说这个时候,湘子到哪里去? 原来湘子去见了钟师父,同去参朝玉帝,奏道:"叔父韩愈,荷蒙玄造②,已得回心。尚有婶娘窦氏与林氏芦英,执迷不悟,难以度脱点化,伏候圣裁。"金童传旨道:"窦氏原系上界圣姥,因在蟠桃会上盗折葵花,谪下凡间受苦;芦英原是凌霄殿玉女,因玄帝驱遣天将收服群魔,天门未闭,芦英往下窥探,故此贬到凡间,孤眠独宿,以警思凡。韩湘可同吕岳、蓝采和,再去度化一遭,共成正果。"湘子只得谢恩,前去参见西王母。西王母道:"冲和子喜得觉悟前因,回位有日。只是圣姥、玉女尚在迷途,谁人再去度他?"湘子道:"玉帝遣臣韩湘子同吕岳、蓝采和前去度他,望娘娘指教。"西王母道:"她二人久堕尘寰,一心贪恋着荣华富贵,韩湘须索往补陀山观音大士处借些仙物变化,才好打动得她。"湘子道:"观音大士是释家之尊,与我玄门不相吻合,他如何肯把仙物借与我们?"西王母道:"观世音乃治世之尊,救人之祖,他那里分一个彼我。"湘子道:"谨尊仙旨。"辞了王母娘娘,出了瑶台紫府,三个驾起云头到南海,见了观音,借了莺哥,仍望长安而去。正是:

　　　　才离金阙游南海,又到长安市上眠。

　　此事表过不题。且说次日清早,韩清忙忙进来报道:"事不关心,关心者乱。哥哥在团瓢内一更无事,二更悄然,恰好三更时分,只见皓月当空,一阵清风吹将来,哥哥就不见了。"芦英道:"有这等异事,一定是神仙

---

①　虩(xì)虩——恐惧貌。

②　玄造——道家造化。

下降，不是湘子回来。"窦氏道："若是神仙，做事毕竟有着落，不是这般撮空①，断然是游手游食的道人，做障眼法儿来哄骗财帛。我算他今日必定再来，只是立定主意，不要信他。不要说吕洞宾来，就的的确确是湘子回来，我和你既与他没缘分，只不认他便了。"芦英道："婆婆主见极是。"

　　说犹未了，只听得那壁厢渔鼓又敲响。窦氏道："韩清，你快去叫我的孩儿来。"韩清道："方才说道人都是障眼法儿，只不认他，怎的又转了念头？"窦氏道："不是我一时间就说两样话，只是我听得敲渔鼓响，就想着湘子，心酸起来。你快去寻他进来，我有话和他说。"韩清道："就是昨日那个道人，坐在门前敲响。"窦氏道："想来还是湘子，你叫他来，待我问他。"韩清便走到大门外，叫那道人。那道人跟了他进来，见窦氏道："婶娘稽首。"窦氏道："我儿，你见了我，只该行家中礼体，怎的也说个稽首？"湘子道："身居蓬岛三山外，不在周官②礼乐中。"窦氏道："你为怎么只打渔鼓？"湘子道："因世上人顽皮不转头，只得把那顽皮绷在竹筒上，叫做愚鼓。有一等聪明的人，闻着鼓声便惕然醒悟；有一等痴蠢的人，任你千敲万敲，敲破了这顽皮，他也只不回头转意。因此上时时敲两下，唱道情，提撕那愚迷昏聩的人跳出尘嚣世界。"窦氏道："我儿，你昨日在团瓢内安宿，怎的半夜里去了。直至此时才来？"湘子道："我到南天门与钟师父说些话，故此才来。"窦氏道："这里到南天门有几多路？"湘子道："一去有十万八千里。"窦氏道："既有许多里数，怎的你半夜里去了，又转得来？"湘子道："侄儿见了钟师父，又到南海补陀山观音大士那里走一遭来的。"窦氏道："这里到南海补陀山有几多路程？"湘子道："南海补陀山却近得多了。"窦氏道："有几里？"湘子道："只得八万四千七百余里。"窦氏道："两处往回，就会飞也得一年，你怎么这等来得快？"湘子道："我腾云驾雾，不比世人在地上往来。"芦英道："你这些虚头话，少说些倒好。"湘子道："我领了玉皇金旨，特来度化你们出家，怎么说我虚头？"芦英道："公公在日，今日也说是神仙来度大人出家，明日也说是神仙来度大人出家，后来表奏君王，怒贬潮阳，再不见神仙一面。"湘子道："当初我劝叔父出家，叔父再

---

　　① 撮空——弄虚做假，无空生有。
　　② 周官——书名，汉代初出时称谓，东汉以降改称《周礼》，多载周代礼乐制度。

三不信，直到那蓝关道上马死人孤，虎狼当道，才哭哭啼啼叫我救他。若不亏我的时节，叔父的骸骨也不知到哪里去了？如今现在大罗仙宫为冲和子，好不逍遥自在。"窦氏道："你叔父死在潮阳公署，地方官现有表文奏过皇上，哪一个不知道的？你又乱说度他做冲和子，在天宫快活。"湘子道："叔父身死，是仙家尸解妙法，哪里是真死。"芦英道："这话又是没会问的，凭你说也不信。"窦氏道："昔年有许多仙物来度你叔父，你叔父还不肯信，你今日把何物来度我们？"湘子道："仙羊、仙鹤、仙酒、仙桃都是婶娘看见过的，我不拿来度你们，特地到观音大士那里借得白莺哥来与婶娘看。"窦氏道："红嘴绿莺哥，会得念诗、念佛，我这里到有，白莺哥却不曾见，如今在哪里？'湘子把手一招，只见一只白莺哥飞到窦氏面前。有诗为证：

> 雪里藏身雪旦飞，雪衣娘子①胜金衣。
> 声声雪里呼般若②，为是慈门③立雪归。

窦氏道："这莺哥有甚奇处？"湘子道："他会飞、会唱，能舞、能歌。"窦氏道："你叫莺歌唱来我听。"湘子道："莺哥，还不唱歌，更待几时？"莺哥飞舞盘旋，口中唱道：

> 〔驻马听〕莺儿最多，百千之中难学我。我从南海飞来，劝你回心，你还贪着笑歌。怕只怕，无常来到，任你珠玑万斛，难逃躲。不回头，要受磨。纵你是好汉英雄，也要学韩愈秦川受饥饿。

窦氏道："一片胡言，休要睬他。"叫手下取弓箭来，把那莺哥射死了。湘子道："婶娘不信也由你，只恐怕到那磨折时节，悔之晚矣！"窦氏道："古云：'官高必险，伴虎而眠'。你叔父在朝为官，所以遭逢险难。我女流之辈，并不出外生事，亏了朝廷月给俸米，荣享自在，有恁么折磨？说恁么懊悔？"湘子道："禄尽马倒之时，连侄儿也不来了。"窦氏道："你到哪里去？"湘子道："婶娘，你不醒得，侄儿依旧往终南山去。"窦氏道："你既不肯在家，随你往哪里去，莫在此间说长道短，煽惑人心。"湘子道："侄儿再三劝婶娘，婶娘只是不回心，也枉费这许多心机，我且去休，又作理会。"说毕，

---

① 雪衣娘子——喻白莺似身着白衣的女子。
② 般若——原为佛家语，智慧之意。
③ 慈门——指道门，道教。

扬长出门而去。正是：

今朝不信神仙话，悔后思前见我难。

韩清道："明明是一个道人，变做哥哥模样，来搅这两日，如今又去了，不可不信，不可全信！"窦氏道："休得多言，且由他自去。"芦英道："婆婆主见极是，休和他分清理白。"当即各自归房。古诗为证：

别郎容易见郎难，怨夫香闺指倦弹。

十二楼台春寂寂，水晶帘箔怯春寒。

不说窦氏、芦英归房去了。且说湘子转身去见洞宾，道："师父，韩湘稽首。"洞宾道："汝度得窦氏若何？"湘子道："弟子去度婶娘，又不回心，如何区处？"洞宾道："汝将怎么东西去点化她？"湘子道："弟子在南海补陀山观音大士那里借白莺哥去点化她，她只是恋着荣华，不顾生死。"洞宾道："窦氏与芦英明日在菊花亭上饮宴，我和汝邀蓝仙同去度她一遭，且看何如。"湘子道："多谢师父。"

当下，三位神仙收云揽雾，下降尘凡，现出阳身，来到长安市上。只见两个老人家在一所高楼上，靠着窗儿下象棋。因一着差下了，一个要悔，一个不肯悔，两个就争得面红脸胀，还不肯休歇。这两个老人家一个姓沃，是长安街上暴发财主沃对苍的老祖公；一个姓权，是长安街上有名头的权云峰的亲父。他两个在那楼上争这着棋子，湘子便对吕师道："师父，那两个老人家为得一着棋子，两下都不服输，怎教那争名夺利的人肯说一句输棋的话，师父去与他和解了何如？"吕师举眼一观，便道："那两个老儿倒有几分骨格，太清宫中尽用得他两个着，我且点化他，也不枉了下来一番。"

当下三个道人齐齐到楼上，高叫道："老施主，你们着的是怎么棋？"一个老儿答应道："棋是没得布施的，你问我做怎？"洞宾道："贫道不是来讨布施，贫道的弟子手谈①极高，一向因出家撇下多时不敢着。今日看见两位老施主对局，不觉故态复萌，特地来请教一局。"一个老儿道："我们为要悔一着棋，白筋都争胀了，师父若肯来与我下一盘，只不许悔一着。"洞宾道："为哪一着棋，两位老施主相争？"一个老儿道："我起这着马吃他那着车，他不看见，另起了一着马，这着车被我吃了，只消再下一着，他稳

———————————

① 手谈——指下棋。

定是输的,故此他要每。"湘子道:"老施主便白吃了这着车,也只得一个和局,怎见得就是老施主赢?"这个老儿道:"你来着,你来着! 若是着得做和局,我就输一钱银子与三位买斋①吃。"湘子道:"着成和局,贫道也不要老施主银子买斋,只要老施主替我驮了这葫芦,掮②了这花篮,跟贫道做一个徒弟何如?"一个老儿道:"你也不怕罪过,想小小年纪,倒要我老人家做徒弟,可不折杀了你?"湘子道:"彭祖寿年八百岁,还要让我坐了,他才敢坐。老施主不过七八十岁,哪里便算得年纪高大?"一个老儿道:"年纪大小我也不与你争,你若果然着成和局,我情愿做徒弟服侍你。"湘子道:"一言既出,驷马难追,老施主不要临期改变。"老儿道:"人口说人话,不是畜牲口吐人言,如何有改变?"湘子就让老儿吃了这个车,一着对一着,着了十数着,到底只是一个和局。老儿道:"你三位想是神仙,我情愿做徒弟跟随师父。"那老儿也说:"到你跟得神仙,难道我就跟不得神仙? 如今你掮了花篮,我驮了葫芦,一齐出家去。"说罢,两个老儿跟了吕师、蓝仙、韩湘子,一径来到韩家门楼里面,坐着敲渔鼓,唱道情,哄动了街坊上许多人。

那韩家管门的看见沃老儿驮着葫芦,便扯扯他说:"你老太公逐日着棋吃酒,无样的快活,今日为何替游方道人驮葫芦? 莫不是作白想耍子。俗话说:'少不癫狂老不板',你老太公真会得快活?"旁边一个人扯住权老儿问道:"你是城中有名的财主翁,为何不放尊重些,掮了花篮跟着游方的道人走? 想是子孙不孝顺,老人家气风了,故此装这个模样?"权老儿道:"我不疯,我跟着神仙走,有恁么不快活?"旁人笑道:"神仙,神仙,只是丢了黄金舸③绿砖。"街上人听了这些话,打号子笑了一声。那沃老儿、权老儿由他自笑,只当不听见。

韩家管门的去禀窦氏道:"外面有三个道人,年纪虽不多,到拐了这大街上沃对苍的老祖公,权云峰的爷老子做徒弟,替他驮了花篮、葫芦,在夫人门楼里面敲渔鼓、唱道情,哄得人挨挤不开,赶又赶他不去。"窦氏道:"唤那三个道人进来,待我问他唱的怎么道情。"管门的依命,叫三个

---

① 买斋——即买饭。

② 掮(qián)——用肩扛。

③ 舸(gé)——吴方言,抱,拿。

道人道："你们不要唱了，夫人请你进来说话。"三个起身，跟着管门的就走，沃老儿、权老儿也随了进来。恰好窦氏与芦英都坐在菊花亭上，三个道人近前稽首。窦氏还个礼，便问道："三位从何处来？"洞宾道："不瞒夫人说，从大罗天上八景宫中来。"窦氏对芦英道："这道人说起又是神仙。"洞宾道："贫道不是神仙，是云水道人。"窦氏道："三位是同姓么？"洞宾道："贫道是两口先生，这是蓝采和，那是韩湘子。"窦氏道："我家有个韩湘子，被两个道人骗了去，至今还没下落。"洞宾道："这个韩湘子就是夫人的侄儿。"窦氏道："面庞一些也不像。前日有一个道人来说是我的侄儿，在我家混了两日才去，你怎么又说这个是韩湘子？就真是湘子，我也不认他了。"洞宾道："既是夫人侄儿，为何不肯认他？"窦氏道："你三人来此做怎么？"洞宾道："来度夫人出家。"窦氏道："度我出家？手中拿的是怎么东西？"洞宾道："是一幅仙画。"窦氏叫当值的又起来看，便道："不过是幅山水，有什么奇处，说是仙画？我那前厅后堂许多名人画片，都懒得看他。"采和道："夫人懒看山水，画上改换了青鸟、白鹤，请看一看。"窦氏道："怪哉，怪哉！这画真变过了，只是青鸟、白鹤图我也不看他。"

　　洞宾又把手一招，不见了青鸟、白鹤，却变做烂柯仙子①，道："老夫人，昔日王子去求仙，炼就丹成入九天，到得山中方七日，回来世上已千年。门前白石分金井，洞口青芝布玉田。可惜古今人易老，且随片月下长川。这个图难道不好？"窦氏道："我只是不看。"洞宾道："我唤那烂柯子下来劝夫人出家，夫人信也不信？"窦氏道："烂柯子到如今已是几百年了，你从哪里去叫得他来？"洞宾道："从这画儿上叫他下来。"便大声叫道："王质下来劝韩夫人出家。"叫声未已，只见那烂柯子婆婆娑娑从画儿上走将下来，唬得窦氏、芦英面如土色，哑口无言。洞宾斥道："王质跪下，休得惊了圣母。"窦氏挣扎说道："明明三个人弄障眼法儿，哪里是怎么烂柯子？韩清，快赶他出去，不许他在此搅扰！"王质唱一阕〔山坡羊〕道：

① 烂柯仙子——相传晋人王质入山伐木，见童子数人边下棋边唱歌，便放下斧子听歌。童子给王质一枚枣，含之不饥。不久，王质欲归，起视斧头，斧柄已烂。归家方知亲人皆逝，世上已过几十年矣。后人遂将王质称为烂柯仙人。柯，斧柄。

老夫人，不须焦躁，看看的无常来到。你纵有万贯家财，到临终没有下梢①。谁似我无荣无辱也，散诞逍遥没烦恼。听告：不如弃了繁华好。苦恼！恋尘寰，怎得长生不老？

窦氏道："半句虚言，折尽平生之福，少说些倒好。"洞宾道："王质且回洞府，待我唤金童、玉女下来，劝夫人出家。"王质依旧上画儿去了，只见金童、玉女立在窦氏面前。洞宾道："仙弟、仙妹，取出仙果、仙酒，唱一个小词儿，劝老夫人。"那金童、玉女齐声唱《醉翁子》道：

劝夫人，得休便好休，荣华水上沤。虽然月享千钟粟，何不抽身早转头？早转头，免心忧。若是不知进退，直等待洪水漂流，母子南北实堪愁。路逢猛虎难行走。劝你修时你不修，那时懊悔，空把神仙叩。

唱罢，洞宾道："仙弟、仙妹，且回洞府。"窦氏道："你三人苦苦劝我出家，我是一个妇人，难道没个熟事的引路，就跟了你这面生道人走不成？"洞宾道："老夫人说得极是，若果然肯出家，我叫湘子来引路。"窦氏道："湘子在哪里？"洞宾道："只在眼前。"窦氏道："你叫得他来，我情愿出家。"洞宾用手一指道："仙弟，为何还不现出原身来？"只这一指，那道人就是湘子模样，一毫儿也不差。窦氏道："你这障眼法儿如何哄得我动？"湘子道："我再度一个人跟婶娘出家何如？"窦氏道："度哪一个？"湘子便在自己腋胳肢底下擦出一堆黑泥垢，把些涕唾和一和，搓成弹子大一丸，擎在掌中，叫道："有缘的来吃我这丸仙药，我就度他成仙。"那沃老儿赶上前拿了，一口吞下肚子，就有云捧着沃老儿的脚跟，起在半空。那权老儿道："师父，我两人一同跟师父来，怎的不把一丸药儿度我？"洞宾也向自己腋胳肢底下擦出泥垢来，搓成一丸，递与权老儿。权老儿接过手吃了，也有云捧着他的脚下。蓝采和又擦一丸黑泥，叫道："有缘的早来，不要错过了。"只见勒罗里钻出一个小丫头，叫做金莲，原在芦英房中服侍的，也是她的造化到了，抢着这丸药便吃，刚刚咽得下去。就有祥云簇拥着他，与沃老儿、权老儿一般样，离地丈许，金莲高叫道："奶奶、小姐勿罪，奴家幸遇仙师，离脱火坑，不得再服侍了。"说罢，一阵风把他三人都送入云眼里不见了。

_____

① 下梢——结果，终结。

　　芦英上前道："婆婆,这道人若不是神仙,金莲和两个老儿如何得白日升天?"窦氏道："这都是妖邪法术,不要信他。我记得你公公在日,常说一个山中有个云台观,观中有百十员道士,每每有五色彩云弥漫山谷,就是天上来迎仙人了。那观中道士有不愿住世者,便沐浴更衣,步入五色云头,那云气霎时消散,道士便不见了。如此数年,一人传两,两人传三,凡要登仙者,预先斋沐,来到云台观中等候云起,以图飞升。一日,有一个游方道人从山下经过,见大众俱向空中顶礼,不顾尊卑上下,问知其故,乃说道:'若成仙如此容易,天下也没许多所在安放这许多仙人了。'当下即驻足观中,用心着意体察起云的时日。过得数日,正坐在大殿上与姓王的法师谈玄,忽见值殿的香公报道:'山上彩云起了。'王法师即刻归房,烧汤沐浴,更换新衣,那一股云气就遮满了他的房门外头,王法师冉冉踏上云头,云气便渐渐消散。游方道人看见此等景象,便道:'这是毒妖喷气成云,可惜无知道侣,久死非命。'便乃捏诀①禹步,呵斥风雷,只见霹雳交加,雨电闪烁,顿时方止,那五彩祥云一些儿也没踪影。道人扯了观中道侣,探访其事。过得一个山头,见那王法师卧倒山腰,连忙着人扶回观中。再进几步,有一毒蛇震死山谷,约有斗来粗细,十数丈长短,穴中骷髅骸骨堆积如山,道士簪冠斗量车载,不计其数。才知前后登仙之人,皆被毒气吞啖也。今日这个云气,得知是真是假? 倘或这三个道人是妖怪变来的也不见得。世上哪得神仙出现,媳妇不要错了见识,落邪人圈套。"芦英道："婆婆说得有理,媳妇也只是不信。"洞宾道:"语在言前,怎的又变了卦?"

　　湘子见窦氏不肯认他,便道:"婶娘你年纪有了,叔父没了,家中又没一个嫡亲骨血接续后代,你何苦恋着家缘,不肯回头转念?"窦氏道:"你叔父虽死,朝廷还月给俸米与我,呼奴使婢,总来照旧,有哪一件不足意处,丢了去出家?"洞宾道:"老夫人目下虽然荣享,只怕时乖运蹇②,败落一齐来,自有不足意处了。贫道有诗一首,老夫人试听。诗云:

　　　　命蹇时乖莫叹嗟,长安景致不堪夸。

　　　　漂流祖业无投奔,始信当初见识差。"

---

①　捏诀——念口诀。
②　时乖运蹇——时运不顺,命运坎坷。

窦氏道："这些不吉利的话,再说者打拐棒二十。"湘子道："婶娘既怕说不吉利的话,何不同我去出家?"窦氏道："祖宗不积不世,生下汝来,哪里是我的侄儿? 快快去罢! 若只管在此胡缠,申一纸文书到礼部衙门,奏过朝廷,把天下的名山道院、胜境玄关,尽行扫除,教汝这伙人生无驻足之场,死无葬身之地!"洞宾笑道："湘子、采和,我们急急去罢,莫连累着别人,惹天下人唾骂。"采和道："这般执迷,走也枉然。"三个便飘然出门去了。正是:

　　　　分明咫尺神仙路,无奈痴人不转头。

　　毕竟后来若何,且听下回分解。

第二十五回

吕纯阳崔家托梦　张二妈韩府求亲

世事纷如梦，黄粱梦未醒。梦中先说梦，梦醒总非真。有梦还归梦，有因梦不成。有无俱属梦，春梦一番新。

话说洞宾三个出了韩家门去，一路上沉吟不决。湘子道："师父，师兄，我婶娘既不回心，不如我们缴了金旨，再作道理。"采和道："师弟差矣！玉帝着俺三人同来度脱她们超凡入圣，她们不肯回心，只合另作计较去点化她。倘若缴旨之时，玉帝震怒，不当稳便。"洞宾道："我在云头观见长安城内尚书崔群之子崔世存，先娶胡侍郎女儿为妻室，近日亡逝，将欲再娶，不免托一梦与崔尚书，叫他去求林芦英与世存续弦。窦氏必定不允，待崔尚书怒奏朝廷，削除她的俸禄，逐回原籍居住。我和你去吩咐东海龙王，着他兴风作浪，漂没了韩氏的房屋、田产，使窦氏母子、婆媳拍手成空，那时才好下手度她。"湘子道："师父之言极妙，就烦师父前往崔家托梦，蓝师往终南山回复钟师父，韩湘自往东海龙王处走一遭便了。"当下三仙分头去讫，话不絮烦。

且说尚书崔群，果然夜间得其一梦，醒来便对夫人说道："半夜时分，我梦见一位神仙，青巾黄服，肩负宝剑一口，自称是两口先生，说孩儿世存该娶林尚书女儿芦英为续弦媳妇。我想林圭家中再无以次女儿，止有一个大女儿叫做芦英小姐，昔年嫁与韩退之的侄儿韩湘。虽是韩湘弃家修行，一向不曾回来，韩退之死在潮阳任所，那芦英恰是有夫妇人，我这样人家怎么好娶一个再醮①妇人做媳妇？况且韩退之是我旧同僚，我今日去娶他的寡妇，也觉得体面不像，惹人谈论。"夫人道："相公差矣！神仙来托梦与相公，一定这芦英该是孩儿的姻缘。一向我闻得人说：韩家虽娶芦英过门，那韩湘子与她同床不同枕，同席不同衾，芦英还是未破身的处子，

---

① 再醮(jiào)——再嫁。醮，古代结婚时用酒祭神的礼。

哪里是再醮妇人？若得娶过门来，正是一段好姻缘，有何人敢在后边谈论？"崔尚书听见夫人这般说话，便叫当值的去唤一个官媒婆来，吩咐她去韩、林二家议亲。

　　当值的果然去叫一个媒婆。这媒婆姓张，排行第二，住在忠清巷里，人人都叫他做张二妈，一生惯会做媒说合，利口如刀，哄骗得男家上钓，不怕女家脱钩，趁势儿遇着那不修帷箔①的人家，他就挨身勾引，做个马不六②，故此家家认得她，真个是开口赛随何③，摇唇欺陆贾④。这张二妈跟了当值的来到崔府中，恰好崔尚书入朝不在，便直到内房参见夫人，说道："今日巳牌时分，黄御史老爷要下盒到郭驸马府里，小媒婆好不忙得紧，不知夫人呼唤有何事故？"崔夫人道："我要你做头媒。"张二妈道："别的媒小媒婆都做得，若是老爷要娶小奶奶，如今时年熟得紧，卖小母猪的极少，媒婆恰是没寻人处。"夫人笑道："这婆子倒会说几句话。不是老爷要讨小阿妈，是我公子断了弦，要娶一个门当户对人家的女儿来续弦。"张二妈道："这个有，这个有。京兆尹柳公绰老爷有一位小姐，生得如花似玉；户部尚书李晔，有二位小姐，大的十八岁，小的十六岁，无样的俏丽标致；户部侍郎皇甫镈也有一个小姐，年纪只得十四岁，诸色事务俱晓得；史馆修撰李翱的小姐是十九岁，写得一笔好字，弹得一手好琴，一向选择女婿，不曾有中得她意的，故此不曾吃茶。若是说公子续弦，她一定肯的，婆子就去说了，来回复夫人。"崔夫人道："这几家都不要去说。"张二妈道："这几家正与夫人门厮当，户厮对的，不要去说，叫婆子哪里去做媒？"崔夫人道："我老爷夜里梦见一个神仙，说韩尚书的侄儿媳妇，原是林尚书的芦英小姐，天缘该与我公子续弦，故此要你去见林学士说一声，再去见韩夫人说一个下落，我就行礼到韩家去，即日要娶她过门。"张二妈笑道："夫人，这话说得蹊蹊古怪，那芦英小姐原是婆子搀扶过韩府中的，她是有丈夫的二婚头，又是尚书的媳妇，如何一时肯改嫁？婆子去说也是诳

---

①　不修帷箔——指家庭生活淫乱者。

②　马不六——本作"马伯六"，指男女私情的牵线人。

③　随何——西汉人，善于言辞，曾为刘邦说服淮南王英布叛楚归汉。官至护军中尉。

④　陆贾——汉初人，有辩才，官至太中大夫。

柄了。"崔夫人道："我岂不晓得林小姐是有丈夫的,但是神仙梦中吩咐如此如此,一定一说就成。况韩尚书死已多时,韩湘子弃家不理,我老爷的势要①,谁敢不从?"张二妈道："夫人虽故如此说,那韩夫人极是个执板偏拗的人,婆子怎敢到他跟前道个不字,讨她的没趣吃。"崔夫人听了张二妈的言语,便大怒道："这老猪狗,着实可恶!你怕韩夫人,不怕我。我且把你送到兵马司②墩锁在那里,另叫别人去做媒,待说成了亲事,用二百斤重枷,枷号你一个月,看你怕我不怕我!"只这几句话,唬得张二妈目睁口呆,眼泪汪汪的求告崔夫人道："夫人,不消发恼,婆子就去,婆子就去。"崔夫人道："既如此,且饶你这一次,快快去说了,回来复我。"有诗为证:

> 嘱咐官媒去说亲,料应此事必然成。
>
> 若是洞房花烛夜,始信神仙不误人。

张二妈别了崔夫人,一路上没做理会,只得心问口,口问心,自家计较道："我如今先去见林老爷讨个示下③,再去见韩夫人。若是林老爷肯应允,不怕韩夫人不从了。"计较停当,一径望林府中走去。不料对面走一个媒婆来,叫做江五妈,原是陈家的小阿妈,陈家讨了三四年,不见有孕,陈奶奶陪了嫁资,白白地把她嫁与江卖婆做媳妇。江卖婆见她人物出众,言语伶俐,就带了她出来各乡士夫家走走,因此上也学做媒婆。这一日,劈头撞见张二妈指手画脚的自计较,就晓得她寻一头媒要去做了,偏不撞破她,打从人家房廊下走了去,回身跟着张二妈一步步的走。张二妈又走了八九家门面,忽地拍拍手道："我差了,我差了!这几时听见说小卖婆江五嫂常常在韩府中走动,我不如去寻了她同去说,还有几分稳当,怎的到忘记了这个色头。"江五嫂听见她这说话,便赶上前,把手蒙了张二妈的眼睛,道："妈妈何往?"张二妈扭头捏脑说道："你是哪个?"江五嫂道："我是李三官。"张二妈道："小鸭黄儿,怎的来取笑我?"江五嫂放了手笑道："妈妈,你认认李三官看。"张二妈回头看见是江五嫂,便道："五嫂,你也来取笑,我正有一事和你计较,你却来得正好。"江五嫂道："妈妈是老

---

① 势要——权势。

② 兵马司——官署名,封建时代主管京师治安的机构,始建于元朝。

③ 示下——暗示,口风。

把势①,哪个不让你的? 我是雏儿,有怎么好计较?"张二妈道:"这个倒也不然,我是过时的人,说也不强,道也不好;五嫂正是时人儿②,我还要靠你吃饭哩。"江五嫂道:"妈妈不要奚落人,凡事带挈一带挈,就是妈妈盛情了。"张二妈笑道:"人生得波俏,说的话更十分波俏,岂不是我见犹怜,何况老奴!"江五嫂道:"妈妈放尊重些,不要惹人笑话。"

当下,张二妈扯了江五嫂到一条撒尿巷内,布着耳朵说话。看官,且说明明一条大街,并未几条小巷,怎么这条巷偏生叫做撒尿巷? 盖为大街上人千人万的往来,那小小巷儿往来的人少,只有那小便急的才抽身到那巷内解一解,以此上叫做撒尿巷。张二妈虽故老成,江五嫂却是后生人物,怎的不到别处说话,却拣这不斯文的所在立了说话? 只为张二妈吃了崔夫人一场没意思,恐怕别人听见不像模样,没人知重她,故此扯江五嫂在这里悄悄地说。这正是:

> 隔墙须有耳,窗外岂无人。

> 若要明明说,恐惊天上人。

那张二妈与江五嫂说了半日,江五嫂道:"这件事只怕成不得,去说也是枉然。"张二妈道:"老身全仗五嫂作成,宁可媒钱四六分,分五嫂多得些就是。"

当下,张二妈与江五嫂两个,一径来到林尚书府里,恰好林尚书在厅阶上看花,见了便问道:"你两个来我这里做怎?"张二妈道:"老爷在上,婆子说也好笑。"林尚书道:"有怎么好笑?"江五嫂道:"崔尚书老爷着我们两个来老爷府上求亲。"林尚书道:"真也好笑,我一位公子,是五嫂做媒娶了媳妇;一位小姐,是二妈搀扶了嫁与韩尚书侄儿,再无以次人丁,又不曾有孙男、孙女,叫你们来与哪一个议亲?"张二妈道:"正是这般好笑。"林尚书道:"你们既晓得,只该就回复他,怎么又来说?"江五嫂道:"笑便好笑,苍蝇不叮没缝的鸭子,说出来恰也有些根因,以此上只得同张二妈来见老爷。"林尚书道:"你且说有哪一件根因?"江五嫂、张二妈齐声说道:"崔公子原娶的是胡侍郎小姐,近日胡小姐去世,崔老爷要替公子续弦。还不曾说出,忽地里梦见一位神仙,青巾黄袍,背负宝剑,自称两

---

① 把势——老于此道者。

② 时人儿——时兴,当时的人。

口先生,对崔老爷说:'老爷的芦英小姐该是他的续弦媳妇。'崔老爷醒来对崔夫人说:'芦英小姐先年嫁了韩退之的侄儿,是有丈夫的,为何我做这般一个梦? 若此梦不真,不该这般明白得紧;若此梦果真,难道神仙不晓得过去的事?'崔夫人说:'韩公子一向与芦英小姐同床不同枕,同席不同衾,小姐还是黄花女儿。韩公子又丢了她去修行,多年不回来,小姐只当守寡一般,如此青春,终非结果。'是以叫婆子们来求老爷,他议的亲就是这位小姐。"林尚书听见这话,木呆了半晌,道:"虽然韩老爷弃世,公子一向不回来,还有韩夫人在堂,我也做不得主。你只管去见韩夫人,她若肯时,我一定遵崔老爷的命了。"江五嫂得了这话,便道:"小姐在韩家一日,老爷要记念一日,若是嫁了崔公子,老爷也得放下一条肚肠。这件事虽故是韩夫人在堂,她不过是女流之辈,还须老爷做主,撺掇一声,强如婆子们说十声。"林尚书道:"嫁了的女儿,卖了的田,怎么还由得我做主? 你们且去说看,我若见时,一定撺掇。"张二妈道:"我们就到韩家去,改日来见夫人罢。"林尚书道:"韩夫人若有口风应允,你们见我夫人也不迟。"

张二妈、江五嫂欢天喜地一径走出门,便往韩退之府中去。两个人说说道道,转弯抹角,走不多时,恰到韩家门首,望里面就走。韩家管门的老廖问道:"张二妈,怎么风吹得你到我府里来?"张二妈道:"特地来做媒。"管门的道:"张二妈想是疯了,府中有哪个要说亲,你们走来做媒?"张二妈道:"我不疯,你家亲娘没有亲老公。"管门的笑道:"二妈说话一发呆了,我家大亲娘是大公子的对头,怎的说没有亲老公?"张二妈道:"对头虽然有,恰是孤眠独宿,枕冷衾寒在那里。"管门的道:"这是大公子丢了她去修行,难道好重婚再醮不成? 不要说我小姐,你这婆子忒不晓得世事。"张二妈道:"你休多管,我见老夫人自有话说。"一直往里面径走,江五嫂拽住张二妈,悄悄说道:"进门来就是这个醋炭①,我们不要说罢。"张二妈摇摇头说道:"若要利市,先说遁时②,哪里做得隔夜忧?"江五嫂只得跟着张二妈去见韩夫人。

恰好韩夫人和芦英小姐坐在那里下别棋③,管不得挨驼顶擦,说不得

---

① 醋炭——此指吃醋的人,酸滑滑的人。

② 遁(dùn)时——即循时,抓住时机。

③ 别棋——别扭的棋。

死活高低,两下里不过遣兴陶情而已。张二妈、江五嫂近前厮叫,礼毕,韩夫人便道:"二妈贵人,今日甚风吹来,踏着贱地?"张二妈道:"夫人休要取笑,老身这边那边不得脱身,心中虽故常常记挂,只是不得工夫来候老夫人。今日趁这一刻空闲,特特和江五嫂来走走,老夫人又嘲笑我,教老身无容身之地了。"韩夫人道:"二妈不要说乖话,你是无事不登三宝殿的人,怎肯今日白白的来看我?"江五嫂笑了一声,说道:"老夫人真是个活神仙,二妈原有句要紧说话,要对夫人说,因此上拉了婆子同来。"韩夫人道:"我说的果然不差,但凭二妈见教就是。"张二妈道:"我两人特来与夫人贺喜。"韩夫人道:"自从老爷过了世,家中无限的冷落,有怎么喜可贺?"江五嫂道:"我们是喜虫儿,若没喜,再不来的。偌大一个府中,哪一日没有红鸾天喜照着,怎的说那没喜的话?"韩夫人道:"鹁鸽子只望旺处飞,你两个今日来我这里,是鹁鸽错飞了。"江五嫂道:"老夫人晓得鹁鸽子口中说些怎么?"韩夫人道:"我不是公冶长①能辨鸟语,又不是葛介卢识得驴鸣,哪里晓得鹁鸽的说话?"江五嫂道:"鹁鸽口口声声说道:'哈打骨都,哈打骨都'。"韩夫人笑道:"五嫂说话越发波俏了。"

　张二妈又夹七夹八说了一回,笑了一回,才放下脸儿对韩夫人说道:"婆子在府中走动多年,原不敢说一句闲话,夫人是晓得婆子的,今日领了崔尚书老爷崔夫人严命,没奈何来见夫人。"韩夫人道:"崔家有怎么说话?"张二妈道:"着婆子来议亲。"韩夫人笑道:"老身到要嫁人,只是没人肯讨我。"张二妈拍拍手道:"前日有一个一百二十岁的黄花小官,要在城中娶一个同年的黄花女儿,说十分没有我同年的,便是六七十岁的女儿也罢。据夫人这般说,婆子先做了这头媒。"江五嫂嘻嘻的笑道:"正经话不说,只在夫人跟前油嘴。"张二妈道:"是婆子得罪了。崔公子近日断了弦,许多尚书、侍郎的小姐都在那里议亲。崔老爷约定明日竭诚去卜一卜,然后定哪一家,不想夜里梦见一位神仙说,林小姐是他公子的继室,着婆子去林府中求亲。林尚书并无以次小姐,算来只有芦英小姐青年守寡,没有结局,少不得要嫁人,故此着婆子来见夫人。"韩夫人道:"你们曾见林老爷么?"张二妈道:"见过了林老爷,才敢来见夫人。"韩夫人道:"林老爷怎么样说?"张二妈道:"林老爷说:'这话极有理,我就去见韩夫人撺掇

_____

　①　公冶长——孔子弟子,齐人。相传其懂鸟语。

成事。'"韩夫人听了这话，霎时间紫涨了面皮，骂道："江家小淫妇不知世事不必说了，你这老猪狗，老淫妇，在我府中走动多年，我十分抬举着你，怎敢欺我老爷死了，就说出这般伤风败俗的话！我这样人家，可有再醮的媳妇么？就是林老爷也枉做了一世的官，全不顾纲常伦理，一味头只晓得奉承人。你思量看看，你女儿嫁了一家，又嫁得一家么？"千淫妇，万淫妇，骂得张二妈、江五嫂两个脸红了又白，白了又红，开了上唇，合不得下唇。

韩夫人骂声未已，只见芦英又近前道："你这个两个忒不是人，我夫人怎么样看待你们，你们一些好歹也不得知，只怕那有官势有钱财的，略不思量思量天理人心两个字，也亏了你们叫做人！"又道："婆婆不消发恼，公公在日，凡事顺理行将去，尚然被人欺侮。那崔群罔法专权，倚官托势，欺压同僚，强图婚姻，难道天不报应不成？"韩夫人道："今日本该把你这婆子打下一顿，送到林府中羞辱他一场，只是没了林老爷的体面，我且饶你这一次，再不许假传他人的说话来哄我了。"那张二妈、江五嫂羞惭满面，举步难移，只得忍耻包羞，出门去了。

张二妈便拉着江五嫂回到崔府中回话，江五嫂再三不肯，中途分路而去，张二妈只得独自一个到崔家去。不料崔尚书与夫人两个专等张二妈的回复，一见张二妈走到，便问道："亲事若何？"张二妈睁开两眼，竖起双眉，恶狠狠的答道："没来由，没要紧，教婆子去吃这许多没意思，受这许多抢白气，还要问若何若何！"崔尚书道："你这婆子说话大是可恶，怪不得夫人前日要难为你。你既来回复我，一句正经话也不说起，只把这胡言乱语来搪塞我。我且问你，你几时去见林老爷、韩夫人的？他们怎的样说话回你来，你做出这般不快活的模样？"张二妈方才定气低声说道："婆子去见林老爷，林老爷满口应承，并无阻挡；只是韩夫人骂婆子许多不必说，把老爷、公子都骂得不成人。说崔公子要娶芦英小姐续弦，真叫做癞虾蟆躲在阴沟洞里，指望天鹅肉吃。她还说要奏过官里，把老爷也贬出远郡为民，不得还乡，才消她这口气哩。"崔尚书怒道："朝中唯我独尊，哪一个官员敢违拗我的说话？她不过是韩愈的妻子，怎敢说这样大话！她既要奏我，待我明日先奏过朝廷，削除了她的月俸，赶逐她回原籍；再吩咐地方官儿诬捏她几件不公不法的事情，抄没了她的家私、田产，使她婆媳两个有路难走，有国难投，方显得我威权势力。这正是一不做二不休，先下手为强,后下手为殃。"崔夫人道:"韩夫人虽然不是,从古来说:'寄物则少,寄言则多。'凡事有自听为真,岂可偏听媒婆之言,伤了同僚意气。"崔尚书道:"韩愈也是个只知有己,不知有人,是一个矫目不分的人,故此夫人也不识时务,这话句句是有的,怎么教我忍耐得?"崔夫人道:"我儿子一世没老婆,也讨一个在先了,何必定要讨林芦英做媳妇? 张二妈,你且去罢。"崔尚书道:"我明日不奏逐她,也不姓崔了!"有诗为证:

　　　　一封文表奏重瞳①,见说韩门造业洪。

　　　　做成鸾凤青丝网,织就鸳鸯碧玉笼。

　　毕竟不知后来若何,且听下回分解。

————————

　　①　重瞳——指皇帝。

第二十六回

崔尚书假公报怨　两渔翁并坐垂纶

石室硿硿①接紫霄，仓崖滴乳湿僧樵。

蒲团静坐无余事，遥看天台起异标。

不说张二妈出门去了。且说韩湘子辞别了吕师父，一径到东海龙王那里。只见那许多鳖相公、鼋枢密、虬参从、蛟大夫，一个个躬身下礼；鲤元帅、鲂②提督、鲭③太尉、蟹都司，齐斩斩④俯伏趋迎。旁边转出许多鳢把总、鼍先锋、虾兵鲌⑤卒，簇拥着龙子龙孙，慌忙出宫迎接，近前禀道："敢问上界神仙，何事下临水府？"湘子道："你们有所不知。"便问："龙王敖广在哪里？"龙子龙孙齐声答道："奉旨往桂林象郡行雨未回。"湘子道："我奉玉帝旨意，到长安城里度化窦氏、芦英，谁知她们眷恋荣华，不肯随我修行。因此奏过玉帝，着吕师父托梦与崔尚书，叫他奏闻宪宗皇帝，赶逐韩氏一家，仍回昌黎居住。又恐怕她们仍前迷恋，不转念头，再着龙王兴风作浪，卷海扬波，把她那昌黎县厅堂、房屋、田地、山荡，俱行漂没，不许存留一件，以动她怀土心肠。待她两处俱空，进退无路，然后下手度她。其余民居、官舍、山田、地荡，俱不得损坏分毫，以招罪谴。"龙子龙孙答道："玉旨既出，谁敢有违，待父亲敖广回来处分复命。"

湘子便出了水晶宫，踏着云头来会吕师、蓝采和，一路里迎将前去。果然这一夜里老龙王率领龙子龙孙，张开那电目，竖起那朱鬐，显出那翻江搅海的雄威，倏忽间风雨晦冥，雷电交作，烟云陡乱，洪水横流，犹如地裂天塌，山崩川溃，把韩家那鼓楼前内房屋、厅堂、牌坊、基址、南北庄田、

---

① 硿（kōng）硿（lóng）——岩石隆起貌。

② 鲂——即鳊，鱼名。

③ 鲭（qīng）——鱼名，即鲐鱼。

④ 齐斩斩——整齐貌。

⑤ 鲌（bó）——鱼名，一种淡水鱼。

仓库,洗卷扫荡,不留一星。可惜那许多草木禾苗,都不知无影无形,着落何所? 这昌黎县居民人等,清早起来,见了这个光景,都道:"自古说桑田变海,海变桑田,我们今朝才晓得实有是事。"一个跑到朝天桥上一看,道:"这水就像天上安排几副闸板的一般,只沉没得韩愈一家,忒煞作怪。"众人齐声说道:'想是韩愈阴骘不好,所以天降这水灾淌坏他的产业。"内中一个道:"他做官极是好的,阴骘没怎么不好,想是那佛骨一表,冲激了佛菩萨,佛菩萨怪得他紧,故此显出神通,把他的家资、田产、房屋、牌坊,都漂坏了,以见佛菩萨的手段。我和你如今只是念佛,靠佛天过日子才是。"一个道:"广东鳄鱼好端端一个窠巢,被韩愈做一道檄文,平空的赶了去,鳄鱼来报冤,故此发这般大水,把他的基址化为万丈深坑,想是鳄鱼躲在水底下也不见得。"一个道:"我和你又不是神仙,哪里晓得冥冥中的事情,各人回去,自顾自的到好。"正是:

　　　　各人自扫门前雪,莫管他家瓦上霜。

这许多人叹息一回,各自散去不题。

且说崔尚书听见张二妈说了这许多话,咬牙切齿,恨入骨髓,思量了一夜,到得次早,忙忙写表奏上宪宗皇帝,单说韩夫人一家不该在京居住,仍享俸禄的意思。表云:

　　户部尚书臣崔群,诚惶诚恐,稽首顿首。臣闻官有常员,仕无世禄,自非开基创业之功臣,难荷金书铁券①之宠锡②。窃见已故潮州刺史韩愈,居朝无回天返日之鸿勋,临民③无悍患御灾之大绩,狂触天颜④,谪死远郡。其侄韩湘,违背圣教,栖息玄门! 弃父母之丘垅,时祭⑤无人;抛妻子之情缘,居家无纪。其子韩清,以螟蛉⑥之弱质,续螺蠃之箕裘⑦,书史不攻,荡费肆意。诚哉,三纲不整,五伦不齐,

---

①　铁券——指帝王赐给功臣代代享受某种特权的铁契。
②　宠锡——即宠赐。
③　临民——治理人民。
④　天颜——皇帝的威严。
⑤　时祭——按时节祭祀。
⑥　螟蛉——养子的代称。
⑦　箕裘——指继承父业。

有玷官箴,大伤风化者也! 乃陛下给以月俸,享以世禄,是以贪墨①之夫,徼②名清白;狡顽之辈,借口忠贞。倘有勋劳为国,政绩为民,章章表著者,不识陛下将何以待之? 伏乞严诛心之法,肃斧钺之诛,将韩愈妻窦氏削除月给俸禄,韩清发充边远卫军,其房屋改作先贤祠宇,金帛粟米,稍卫边储③,不许暗行夹带。庶百僚知警,众职畏法也。臣不胜惭惶,激切待命之至。

宪宗览奏,龙颜大悦,道:"崔群真辅弼之臣,凡有益于国家者,知无不言,言无不尽。这韩清一家无功受禄,枉费钱粮,该发边远充军,克日启行到伍,不许稽迟!"崔群见宪宗传下旨意,无限欢喜。这正是明枪易躲,暗箭难防。有诗为证:

　　三人成市虎,曾母④惧踰墙。冤女霜飞惨,荆卿⑤虹吐芒。铄金销骨易,蝇玷白圭伤。谗说殄行日,悲哀贾洛阳⑥。

当下满朝文武见宪宗降下这一道旨意,各各面面相觑,不敢出言。只见班部中闪出一员官,执简当阶,俯伏丹墀,奏道:

　　吏部尚书臣林圭,诚惶诚恐,稽首顿首。窃惟周公元圣,而四国之谤,乃致上疑于其君;曾参大贤,而三至之言,不免摇惑于其母。是岂成王之不明,曾母之不亲哉? 凡以口能铄金,毁能销骨也。陛下抚御区宇,明并日月,恩同父母。讵图怙冒⑦之中,岂无屈抑⑧? 覆盆⑨之下,复有沉冤。臣林圭敢为陛下陈之。谨按原任礼部尚书韩愈,文

---

① 贪墨——贪财好贿。
② 徼(yāo)——即邀名,求得虚假的名声。
③ 边储——边军储备用品。
④ 曾母——曾参之母。相传有三人告曾参杀人,其母初不信,后转惧,最后投杼翻墙而走。
⑤ 荆卿——指战国著名刺客荆轲。
⑥ 贾洛阳——指西汉文帝时人贾谊,为洛阳人,年少才高,遭人谗毁,郁郁而终。
⑦ 怙(hù)冒——恃权造假。
⑧ 屈抑——冤屈。
⑨ 覆盆——覆置倒扣的盆。喻黑暗笼罩。

起八代之衰,道济天下之溺。一生忠鲠①,概世忠贞。祈雪,诚格于
神明;驱鳄,泽施于奕世②。止因佛骨一表,忤触天颜,遭谪远方,病
死公署。诚哉,天丧斯文,以致士民失望。犹幸盖棺论定,忠义得伸,
蒙陛下追念旧勋,恩赐祭葬,封谥昌黎郡伯,月给禄米,以恤其家。不
惟韩愈衔结于九泉,即大小臣工皆仰颂圣德,谓陛下不负韩愈也。今
有崔群,因求婚不遂,心怀妒嫉,效含沙射影之虫,兴无理不根之谤,
妄奏愈生无补于朝廷,死犹叨乎禄养,理宜削爵问罪。陛下误听,竟
赐允行。臣圭闻之,不胜惊愕;举朝文武,无不嗟叹。皆谓陛下践
祚③以来,敬大臣,体群臣,曾未有若崔群一言,处韩愈至此极也! 岂
尧天舜日之中,可容此昼啸之鬼乎! 伏乞陛下收回成命,暂将愈妻窦
氏放归田里,伊子韩清免其差操,侍母终年。则生衔恩,臣圭幸甚!
满朝文武幸甚! 不胜激切奏闻待命之至。

宪宗依准林圭奏章,着韩清同母窦氏人等俱回昌黎闲住;所有金帛米谷,
锦衣卫官查验明白,收贮封锁,给赐守边将士,不许夹带分毫,如有夹带不
明,三罪俱罚。有诗为证:

> 君王准奏放归田,故里安居乐事闲。
>
> 不料天公生巧计,漂流家业不能全。

此事表过不题。

　　却说窦氏坐在家中,忽地心惊肉颤,神思不安,鸦鹊成群飞鸣鼓噪,忙
叫芦英道:"媳妇,我夜梦不祥,今日精神恍惚,这许多鸦鹊喧闹振吟,不
知主何吉凶?"芦英道:"婆婆思念公公,以致如此。古云:'鹊噪未为吉,
鸦鸣岂是凶。人间凶与吉,不在鸟音中。'吉人自有天相,不必多疑。"道
言未了,只听得锣鸣鼓响,人马喧嘶,忙出看时,一位锦衣卫④官当厅站
立,左右列着一班侍从人役,一似凶神恶煞,勒袖揎拳。惊得窦氏、芦英面
如土色,目睁口呆,竟不知为恁因由,犯何罪过,家中大小都躲得没影。韩
清只得走将出来,跪在当厅,请问来历。那锦衣卫官道:"奉圣旨:着韩清

---

① 忠鲠(gěng)——忠诚耿直。

② 奕世——一代接一代。

③ 践祚——登位。

④ 锦衣卫——明官署名,初为皇宫禁卫军,后权力渐重,职军事诏狱等事。

带领窦氏人等,速回昌黎居住,免其入队差操;所有家资财物,俱查验封锁,以听犒赏边兵,不许侵动分毫;其房屋一所,工部官估看明白,改作先贤祠堂,着增装塑像,四时祭享。"说罢,锦衣卫官转身去了。

窦氏跌脚捶胸,哭得昏倒在地,却不晓得崔群听了张二妈的言语,暗地中伤他们。只见尚书林圭来到,芦英小姐上前扯住他的袖子,又哭倒在他怀里。林圭道:"我女不要十分苦了,如今还是万分侥幸,若依圣上初然间的旨意,你婆媳们性命也活不成。"韩夫人听见林尚书这般说话,才挣扎向前,问道:"不瞒老亲家说,家下因先夫辞世,只好这等守分待时,不知皇上听了哪一个谗臣的言语,把老身凌辱到这样田地? 可不枉了先夫一世忠良。"林圭道:"老夫人还不知就里,这是户部尚书崔群奏准朝廷,要将老夫人全家谪贬塞外充军,以报老夫人不应允小女续弦之仇。是老夫担了挟海①的干系,冒死保奏,才得圣上怜悯,准你们回原籍居住,这也是万千之喜。"韩夫人道:"崔群老贼! 你欺心图谋人家儿女,到不说自己不是,反在暗地里诬陷我们,明明是欺天了,只怕举头三尺有神明,天也不肯轻轻的饶放你。我只要寿长些,少不得也报应在我眼睛里。"芦英道:"君王一怒,人头落地,若不亏我爹爹的时节,一发不好了,婆婆如今且休烦恼。"

当下,窦氏吩咐韩清急急收拾起身。韩清便雇了船、车、马匹,辞别了林尚书,领了窦氏、芦英,同回昌黎县去。一路上,十里长亭,五里短亭,看了那岸边杨柳,听了那林外鸣鸠,觉得比昔日进长安的光景大不相同,就添了许多凄惨。真个是:野花不种年年发,烦恼无根日日生。有诗为证:

兴亡成败事无凭,花柳春风逞世情。

无限无情山共水,只堪图画不堪行。

韩清一行人众,在路上行了几日,恰好是春末夏初,浓阴叶绿,天气乍热,景物撩人。芦英叫窦氏道:"婆婆,我们离了长安,不觉许多日子,双亲年老,不得再见一面,怎生是好?"韩夫人道:"走了许久日子,还不得一个便人寄封书与亲家作谢候安,若要会面之时,除是南柯梦里。我和你且到了家中,又作计较。"

婆媳两个正在絮烦,原来湘子和蓝采和隐形跟着她,听见她两个说

① 挟海——喻罪责重大。

话,知道她尚不回心转意,便乃变做两个渔翁模样,坐在柳荫之下,朝着她们的来路钓鱼。韩夫人远远望见他俩个钓鱼,就叫韩清道:"你看那两个钓鱼的,比着我们好不快活。"韩清道:"他在那里钓鱼,总是为利,若钓得有鱼,便快活;若钓得没鱼,就有许多烦恼,哪里见得他快活?"韩夫人道:"你去看他有鱼也没有,若有鱼,我们买他几尾,做碗汤吃。"韩清便叫道:"渔翁,渔翁,篮里有鱼卖几尾与我们。"一个摇摇手,念四句诗道:

> 不愿千金万户侯,生涯随分在扁舟。
>
> 身闲数顷烟波阔,一饮茅柴醉便休。

韩清道:"你又不是骚人墨客,我问你买鱼,到不回复有鱼没鱼,且吟起诗来,忒也好笑。"便又叫那一个渔翁道:"渔翁,渔翁,有鱼卖几尾与我。"那渔翁也不回复有无,吟诗四句:

> 万顷烟波一钓丝,深山树密白云居。
>
> 得鱼沽酒茅亭下,尘事纷纷总不知。

韩清笑道:"你两个不是渔翁,倒是清客。"渔翁道:"曳长裾①于王门,足将进而趦趄,口将言而嗫嚅②,做出那许多摇尾乞怜的态度,才叫做清客。我们是非不理,宠辱不惊,清闲自在快活的人,怎么把那清客来哄我?诗云:

> 不谒朱门③得自由,五湖烟景任遨游。
>
> 只愁酒醉颠狂发,推倒天宫白玉楼。"

　　韩清听了两个渔翁的诗,忙忙走到夫人面前,如此如此,这般这般,备细说了一遍。韩夫人道:"据这般说起来,两个渔翁也不是低三下四的人了,待老身自去问他,看他怎的回复?"当下,韩夫人近前问道:"渔翁,你两个钓鱼,只该各自一处钓才是,为何同在这一个去处?岂不闻:两两游鱼似水洊,迎风吸浪不回头。莫教渔父双垂钓,此处无鱼别下钩。"那渔翁也不答应,只低着头念道:

> 绿柳疏荫摆渡头,持竿欲上钓鱼舟。
>
> 身闲名利无关锁,醉饱优游笑五侯。

---

① 长裾(jū)——衣服长长的前襟。

② 嗫嚅——欲言又止貌。

③ 朱门——红色大门,代指富贵人家。

韩夫人听了道："好个'身闲名利无关锁,醉饱优游笑五侯。'这渔翁比我们就快活得多了。"又近前一步,叫这一个渔翁道："渔翁,你家住在哪里?为何两个在一处钓鱼?"这渔翁回转头来念道:

渴饮清泉醉便休,四时风月任优游。

玉堂金马①成何用? 石室云山万古秋。

渔翁念罢这诗,倏忽间两个都不见了。韩夫人忙呼道："韩清,你见那两个渔翁从哪里去了?"韩清道："大家都在这里,不曾看见他去。"韩夫人号天拍地哭道："势败奴欺主,时衰鬼弄人。老身今日见鬼了,如何是好?"芦英道："婆婆,你且耐烦,青天白日,哪得有鬼? 这两个多应是神仙变化来的,我们赶上前去,再作理会。"

果然,一行人众,饥餐渴饮,夜住晓行,又过了几处州县,几个日子。看看将到昌黎县地方,韩清道："此间离昌黎不远,孩儿先赶进城去,叫庄客、佃户把家中厅堂、楼屋,各处都打扫洁净,然后来接母亲、嫂嫂回去。"韩夫人道："此言极是有理,你快快趱行,不要耽搁了。"

当下,韩清便雇了马匹,带了一个从人,飞也似赶向前去。转弯抹角,穿东过西,赶了一日,才赶得进昌黎县城,一径走到朝天桥上,天色已是昏濛濛了。韩清带住了马,只一望时,不见了自家房子,着实吃了一惊,道:"难道这里不是朝天桥,怎的望不见我家房子?"又道:"莫不是我眼睛花了,连房子也看不见?"又道:"莫不是雾气漫漫,遮得我眼睛不看见?"心忙意乱,勒马进得鼓楼巷时,只见白茫茫一泓清水,哪里有一间厅堂,半椽楼房? 更没有半堵土墙,一条石块。慌得韩清满身寒粟起,一阵热麻胡,只得跳下马来,吩咐从人看着。自己寻到巷口住的老邻舍钱心宇家中,问道:"钱老官在家么? 我要借问一声说话。"钱心宇道:"是哪个寻我? 钱老爹也叫不得一声,叫我做钱老官?"韩清道:"我是韩尚书的二公子。"钱心宇道:"韩家只有一个侄儿叫做韩湘,一向去修行,不曾回来,几年上又养得你这二公子?"韩清道:"老爷养我的时节,难道遣人先通报你不成? 别个假装得,韩尚书是你老邻舍,难道好假装做他的公子? 你走出来认一认就是,何必唠叨盘问。"钱心宇果然穿了巾服,一步步走将出来,灯光下看见是韩清,便道:"原来是张二官,你一向跟韩老爷在长安,是几时回来

————————

① 玉堂金马——代指富贵之家。

的？这早晚来见我，有怎么话说？想是韩老爷死了，奶奶容你不得，赶了你出来，我恰不敢留你，招奶奶的怪。"只这几句话，气得韩清面红脸胀，半晌做声不得，心里暗暗说道："早是我不带了跟随的进他屋里，这老狗骨头一味的瞳口开，若跟随的在面前听见了，可不羞死人。"钱心宇见韩清不做声，便又道："我几年不见，二官人一发长得齐整，不像昔年模样，真个是居移气，养移体。"韩清睁眼看一看，廊下见没有一个人，便道："钱老官，我老实对你说，我老爷因侄儿弃家修行不回来，自家没有亲生的儿子，把我抬举起来做个二公子。以前和我一起的人都没有了，如今跟着的都是后边讨的，人人叫我是二相公，再没有一个晓得我是张二官的，就是老夫人也口口声声叫我做儿子，芦英小姐也叫我做叔叔，你老官人再不要提起前话了。"钱心宇道："我老人家一些也不得知，只说二官人还是张二官，真真得罪了。"连忙捧茶出来与韩清吃。韩清方才问起房屋的事，钱心宇把三月内风雷扫荡的事，细细说了一遍。

韩清大哭一场，别了钱心宇，一溜风赶到路上，接着韩夫人与芦英小姐，说道："母亲、嫂嫂，不好了，不好了！"韩夫人惊道："亏得林亲家救护，今日得还故土，又有怎么不好？"韩清道："孩儿赶到鼓楼巷，没寻自家房子处，惊得目睁口呆，只得访问邻居，都说道是三月十一日洪水汹流，把我家房子、田地俱漂没了，只剩得白茫茫一个深潭。"韩夫人道："这场水也坏了多少人家？"韩清道："单单只坏得我们一家，别家俱安然无事。"芦英道："这才叫做福无双至，祸不单行。我们如今有家难奔，有国难投，怎生是好？"韩夫人便道："这场冤苦都是崔群老贼害我们的，难道龙、天没眼睛？"韩清道："母亲、嫂嫂记得否？昔日菊花亭上曾有那个道人说：'命蹇时乖莫叹嗟，长安景致不堪夸。漂流祖业无投奔，始信当初见识差。'母亲不肯信他，谁知今日句句都应了。"韩夫人道："真个是了，只因那道人假装湘子的模子，故此我不理他。若是湘子真回来，我也情愿跟他去出家了。"芦英道："天色将晚，明日又作区处①。谚云：'天无绝人之路，'除了死法，又有活法，婆婆且省烦恼。"

这一日，韩夫人与芦英又在舟中过了一夜。次日清早，韩清安排早饭吃了，同一个从人到城里租了一所房子，把带来的东西权且搬上去，安顿

---

①　区处——决定。

停当,才接韩夫人、芦英去居住。韩夫人进到房子,放声大哭。芦英从旁再三劝解,韩夫人方才住声。不想吕师同蓝采和、韩湘子在云头上看见韩夫人这般哀苦,便笑道:"她一家儿安安稳稳在长安居住,不因玉旨着俺度她,她怎肯到这个去处来?"湘子道:"待弟子托一个梦与她,看她醒悟否?"吕师道:"快快去来,莫再耽误。"

湘子当下走到韩夫人房中,见韩夫人盹睡未醒,便向她耳根叫道:"婶娘,婶娘,我是湘子,特来看你。你说在长安住着大厦高堂,享着大俸厚禄,如今长安城在哪里?你缘何还不省悟?早早出家,免受折挫。"韩夫人惊醒来道:"方才瞌眼睡去,就见湘子立在面前,言三语四来讥诮我,及至着眼看他时,他又不见了,教我怎生是好?"有《清江引》为证:

一更里,汪汪珠泪抛,离别了长安道。回首望家山,路远无消耗。想当初,把好话儿错听了。

二更里,呼呼怪风起,刮得我肝肠挤。两眼望空瞧,魂灵上纸桥。告苍天,把窦氏儿将就了。

三更里,梦儿还不醒,见湘子形和影。说我不思量,途中滋味长。这是我,不回头惹祸殃。

四更里,看苍天尚未晓,忽然见湘子到。规模总一般,衣服都破了。一声声埋怨我,回头不早。

五更里,见湘子来救咱,他说话全不哑。醒来不见他,拍手空嗟呀。只怨崔群,不辨真和假。

五更已过,天色渐明,芦英上前问道:"婆婆,为恁事絮絮叨叨,一夜不睡?"韩夫人道:"我上无片瓦遮身,下无立锥空地,没奈何租屋栖身,已是不胜苦楚。谁知瞌得眼去,湘子就立在面前说长道短,我开眼看时,端然不见他面,故此一夜不曾得睡。"芦英道:"事到头来不自由,树欲止时风不休,婆婆只索耐烦,不要苦苦心焦,有伤贵体。"韩夫人道:"我也晓得焦烦无益,争奈和针吞却线,刺人肠肚挂人心。"韩清道:"母亲、嫂嫂,凡事须从长计较,古语说:'梁园虽好,不是久恋之家。'又云:'借别人的老婆,拿不牢,熰①不热。'我们如今借住在这里,终久不是个了结,还须另图一个安身去处,才好做些生理,以过日子。若只这般混账,一日一日难过

————————

① 熰(wū)——用热东西捂热。

了。岂不闻：家有一千两，日用银二钱，若还无出息，不过十三年。"韩夫人道："随你三意，我们有恁么大见识。"韩清道："依孩儿愚见，且去那沙滩上搭起几间竹篱茅舍，将就栖身，也强如住别人的房屋，日夜忧出那租钱。"韩夫人道："这也说得是。"韩清便计较去发木头，买砖瓦，搭起一座厂屋，择日兴工，不在话下。这正是：

一家星散实堪伤，骨肉相抛各断肠。

信是不堪回首处，思乡难望白云乡。

毕竟不知后来若何，且听下回分解。

第二十七回

卓韦庵主仆重逢　养牛儿文公悟道

为买东平酒一卮，迩来①相会话仙机。

壶天②有路容人到，凡骨无缘化鹤飞。

莫道烟霞愁缥缈，好将家国认希夷③。

可怜寂寞空归去，休向红尘说是非。

不说韩清重整房屋，再展门庭。且说光阴似箭，日月如梭，韩文公在那卓韦山上做一个粗使出力的道人，逐日价早起晏眠④，烧香点烛，开闭门户，扫拂埃尘，搬东过西，相呼接应，没一样不是他当值⑤。只是不曾到山上去砍柴斫草，运水填泥。他也没有一点怨心，就是真人常常责罚他，他也只是欢喜。作《清江引》一首，以乐心情。

> 布袍宽袖谁能够，说恁么金章和紫绶。吃的是淡饭并黄斋；受用的青山共绿水。看人生名和利，犹如水上沤。

荏苒将及一年有余。忽一日，真人叫文公到面前，吩咐道："明日有几个道友来看我，厨下没了柴，你也去打些柴来凑用。"文公道："弟子敢不遵命。但不知师父叫弟子到哪里地方去打柴？"真人道："也不远，离此西南上去五里多些，有一个园，是本山的花园，你竟去打柴就是。"文公依命，收拾扁担斧头绳索，拴缚端正，辞了真人，望西南上便走。

走不上一里路，大雪纷纷落将下来。文公道："每日不出庵门，天是晴好的；今日差我打柴，偏生又遇着大雪。韩愈这等命苦！蓝关上受了那许多大雪的苦，还当不得数，今日又添个找零。"说罢正走，忽见一个柴

---

① 迩来——近来。

② 壶天——道家所称仙境。

③ 希夷——无声为希，无色为夷，指虚寂微妙之境。

④ 晏眠——晚睡。

⑤ 当值——值班。

门,写着"卓韦山花园"。文公便推开了柴门,进到花园内。只见那园中红拂拂花枝斗艳,绿茵荫叶影参差,真个是仙家世界,别一乾坤。看了一回,雪已住了。文公笑道:"这花虽然开得好看,只怕大风起来,摆得花英堕地。"果然不多时节,东南上一片乌云遮得魆暗,四下里乱腾腾扇起狂风,把那许多好花都吹得东零西落。文公叹道:"这花就像我韩愈一般。昔日在朝做官,就如花开得好;一霎时吹得零落,就如我今日受苦。"口唱出坠子道:

　　我看你这花,花开时人看好,千红万紫逞娇娆,蝶恋蜂攒难画描。花我只怕风来括,雨又飘,把你花来零落了。

　　文公唱罢这词,还要再看花一会,恐怕真人说他懒惰,只得收拾一担干柴,忙忙的挑出园门。肩头上压得十分沉重,不觉泪如泉涌。说道:"苍天,苍天,怎教韩愈受这般苦楚磨折!"说声未了,只见一只虎奔下山来,把文公一抓,文公惊得洋洋死去,似醒不醒。听得湘子敲渔鼓,高叫道:"叔父,侄儿在此。快些醒来!"文公才醒转来。扯住湘子,哭告道:"从你指引我来见师父,已经一载有余不曾出门,今日叫我打柴,被虎抓倒在此,若不是你来时,险些儿被虎吃了。"湘子道:"叔父不必啼哭。这葫芦内有热酒,且吃些荡寒。"文公道:"若吃了酒,怎的回去见得师父?"湘子见文公不肯吃酒,便道:"既不吃酒,且挑了柴回去。再迟两日,侄儿又来望你。"文公道:"你若来见师父,只求你荐言①一声,要师父待我比众不同,我就快活了。"湘子道:"我若不来,一定寄一封书与真人。"文公道:"千万不要忘记了!"湘子道:"只看天上有仙鹤含着书来,就是侄儿寄书来与真人。"当下文公别了湘子,挑柴往卓韦洞交卸。一路里叹道:

　　泪涟涟,为官为宦受皇宣②,如今倒做了山樵汉③。担儿苦难言,猛虎儿又来前,争些儿魂赴森罗殿。幸侄儿回归,且低头去告大罗仙。

　　文公挑柴来到洞门,只见洞门紧闭,便放下柴担,高叫:"师父开门!"童子道:"师父不许开门,说你是朝中宰相,怎么不知高低?"文公道:"师

———

① 荐言——进言。
② 皇宣——皇帝宣抚。
③ 山樵汉——打柴人。

父叫弟子去打柴，因挑不起来，迟了些，望师父恕罪。"真人道："我只叫你去打柴，为何在园内叹息那风花？"文公听了这一句，吓得冷汗淋身。暗忖："隔着这五里路，怎么就晓得我叹风花？"只得禀道："弟子进园，见无数花开得红红白白，艳丽惊心，不想被一阵风吹落在地，因此上做一词儿，叹息几声。"真人又道："你在路上与韩湘子说些怎么？"文公又吃一惊，暗忖："若不是天仙，如何这样事都先晓得？"又跪下禀道："途中遇见老虎，亏得侄儿湘子来救了性命。侄儿吩咐弟子用心服侍师父，再无别言。"真人道："既然如此，童儿且开门放他进来。"文公进得门，就把柴挑到厨下交卸。只听得真人叫道："韩愈，你是朝中臣宰，心挂两头，我再三苦劝的好言语，你只当做耳边风，一些也不省悟。你依旧回朝去做官罢！"文公告道："弟子初到此间，不知东西南北，全仗师父提携，开恩释罪。"真人道："我也不怪你，只是庵中少面用，你今晚拿两担麦去，连夜磨了，明早交面还我。"文公道："师父，磨子在哪里？"真人叫道："童儿引他去看磨子。"文公仔细看了一回，转来禀真人道："师父，不是弟子躲懒，只是弟子年纪六十四岁，血气衰败，一人推不动这副磨子；况且一夜有得多少工夫，教弟子独自一个，如何磨得完两担麦子？"真人不答应他一声，只叫清风、明月道："你两个快去催趱韩愈磨面来交，不许你私做人情，违我庵中规矩！"清风、明月便催促文公到了磨房。文公道："师兄在上，弟子年老，气力不加，如何这一夜磨得两担麦子？望师兄帮助一二。"清风、明月道："我们也肯舍力帮你磨麦，只是师父的堂规严厉得紧，吩咐我们来催趱你做工夫，不许懒惰，我们如何敢帮你挨磨？"文公听了他两个的话，只得苦苦自挨。捱到天明，刚刚磨得八斗。同清风、明月来见真人，禀道："告师父，得知韩愈气力不加，一夜磨得八斗，望师父饶恕。"真人道："我且将就你这一次。"文公叩首拜谢了真人，仍回磨房中去磨麦子，并没一点怨悔嗔怒之心。

一日，磨完麦子，挑到真人跟前，交割明白。清闲无事，便趐①身到后山闲步。忽然见一伙人，挑了许多柴来到庵中交卸。文公问道："你这些人是哪里来的？"挑柴的道："我们都是沐目真人庵中的道人，逐日价去山上砍柴斫草，供给庵中用的。"文公道："你们不怕这般辛苦？"挑柴的道：

①　趐（xué）——回身。

"由你使尽千般计较,万种机谋,也躲不得'无常'二字,我们随了沐目大仙出家,便不怕'无常'了,这辛苦是分内应得做的,只怕大仙不肯收留的苦。"文公道:"你这伙人倒也见得是。我枉做了读书人,倒不如你们的见识。"内中有两个又说道:"你老人家的面庞就像我那韩老爷一般。"文公道:"哪个韩老爷?"两个齐声道:"就是礼部尚书韩愈老爷。"文公道:"你怎么认得他?他在朝中做官,好不昂昂威势,怎的肯到这所在?"那两个道:"韩老爷佛骨一表,龙颜大怒,贬到潮州去做刺史。迢迢八千里路,我两个跟到半路里,不知受了多少苦楚,不料撞着两只猛虎跳将出来,把我两人一口一个,驮来丢在这卓韦山上,逃得这两条残生性命,在此打柴斫草,岂不是亏了沐目真人,脱得这'无常'二字!"文公道:"你敢是张千、李万么?"李万道:"我便是李万,他是张千。你莫不是韩老爷么?"文公道:"这个去处,出家都是道人了,怎么还叫我做老爷。"李万道:"依你说,果然是韩老爷了。"张千道:"我两个亏了真人,得活在这里。那韩老爷不知冻死在蓝关上哪一个地方,怎么能够在这里?"文公道:"我实实是韩尚书,不是冒认。"张千道:"如今世上冒名托姓趁口认的好不多得紧。我也难信你,你且说怎么不到潮州,倒来这卓韦山上?"文公道:"只因不听侄儿韩湘子的说话,我在那蓝关上受了多多少少的亏苦,性命就如那风里灯炉上雪,亏侄儿领我来投拜沐目真人,做个徒弟,故此情愿在这里焚香点烛,扫地烹茶。"张千道:"且说公子韩湘为何去修行?说得对才信你是韩老爷。"文公道:"我哥哥韩会、嫂嫂郑氏,止生得湘子一人。湘子三岁还不会说话,直到我中举回来,湘子方才说得话出;及至养得成人长大,他一心一意要出家修行,不肯读书;娶得林小姐芦英为妻,他又同床不共枕,同席不同衾;我一日在那洒金桥边遇见两个道人,说自家经天纬地,会武能文,我请他两个回家教训湘子,因此湘子逃去修行,许久不回来,教我无日不记挂,到处贴招子,访问他的下落。我那一年在南坛祈雪时,曾有一个道人说是湘子,替我登坛祈下一天大雪;我做生日的时节,也曾有一个道人说是湘子,来度我出家。三番五次,我只是不信,他径自去了。我直到蓝关道上,才知侄儿湘子真是仙人,那两个道人真是汉钟离、吕纯阳。说得对也不对?"张千听罢,哭道:"我两人正是张千、李万。老爷怎的一些也不认得我们?"文公不觉也堕下泪来。三个人正在那里悲悲切切,诉说衷肠,只见沐目真人近前喝道:"悲欢离合,尘俗火坑,我这里百虑都捐,万念尽下,你三人怎的还摆脱不开,做出这许多儿女子的情态?"文公把前后根因说了一遍。沐目真人道:"这都是前生业障①,今世罪根。既到了我这个去处,一切付之乌有,再休提起了。"文公道:"谨遵师命。"从此以后,文公又得张千、李万做个道伴儿,更觉得有说有道。

不想过得两日,真人忽然叫道:"韩愈,有一只仙鹤衔着书来,你快取来我看。"文公忙取书递与真人。真人看了书,便道:"你侄儿湘子书来,说你年纪高大,做不得那重生活。你快快洗净身子,且去养这一只牛。"文公见那只牛,前蹄一丈,后腿八尺,狰狞凶恶,如同猛虎一般。便上前禀道:"师父,这只牛一发难管了。"真人道:"我有几句话吩咐你,你可记取:

〔雁儿落〕我也曾,遇明师传妙诀,指与我天边月。月圆时玉蕊生,月缺时金花谢。三五按时节,老嫩自分别。送入黄婆舍,休教轻漏泄。这是我的诀。你看灵龟吸尽金乌血,下一个烈决,做一个长生不老客。

又:有一个铁牛儿扶过江,有一个泥马儿山中放,有一个石狮子咬住绳,怎的枯井里翻波浪,有一个泥土地念文章,木罗汉诵《金刚》,画美女能歌唱。有一个纸门神会舞枪,眼见的蛇吞象。非是俺谎家住在南洋,信不信二三更显太阳。

文公道:"师父吩咐的,弟子都记得了。只是这牛儿性发颠狂,弟子怎么样才降伏得他倒?"真人道:"喂草时,要按着子午卯酉,不要错过了时辰。我再与你一把慧剑,牛若颠狂不服你拘管的时节,你就把这剑砍下他的头来,他自然不妄动了。"文公依命,把牛儿拴在房内,照依子午卯酉四个时辰,喂放水草,不敢有一日怠慢懈弛。算将来已经三载有余,那牛儿服服帖帖,再不狂颠。

一日,真人叫道:"韩愈,今日厨下无柴,你再去打一担来。我另有话说。"文公道:"前次在花园内打的,如今往哪里去打?"真人道:"从西北方去,有一座山,名叫青龙山。这边是卓韦山地方,那边另属他人管,不可过去打柴。若差打了他人的柴,惹动着五脏六腑一齐发作起来,任你是四头八臂、七嘴八舌,也赶这一伙邪气不退。我决不来救你了。"文公道:"弟子怎敢惹动邪人,激恼师父。"当下,拿了扁担斧绳,便往前去。

---

① 业障——罪孽。

　　走不了二、三里山头，忽见三个老叟坐在石崖上着棋。文公心中暗忖道："这三位老人家这般会快活，我到了这老年，反在山中做樵夫，恰不是：

　　　　老来勤紧夜来忙，一点精诚靠上苍。
　　　　若得神仙提掇起，始知今日免无常。

忖罢，便走上前，站在崖边，看老叟下棋。一个老叟见文公站着，便问道："你是樵夫，不去打柴，站在这里何干？莫不是也晓得着棋？"文公道："棋子虽晓得下，只是不着。语云：'棋以不着为高'。"一个老叟道："你说话不像个樵夫，也不是我个中人物。"文公道："三位师父听禀，韩愈是朝中礼部尚书，只因多言，被贬在蓝关秦岭，路上受了万千苦楚。亏侄儿湘子领我到卓韦山中，投拜沐目真人为师学道。今日奉师命来到青龙山上打柴，因看见三位师父在此着棋，识得是神仙下降，特站在这里求师父度化弟子。"三位老叟齐声问道："你在真人那里几时了？"文公道："已经三遍寒暑了。"一个老叟又问道："在山上许多时，真人曾与你说恁么话，讲恁么道来？"文公道："初到山上时，着我烧香扫地；后来叫我打柴看牛；今日又叫我出来打柴。一个字也不曾传授与我。"一个老叟道："真人既不肯传道与你，你另寻一个去处安身才是，若再耽搁几年，一发年纪高大，如何得成正果？"文公道："今日幸得遇着三位老师父，望乞尽心指点，韩愈死不忘恩。"三个老叟道："沐目真人是我们道友，常常在那里聚会，你既是他的徒弟，我们怎忍得不教你一番。你且听我道来：

　　〔罗江怨〕春天百草生，满眼皆生意。正好去游方，却坐在团瓢内。静里闹喧除，指望成真易。谁知道，缘悭分浅人难会。

　　夏天渐渐炎，心在清凉地。弃了子共妻，去住茅庵里。寻几个道心人，把天地时蟠际①。鸾飞鹤舞上瑶池，眼见鸢鱼妙趣。

　　秋天日渐凉，出家人闲游荡。走够了数十年，才遇着明师讲。传与俺内外丹，心地里明朗朗。不觉的三年阳神降。

　　冬天雪乱飞，出家人心自知。寒暑不相犯，神鬼不相欺。困来时曲肱②枕之，饥来时枣果支持。涧泉常解渴，此是妙玄机。

———————————

　①　蟠（pán）际——充塞天地之间，无所不在。
　②　肱（gōng）——手臂。

文公听罢,道:"这四时景致,乃是仙家受用的,韩愈凡人,焉得见此景致。"一个老叟道:"韩尚书,沐目真人来了。"文公回头看时,三位老叟化阵清风而去。

文公道:"三位老仙分明指点我,我有眼无珠,又错过了。"只得打担柴,离了青龙山,一肩挑回洞府。叫师父开门,真人叫童儿开了门,放他进来。文公将柴挑到厨房中交卸明白。正要回房,只见真人叫道:"韩愈,你去青龙山打柴,撞见怎么人?"文公道:"见三位老叟在那石崖上下棋。弟子从旁看他,他问弟子姓甚名谁,从哪里来。弟子说:'我是卓韦真人徒弟,从卓韦山上来。'那三位老叟说是师父的道友。"真人道:"你曾问他些说话么?"文公道:"弟子问他黄芽是何物? 他说是天地之根本,人身之精气。又教弟子行功运用,按子午卯酉,内藏八卦,外合九畴①。弟子不识其中玄妙,望师父明明指示。"真人道:

〔一枝花〕先明天地机,后把阴阳辨。有天先有母,无母亦无天。这是俺道教根源。把周天从头数,将乾坤颠倒安。采后天筑基,炼己夺先天。谁后谁先,成圣为仙。离中虚②,坎中满③,离中之物,求坎还元。青龙白虎④相争战,见枝⑤圆。存乎口诀得圣手,妙在心传。逆成丹龙吞虎髓,顺成人虎夺龙涎。提防着,心前露刃青锋剑;怕的是,急水风波难住船。感只感,黄婆勾引;候只候,少女开莲。此事难言。五千日后心坚算,三十时辰暗里搬。胎元沐浴,面壁九年,才做了阆苑蓬莱云外仙。

文公道:"先天后天,黄芽白雪,龙虎铅汞,弟子已知一、二,还有那太液还丹、九转七返的妙用,求师父明白开示。"真人道:"你学道工夫已有八九,还有三字口诀我今传授与你,自然开悟。"文公道:"哪三字诀? 望师父明白指教。"真人道:"一曰诚,一曰默,一曰柔。以诚而入,以默而守,以柔而用;用诚以愚,用默以讷,用柔以拙。"文公听见一个"拙"字,忽然领略,

---

① 九畴——传说禹治理天下的九类大法。
② 离中虚——离卦卦象为☲,故称。
③ 坎中满——坎卦卦象为☵,故谓。
④ 青龙白虎——人体内阴阳两气。
⑤ 枝——指内丹。

如钥匙凑着锁簧，木人转着捩子①，好不惺松透彻。告真人道："弟子心下俱已醒悟了。"真人道："汝既醒悟，更有何难？"便取仙酒过来，满斟三爵②，递与文公。文公接上手中，低头再拜，一饮而尽，便觉得脏腑澄清，精神完固。真人又唱一阕《沽美酒》道：

> 传与汝进道功休暂辍，说与汝修真路要烈诀。得守元阳休漏泄。
> 我与汝，天边月，月圆时金花③自结，月缺时红铅又卸。任姹女婴儿
> 欢悦，看白雪黄芽苫，我呵，把工夫下着剔尘垢，做一个蓬莱仙客。

文公得了真人口诀，又饮了仙酒，遂日夜提龙捉虎④，养汞存铅⑤。果然二气相交，三花聚顶，龙蟠门户，虎绕药炉。闪闪电光，生身育物。刹那间开了房门，看那养的牛儿。只见那牛儿暴叫如雷，颠狂不止。文公喝道："大胆畜生，怎敢无礼？"便将真人所付慧剑执在手中。牛儿见文公扶剑在手，横着角，睁着眼，一头向文公撞将去。文公将剑望牛头上砍下一刀，头随剑落，忽腾腾一股白气冲上天门，惊动玉帝。玉帝慧眼观见卓韦山白气冲天，便差金童、玉女，宣召钟、吕诸仙来迎韩愈。此是后话。

且说文公砍下牛头，便回身禀真人道："牛儿颠狂呼吼，弟子挥剑擅断其头，是弟子有罪了。"真人道：

> 牛儿一向在尘凡，痴蠢愚迷笑等闲。
> 今日脱身云外去，行人谁敢再加鞭。

文公道："依师父这般说来，牛儿也成仙了。"真人道："犬之性，犹牛之性；牛之性，犹人之性。一变至道，有怎么成不仙来？"当下，文公顿悟出"卓韦"二字是个"韩"字，"沐目"二字是个"湘"字。又细看真人一双道眼，碧绿方瞳，与湘子无二。便向前抱住真人，说道："你原来就是湘子，不是怎么沐目真人。我若不亏你再三点化，我已堕于鬼录矣，哪得有今日！"湘子道："我果然是侄儿湘子，恐怕叔父信心不坚，故此把韩字拆做卓韦二字，湘字拆做沐目二字。虽然诳了叔父，幸喜今日道果圆成。且把往日

---

① 捩（liè）子——一种带转动装置的机关。
② 爵——酒杯。
③ 金花——内丹。
④ 龙、虎——喻阴阳元气。
⑤ 汞、铅——喻元气、元神。

超度点化之事试说一番,叔父听者:

〔浪淘沙〕那日下天门,骑鹤飞临,登坛祈雪雪纷纷。指石为金多变化,要度你回心。

两度庆生辰,顷刻花生,逡巡酒满贺长春。仙篮仙果神通大,要度你回心。

佛骨献明君,贬你潮城,渔樵耕牧话平生。狼虎纵横伤人命。要度你回心。

茅屋暂安身,马死难行,卓韦山上见真人。屈指算来十二度,才得你回心。"

湘子唱罢,道:"侄儿点化叔父,已经十二度了,今日方成正果。侄儿再送一只仙鹤来,与叔父骑了上天。"文公举首称谢道:

为恋高官一念差,谁知生死事交加。

而今散诞逍遥乐,始信韩湘要出家。

毕竟湘子送仙鹤来否,且听下回分解。

第二十八回

墨尿山樵夫指路　麻姑庵婆媳修行

> 百岁年来不自由，看他身世若浮沤。
>
> 金丹疑注千秋貌，仙鹤空成万古愁。
>
> 也有蛟龙曾失水，敢教鸾凤下妆楼。
>
> 逍遥散诞无拘束，几度高山看水流。

话说韩湘子向空招下一只白鹤来，文公骑上鹤背，冉冉直上三天门下，见了钟、吕列仙。有诗为证：

> 白云堆里鹤飞来，接引文公上玉阶。
>
> 瑞霭徘徊仙乐奏，群仙济济上瑶台。

钟师道："久闻尚书出家，今日得成正果。"文公道："前话休提，弟子有眼无珠，不识泰山。"当下，群仙捧着金旨大丹，接引文公去朝见玉帝。玉帝传旨问道："韩愈，今日来此，可知前因为何谪降下土？"文公沉吟半晌，即时醒悟道："微臣原是殿前卷帘大将冲和子，因蟠桃会上醉夺蟠桃，打碎玻璃玉盏，贬谪下方，一向恋职贪官，悠悠尘世，幸得侄儿韩湘领瑶天敕命，尽报本丹，忱救臣脱了天罗地网，今日重得复见至尊，伏望天恩赦臣死罪。"又有天、地、人三曹诸仙，保举文公复居卷帘旧职，玉帝准奏，即封韩愈为玉境散仙，仍居卷帘旧职。群仙与文公谢恩而退，不在话下。有诗为证：

> 服气餐霞是道原①，遨游一任洞中天。
>
> 紫芝瑶草无边景，返老还童又少年。

文公已列仙玨，前赴瑶池胜会，不必再说。

且说韩淸择日在邹沙滩上搭起几间厂屋，虽不成大厦高堂，恰也好遮风蔽雨。正要搬移韩夫人并一行家眷前往住扎，忽然间，天昏地黑，雷火交加，把那几间厂屋烧得罄尽，连家伙什物也不曾搬得一件出来。这

---

① 道原——道家之源。

才是：

> 衰草经霜打，残花着雨摧。漏船冲天浪，破屋遇风摧。折足①逢
> 高岭，羝羊苦角羸②。时乖和运寒，荐福③一声雷。

当下，一行人众见了这般光景，各各号天叫地，痛哭一场。正在悲切之际，
忽然渔鼓声频，歌音嘹亮，远远看听，韩夫人定睛一看时，见一个道人叫唱
而来。

> 〔黄莺儿〕日月转东西，叹人生百岁稀，如何栖息玄门里？头梳
> 双髻，身穿布衣，芒鞋④渔鼓随身计。笑嘻嘻，云游海岛，看破世
> 人痴。

看官且说这道人是哪里来的？原来这道人是吕洞宾化来指引他们。
因此上，当他们悲切的时节，拍鼓唱歌，待他们自家醒悟。当下，韩夫人见
了吕师，便叫道："师父救我一救！"吕师道："教我怎么样救你？"韩夫人
道："我们好端端在长安城住，被崔群老贼赶逐起身，害得我们上无一椽
之屋，下无半亩之地，衣不遮身，食不充口，如何是好？"吕师道："前面山
上不过一里之程，有一个女师庵，极是洁净宽敞，你们且去，可借她庵中将
就住几时。"韩夫人道："多谢师父指教，只是素手难去见她。"吕师道："出
家人以慈悲为主，方便⑤为门，把十万的东西养十方善信⑥，何忧素手难
去见她！"说罢，吕师回身去了。韩夫人便叫韩清引路，同着芦英人众，一
步步捱过沙滩，到前面山上去。

走了半日，只见些密树丛林，柴窠草径，风鸣叶战，鸟噪枝繁，再不见
有恁么女师庵。韩夫人虽是心下忐忑，免不得趱向前途。又叫韩清道：
"那道人说只有一里多路，怎的走了这半日，还望不见一些儿影响？"韩清
道："奶奶不必心焦，且走上前，一定有个庵儿在那里。"不料又走了几里，
只见四围都是高山大壑，陡壁深崖，不要说没有庵儿，连走路都没了。惊

---

① 折足——挫伤脚足。
② 羸（léi）——病弱。
③ 荐福——得福。
④ 芒鞋——即草鞋。
⑤ 方便——佛家语，谓因人施教，使之领悟佛的真义。
⑥ 善信——善男信女。指信徒。

得韩夫人魂不附体,忙叫韩清:"我们快快依旧路走了回去,又作计较。"韩清转身走时,四下里都是刀山剑树,箭竹枪林,遮得密重重的,连先时来的路头也不见了。一行人悲啼痛哭,僻地呼天,正不知为怎的昏天黑地,走到这个山窟窿里来。芦英道:"婆婆,这分明是陷人坑了。我和你往前无路,退后无门,终不然死在这里不成?且撮土为香,大家祷告天地,倘或不该死数,自有救星来救我们。"韩夫人依了芦英说话,正在那里叩头祷告,忽然听得叮叮当当砍柴声响,韩清道:"奶奶,好了,那壁厢有砍柴的声,定是有人家的了。待孩儿问他一声,央他领我们出大路去。"韩夫人道:"若是有人,快去问他,不要耽搁了。"说话之间,只见一个樵夫,正在那山凹里砍柴。韩清便叫道:"借问老兄一声,这山叫做怎么山?怎的进得来,出不去?劳老兄指引我们出去,我重重谢你!"那樵夫放下斧头,用手指道:"我这里叫做墨尿山墨尿谷,只有墨尿人才踏着这墨尿路,你们极会算计的,为何也走进墨尿谷里来?"韩清道:"我们一时间差了见识,听信那贼道人的说话,因此上走进这山里。"樵夫道:"你们住在长安时节,就差了见识,怎的说今日听了这道人的言语,见识才差?"韩清听得樵夫说在长安便差了见识,暗忖这樵夫定是个仙人,连忙跪下道:"望神仙指引我们一条出路。"那樵夫指道:"东南上有两个神仙,坐在那石崖上头,你们快打那里去,就有路了。"韩清抬头看时,那樵夫拿了斧头,一溜风跑过高山去了。正是:

当初不信神仙语,今日方知悔是迟。

当下,韩清只得领了家眷,望着东南上走时,果然有人行路径,并没有树木交叉阻塞拦挡,放心到得前路。远远望见炊烟冲起,风袅盘旋,似有人家一般,及到其间,四下里都是茂林修竹,并没有草舍绳枢。只见两个道人坐在那石崖顶上,面前一个三脚鼎炉,红焰焰火光透出。韩夫人叫韩清道:"坐的那两个道人莫不是仙人?你可去求他度脱我和你的灾难。"韩清连忙走近崖边,高声叫道:"神仙爷爷救我们一救!"原来两个道人,一个是蓝采和,一个是韩湘子。先前吕洞宾化做樵夫,指引韩夫人,芦英来此见他两个,故此他两个坐在这石崖上等他们。其时湘子见韩清来叫他,便答应道:"我两个是山野道人,不是怎么神仙,方才在山下化得些斋粮,正在此做饭充饥,你若要饭吃,我便分些救你;若不要饭吃,请自尊便,早回去罢!"韩清道:"我们走了这一日,饭也是要吃的,只是分了与我们,两位师父不够吃。师父何不度我一家脱离了苦难,强如分斋饭与我们。"采和道:"萤火虫自照还不亮,怎么度得你? 你趁早回去的好。"韩清道:"苦恼! 苦恼! 那长安城中、昌黎县里,身也没安处了,教我们回哪里去?"湘子道:"长安有高堂大厦,俸禄千钟,昌黎有南北庄田,瓜园菜圃,怎的不去受享? 说怎么结果的话!"韩夫人道:"我一家到了今日,只求师父救我。"湘子道:"当初曾有人劝你们出家,你说申一纸文书,到于礼部衙门,把天下的名山道院、胜境仙居尽行扫除,不留一个,有说那出家话的,先打拐棒二十一下,也不饶他。你今日到这个地位,为何不申一角文书到礼部去,差些人夫轿马,明晃晃从大路上回去? 倒在这里问野道人,我们野道人有怎么势耀,济得怎事?"韩夫人告道:"愚夫愚妇肉眼凡胎,不识神仙,只望师父救我们革命。"韩清道:"师父若不度我,我就取手帕挂在树上,自缢身死,少不得地方上总甲里长也来拿住师父抵命。"采和道:"我们出家人朝游碧海,暮宿苍梧,顷刻间飞行了几千万里,怕怎么人拿得我住。"韩夫人道:"救人一命,胜造七级浮图。师父怎么不肯发一点慈心救度我们?"湘子道:"且不要闲说,只问你们今日是真心出家,还是假意?"韩夫人道:"今日死心塌地真要出家。"芦英在旁说道:"婆婆,昔日有湘子来到家里,你还不肯修行;今日又没有湘子,我和你两个妇人家,怎的好跟着两个师父去修行?"采和道:"这话极说得有理,只怕你们不肯真心出家;若是肯真心出家,要见湘子,有何难哉!"韩清道:"师父,我哥哥实是在哪里地方,你引我们去寻了他,也是师父的阴骘。"湘子道:"我与湘子只是萍水相逢,知他在哪里安身? 好领你们去见得他。"韩夫人道:"我真真实实肯修行了,师父再不要把障眼法儿来撮弄我们。"采和道:"我两个是惯弄障眼法儿的,你们快去投别人做师父,莫在此胡缠乱搅。"韩清道:"师父是两位神仙,为何只说勒掯人的话? 我们被人哄得多了,故此今日信你不过。"韩夫人道:"假和真一时间也辨不出来,只有湘子在我面前,我就信得过了。"采和道:"仙弟,他们既是这般说,你可现出原身,看他们认得你否?"湘子用手一指,叫韩夫人道:"湘子在那边来了。"韩夫人与芦英、韩清回身看时,不见有韩湘子,掉转头来,只见湘子立在面前,叫道:"婶娘,我当初劝你出家,你说叔父虽然去世,我吃的是朝廷俸禄,住的是华屋高房,每日有珍馐百味、美酒肥羊,穿着有绫罗锦绣,铺着有蓝笋①象床,东庄头粟红贯②朽,西庄头米烂陈仓,跟着出家有怎么好处!怎么今彐倒思量出家起来?"韩夫人道:"侄儿,前话休提。你只念我抚育深恩,救我一救。"芦英道:"许旌阳《宗教录》说得好:'忠则不欺,孝则不悖③。'你既做了神仙,怎的不知孝道?"湘子道:"你怎见得我不知孝道?"芦英道:"公公教训你,婆婆抚育你,公婆恩德是一样的,你既度公公成了仙,今日不肯度婆婆出家,岂不是不知孝道?"湘子道:"既如此说,我只度了婆婆,你依旧回家去罢。"芦英道:"家舍俱无,教我回哪里去?"湘子道:"回崔家去。"芦英道:"哪个崔家?"湘子道:"崔群尚书家里。"芦英道:"我若肯到崔群家里,今日不受这苦楚了。"湘子道:"既不到崔家,仍回林学士家里去。"芦英道:"我也不回林家。"湘子道:"你既不肯回去,终不然立在这山里不成?"芦英道:"古来说得好:嫁鸡逐鸡飞,嫁犬逐犬走。昔日嫁了你,跟你在家里;你既做仙人,我就是仙人的老婆了。不跟你走,教我回哪里去?"湘子道:"我奉玉旨度一不度两,只好度得婶娘,怎的又好度你?"芦英道:"许旌阳④上升之时,连鸡犬也带了上天;王老登天时节,空中犹闻打麦声。你做了神仙,为何不肯带挈妻子?"湘子道:"那些人物都是仙籍有名的,所以度得去;你是个仙籍无名的俗女,我怎么好度你?"芦英道:'夫妇,人伦之一。神仙都是尽伦理的人,你五伦都没了,如何该做神仙?"湘子道:"你说也徒然,我只是不度你。"采和道:"仙弟,林小姐讲起道学来了,你须是度她;若不度她,如今世上讲道学的都没用了。"湘子道:"仙兄不要吃这道学先生惊坏了。那林小姐是雌道学,没奈何把这五伦来说,若是雄道学,她就放起刁来,把那五伦且搁起,倒说出一个六轮来,教你头脚也摸不着!"采和道:"道学哪里论什么雌雄,只要讲得过的就是真道学,我和你云外人,不要说雌与雄,只看'道学'二字分上,度了他,才显得世上讲道学的也有些便益。"

湘子笑了一声,道:"婶娘、小姐,今日虽然度了你们,你们还是凡胎

---

① 蓝笋——指竹席。

② 贯——串钱的线。

③ 悖(bèi)——违拗。

④ 许旌阳——晋人许逊,曾做过旌阳令,故称。后因乱弃官东归,相传其于东晋太康二年举家四十二口人,拔宅飞升仙去,道家称为许真君。

俗骨,怎么到得紫府,上得瑶池?须先到麻姑庵中修炼几年,把这凡胎脱卸,俗骨改移,才得成了真道,证果朝元。"韩夫人道:"麻姑庵在于何处地方?离此有多少路程?我婆媳两个鞋弓袜小,又不认得路头,如何到得那里?"湘子道:"麻姑庵在江西南昌府地方,去此有八千余里,一路上也无猛兽毒虫,也无强人劫贼,不过走三五个月日就到的。只要婶娘与小姐坚心定志,不惹出事来,一路里就安耽了。"芦英道:"我心非石不可转也,有怎么得惹出事来?只是在路上这三五个月日,教我婆媳两个哪得饭食充饥,店房安歇?若是沿门去抄化,随寓便栖身,倘或遇着那轻狂公子、颠荡书生,一时间丑驴变熊,作恶逞凶,教我两人寻谁救应?还是师父们怜悯我婆媳孤孀①无倚,学道心坚,就此处指出一条大路,煞强如麻姑庵里去修行了。"湘子道:"你说八千里路远难行,我要去时,不消一个时辰就好到了。只是要你认得我是真湘子,方才去得。"韩夫人道:"你怎的又说这一句话?我们若是道念不坚,今日也不愿出家了。"湘子见她两人心坚意定,便把袍袖一展,霎时间,两朵黄云轻飘飘的飞将下来。湘子喝住了那两朵云,有如生根荷叶、涌地金莲,双双的堆在地上。湘子便教韩夫人与芦英各自坐在一朵云上头,喝声"疾去!"那两朵云冉冉腾空,渺渺荡荡,一径去了。正是:

> 从空伸出拿云手,提起天罗地网人。

韩清眼睁睁看见韩夫人与芦英小姐乘云去了,单留下他一个立在那石崖边,不尴不尬,没做理会,急忙放声大哭。不想连两个道人也不见了,竟不知是真是假。这韩清捶胸跌脚,哭了一场,又拍拍手笑道:"世上的事真是奇异,真是好笑。我那夫人、小姐,明明的立在这里说话,猛然间天上落下两片云来,把夫人、小姐就拐了去,连那两个道人也无踪无影不见了,只剩得一个我,倘或连我也拐了去,岂不是吾丧我?我算计起来,这两个贼道人一定是鼋鼍天子、蚌鳌将军,把我小姐骗去,做个烟花寨主,夫人做个老鸨神君子。岂不是奇异好笑!只是教我一个上南没头,落北没脚,如何是好?"正在自言自语、自说自道,陡然间,唿喇喇一声,惊得韩清魂飞天外,魄散九霄。定睛看时,那石崖划开一条大裂,洪水澎澎湃湃直奔将出来。韩清慌忙逃命之时,那水已涌至脚边,几乎立身不住。虽过两个

---

① 孤孀(shuāng)——无夫寡居的妇女。

山头，爬上一枝大树，打下一望，正不知那水从哪里来的，这般滔滔滚滚。在树上说道："古人有忧天崩地坠，缺陷成河的，又有人笑他忧得太早；今日这个水势，明明是天翻地覆，劫数难逃。谁知我这小小年纪，遭此厄难！起初我还说奶奶、小姐乘云上天，是被道人拐骗了，如今他们和我总是一般，连道人已在天翻地覆的数内。"又看了一回，说道："水只满在那边，只那一方人受害，我这里料然无事。但我跳下树去，走到哪里好？倘或满天下都吃水淹坏了，单单只剩得我一个，教谁人服侍我？谁人去耕田种地养活我？我也是活不成的。"又一回，道："老爷、奶奶在日，虽把我当做儿子，也时常没要紧凌戏我一场，就是那钱心宇老狗骨头，前日也揭挑我的短，今日这般大水，只留我一个，岂不快活？"又一回道："这般水满得紧，各处山上的猛虎毒虫都安身不牢，跑将出来，我爬下树去，倘或撞着了他，倒把这五星三葬送了。"又一回道："我躲在这树上，幸得不落雨，若落雨下来，我又不是鸟窠禅师，怎么躲得过？"又一回道："我在这树上，饥又没得吃，渴又没得饮，若捱过三两日，可不饥做干瘪鳖？"千算万计，没做理会，只得且爬下树来。正是：

　　青龙共白虎共行，吉凶事全然未保。

　　毕竟韩清后来若何，且听下回分解。

第二十九回

人熊驮韩清过岭　仙子传窦氏玄机

> 人人本有长生药，自只迷徒①枉弃抛。
>
> 甘露②降时天地合，萌芽生处坎离交。
>
> 井蛙应谓无龙窟，篱鹞争如有凤巢。
>
> 丹熟自然金满屋，何须寻草学烧茅。

不说韩清爬下树来。且说林圭尚书在长安居住，因韩夫人与芦英小姐被崔群奏了宪宗皇帝，赶回原籍，一向不得见芦英一面，心中甚是记念。一日，正遣人往昌黎县去探听芦英消息，忽见走报人来到府中，禀说："昌黎县韩家房屋庄所，俱被洪水漂没成河，一椽寸土无存。韩夫人连栖身之处俱没了，好不苦楚凄凉。"林尚书闻了这报，不觉眼中流泪，说道："韩亲家做人耿直，历仕忠贞，只指望荫子荫孙，流芳百世，住居绵远，丘垅③高封。谁知佛骨一表，遂至人离家散，身死他方。家中又遭水漂波荡，这正是福无双至，祸不单行。谁人有背后眼睛，看得后头见？我如今只管恋着官职，也是徒然。"当下移本④辞官，要回昌黎县去。喜得宪宗皇帝准他辞本，着他驰驿还乡。那林圭辞了不受，飘然长往。有词一阕为证：

> 黄花儿遍地生，见人家半启扃⑤。只听得马啼儿砣蹬砣蹬的穿花径，听哀猿数声。过荒郊几村，又见那两两三三牧童儿，骑犊花间映。数邮亭，长亭短亭，不觉的泪珠如雨，分外伤情。

林尚书在路上行了几日，倍增惨切。转觉得世情冷暖，人面高低。常常思忖湘子，只是不得见面。恰好一日行到闸河去处，见那闸上人纷纷攘

---

① 迷徒——迷乱本性之人。

② 甘露——古人认为饮下可以长寿的露水。

③ 丘垅——指坟墓。

④ 移本——指上书。

⑤ 启扃——开门。

攘，往往来来，都是为名为利的。只有一个道童，头发蓬松，衣衫褴褛①，右肩上背着葫芦一枝，花篮一个，右手中擎着渔鼓一腔，简子一副，朝着林尚书的面前唱一阕道：

> 你不学陶彭泽②懒折腰，你不学泛五湖范蠡高，你不学张子房③跟着赤松子，你不学严子陵七里滩垂钓，你不学陆龟蒙④笔床茶灶，又不学东陵侯⑤把名利抛，怎如得我布袍上系麻绦，把渔鼓儿敲。

林尚书听了一会，便道："昔年韩退之生日，有道人来劝他出家，他执定主意，只是不听，致有今日之祸。我如今弃职归家，也不过为祸福无门，唯人自招，光阴迅速，生死难知。这道童唱的道情，倒句句打着下官身上。莫不是有些来历的人？且唤他来，问他一个端的。"当下，林尚书开口叫道："唱道情的道童，走上船来，有话问你。"那往来的人见林尚书自己呼唤那道童，竟不知为怎缘故，皮踏皮拥做一堆，拦在面前。那道童听得叫他，就把两只手架着人的肩头撺将出来，上前道："大人，小道稽首。"林尚书还了半礼。那些看的人，并旁边跟从服侍的人，都指手画脚，努嘴弄舌，道："一路上行来，院道府县也不知有多少，再三求见还不肯轻意见他，这个腌臜道童有怎么好处，倒自己开口叫他，又还他半礼，真是古怪蹊跷的事。"那林尚书虽听得众人唧唧嗻嗻，只做不听见。便叫："道童请坐。"那道童一些儿也不逊让，竟挺身向南坐下。林尚书问道："家住在何方？因怎事出家修行？"道童唱道：

> 我家住终南，有屋三间，盖的瓦便是青天。四下里无墙无壁又没遮拦。万象森罗为洪斗，两轮日月架在双肩。睡卧时，翻身局蹐⑥，怕触倒了不周山⑦。不漏数千年，也是前缘，一朝功行满三千，前来度有缘。

---

① 褴褛——衣衫破烂。

② 陶彭泽——即陶渊明。曾任彭泽令，不久因不肯为五斗米折腰而辞官归隐。

③ 张子房——即西汉初年开国功臣张良。

④ 陆龟蒙——唐朝六年人，文学家，落拓不仕，放游江湖之间。

⑤ 东陵侯——即秦末人邵平，原为秦东陵侯，秦灭后为民，种瓜长安城东以谋生。

⑥ 局蹐(jí)——畏缩恐惧貌。

⑦ 不周山——传说中的山名，相传共工怒触不周山。

林尚书道:"师父既是神仙,我情愿拜你为师。"道童道:"要小道度你也不难,只怕心不坚强,神不守舍,枉费我心机。"林尚书道:"我弃轩冕①如土苴②,金银若泥沙;视形骸为臭腐,妻子为委蜕③。一心修道,再没他肠。"道童道:"既然如此,此间不是说话之处,你且跟我去来。"当下,林尚书便跟了道童,分开人众,乱跑而去。家中人慌忙赶上,扯他之时,他拔出剑来,挥断衣袂,一径去了。这许多看的人都说林尚书遇仙而去。

　　看官,且说这道童是怎么样人?林尚书为何就肯跟了他去?原来这道童是韩湘子,只为着林尚书原是云阳子降凡,冲和子既已复职,云阳子也该回位。因此上湘子扮做道童来点化他。这林尚书一见湘子模样,认得他是个仙人,就不顾家眷,跟他到了卓韦山上卓韦洞中。林尚书朝着湘子拜了八拜,道:"弟子林圭,得遇师父,望师父指教。"湘子道:"南北宗源在翻卦象,晨昏火候要合天枢④,二釜⑤牢封,流珠厮配,情调性合,虎踞龙蟠。《参同契》曰:'离气纳营卫,坎乃不用聪,兑合不以谈,希言顺洪濛。'又《丹诀》曰:'金翁本是东家子,送在西邻寄体生;认得唤来归舍养,配将姹女作亲情。'你晓得么?"林尚书道:"弟子愚迷,再求点化。"湘子唱道:

　　　　玄关一窍⑥,先天始交,金木⑦两相邀。阴汞能飞走,阳铅会伏调。收拾住,顽猿劣马⑧,不放半分毫。将心如止水,情同九霄。坚牢,温养⑨握固烹熬,看取宝珠⑩光耀。

林尚书道:"蒙师指教,弟子顿悟前因。敢不佩服?"唱一阕道:

---

① 轩冕——代指官位。
② 土苴(jū)——尘土与乱草。
③ 委蜕——蛇的蜕皮。
④ 天枢——自然规律。
⑤ 二釜——指内丹家所说乾宫、坤宫,一在头,一在腹。
⑥ 一窍——指丹田。
⑦ 金木——喻阴阳两气。
⑧ 顽猿劣马——喻人的杂念欲望。
⑨ 温养——用温和之火炼养金丹。
⑩ 宝珠——喻内丹。

金丸玄妙,蒙师传教。但得个启发愚迷,敢惮劬劳①。爱仙家岁月,金阙清高。香消宝篆②,烟散九霄,从今散诞得逍遥。

湘子道:"你既领悟,便须勇猛精进,不可一念懈弛。若稍坐弛,复堕鬼趣。"林尚书道:"圭虽不敏,焉敢自暴自弃。"从此以后,林尚书在卓韦洞中朝修暮炼,不在话下。

再说韩清那一日爬下树来,正要望南走去,只见一个人熊,满身满面都是毛披盖着,止有一双眼睛红亮亮露出来,看见韩清要走,便飞也似一般跑过来。韩清抬头一看,惊得抖做一堆,口也开不得,身子也动不得,闭着眼,蹲倒在地上。人熊见韩清的个模样,晓得怕他,开口便笑,那张嘴直掀到耳朵边,一发怕人得紧。韩清只是闭着眼,不敢看他。他便伸出那熊掌来,把韩清从头到脑蒱③了又蒱,捏了又捏,口中咿咿呦呦,就像说话的一般,咿呦了许多时候,韩清再不敢动一动。人熊见韩清不理他,他便把韩清一拖,拖将起来,背在肩膀上,就走过山那边去。韩清初然间怕他夹生吃了下去,惊得木呆;后来见他驮着自家,一溜烟的走,才有些苏醒转来。便哭哭啼啼,告诉他道:"人熊,人熊,你是有灵性知觉,不是那蠢然无知的畜生。我是一个没爷没娘、没亲戚朋友管顾极苦恼的人,你驮我到哪里去?莫不是又有个苦人国在那天尽头里?"这人熊一头走,一头咿咿呦呦的不住声,就像似回答他的一般。韩清见他像个晓得人事的模样,又告诉他道:"我哥哥叫做韩湘子,他是大罗天上一位神仙,我父母、嫂嫂都亏他度化去了,只有我一个他不来度化,丢得不上不落,没处投奔。你若真有灵性,就驮我到湘子那里去罢!"人熊颠头簸脑,就像应他的一般,驮了韩清只顾走。逾山越涧,过岭穿林,一些儿也没碍绊。少不得饥餐渴饮,夜住晓行,只是没有酒饭吃,只好吃些山果流泉,到晚来傍岩依窟,和人熊一处宿歇。一连走了十数日,远远望见一座高山,壁立千仞,巨石临危,临之者目眩魂悸,投足无所,危险万状,人鬼难行。人熊驮了韩清,梯山渡水,凡历七百余处,如履平地踏坦途,毫不差跌。韩清在他背上思忖道:"我在孤苦伶仃之际,得遇着这个人熊,自分必死,谁知他驮着我,过

---

① 劬(qú)劳——辛苦。

② 宝篆——指香炉。

③ 蒱(pú)——用手摸。

了这许多世界,不知他着落我在哪个去处? 算来前日就该死了,如今也是多活的,但凭他驮我到哪里罢!"一路里忖量,又过了几处,只见一伙樵夫走将来。人熊看见樵夫,也不慌不忙,只是驮着韩清走。那伙樵夫见他驮着个人,也不来赶,只是唱着道情。韩清到了这个时节,大声叫道:"救人! 救人!"一个樵夫在那人熊肩膊上扯了韩清下来,问道:"你是哪里人? 在哪里地方遇见这畜生,被他驮了来?"韩清正要答应,内中一个樵夫歇下担,说道:"你是韩清? 为何被他驮到这里? 老夫人、林小姐在哪里去了?"韩清道:"你是张千不是?"樵夫道:"我是千道人。"韩清道:"你是怎么千道人? 倒认得我。"樵夫道:"我就是张千。"韩清道:"你昔年同李万跟老爷到潮阳,闻得在路上被老虎咬了去,怎的逃走来躲在这个山里?"张千道:"这里叫做卓韦山,山上庵儿内有一位沐目真人,是天上大罗仙子,专一在这山里救度受苦的人,我两个吃老虎衔到这里,蒙真人收留在此,砍柴斫草,躲得无常。就是老爷,也亏湘子大叔领来这里,投拜师父,讲传妙道,证果朝元。如今在大罗天上逍遥快乐。这个人熊也是沐目真人案下伏事的,他驮了你来,是你的造化到了。你快快整理衣襟,跟我们同进庵中,投拜真人,做个徒弟,传些金丹奥诀,也好得免无常二字。"韩清朝着这伙樵夫唱一个喏道:"感谢指教!"又向人熊唱一个喏道:"感谢救命之恩!"当下,洋洋自得跟了他们进庵参见真人,道:"弟子韩清叩见。"真人道:"你是韩清,来此何干?"韩清再拜道:"来投师父,做个徒弟。"真人道:"你那母亲、嫂嫂在哪里?"韩清道:"遇见两位神仙,度她上天去了。"真人道:"哪里是怎么神仙,明明是鼋鼍天子、蚌鳖将军!"只这两句话,吓得韩清俯伏在地下,头也不敢抬起来。口中叫道:"韩清死罪死罪!"真人道:"你前日在长安时节,假装韩公子,要打那唱道情的道人,如今又在背后辱骂神仙,你这样人如何做得我的弟子?"韩清道:"弟子有眼不识泰山,望师父慈悲则个。"真人把头颠一颠,那人熊便走近案前,真人暗暗吩咐了几句,人熊依先驮了韩清就走。一径驮到长安城中五凤楼前,丢下便走。那管五凤楼的人役,看见人熊驮这人来,慌忙报与宪宗皇帝。宪宗皇帝宣韩清进去,问道:"汝是何人? 住在何处? 在哪里遇着人熊,被他驮了来?"韩清道:"臣名韩清,父是礼部尚书韩愈。"宪宗听得"韩愈"两字,便问道:"韩愈如今在哪里?"韩清道:"臣父死在潮阳公署。"宪宗道:"卿家还有何人?"韩清道:"只臣一人。"宪宗道:"卿父一生耿直,朕每每念之。卿既是嫡枝①，与卿为五经博士，以表朕旌忠②之意。"韩清谢恩而退。当在长安重整基业，再续箕裘。表过不题。

且说湘子把两朵云送得韩夫人、林芦英到了麻姑庵，只见一个仙子坐在庵内，肌肤若冰雪，绰约如处女。韩夫人与芦英俯伏稽颡③，恳求指教。仙子道："学仙者，先要消除七罪，守着五戒三皈依，方得明心见性，复命归根。"韩夫人道："怎么叫做七罪，望师明诏。"仙子道：

一、为师者，将邪作正，法非真传，伪传于信心之人，其师堕于拔舌地狱，果满后，受百劫豺狼之报；

二、为师者，将正法传与非人，轻忽怠慢，不生信心，其师受铁杖地狱之报；

三、为弟子者，受师正法，不行修炼，慢法轻师，当受无间地狱之报；

四、为弟子者，受师正法，心生退悔，破斋犯戒，其罪受铁锤地狱之报；

五、为弟子者，受师正法，视正行邪，其罪受铁床地狱之报；

六、为弟子者，谤经毁典，唾骂佛祖，其罪受无手无足虫类之报；

七、为弟子者，正法不加精进，近财远道，虚縻日月，外正心邪，外明内暗，其罪至重累及九族，皆堕地狱。

仙子说罢，韩夫人与芦英又在案前叩首道："弟子有缘，得遇师父，再不敢口是心非，只望师父着实阐明点化。不知还有哪三皈依，哪五样戒？"仙子道："皈依五戒，俱在一心，我说与你们听：

一皈依道，视之不见，听之不闻，为妙道；

一皈依经，法轮常转，昼夜不息；

一皈依师，朝暮参究，小心伏事，养正为功，莫投邪境。

一戒杀，体上帝好生之心，草木虫蚁并是域中生命；

一戒贪，修身修己，不萌觊觎④之心；

---

① 嫡枝——嫡亲正传。
② 旌忠——表彰忠良。
③ 稽颡(sǎng)——叩头。颡，额头。
④ 觊(jì)觎(yú)——偷看，指贪图攫取。

一戒色，不好邪淫，使元气精神常固，纷华靡丽，一切皆空，不生美慕；

一戒言，不妄言语，断除嬉谑；

一戒荤，不饮酒，不食肉，不使志乱，不萌朵颐①。

此八件者，有一不依，则神呵鬼谴，大道难成。正是：

饶君使尽千般计，总是虚嚣妄用心。

韩夫人与芦英道："弟子件件依得。望师父慈悲，早赐点化。"仙子点动渔鼓，唱一阕《步蟾宫》道：

坎离坤兑分子午，须认取自家祖宗。地雷震动山头雨，要洗濯黄芽出土，捉得金精牢固闭。炼庚申覆生龙虎，双开夹脊过昆仑，得气力时思量我。

芦英听罢，上前道："弟子本性愚迷，无能解脱，再求仙师指点一番。"仙子道："精气神为一身主宰，一身为神气之府；形不得神而气不生，神不得气而精不生，神气精不得形，则不能立。炼形返归于一气，炼气复入于虚无，始得与道合真，变化无方。盖男子修仙曰炼气，女子修仙曰炼形。先积气于乳房，然后安炉立鼎，行太阴炼形之法。"又唱道：

听吾所告，仙丹匪遥，八卦布周遭。保守的婴儿壮，相从的姹女娇，请得个黄婆②媒。合离坎，换中爻，向西南采取初生药苗③。须调火候④，火候须调，温养着汞铅丹灶。

韩夫人上前告道："弟子年迈力衰，比不得芦英处子，望师父再指教一番。"仙子又唱道：

汞铅丹灶，能飞善消，火候最难调。便诱得心猿顺当，防着意马骄，若不把离爻换坎⑤，这乾坤怎交？若误一分毫，工夫虚渺。还须着意，着意烹熬，才显出金丹玄妙。

仙子唱罢，道："你两人如今醒悟了么？"芦英道："弟子再求点化。"仙子

---

① 朵颐——指寻欢作乐之心。

② 黄婆——喻炼内丹运用意念。

③ 药苗——喻初起的元阳之气。

④ 火候——喻呼吸。

⑤ 离爻换坎——阴阳两气相交。

又道：

> 仙家至高，修真最豪。千岁宴蟠桃。金破须金补，泥坯用土包。参不透得这些消息，总是话虚嚣①。便存神运气，身心枉劳。金销石炼，石铄金烧。空被那众仙讥笑。

韩夫人与芦英当下大悟，便叩首道：

> 性非聪慧，不识得玄妙理，幸尊师启愚。指与我，进道机，参透了先天一气。出生死，把凡胎脱离。这消息，几人知，天空海阔，飞跃任鸢鱼。

仙子道："既尔领悟，万勿懈弛。我暂往海外蓬莱，回来领你们去朝参西王母娘娘。"说毕，腾空而去。韩夫人婆媳两个，得了仙子的秘密玄言，奥深妙道，晓得了周天火候，运用抽添，把那朱里汞留存，金鼎水中银，先下玉池瀁，得满身中金光灿烂，黍米珠圆，只是没有点化丹头，还不得飞升天界。

　　倏忽已经二载，一夕月明如昼，星宿森罗，万籁无声，百缘不动。韩夫人与芦英步出中庭，仰天拜道："师父去经许久，如何再不回来？"拜犹未罢，只见湘子、吕师按落云头，立在面前了。韩夫人道："师父，你怎的许久不来？我两人哪日儿不悬望你。"吕师道："观汝容颜改换，相貌稀奇，大丹已是成了；只有那九还七返的工夫，尚未满足。"湘子道："工夫虽未满足，师父肯把那炼就的还丹慈悲喜舍，自然指日飞升。"吕师道："大丹人手为难，只怕她们还没有这福分。"湘子道："此般至宝家家有，只要时人着眼看；大发慈悲，同登道岸。"当下，吕师便把葫芦一倾，恰好倾出两粒红、三粒白丹，拿在掌中。湘子道："师父方才说一粒也是难得的，如今倾出两红三白，不识怎的取用？"吕师道："两红三白，取用各有不同。"湘子道："红白既分仙机秘密，弟子有所不知，愿师指授。"吕师唱道：

> 仙家最高，仙兴最豪，仙关一诀真玄妙。眼见蓬瀛远，丹成路不遥。白云封洞，弱水沉毛；轻身飞渡赴蟠桃。满斟仙酒饮，光焰自凌霄。

湘子道："弟子多言，师慈幸勿见罪。"

　　毕竟不知这红白二丹怎么分别，且听下回分解。

---

　　①　虚嚣——虚妄。

正是：

　　煎铅炼汞不为真，服气餐霞总是心。
　　九祖超登金阙上，遨游自在羡长春。

第三十回

香獐幸脱离水厄　韩林齐证圣超凡

德行修逾八百，阴功积满三千。均齐①物我②与亲冤，始合神仙本愿。虎兕刀兵不害，无常大宅难牵。宝符降后去朝天，稳驾鸾车凤辇③。

话说吕师擎丹在手，高叫湘子道："仙弟，韩愈既复卷帘旧职，窦氏、芦英又已离凡，你功行将满，还少了一件。"湘子道："师父，弟子还少哪一件？"吕师道："苍梧岸口还有一个伴儿，在那深潭之下，不曾去度，你终是缺典。"韩夫人道："芦英便是师父的伴儿，已在此了；怎的又有一个伴儿，在怎么深潭底下？"湘子道："这是我前世的因由，要在今生结证。"韩夫人道："师父试说一番，弟子们拱听④。"湘子道："鼓不打不响，钟不撞不鸣。试说前因，无劳洗耳。"当下，湘子开口说道："我前生是雉衡山上一只白鹤，因吸取日精月华，活得百有余岁。这山上又有一个香獐，也自修炼成了气候，常与我在苍梧郡湘江岸口逍遥游戏。也不知过了几度春秋，历了几番寒暑，巧巧的一日，我两个正在那里闲游，撞见钟、吕两位师父按落云头，到于江口。我与香獐随即腾那变化，化作两个云游道人，向前迎接。只说自家的神通广大，变幻多端，瞒得两位师父过了，谁知两师慧眼早已看出我们的本相。我便低头礼拜，求师一粒金丹，脱换毛躯羽壳；那香獐不知死活，在两师跟前兀自强辩饰非，指望掩藏本相。那钟师父犹可，吕师父便怒气腾腾，掣出宝剑道：'你这孽畜，待要瞒谁？敢谓我剑不利乎！'只这一声，吓得我心胆俱裂，匍匐哀求。钟师说：'这鹤儿倒也成得个不，这獐儿我用不着，快快去罢！'香獐见钟师说出这话，他便呵呵笑

① 均齐——视万物同一，无差别。
② 物我——外物与自我。
③ 凤辇(niǎn)——凤鸟拉的车子。
④ 拱听——拱手侍立，恭敬地聆听。

道:"师父不度我也罢休,我这湘江景致赛得过你那阆苑瑶池,我尽好逍遥自在,也不愿到大罗天上,受玉皇大帝的束拘。'吕师听言,愈加愤怒,口中便念念有词,喝声道:'疾!'召下黑虎玄坛赵元帅,把香獐直贬到江潭深处,牢拴固锁,不许放逸。吩咐他:'待我成仙,才去度他,做个守山大神。'其时,钟师就于葫芦内取出一粒金丹,与我吃了,我即化作一个青衣童子,唤名鹤童,随着两师去朝玉帝。我忖是三生有幸,万劫难逢,得遇两师,今日脱换了躯壳,又谁知我父母没有儿子,终日祈天祝圣,愿求一子,以接香火。那昌黎县城隍社令奏闻玉帝,便发下敕旨,着两师先送我到韩家去投胎脱化,然后度我成仙。我再三不肯行,两师说:'玉旨既出,谁敢有违? 你且去托生,我们自来度你。'我只得依两位师父,前往托生为人,不幸父母双亡,亏叔婶抚育成人。请师父训我,我师父不教我读书,暗地里把金丹大道、秘密玄机,尽传与我,才得果证超凡,逍遥快乐。一向为度叔父、婶娘、芦英小姐,忙忙碌碌,竟忘了香獐这一节了。今日得吕师父提起,索性做一个彻头彻尾的事。"吕师道:"张千、李万,统一朝宗。"当下,湘子便向东南方念念有词,只见一员天将立在面前。那天将如何打扮:

头戴着罡叉盔①,金光耀日;手执着缠丝枪,银色迎眸。身穿的
是绿蟒紧环,腰系的是玉绦洁白。三只眼闪闪烁烁,不容魑魅潜藏;
一只脚整整齐齐,不怕妖魔冲突。算来不是普陀门下大金刚,恰是那
华光藏前马元帅。

这马元帅躬身唱喏道:"复仙师,有何差遣?"湘子道:"苍梧郡湘江潭底,拘系着一个香獐,罪业已满,快去取来!"马元帅领命前去,不一时间,把香獐取到,腾身别去。

那香獐看见吕师擎着仙丹,立在上头,惊得魂不附体,倒身叩首道:"弟子今朝重见天日,望师父不念旧恶,饶恕弟子则个。"吕师微微笑了一声,道:"獐儿,你怎的不享用那湘江景致,来此做怎?"香獐道:"井蛙陋见,蠡测管窥②,师父慈悲,三生有幸。"湘子开口叫香獐道:"汝近前来,听我吩咐!"香獐匍匐向前,低头换听。湘子道:"生身难得,仙路难通。汝

---

① 罡(gāng)叉盔——嵌星之盔。

② 蠡测管窥——指所见狭小,见闻浅陋。

虽堕落畜生道中,喜得性灵不昧,可以返本还元。我今取汝前来,做一个守山大神,管辖这一片山场洞府,享人祭赛①,汝情愿么?"香獐叩首道:"弟子沉埋水底,养性潜灵,得守名山,已出望外,岂有不情愿的理。但昔年吕师父在湘江岸口曾说:待鹤兄成仙,度我去看守洞府。今日师父取我来守山,吕师父的言语已应验了,但不知鹤兄今在哪里,也曾成得仙否?怎的不见他前来度我?"湘子道:"我前生就是鹤儿,今日已成正果,做第八位神仙了。"香獐道:"师父是几时成仙的?这隔世因由,再来结果,师父试说一番。"湘子当下把前事说了一遍。香獐叩头说道:"过去现在,虽有不同,望师父动念前因,舍一粒金丹,度脱弟子去做一个仙人,也是一缘一法。"湘子道:"汝孽缘未脱,罪障未除,只好管辖山灵,享此血食;汝若从今以后皈依大道,变换肝肠,做一个清净道人,辖一方无逸世界,积功累行,德厚尊崇,到那时节,我再来度汝脱却尘家,超凌仙境。"香獐道:"只求师父慈悲,弟子敢不反邪归正。"这正是:

　　　　但存心里正,何愁眼下迟。

　　　　得师顺指力,是我运通时。

这是香獐一段事情,不必多赘。

　　当下,吕师开口说道:"我这金丹非同容易,夺天地主宰之造化,夺太极未分之造化,夺乾坤交始之造化,夺阴阳不测之造化,夺水火既济之造化,夺五行战克之造化,夺万物生成之造化。人人具有,个个完成。只是聪明者视为空玄,愚迷者强生执着,遂致元阳走漏,兵气铁亡。我今将这两粒红丹度化窦氏、芦英,三粒白丹度化张千、李万与香獐。各各近前,听吾吩咐!"香獐又道:"吕师父说话有些古怪蹊跷。"吕师道:"怎么古怪蹊跷?"香獐道:"玄门设教,彼己②一般,再无厚薄;今日师父舍大丹救人,为何分红白二样?岂不是砖儿能厚,瓦儿能薄?"吕师呵呵笑道:"砖儿瓦儿都是土坯做的,窑里烧的,本来厚薄微有区分;上清③阐教,因人造就,各成其是,不容躐等④,所以丹有红白之分,岂是厚薄其间!汝这畜生,摇唇

━━━━━━━━━━━

①　祭赛——指祭神的仪式。

②　彼己——你我。

③　上清——道家至高之境。指道教。

④　躐(liè)等——超越等级。

鼓舌,妄肆咀唔,情更可恶。"湘子道:"师父大量,何所不容,望恕獐儿多言之罪。"吕师便把手向南一招,说声道:"来!"顷刻间,张千、李万到了,看见窦氏、芦英俱在,便问道:"夫人、小姐,如何来在此间?"韩夫人道:"你今日好来,我便好先在这里住了。"说犹未了,退之又到,大家不胜欢喜。正是:

　　别时容易见时难,要见犹遮万仞山。

　　今日突然相遇着,喜从天降两开颜。

　　吕师叫韩夫人道:"汝本是圣母临凡,沾染了荣华俗境,向来迷恋,今始脱钩。吞下金丹,认取自家面目,未来现在,两境俱忘。"又叫芦英道:"凌霄玉女,颇忆前传否?"芦英道:"弟子沉迷下土,闾劣无知。"吕师道:"汝本凌霄玉女,因天门未闭,私窥下方,遂致沦落,喜得尘根①断绝,觉悟前因,洗濯夙缘,顿消旧错,返真精于黄金之室,养真气②成黍米之珠③。吞下金丹,早归原位。"又叫张千、李万道:"汝两人是无福孩儿,今做了有福弟子,只因汝一心事主,百折不回,出百死于一生,无分毫之报怨,忠义可嘉,金丹各赐。"叫香獐道:"据汝当年头路,念念皆差,免汝分死,已为大幸,喜得潜修潭底,专气致柔,身心不动,魂魄受制。今将仙丹付汝,脱汝毛躯,果证为神;再须修炼,仙阶有级,福进有基。"当下,窦氏、芦英、张千、李万、香獐拜受仙丹,各各吞咽下去。正是:

　　坎电烹轰金水方,火发昆仑阴与阳。

　　二物若还和合了,自然遍体透馨香。

　　湘子道:"师父,他们既已吞丹脱换,则复职者该还原位,上升者引列仙班,地行者闲游蓬岛,只有弟子父亲韩会、母亲郑氏尚隔幽局,未曾拔度,不免有终天之恨。"吕师道:"一子升仙,九族登天。汝父母自然脱离苦海,踏上莲台,只待玉旨到来,便见分晓,不必多虑。"道犹未了,只见祥云缥缈,瑞霭氤氲,鸾鹤盘旋,幢幡缭绕,半空中众仙齐到。钟师父双手擎着玉旨,叫道:"尔等众仙听宣玉旨!"旨云:

　　夫仙者,转造化之权衡,握乾坤之枢纽,运神功于终旦,现旭日于

————————————

　　①　尘根——世俗之根,指人的各种欲望。

　　②　真气——自然元气。

　　③　黍米之珠——金丹。

深潭。汞清金旺，天上之蟾①朗星辉；铅遇癸生，人间之万物可炼。象帝之先，后天不老。兹尔韩湘，天关在义，地轴维心，行颠倒之法，搬六十四卦于阴符；持逆参之功，绕二十四气于阳火。回七十二候之要津，攒归胸内；夺三千六百之正气，辐辏②胎中。济人利物，德益重而鬼神钦；炼己虚心，道愈高而龙虎伏。伊叔韩愈，原系卷帘大将，贬降尘凡，今能省悟前缘，皈依大道，遵天地盈虚，精专运用；法庚申圆缺，谨成仙派。窦氏、芦英，以一念之妄萌，致罪愆之愆③，及幸六根之清净，无五毒之薰心，夙障既除，合还原位。湘子父韩会，母郑氏，种善根于九代，积阴德于三生，子既登真，亲宜拔度，速着豁无明沙界，登无碍天宫。云阳子林主，植慧根于天上，弃轩冕于尘寰，阴阳既济，尸鬼消亡，水火互交，魂神卓越。张千、李万，以无缘之浊骨，投有漏之凡胎，虽斗靡丽于初生，实效忠诚于末路，潜修既尽，寿算递增，着在卓韦山再修二纪，考核成功。獐儿悟毛壳之难终，冀长生之妙诀，守清闲于地上，享血食于峰岭，已属幸生，无容再计。但善根无尽，积累可以报成，业罪易消，更变允称返辙。若能断绝腥膻，铲削尘想，亦许纪功懋赏④，引列仙班。阎浮之诸尘尽断，烦恼不生；仙家之真乐非常，得大自在。尔众钦哉。毋怠，毋忽！

宣旨已罢，众仙顶礼谢恩，各归本位。韩会，郑氏，魂魄来归，英灵不昧，诸仙接引，得见。韩湘初时恸哭难当，恨生前之不聚；既而欢喜无限，幸死后之重逢。有《青天歌》八阕纪其事：

真仙聚会瑶池上，仙乐和鸣鸾凤降。鸾凤双飞下紫霄，仙鹤共舞仙童唱。

仙童唱歌歌太平，尝得鹤算寿万龄。瑞霭祥光满天地，群仙会里说长生。

长生自知微妙诀，几番口开应难说。不妨泄漏这玄机，惊得虚空长吐舌。

---

① 蟾——指月亮，相传月上有蟾兔，故称。
② 辐辏(còu)——从四方聚集一处。
③ 愆(qiān)——过错。
④ 懋(mào)赏——奖赏。

舌端放出玉毫光,辉辉朗朗照十方,春风只在花梢上,何处园林不艳阳。

艳阳时节采灵苗,莫等中秋月色高。颠倒离男逢坎女,黄婆拍手喜相招。

相招相唤配阴阳,密雨浓云入洞房。千载灵胎生个子,倒骑白鹤上穹苍。

穹苍灏气罡风健,吹得右璇从左转。三辰万象总森罗,三界仙宫朝玉殿。

玉殿金阶列众仙,蟠桃高捧献华筵。仙酒仙花映仙果,长生不老亿千年。

当下,张千、李万再转人身,更回阳世,二纪之后,方得成真。香獐道守山灵,遇师点化,元神不散,契合无生。因此所以留传下《第八洞神仙韩湘子十二度韩文公蓝关记》。有诗以为证。诗云:

艳色即空花①,浮生乃蕉谷②。

良姻在佳偶,顷刻为单独。

入仕欲荣身,须臾成黜辱③。

合者离之始,乐者忧所伏。

愁恨憎祇长,欢荣刹那促。

觉悟因傍喻,迷执④由当局。

膏⑤明诱暗蛾,阳焱⑥奔痴鹿。

贪为苦聚落,爱是悲林麓。

水荡无明波,轮回死生辐。

尘应甘露洒,垢待醍醐⑦浴。

---

① 空花——转眼败落之花。
② 蕉谷——指残败枯萎的甘蔗林。
③ 黜辱——贬官受辱。
④ 迷执——执着迷恋世俗名利。
⑤ 膏——指灯火。
⑥ 焱(yán)——明亮貌。
⑦ 醍(tí)醐(hú)——原指从牛奶里提炼出的精华。此指道家最高的智慧。

障要智灯①浇,魔须慧剑②戮。

外薰③性易桀,内战心难衄④。

既去诚莫追,将来幸前勖⑤。

---

① 智灯——喻道家之真理。

② 慧剑——指道教之戒规。

③ 外薰——由感官接触而产生的物欲,受染于尘俗。

④ 衄(nù)——战败。

⑤ 勖(xù)——勉励。

飞剑记

目　　录

第 一 回

诸仙朝玉皇大帝　慧童投吕家出世

诗曰：

读罢残编细品论，看来世事未全均。

跄今有看颜今天，崇也繁华范也贫。

自信光阴为过客，常思富贵等浮云。

人生适意须行乐，且看东游吕洞宾。

粤自鸿蒙一判，天地攸分，天上就起有神仙，居于三十三天，地下就生有黎庶，居于九州之地。怎么叫做三十三天？曰焰摩天、蔚蓝天、朱明天、隐玄天、玉玄天、华阳天、清灵天、太玄大、松得天、小有天、灵光天、冲虚天、幽墟天、清平天、溟漠天、浩浩天、浑浑天、无极天、大罗天、丹真天、隐元天、曜明天、曜灵天、顺和天、昭明天、丹宵天、紫虚天、太清天、赤瑛天、黄精天、玄元天、苍成天、丹元天，这便叫做三十三天。这三十三天唯焰摩天乃玉帝所居，其余神仙在蔚蓝等天居住。故《茅君内传》云："大天之内有诸洞天，乃仙真之所居。"正谓此耳。怎么又叫做个九州？曰冀州、兖州、青州、徐州、豫州、荆州、雍州、梁州、扬州，这名九州。九州之黎庶林林总总，就有个人王帝主为之统率。三十三天神仙千千万万，就有个玉皇上帝为之管领。其人王帝主，就如当今皇帝，居于燕京，就住有个金銮宝殿。舫棱金雀，象魏龙墀，齐齐整整。凡官僚奏事，皆在那个所在。"就如那玉皇上帝，居于焰摩天中，住有个通明宝殿。那通明宝殿兀兀突突，琼楼玉宇森严，辉辉煌煌，彩云紫霞缭绕，因此叫做通明宝殿。凡神仙奏事，皆在那个所在。这通明殿的事凡人怎么知道？苏东坡有诗为证。诗曰：

淡月疏星绕建章，仙风吹下御炉香。

侍臣鹄立通明殿，一半红云捧玉皇。

话说唐朝有一神仙，姓吕名嵓，字洞宾，别号纯阳子。这个神仙的来历还是怎的？他原先乃是钟离仙一个徒弟，名唤慧童。钟离仙是哪一代的人品？原汉朝明帝时有一人复姓钟高，名权，字云房，曾举孝廉，授上大夫之职。一日解组归山，修行慕道，得做一个神仙，居于终南山碧天洞中。他是个众仙的班头，人人称他汉钟离。当时纯阳子做了他一个徒弟，跟随他一十二年。一日是众仙朝元之期，怎么叫做朝元之期？比如当今皇帝御极两京，一十三省的官员皆要三年一朝。天上玉皇大帝御殿，这三十三天的神仙，并天下名山福地，如终南山、蓬莱山、阆苑山、方壶、员峤山的仙子，也要三年一朝，故此叫做个朝元之期。一日，钟离子领着众位仙僚，径到焰摩天中通明殿下，来朝玉帝，遂带了这个慧童同到天宫。那一日，玉帝御殿朝仪怎生摆列？则见：

河横析木，日耀扶桑。满空中腾着瑞气，氤氤氲氲；合殿上拥起祥云，缥缥缈缈。仙韶迭奏隐隐约约，风伯传送着音声；天鼓遥闻丁丁东东，雷神驱将来号令。碧鸡啼处，咿咿喔喔的堪闻；丹凤翔时，辉辉煌煌的可爱。宝炉内焚着清净香无为香，馥馥芬芬扑鼻的龙涎麝脑；金阶下列着绛骓仗彩节仗，齐齐整整惊人的虎贲龙骧。系列着轩轩昂昂的翊圣与佑圣，西列着雄雄猛猛的天蓬和天猷。三十六员天将森森严严，水犀甲凤翅盔龙泉剑闪闪烁烁的豪光；二十八宿星官济济楚楚，紫罗袍白象简黄金冠从从容容的态度。引班的有孙卢张萨，升的升降的降雍雍穆穆四位真人；奏事的有天地水府，举的举劾的劾正正公公三官大帝。左金童右玉女，执那幢幡宝盖悠悠扬扬；前火部后雷司，摄着魔怪精邪轰轰烈烈。

正是：

九重天上钦仁圣，万笋班中置卫臣。

文武两班齐拜舞，昊天金阙独为尊。

却说钟离子同着众仙僚朝见玉帝，三扬尘三舞蹈，诚惶诚恐稽首顿首，此不在话下。玉帝以钟离子是个神仙的领袖，拜舞已毕，乃命众仙僚先退其班，独留钟离子在后。却令直殿将军掇了一个绣木，赐钟离子侧坐于通明殿上，遂赐了一席御筵，列着些仙果仙肴仙茶，并着仙酒，玉帝亲自陪饮。你看这钟离子与着玉帝君臣道合，就如鱼水一般，在那通明殿上，讲仙宗究法旨论世事，自辰牌时分饮起，直饮到未牌时分，还未退殿。

却说这个慧童，以师父进朝，他只在三天门外等候。那一日天清气朗，玉宇无尘。正是碧空清似洗，紫雾气全除。九霄推日毂，万国俨冰壶。那慧童站在天门之上，观看下凡的景致。只见青山隐隐，绿水悠悠，朱阁嵬嵬,画楼兀兀。花街柳巷,许多的红粉嬉游;酒馆歌台,无限的游人燕饮。那道童观看一回,自思跟了师父一十二年,整年整月只在终南山修炼,哪里见这样的繁华。遂起了一点凡心,背着师父就蹑起一朵祥云,径投下界而来,将欲投胎出世。

及钟离子宴罢御筵,谢了玉帝天恩,出了三天门外,寻着这个徒弟,哪里见他个踪儿影儿? 却有把天门的将吏说道:"钟离先生,你那个徒弟下凡去了。"钟离子慧眼一照,只见他降在河中府永乐县中,将要投人家出世。乃叹曰:"此厮仙骨未充,凡心未泯,何缘之浅、分之悭乎?"又自思:"这个徒弟跟我一十二年,道将有得,岂忍他半途而废? 他虽投胎出世,久后必须度他,也见我师弟相与之情。今且转终南山而去,再作区处。"于是驾一朵祥云,独自转回终南山洞中,此不在话下。

却说那慧童按落云头,来至河中府永乐县。自西门而入县中,前街行过后街,南巷游过北巷,思要寻一个阀阅门第并尊贵的父母投胎托生。恰转到东门,见一个八角坊牌,上写着"三代承恩"四个大字,又小书"祖吕延之授浙东节度使,子吕渭授礼部侍郎,孙吕让授海州刺史。"慧童见之,喜曰:"吕氏之门第高乎!"遂至其家中。

时吕海州年四十无子,其妻王氏身怀有孕,吕海州恐其六甲是女,思欲转女为男,又恐妻子临盆之时或产生留难,思欲转祸为福,乃发了一点的诚心,请着羽士之流建坛求嗣之醮。那羽士们三三五五遂披着法服,戴着黄冠。建立瑶坛,宝灯银烛联星斗;展舒符箓,玉字金书舞凤鸾。诵几卷北斗经、三宫经、玉枢经,行行灭罪;拜数本祖师忏、水府忏、星辰忏,句句消愆。宝幡宝盖,装严的好好生生;龙笛龙笙,品美的嘹嘹亮亮。这一所道仗倒也齐整得紧。醮坛边且贴有求嗣对联云:

　　累世培善根,应拟庭前生嫩桂;九天赐英物,行看掌上捧明珠。

又一联云:

　　善信修斋,遥望仙真降鸾鹤;皇天眷德,定教释氏送麒麟。

慧童到醮筵边观看一回,私心窃喜,说道:"积善之家当有余庆。吾欲托生,非海州为父王氏为母不可也。"于是计上心来,只等着王氏弥月之时临盆之际,就投胎便了。

却说醮事己完,诚心告竭,神仙散会,羽客撤班。时执事者并吕海州家人,欢欢喜喜向吕海州面前齐声说道:"人有善愿,天必从之。相公此后必生个麒麟子矣。"其婢妾十数人亦对王氏说道:"今日建此善醮,福有所归,夫人必产个贵子。"夫人见这些婢女齐声道好,亦满心欢喜。越数日,将就蓐时,忽有一只白鹤自天而下,飞入帐中。只见这一个鹤呵:

素翎濯濯,朱顶鲜鲜。色例于雪,声闻于天。羽族之宗长从来有说,仙人之骐骥自古相传。华表月明,丁令威托之返魄;缑山云拥,王子乔乘之登仙。静夜而听琴来蕙帐,清晨而觅食在芝田。吊陶家之墓奇奇异异,掠赤壁之舟翩翩跰跰。纵尔游在沙丘,端不中明皇之箭;若还养于卫国,还须乘懿公之轩。

正是:

养就舟砂寿美绵,羽毛曾伴雪霜眠。于今飞入红帷幕,却兆佳人产异仙。

却说王氏夫人见了此鹤飞入帐中,俄而不见,家中人大惊小怪,此是一场异事。岂知是这个慧童特来投胎出世,化成此鹤。须臾之间,王氏夫人腹中疼痛,不数刻遂生一子。众方知鹤之入帐,兆产生之瑞也。王氏所生之子,乃贞元十四年四月初四日巳时。吕海州因诞此子,不胜之喜。及视其掌心之文,有一山三口之异,乃取名嵒,表字洞宾。以此生年月日时并属其四,皆是阳数,因号为纯阳子。

纯阳子之生,金形木质,道骨仙风。鹤顶龟背,虎体龙腮。翠眉梭层,凤眼朝鬓。颈修颧露,额阔身圆。鼻梁耸直,色黄白。左眉角一黑子,左眼下一黑子,两足下隐隐有纹。见者莫不奇之,皆摩其顶曰:"此天上石麒麟也。"时有马祖者,是释家一个慧眼禅师,因见了这个纯阳子,乃曰:"此儿骨相不凡,自是风尘表物。他日逢钟则鸣,但大才而晚成耳。"

纯阳子自幼聪敏,日记万言。时九岁,学识超群。所作的文章,就是班孟坚、扬子云一副心肝想出来的。所吟的诗句,就是杜子美、李太白一张口吻说出来的。所写的字式,就是钟繇、王右军一管笔札书出来的。且素性不好华靡,唯戴着一顶华阳。内穿着一件黄白襕衫,系着一条大皂条。其状貌潇洒,似汉之子房一般。早年游泮,但两举进士不第。纯阳子有这样学识,怎生不第?这正是仙文不入俗人眼,非是朱衣不点头。直到唐末咸通中,才举进士,时年六十四岁,父母俱已丧矣。这哪里是"一举登科日,双亲未老时。锦衣归定省,重着老莱衣?"怎么纯阳子举进士恁迟?盖六十四卦已尽,乃始于乾,此纯阳之应,故马祖知得他大才晚成。

当时纯阳子既举进士,即授咸宁县知县,将欲赴任。忽钟离子在终南山中思念这个徒弟,乃曰:"慧童下世,若论仙家日月,不过三年,计浮世间六十余年矣。吾若不去度他,恐未免轮回之路。"于是离了终南山碧天洞中,竟来度着这个纯阳子。且看下面分解。

第 二 回

吕纯阳遇钟离师　钟离子五试洞宾

却说钟离子自终南而来,径到长安,扮作一个道人。青中白袍,长髯秀目,手扶紫筇,腰挂一个大瓢,直入旅肆之中,从瓢中取出数十文铜钱,问酒保沽酒而饮。一饮三斗,众皆异之。饮罢大书三绝句于壁。

其一云:

坐卧常携酒一壶,不教双眼识皇都。

乾坤许大无名姓,疏散人中一丈夫。

其二云:

得道真仙不易逢,几时归去愿相从。

自言住处连沧海,别是蓬莱第一峰。

其三云:

莫厌追欢笑语贫,寻思离乱可伤神。闲来屈指从头数,得到清平有几人。

纯阳子将之任,道经此地,亦投入旅肆之中,遂邂逅钟离子。阅其人状貌奇古,观其诗辞语飘逸,因揖问姓氏。道人道:"吾复姓钟离,名权,云房其字也。"纯阳子再拜而揖之,遂同坐旅肆之中,相与谈论玄理。因问道:"先生,方外之游乐乎?"钟高子道:"人生浮世,如轻尘栖弱草耳。况贫贱乃求富贵,富贵遂蹈危机。故当是时,扬雄有天禄阁之灾,韩信有未央宫之祸,此宦途甚苦也。若我方外之游,破衲头胜于紫罗袍,双丫髻胜于乌纱帽。鱼鼓简板胜于玎珰珂佩,葫芦拂帚胜于象笏朝簪。紫丝绦胜于黄金带,青芒履胜于皂朝靴。早眠晏起胜于待漏朝天,徐步安行胜于望尘跪膝。或有时而遨游世界,则以山川当图画,以天地做行窝,或有时而栖宿岩居,则以风月做主人,以烟霞为伴侣。故陶隐君诗曰:'深山何所有,岭上多白云。只可自娱乐,不堪持赠君。'以此论之,方外之游乐也! 乐也!"纯阳子一闻此言,仙机忽悟,凡梦顿醒。遂说道:"钟离先生,吾欲弃兹功名,修慕黄白。先生肯教我乎?"钟离子道:"君可吟诗一绝,

待予观之,看你志向何如。"纯阳子笔不停缀,书二十八字之诗。诗曰:

生在儒林遇太平,悬缕重深布衣轻。

谁能世上争名利,臣事玉皇归上清。

钟离子见了此诗,不胜之喜,说道:"诗以言志,而子之志向卓矣。"

遂与纯阳子同憩肆中。钟离子自起执爨,时纯阳子讲论竟日,精神怠倦,乃就几上假寐,遂悠然一梦。始以举子业赴京状元及第,为州县官,擢朝署,乃升台谏,及翰苑秘阁,无不备历。升而复黜,黜而复升。前后两娶贵家女,儿女满前,皆为毕嫁娶。孙甥济济,簪笏满门,如此几四十年。最后独相十年,权势熏炙。忽被重罪,籍没家赀妻孥。留投岭表,一身孑然穷苦,立马风雪之中。方此浩叹,恍然梦觉,钟离子在傍,炊尚未熟,笑曰:"黄粱犹未熟,一梦到华胥。"纯阳子大惊,说道:"先生知我梦耶?"钟离子道:"子适来之梦,升沉万态,荣瘁多端,五十年间一顷耳,得不足喜,丧何足忧。"纯阳子感悟慨叹,知宦途不足恋矣。乃俯伏于地,再拜钟离子为师。说道:"先生非凡人也,愿求度世之术。"钟离子遂以手扶起纯阳子,乃诡言谓曰:"度世之术吾非不教子也,奈子骨节未完,志行未足,若欲度世,虽更以数世则可。"遂辞去。

纯阳子再三留之不得,怏怏自失,乃喟然曰:"功名身外物耳,吾何以慕为。"遂弃官而归,不之咸宁,而回永乐。寻一个幽僻所在,结茅屋数椽,名曰"悟真斋"。左边种几株苍苍的松,右边栽数竿翠翠的竹,匾曰"松竹交阴"。每于风清月白之夜,其松声竹韵,萧萧焉如春潮带雨声,而疏影扶疏,且满地上走龙蛇也。纯阳子于此静养天和,心旷神怡,书一绝句于壁云:

九重天子寰中贵,五等诸侯阃外尊。

争似布衣清兴客,不将名姓属乾坤。

却说纯阳子自别了钟离师,虽居静室之中,靡自不思,靡自不想,每开窗启户之际,即望碧云叹曰:"山川间隔,道路阻长,吾师其何在乎?"纯阳子口里念着这个师父,心里想着这个师父,岂知钟离子只在纯阳子的眼前,正要度他上升。但怕他道心未定,于是暗暗的试他七次,是真心学道,还是假心学道。

第一次怎的试他? 时值正月初一日,乃履端之辰。怎的叫做履端之辰? 一年三百六十日,此日乃是个岁首,故曰履端。你看这一日庆新的,见老者,哪一个又不说句愿长者福如东海寿比南山? 见商贾,哪一个不说句东处获财西处遇宝? 见读书的,哪一个不说句际会风云榜登龙虎? 就是见一个娃子,哪一个不说句聪明天启早中三元?

纯阳子清早起来,刚烧香出门,正是一年的彩头,不想见一个乞丐,衣服儿褴褴褛褛,头发儿蓬蓬松松,身体儿秽秽臭臭,倚门求乞纯阳子施舍。纯阳子与了一餐酒饭,又与了数十文青钱、数斗白米。丐者却云:"我一年叫化的利市,要多与些。"纯阳子只得又添些钱米,那丐者又索之不已。纯阳子道:"你今日有了这多钱米,背负不起,明日再来也罢。"丐者怒云:"今乃元旦之日,正到你家来发个利市,你钱儿不舍几万,米儿不舍几挑,却叫我明日来,可恶可恶!"遂抽刃相向,欲将纯阳子杀之。纯阳子再三礼谢,说道:"是我不是,知罪知罪。"复命着家童出酒食相待,丐者乃笑而去焉。此丐者是什么人? 乃是钟离子命罗候之神扮的。此一次仅见得纯阳子度量宽洪,轻财布施了。

第二次却怎的试他? 纯阳子一日收羊山中,那羊子正在啮草之际,忽有一猛虎见了此羊,咆哮而来,牙爪一张,摇地轴撼天关之势;威风一展,崩山巅裂石块之声。那羊子是个见草而悦见豺而战的,一见了此虎,不胜惊惧,遂逃近纯阳子身边。纯阳子乃当虎之前说道:"尔虎称为山君,何无仁心耶? 今日若欲伤害此羊,请噬于我。"虎乃俯首而去。这个虎怎的恁般老实,此正是钟离子命着山神所变,二次试纯阳子的。此一试,纯阳子无惧心了。

第三次却怎的试他? 钟离子命取个杏花之精,扮作一个女子,径来悟真斋中。纯阳子正静坐观书,忽见一女子年可十七八岁,眉如抹翠,鬓似堆鸦。软款款腰肢绝胜章台柳,娇滴滴面貌还同金谷花。袅袅婷婷,更好如西家施赵家燕;标标致致,又好似宋国艳楚国娃。一见了纯阳子,笑容可拘,自言:"归宁母家,至此迷路,足弱倦行,借此稍宿一宵。"纯阳子道:"小娘子差矣。男女授受不亲,嫌疑之际不可不避,小娘子请他往。"女子道:"日云暮矣,道且甚长。况此天晚之时,猛虎皆出,其山中邪祟又皆现形。君子不假妾一宿,欲断送小妾乎?"纯阳子无言可答,只得留她一宿。到晚来大明灯亮,效关云长秉烛达旦之意。不想这个女子窈窕万态,调戏百端,夜分逼纯阳子共寝,且曰:"妾与君子有缘,当此月夕花晨,觅取云情雨意,有何不可?"纯阳子道:"尔为女子,不守三从之训,四德之规,贪

夜私奔,何败坏风俗若此!"女子道:"卓文君岂不是妇人?"纯阳子道:"鲁
男子宁不是丈夫?"你看此一晚呵,那女子千方百计,只是要与这纯阳子
交合。那纯阳子三推四阻,只是要那女子休心。不觉的隔窗鸡唱,天色已
明,女子无如之奈,只得辞别而去。此一试,纯阳子色心定矣。

　　钟离子却又四次试他。传命山魈魍魉之鬼,扮作劫贼。纯阳子一日
夜寝,只见一伙劫贼有二十余人,鸣锣呐喊,仗剑持矛,为首的自称楚霸
王,为从的称大张飞小张飞,又称邓天王,称巨无霸。人人凶狠,个个威
猛。将纯阳子所有的家货,凡金银钱钞宝器与丝绵之类,一概掠去。其家
人哪一个不戚戚然,独有这个纯阳子一毫不以介意,乃将一壶之酒自斟自
酌,且曰:"吾的家货纵化为乌有先生,吾的性情且乐此青州从事。"既又
歌曰:"白玉温温兮,贾害之媒。黄金累累兮,构祸之胎。富贵之多忧兮,
不知贫冥之无怀。人生有酒兮,且衔杯。"纯阳子虽恁般无虑,但家货既
罄衣食不敷,只得躬耕自给。一日忽于锄下见黄金数十饼,乃说道:"无
劳而获,身之灾也。"遂将锄速掩之,一无所取。你看钟离子此一试,这纯
阳子利心不动,何等有养。

　　一日钟离子又六次试他。仍令山魈魍魉之鬼,现出奇形怪状,或为青
脸獠牙,或为三头六臂。长的长大的大,就似那八大金刚;矮的矮小的小,
就似那龟神土地。纷纷扰扰,抛砖的抛砖,弄瓦的弄瓦,舞刀的舞刀,挥刃
的挥刃,皆来侮弄着纯阳子。纯阳子此时若没有道心,怎的不惊恐! 好一
个纯阳子,于那些精怪,奇奇异异,见而若未见;嘈嘈杂杂,闻而若未闻。
直到天明,那些精怪方才散去。此一试,纯阳子见怪不怪,道心定矣。

　　钟离子虽六次试着纯阳子,又恐他色心还是易动的。过数夜,又着令
灯檠之精调戏于他。纯阳子一夕在灯下观书,忽见一美妇人立灯下而唱,
唱道:"郎行久不归,妾心亦伤苦。低迷罗箔风,泣尽西窗雨。"此精怪意
欲以才貌动着纯阳子。纯阳子举眸一觑,见是一个妇人,默然无语。其妇
人乃说道:"妾本东方人氏,鬻身彭城郡。今郎观光上国,妾孤眠暗室,故
来相伴。"话毕又唱,唱道:"一自别郎音信杳,相思瘦得肌肤小。秋夜迢
迢更漏长,剔尽寒灯天未晓。"唱毕即灭其灯,促纯阳子同寝。纯阳子道:
"吾正人也,小娘子此来念头错矣。"其女子强强扯拽,纯阳子疑其为怪,
以手握之,肌骨甚细,久之不动。复燃烛照之,乃一灯檠也。纯阳子乃喟
然长叹,说道:"精怪之屡屡现形,吾之道心未定乎?"

鸡之将鸣,钟离子又令山魈之精,扮作二三械死鬼囚,血肉淋漓,哭泣号叫,谓纯阳子曰:"汝宿世杀死我等,今急偿我命。"纯阳子道:"杀命偿命宜也,其又奚辞?"遽索取刀绳自尽。时东方欲白,忽闻空中叱声,鬼皆散去。一人抚掌大笑而下,乃云房子也。钟离子一见,满心欢喜。乃再拜言曰:"自别吾师,思心欲渴。今日重逢,万幸矣。"云房子曰:"尘心难灭,仙才难值。吾之求人甚于子之求吾也。吾七度试子,皆能坚忍,得道必矣。但功行尚未有完,吾今且授子黄白秘方,可以济世利物,使三千功满,八百行圆,吾来度子。"但不知钟离子授黄白秘方何如,且听下面分解。

第 三 回

秘授纯阳子丹诀　吕纯阳发大誓愿

　　却说纯阳子再拜钟离子，求取黄白秘诀。钟离子曰："子恋此故乡一块土，故旧相与，未免有系累心，尚能随我之终南山乎？"纯阳子道："离此故乡一块土，无难为也。"遂将屋宇田地悉俵与僮仆，即随着钟离子偕行，钟离子乃同着纯阳子，不辞艰险，过一岭又过一岭，涉一川又涉一川，经一坞又经一坞，历一源又历一源。芒鞋踏破春郊色，藜杖拖残竹径烟。行到嵯峨一绝顶，恍然小有洞中天。这一所洞天就叫做碧天洞天。则见：

　　乔松茂盛，嫩竹交珈。碧秀千年之草，红开四季之花。对对瑞鸾飞，毛披锦绣；双双玄鹤舞，头顶丹砂。怪石堆山卧，棱棱层层的乱虎；老藤挂树悬，弯弯曲曲的长蛇。洞府别藏着日月，洞门常锁着烟霞。洞中糇餐的是千年琼实，洞中茶烹的是二月龙芽。洞中酒饮的是滴溜溜玉液，洞中饭啖得是香馥馥胡麻。甜甜脆脆笋甘于鲙，团团枣大如瓜。

　　正是：

　　一坞白云闲不卷，半山明月寂无哗。

　　仙家自是尘氛少，胜地由来景物嘉。

　　却说钟离子既到碧天洞，却引纯阳子入金楼玉台琼宫贝阁。光景照耀，气候如春，遂相与坐盘陀之石，饮元和之酒，共谈至道。既而教纯阳子炼丹之法，以日汞为母，朱砂为父，黑铅为子，置一座日月炉，用一般文武火，七回九转，炼得个丹药而成。有诗为证，诗曰：

　　九鼎烹煎九转砂，区分时节更无差。

　　精神气血归三要，南北东西共一家。

　　天地变通飞白雪，阴阳和合产金华。

　　终期凤诏空中降，跨虎骑龙调紫霞。

　　又有诗云：

　　欲神长生不死根，再营阴魄与阳魂。

先教玄母归离户,后遣空王镇坎门。

虎到甲边风浩浩,龙居唐内水温温。

迷途争与轻轻泄,此理须凭达者论。

钟离子炼丹已成,乃与纯阳子说道:"此丹可以点石为金,玉皇之俸禄也,子勿轻视。"纯阳子拜谢说道:"敢不从命。"既而云房子又将素书数卷付之,且说道:"读此可以修心炼形,子秘之。"纯阳子接书礼谢。俄有一青衣童子,头挽双丫髻,云履玉佩,异香氤氲。手持玺纸金书,对云房子道:"群仙已集蓬莱上宫,待先生赴天池之会。"云房子将去,纯阳子以诗送子。诗曰:

得道未来相见难,又闻东去幸仙坛。

杖头春色一壶酒,顶上云攒五岳冠。

饮海龟儿人不识,烧山符子鬼难看。

先生去后身须老,乞与贫儒换骨丹。

纯阳子此诗,盖虑其师之不返。云房子道:"汝但驻此,吾去不久。"遂往东南上乘紫云冉冉而去。纯阳子怅望久之,遂将云房子所付素书数卷披阅诵完,独处洞中旬日。

钟离子一日回,道:"子在是岑寂,得无思故乡乎?"纯阳子道:"既办心学道,岂有家园思也。"云房子道:"善哉!善哉!"既又说道:"吾向者教汝烧铅炼汞,外丹尔,今吾以内丹之法授汝。"纯阳子拜问其理,云房子道:"汝知分合阴阳之妙乎?"纯阳子道:"未知。"云房子道:"守阴则只是魄,存阳则只是魂。若能聚其阳魂以合阴魄,使阴阳相会,魂魄同真,是谓真人。"纯阳子道:"魂魄冥冥,至理甚妙,何以全形?"云房子道:"慧发冥冥,泰定神灵。神既混合,岂不契真。金形玉质,木出精诚。大药既成,身乃飞轻。"

纯阳子又问水火龙虎之说。云房子道:"身中有真火,有真水。肾属水也,水中有气,名曰真火。心属火也,火中生液,名曰真水。真水以水生木,肾气足而肝气生。以绝肾之余阴而气过肝时,即为纯阳。藏真一之水,恍惚明真龙。真火以火克金,心液盛而肝液生。以绝心之余阳而液到肺时,即为纯阳。藏正阳之气杳冥,名真虎。气中取水,水中取气,正所谓龙从火里出,虎向水中生。此大丹也。"

纯阳子又问道:"如此修行,有魔难否?"云房子道:"子知十魔九难乎？九难者，衣食逼迫，一难也。恩爱牵缠，二难也。利名萦绊，三难也。灾患横生，四难也。盲师约束，五难也。议论差别，六难也。意志懈怠，七难也。岁月蹉跎，八难也。时世乱离，九难也。十魔者，一六贼魔，二富贵魔，三六情魔，四恩爱魔，五患难魔，六神佛为害，是圣贤魔，七刀兵魔，八女乐魔，九女色魔，十货利魔。此十魔九难，修行者有一于此，未见其道之成也。"纯阳子拜谢，说道："深承尊教，某今胸次豁如矣。"云房子道："子精心而修，毋摇尔精，毋劳尔形，使内神出现，外神来朝，功圆行满，膺箓受图，紫霞满目，金光罩体。或见大龙飞，或见玄鹤舞，彩云缭绕，瑞气纷纭。出凡入圣，出死入生。此大丈夫功成名遂之日也。"纯阳子道："嵒虽不敏，请事斯语矣。"

钟离子又恐吕纯阳道心弗固，复以三字诀赠云：

这个道，非常道。性命根，死生窍。说着丑，行着妙。人人憎，个个笑。大关键，不颠倒。莫厌秽，莫计较。得他来，立见效。口对口，窍对窍。吞入腹，自知道。药苗根，先天兆。气要坚，神莫耗。若不行，空老耄。认得真，老还少。不知音，休指教。静里全，明中报。乘凤鸾，听天诏。

钟离子既传以上真玄诀，俄有扣户者，乃清溪道人郑思远与太华施真人由东南而来，钟离子开户延之，相揖共坐。纯阳子亦稽首拜之。施真人乃对钟离子问道："此何人斯？"钟离子道："本朝吕海州之子，名嵒字洞宾。少习儒墨，六十始第。邂逅吾于长安酒肆中，从吾学道，今将有得矣。"郑君道："形清神旺，目秀精藏。子欲摆脱尘网，可吟诗一首，吾观其才思何如？"纯阳子立献其诗云：

万劫斗生到此兮，此生身始觉飞轻。抛家别国云山外，炼魄全魂日月精。

比见至人论九鼎，欲求大药访三清。如今获遇真仙面，紫府仙扉得姓名。

郑施二仙深叹其才清句丽。时春禽幽嘤，岭云淡荡，施真人道："子再写洞口景致何如？"纯阳子又题云：

春气寒空花露滴，朝阳拍海岳云归。

仙禽自识韶华好，闲立花梢傍户啼。

郑施二仙乃贺于云房子，说道："公得妙徒矣。"既而二仙邀钟离子同去朝元。钟离子对纯阳子道："吾朝元有期,至玉京当奏子功德,升入仙阶,子恐不久归此洞也。"纯阳子再拜谢曰："嵓之志异于先生,必须度尽众生方上升未晚也。"钟离子见纯阳子发此大愿,此心怅然,乃复赠一诗云:

> 知君幸有英云骨,所以教君心恍惚,
> 含元殿上水晶宫,分明指出神仙窟。
> 执手相别意如何,今日与君重作歌。
> 说尽千般玄妙理,未必君心信也么。
> 君今已作升仙客,立誓约言亲洒血。
> 须知此道重如山,叮咛未可逢人说。

钟吕授受已毕,施郑二仙乃督促钟离子以行。于是三仙人各乘彩鸾从碧空中冉冉而去。

第 四 回

洞宾得遁天剑法　飞仙剑斩蛟杀虎

　　却说纯阳子以钟离师既去，拜而送之，且伫立以望，叹曰："师去也，几时归？无可奈何丹凤下，似难留住白云飞。"怅望日轮西时，有火龙真人道装素服，头戴着道遥巾，足穿着云履鞋，腰系着碧丝绦，身佩着两口宝剑，乘一朵祥云，自庐山翠微洞而来。见纯阳子问道："适乘彩鸾而去者谁？"纯阳子道："吾师钟离也。"火龙真人道："君为云房之徒乎？"纯阳子道："然。"火龙真人道："君丰标俊逸，态度闲雅，云房得人矣。"既又问同升者二人："彼何人也？"纯阳子道："一乃郑神仙，一乃施真人，今邀吾师同去朝元。"火龙真人道："云房既去朝元，何不携子同往？"纯阳子道："小子与师有誓，必欲度尽世人方始上升。"火龙真人道："善哉！善哉！但恐世态纷挐，人心莫测。吾闻之孟郊诗云：'古人形似兽，皆有大圣德。今人表似人，兽心安可测。虽笑未必和，虽哭未必戚。面结口头交，肚里生荆棘。'以此论之，人间只是无波处，一日风波十二时。君度之难也。"纯阳子道："吾尽吾心耳。"既而问："先生住居何处？"火龙真人道："吾住居庐山之境翠微洞中，今遨游山川以至此耳。"纯阳子道："先生携此二剑何为？"火龙真人道："此剑用昆仑山所产之铜，女娲炼石之炭，老君却魔之扇，祝融烧天之火，煅炼而成。禀阴阳之纯粹，凛雪霜之寒铠。一断烦恼，二断色欲，三断贪嗔，此非是凡间之剑。听我道来：

　　　　烘炉煅炼神冰鉄，磨琢青锋光皎洁。

　　　　天罡躬自动铃鎚。荧荧亲身添炭屑。

　　　　棱棱神将按天条，隐隐星辰依斗列。

　　　　名重干将与莫邪，利过纯豪于巨阙。

　　　　天曹将吏魂魄㥪，地府精邪心胆怯。

　　　　下海掀翻龙住窝，上山砍碎虎狼穴。

　　　　断除烦恼及贪嗔，色欲从来俱断绝。

　　纯阳子闻得其剑一断烦恼二断色欲三断贪嗔，心窃欲之，但未可发

言。火龙真人知得他爱惜此剑,即问道:"子欲吾剑乎?"纯阳子道:"不敢
请耳,固所愿也。"火龙真人道:"俗语道得好:'红粉赠与佳人,宝剑付之
烈士。'君既欲吾此剑,即当赠之。"遂解取二剑付与纯阳子。纯阳子即拜
谢,说道:"先生惠我者厚矣。"火尤真人道:"此二剑一属雄,一属雌,君以
此自卫则可,以此斩邪则可,若以此杀人,则不可也。"纯阳子道:"敢不奉
教。"于是火龙真人辞别纯阳子,驾一朵彩云而去。洞宾既得火龙真人之
剑,遂携了二剑游遨寰宇。一日,至地名吕梁洪,只见那一派水呵:

    洪流浩浩,大势汪汪。流浩浩漫天溢地,势汪汪搅海翻江。弥
弥漫漫可比着龙门积石,渺渺荡荡即如那巫峡瞿塘。奔奔腾腾谩说道
鄱阳湖之鼓蠡,澎澎湃湃又岂止洋子江之马当。凭他天堑,只是这般
凶险;纵是海门,不过如此汪洋。我道万山而莫之塞,谁言一苇而可
以航。更有锦帆而未能飞渡,从多桂棹而岂可泳扬。妙计若韩侯囊
沙而奚堪壅蔽,雄才如汉武礐竹而何可提防。泻猛浪而花飞,山巅势
溃;激洪波而鲸吼,霹雳来扬。

    正是:

    黄河之水从天下,万顷茫茫似沸汤。

    内中更有妖魔在,说起令人心胆寒。

    却说吕梁洪有这般大水,水中就有一大蛟,鼓浪成雷,喷沫为雨,一年
四季不知吞噬人几多性命。一日纯阳子游至其处,只见一妇人淡妆素服,
手中提一壶之酒,沿河恸哭,悲悲切切,真个是"眼若悬河决,泪若河水
流,河水须有竭,泪痕常在眸。"纯阳子一见,心中恻然。因问道:"小娘子
为甚的痛哭?"那妇人一见了纯阳子,乃拭干眼泪说道:"妾夫姓张,临此
河居住。此处有一大蛟,专一啖人性命。吾夫死于此,吾二子亦死于此,
一家三命尽葬于蛟精之腹。今当清明之节,携酒一卮,临流奠祭一会,因
此悲哭。"纯阳子道:"昔义兴有蛟,周处斩之。沔水有蛟,邓遐截之。今
蛟在吕梁水中,曾无一人勇士则挥剑毙之乎?"

    纯阳子虽是这等说,岂知那蛟精却不是义兴桥下之蛟可以斩得的,又
不是沔阳水中之蛟可以截得的。此蛟神通广大,变化无穷。一闻得纯阳
子此言,遂跃出三层之浪,则见:

    爪牙厉厉,鳞甲纷纷。鼓浪而轰雷震地,喷沫而猛雨倾盆。扬鳍
而神愁鬼哭,呵气而地惨天昏。狡过洪都之孽龙,谁敢举许旌阳之

剑？毒如潮州之巨鳄，孰能驱韩昌黎之文？力大几万钧，端可以搅翻沧海；身大数百丈，又可以绕遍昆仑。见者皆寒心破胆，闻者尽慑魄销魂。

正是：

万顷波涛泻海门，鳞虫数此独为尊。鲸鲵未敢呼兄弟，鳖蜃甘心作子孙。

却说纯阳子见了此蛟，尚未曾拔剑飞去，那蛟精却先喷了一口妖气，腥不可闻，将那恸哭的妇人并旁看者尽皆冲倒。纯阳子且救了此一干人，各人回避去讫，乃拔出鞘中一雄剑，将欲飞去。那蛟只说纯阳子是个好惹的，遂腾在半空之中，张口一喷，遂呵出大雾，浓如墨黑如漆。又张口一喷，遂嘘出大雹，大如斗寒如冰。乃张牙露爪，正欲抓将下来。岂知撞坏个对头，被纯阳子一剑飞去，斩成两段。吕梁之水顿腥血通红，那剑复飞入鞘中。后观者看见此蛟长有数百余丈，谁不惊骇。大家相聚说道："此斩蛟者必是神仙。"齐来观看，纯阳子乃隐身而去。此不在话下。

却说纯阳子一日渖至永宁城，正值申牌时分，斜日随只乌欲坠，落霞带孤鹜齐飞，天将晚矣。只见城里城外百姓家家掩门闭户，人人断绝行踪。纯阳子尚不知其缘故，乃自东门行过西门，只闻得居民躲在门内大呼道："那道人快躲避快躲避，此处有一个白额猛虎，傍晚入城中食人。今天色已晚，那虎稍刻就来。仔细仔细！"纯阳子闻得此事，不以为意，说道："此不打紧，等那猛虎来时，我自作区处。"言未毕，只见那个白额虎棱牙厉爪扑进城来，好凶狠哩！则见：

锋棱棱爪牙张利势，精炯炯眼目放豪光。

雄赳赳吼声振山岳，威凛凛杀气逼穹苍。

奔腾腾人称角而翼，猛烈烈今作兽中王。

勇哮哮冯妇不可搏，烈轰轰仙子未曾降。

那虎奔入城中，将欲择人而食，四下并无个人踪。望见了纯阳子，只说是好惹的，就张开牙爪有吞噬之意。好个纯阳子，不慌不忙，遂就鞘中拔出一雌剑，望前挥去。那剑就把白额虎当头一劈，分为两半，那剑复飞入鞘中。城里城外百姓看见那虎被斩，遂家家户户开了门户，争看那个虎儿。一见了纯阳子，皆道："此道人非凡夫也。"皆罗拜于地。纯阳子道："吾吕纯阳也，斩此虎救尔生灵。"遂遁身而去。只见永宁百姓，见了的，则说好一个神仙；不曾见的，则说我无缘，不曾看得一看。嘈嘈杂杂，此也不在话下。

却说纯阳子又驾了一朵祥云，径到衡山真寂观，以为雌雄二剑一斩长蛟一斩白虎，恐锋铓俱钝，遂临吻淬之。有一道士侯用晦问道："先生此剑何所用？"纯阳子道："世上一切不平事，以此去之。"侯见纯阳子风姿绝俗，心窃异之，乃以酒果召饮。既而问道："先生道貌清高，恐非风尘中人。"纯阳子道："且剧饮，无相穷诘。"既辞，却以箸头书剑诗一首于壁。诗曰：

> 欲整锋铓敢惮劳，凌晨开匣玉龙嗥。
>
> 手中气概冰三尺，石上精神蛇一条。
>
> 好血默随流水尽，凶豪今逐渍痕销。
>
> 削平浮世不平事，与尔相将上九霄。

题毕，初见若无字，而墨迹灿然透出壁后。侯大惊再拜，因问剑法。纯阳子道："有道剑有法剑，道剑则出入无形，法剑则以术治之者，此俗眼所共见，定能除妖去祟耳。"侯曰："此真仙之言也，愿闻姓氏。"纯阳子道："吾吕公也。"言讫，因掷剑于空中，随之而去。

第 五 回

吕纯阳宿白牡丹　纯阳飞剑斩黄龙

　　却说纯阳子一日来至金陵地方,驾着云蹑着雾,自由自在,迤逦而行。正行之际,猛听得一派歌声,宛转清亮,遂拔开云头望下瞧着,只见百花巷里一所花园,花园之内一个闺女领着几个丫环行歌互答。原来这个闺女看见花园之内,百草排芽,百花开放,绿的是柳,红的是桃,紫的是杏,白的是李,烂烂熳熳的是芍药,芳芳菲菲的是海棠,艳艳冶冶的是山茶,妖妖娆娆的是牡丹,春色撩人,不觉得唱个旧词儿。说道:"二九佳人进花园,手扯花枝泪涟涟。花开花谢年年有,人老何曾再少年。"又说道:"去年今日此园中,人面桃花相映红。人面只愁容易老,桃花依旧笑春风。"闺女歌罢,内中就有个知趣的丫头即接着唱个:"可叹一寸光阴一寸金,寸金难买寸光阴。寸金使尽金还在,过去光阴哪里寻。"天下事,有个知趣的,就有个不知趣的,那不知趣的就唱道:"十三十四正当时,只我十八十九婚姻迟。二十三十容貌退,衾寒枕冷哪得知。"纯阳子所得这些歌儿,说道:"小鬼头春心动也。"此时纯阳子初做神仙,心中还拿不定些,就按下云头,落在花园之内。

　　纯阳子本是标致,再加变上了一变,越加齐整,真个是潘安之貌,子建之才,纵是个铁石人也意惹情牵了。你看他,头戴的紫薇折角巾,身穿着佛头青绉纱直裰,脚穿的白绫暑袜,并三箱的绿缎履儿,竟迎着那闺女儿求见。那个女孩儿家,脸儿薄薄的,羞得赤脸通红,扭转个身子儿,移着金莲步便走。好个纯阳子,有偷花的手段,窃玉的风流。装着几步的俏步儿,赶上前去赔一个小心。叫声:"小娘子,小生唱一个偌儿。"那闺女没奈何,也自回了一拜。纯阳子遂问道:"小娘子玩春乎?"那闺女带着恼头儿说道:"君子,你既读孔圣之书,岂不达周公之礼,怎么无故擅入人家?"纯阳子故意地赔个小心,说道:"在下不足,忝是黄门中一个秀才。适才有几位放荡窗友,拉我们到勾栏之中去耍子。是我怕宗师访出来饮酒宿娼,有亏行止,不便前程,因此上回避我那些窗友,不觉得擅入花园。唐突之罪,望乞容恕。"那闺女说道:"既是如此,"叫丫头过来,"你送这位相公到书房中回避一会罢。"那女孩儿遂抽身先回。哪晓着这些丫环听着这秀才唆拨,倒不领他到书房里去,反又领他到卧房里面来。这个女孩儿恰进了卧房,一见着这个秀才,心下就十分不悦。纯阳子从容说道:"小生一介儒流,幸接风采,此三生有幸。今日小娘子若容侍立妆台,小生当以心报。"闺女道:"君子差矣。男女授受不亲,礼也。今日若教苟合,倘日后事露,玷辱家谱,我母亲以我为何人?"那些丫环们皆是帮衬的,乃说道:"青春易老,贵客难逢。今日秀才既来在此,老夫人又不在家,何不握雨携云,岂可辜负此佳遇。"

这女孩儿家一则是早年丧了父亲,母亲娇养了些,二则是这几日母亲往王姨娘家嬉耍去了,三则是禁不得那个秀才的温存,四则是吃亏了这些丫头们撺掇,就输了个口,说道:"妾乃千金之体,君子苦苦恋我,勿使我有白头吟可矣。"纯阳子道:"小娘子今肯见怜,小生敢不以心报。"那闺女又说道:"妾乃半吐海棠,初发芙蓉,娇姿未惯风和雨,吩咐东君好护持。"纯阳子道:"小生自有软软款款的手段,从从容容的家数。"

于是那几个知趣的丫头,就把门儿关上,各自散去。正是与人方便自己方便。纯阳子就与那个闺女携云握雨,倚翠偎红,睡了一晚。

此正是:

被翻红浪鸳鸯戏,花吐清香蛱蝶寻。女貌郎才真可美,春宵一刻
抵千金。自后日去夜来,暗来明去,颇觉得稔厚了。

却说那闺女的母亲在王姨娘家里归来,哪晓得这一段的情。故只见女儿家容貌日日觉得消瘦,朱唇儿渐渐淡,粉脸渐渐黄。为母的看见,心下不忍。只见明日是个七月初一日,母亲说道:"女儿,你今夜早些安歇罢,明日是个初一日,我和你到南门外各庙里去进一炷香。进了香时节,我和你到长干寺里去听一会和尚们讲经说法,散一散闷儿来。"

果然是到了明日,两乘轿子出了南门,进了各庙里,拈香已毕,遂投长干寺而去。只见长干寺里,正在擂鼓撞钟,法师升座说经,四众人等听讲。彼时,这法师说经说得妙上之妙,玄中之玄,天花乱坠,地拥金莲,哪个人儿不快活?歇一会儿,香尽经完,法师下座,看见这个女子容貌消瘦,问道:"这一位女施主贵姓,还是哪家的?"只见那母亲向前下拜,说道:"弟子姓白,这是弟子的小女,小名叫做白牡丹。"法师道:"她面上却有邪

气。"白氏母道："邪气敢害人么?"法师道："这条命多则一个月,少则半个月。"白氏母道："望法帅爷爷见怜,和我救她一救。"法师道："你回去问她夜晚间可有些什么形迹,你再来回我的话,我却好下手救她。"

白氏母回转家门,把个女孩儿细盘了一遍。此时女儿要命,也只得把个前缘后故细说了一遍。白氏母道："这分明是妖邪了。"

明日再到长干寺,见了法师,把女儿的前项事情也自对法师细细地说了。法师道："善菩萨,你来,我教你一段工夫。"如此如此。白氏母领了法师的言语,归来对着女孩儿道："那法师教你救命的工夫,要如此如此,你可记着!"这女儿谨记在心。

果然是二更时分,那秀才仍旧的来与这白氏交媾,用这九浅十深之法,款款消耍。这女儿依着母亲的教法,如此如此,把那纯阳子激得爆跳起来。原来吕纯阳人人说他酒色财气俱全,其实全无此事。这场事分明不是贪花,只是采阴补阳之术,岂晓得这个法师打破了他的机关,教那女子到交合之时谨溜头处,用手指头在腰肋之下点他一点,用牙跟儿咬住他的口唇,吸了两吸,倒把他的丹田至宝卸到阴户之中,这岂不是非徒无益,而又害之? 故此纯阳子激得个爆跳起来,就拔出鞘中雄剑,来斩这个白氏之女。这女儿却慌了,连忙双膝儿跪着,叫道："君子饶命! 饶命! 这却非干我事,是长干寺里一个法师叫我这等这等。"那纯子听得此语,怒从心上起,恶向胆边生,就挥剑到长干寺去斩取那个法师。

原来那个法师,又不是等闲之辈,是个黄龙禅师,极大智慧,极大法力。纯阳子将那口宝剑飞起,径直奔禅师身上,那禅师喝道："孽畜,不得无礼!"用手一指,那剑遂插在左边地上。纯阳子看见那口雄剑不回来,急忙又丢起个雌剑,径奔长干寺中。黄龙又用手一指,那雌剑又插在右边地上。

纯阳子看见两口宝剑不来,却自慌了,欲驾云就走。黄龙将手一指,把个纯阳子一个筋斗,就相似那鹞子翻身般翻将下来。纯阳子只得转身望黄龙便拜,说道："小仙是钟离云房徒弟,适间不揣,飞二剑戏侮,望慈悲见恕。"黄龙道："我也肯慈悲你,你却不肯慈悲别人。"纯阳子道："今后晓得慈悲了。"黄龙道："你身上穿的什么?"纯阳子道："是件纳头。"黄龙道："可知是件绒头! 你既穿了纳头,便该行如闺女,坐像病夫,眼不观淫色,耳不听淫声,才叫做个纳头,焉得这等贪爱色欲?"纯阳子道："这个是我道心未定，从今以后改过前非，万望老师还我两口宝剑罢。"黄龙道："我闻得火龙真人以雌雄二剑付汝，一断色欲，二断贪嗔，三断烦恼，且嘱咐你除妖则可，杀人则不可。我乃释氏正脉，汝且欲挥剑斩我，若还你剑来，你岂不伤害别人？"纯阳子道："某今知错，再不敢伤人了。"黄龙道："这两口剑，留一口雄的在我山门上与我护法，雌的还你罢。"

纯阳子领了黄龙之言，走向前去，拔出雌剑，拿在手中。黄龙道："剑便还你，还不是这等佩法。"纯阳子道："又怎么个佩法？"黄龙道："你当日行凶，剑插于腰股之间，分为左右，今日这口剑却要你佩在背脊之上。要斩他人，拔出鞘来，先从你项下经过，斩妖诛邪，听你所用，如要伤人，先伤你自己。"纯阳子道："谨如命。"故此叫做个洞宾背剑。

纯阳子得了这口剑，又说道："弟子没有丹田之宝，不能飞升，望老师再指教一番。"黄龙道："我教你：到龙江关叫船，一百二十里水路，径到仪真县；仪真县七十里水路，径到扬州府；扬州府叫船，一百二十里水路，径到高邮州。到了高邮，不要去了，你就在那个地方寻个处所，养阳九年，功成行满，方可以游蓬莱，朝玉京也。"

言未毕，只见那白氏母领了女儿白牡丹，来至寺中拜谢这个法师。彼时，白牡丹夺了仙人的至宝，就如那燋土转润，枯槁回春，一点红润润的樱桃唇，一团白盈盈的梨花面，越加俊俏，越加精神。纯阳子见了，十分大怒，说道："我未曾采你的阴精，你先夺去我阳宝。好了你，亏了我！"黄龙劝解说道："你两人交股而睡，贴胸而寝，可把那是非尽付东流水，莫将恩爱反为仇。"白氏母遂领女儿，辞别黄龙回归，不在话下。

纯阳子既得了一口雌剑，又得了阳去所，亦自拜谢黄龙而去。一路买船去到高邮地方，左顾右盼，寻得一个去所。则见：

　　水光湛湛，山顶峨峨。山峨峨犹如卓笔列笋，水湛湛绝似绕带拖罗。黛色参天，见无数乔松茂密；清标带露，看许多老桧婆娑。地颇似蓬莱，未有尘嚣纷沓至；路不邻市井，却无车马往来过。此可以建扬子之宅，此可以住安乐之窝；此可以构诸葛之庐，此可以成考槃之阿。

　　正是：

　　　　地静俗人少，林幽绿荫多。

　　　　山禽时对语，乐意自相和。

纯阳子遂从此处构了一所茅庵，打扫得干干净净，坐一个蒲团，安一副关屏，烧一炷柏子香，日复日，月复月，息精息气，息神息思。早上金鸡啼罢之时，红烂烂日光正上，就对着那一轮日头，吸着些日精。晚来金乌欲坠，宿鸟投林，只见那一轮明月，团团高海角，渐渐出云衢，就对着那一轮皓月，吞着些月蝉。又到四更之际，夜气清明，露华融液，那是清冽寒凉之气，叫作沆瀣之气，就餐那沆瀣之气。

纯阳子如此做工夫，并无间断。尝作有《渔父词》四首：

其一云：

卯酉门中作用时，赤龙时顾玉清池。云薄薄，雨微微，看取娇容露雪肌。

其二云：

子午常餐日月精，玄关门户启还扃。长如此，过平生，且把阴阳仔细烹。

其三云：

会合都从戊己家，金铅水汞莫须夸。只如此，结丹砂，反复阴阳色转华。

其四云：

闭目寻真真自归，玄珠一颗出辉辉。终日玩，莫抛离，免使阎王遣使追。

纯阳子精心修养，日新月盛。紫芝草荣枯了数番，也不问年新年旧；碧桃花开谢了几度，竟未知春去春来。不觉得光阴似箭，日月如梭，奄忽之间就是九年了。纯阳子养阳九年，才得个丹田至宝如前完固，如前充溢。怎么阳去了要养？养阳必要九年？盖阳气轻清，阴气重浊，仙子完了那阳精，自然能飞升，所以阳去了就要养转。养阳又必要九年者，盖九乃阳数。纯阳子先年与白牡丹交合，被她夺去了那些至宝，毕竟要养着九年，才返本还原，若只是养八年，也不济事。此正是一旦泄之有余，千日修之不足。

纯阳子此时既复了本原，仙骨充盛，即能飞升，就离了高邮地方。高邮地方至今有个洞宾养阳观古迹。此却不提，且看他遨游世界，度化众生何如，下面分解。

第 六 回

纯阳子卖梳货墨　纯阳踏石并化钱

纯阳子一日游武昌,扮一客商,鬻敝木梳子,索价三千钱。自西门卖过东门,人皆道此梳子一文钱不值。又自南门卖过北门,人皆道此梳子半分钱不值。往来者三日,并无一人还价。纯阳子乃行至天心桥上,俄有一老媪行乞,年八十余,背伛偻,足龙钟,短发如雪,两鬓蓬松,沿街叫化,声不绝口。纯阳子招之进前,问道:"婆子老矣?"媪曰:"今年八十七岁。"纯阳子道:"汝短发潇潇,白如柳絮,何不梳而理之?"媪道:"无梳。"纯阳子道:"来,吾为汝理之。"乃以其所卖之梳,亲为之理发。岂知这个梳子有些妙处,梳一梳,老媪的发长少许,又黑少许。再梳一梳,老媪的发又长少许,又黑少许,只见随梳随长,随长随黑。始焉这个婆子白鬓飞蓬,既焉这个婆子鬓发委地,八九十岁的老妇,亦作十七八岁的娇娥。你说这桩事奇异不奇异? 但见天心桥的百姓一传二,二传三,三传四,四传五,传来传去,正是:

> 山中仙子施玄术,路上行人口似飞。

须臾之间,就引得城里城外之人蜂屯蚁聚,尽聚在天心桥,大家争买其梳,一人道:"客官,将梳儿卖与我,我出得一万钱。"一人道:"客官,将梳儿卖与我,我出得五万钱。"又一人道:"客官,他们的价钱都少了。若梳儿卖与我,我出得十万钱。"又一人道:"客官,他十万钱儿也是少的。若梳儿卖与我,放出得二十万钱。"纯阳子笑道:"吾货一敝梳,索价三千钱,吾岂无意? 而千万人中竟无超卓之见,怎可以语道? 吾非别人,乃吕洞宾也! 世人竟慕见吾,既见吾,而不能识,虽慕何益?"乃投其梳于天心桥下。只见那梳子在水中滚了一滚,遂变成一条苍龙飞去。纯阳子与其媪亦不复见焉,众皆惊叹而散。既而纯阳子又游汴州,扮作个货墨之客。将一幅红帛写着十个字的招牌,说道:"清烟称上品,高价重龙宾。"每墨一笏,仅寸余,要五千钱才卖。有一个轻薄之徒,说道:"你这个客人高抬时价,此一块墨卖五十个钱足矣。"纯阳子答道:"你这个君子,买不买由你,卖不卖由我。我这一笏墨说定要五千钱,就是四千四百九十九文,也是卖不成的。"时有一人姓王名宠,说道:"墨小而价高,得无意乎?"乃以钱五千求一笏。既归家中,父亲诟骂,骂道:"成家之子,积粪如积金。败家之子,用金如用粪。这不孝儿子,买一寸之墨,就去钱半万,何如此看得钱轻?"遂持杖打这个儿子,左邻右舍再三劝免。王宠被父亲打骂,无如之奈,只得就寝。时至半夜,忽闻叩户之声。王宠启视之,乃卖墨客也。对王宠道:"闻得你买了我的墨,令尊十分打骂。我今以钱奉还,勿累尔受责。"遂以钱五千还之。王宠道:"做过的交易,岂有反悔之理?"纯阳子道:"这也不打紧。"王宠道:"既如此,待我取原墨奉还。"纯阳子道:"不消得。那一笏墨贻累足下受打,奉送你罢。"却又在袖子里面取墨一笏出来,说道:"此还有一笏相奉足下,凑成两笏。"王宠不敢受,纯阳子再三强使之受。王宠道:"既如此,明日当以物酬谢。"纯阳子遂辞去。

及晓,王宠启墨视之,乃紫磨金二笏,上各有吕字。遍寻客,已不见,乃知其为洞宾也。王宠以原钱五千及墨二笏奉与父亲,将事情细说一运,其父亦不胜怏怏。

又一日,纯阳子至梓潼。有一娄道明,家甚殷富,善为玄素之术。怎么叫做玄素之术? 即采阴补阳之说。其家常蓄有十三四岁的少女十人。娄老们整日摸弄,吸那些女子的奶乳,吞那些女子的唾津,采那些女子的阴液。女子若还有孕,即遣去,复买新者服侍,常不减十人之数。此虽是画堂没有三千客,绣幕偏饶十二钗。昼夜迭御,无有休息。

那娄老采了那些女子们的阴,补起自己的阳。只见他神清体健,面如桃红,或经月不食。年九十九岁,只如三十许人。自以为成了神仙,每对宾客会饮。辄大言夸诞,说道:"列位老先,学生前日静坐,有一玄女送一壶酒来,叫做亡何酒。那酒清如竹叶,滑若琼酥,真个上好的滋味。那玄女去了,又有一个素女送一枚巨枣,纤嫩嫩的手亲自捧将过来。只见那枣大如爪,赤如日,剖而食之,甜如蜜,尽好受用。"那些亲朋闻得有那样好酒,又有这样好果品,喉咙滑溜溜的,不觉口涎上来,就如那曹操行军叫士卒们望着梅林止渴,哪一个不吞几口唾津儿? 岂知是这个娄老儿夸诞的言语。

这还不打紧,你看又说出个谎来。说道:"列位老先,咋日又有个彭祖、容成辈二位神仙,写有一封书,遗着学生。说道:瑶池之上,八月十五日王母娘娘寿诞，欲邀我同赴瑶池之宴，叫我不要这等踽踽凉凉，要脱洒一分。思想起来，明日若到了瑶池，必须大开雅怀，狂歌剧饮，醉则命段安香铺床，贾陵华盖被，董双成打扇，许飞琼扶我上七宝御床。我则枕着那许飞琼白净净、柔嫩嫩之膝，大睡一觉，快矣！快矣！"众亲朋皆拍掌大笑，说道："老先生好风味！"

时纯阳子游到此处，闻得娄道明行采阴补阳之术，猛省他宿着白牡丹，受了黄龙禅师几多亏。若今娄道明又是这等，他却不愤，又闻得这人假称神仙，纯阳子一发恼得紧，乃诡为一个乞丐，上门求讨。道明不识，叫那家童们打将出去。那家童们就二三两两，拿棍子的，拿石块的，就来打着纯阳子。好个纯阳子，用仙气一吹，那些家童们尽皆昏晕在地。纯阳子遂以两足顿于石上，即成两个大方窍，深可三寸。众宾朋皆大惊异，娄道明亦惊骇，说道："此乃异人。"即延至坐右，劝之酒食，出侍女，歌的歌，舞的舞，以劝纯阳子之酒。彼时纯阳子放开仙量，一饮五斗，乃口占《望江南》词酬之。词曰：

瑶池上，瑞雾蔼群仙。素练金童锵凤板，青衣玉女啸鸾笙，身在大罗天。

沉醉处，缥缈玉京山。唱彻步虚清宴罢，不知今夕是何年，海水度桑田。

侍女进蜀笺请书，纯阳子自纸尾倒书彻首，字足不遗空隙。娄道明大喜，方欲请问妙道，纯阳子道："吾已口口相传矣。"道明复请益，纯阳子又道："吾已口口相传矣。"俄登大门之外柏树上不见。众宾朋皆骇然大惊，以为神仙至也。

后数日，娄道明忽不快，吐膏液如银者数斗而卒。口口相传之说，与夫石上两方窍皆吕字，众方悟是吕洞宾也。

一日，纯阳子又向长沙府诡为一个回道人，头戴着一幅巾，身披着百衲衣，脚下穿一双麻履，持一小瓦罐乞钱。其罐大约可容钱一升，道人得钱无算，而罐常不满。一日坐于十字街头，大声言曰："吾仙人也，有能以钱满吾罐者，吾即授之以道。"只见那些居民闻得个"神仙"二字，哪个不希慕？时有个姓张的就拿了一千文钱来投着罐子，这一只手解索，那一只手丢钱，钱已丢尽，罐子儿哪里满得些儿。又有个姓李的，拿有二千文钱来投那罐子，也一手解索，一手投钱。投了一串又投一串，二千文铜钱一时投尽,罐子儿又哪里满得些儿。时有个姓吴的,叫一个小厮背有四千钱来此。时观者渐多,人来渐广,把那个回道人围得周周匝匝,哪里有个进路。姓吴的带着一个家童左一挤,右一挤,挤散众人,说道:"让开,待我来投钱。"众人只得放姓吴的进去。姓吴的叫家童们拿过钱来,丢满那个罐子。时旁观的见了姓吴的有这多钱,皆道:"此一回罐子可以满得。"岂知投一串雪入红炉浑不见,投两串盐落水中浑不见,投三串毛入火坑浑不见,投四串石落江心浑不见。姓吴的说道:"我四千铜钱,怎的又投这罐子不满?"时有个姓何的,拿起这罐子左看一看,右瞧一瞧,说道:"这个东西又没个屁股。终不然,似个人口里吃饭,屁股里窝出去了。"既而又看一看,只见钱儿将满,乃曰:"差不多了。"遂从兜肚子里面取出五百文钱来,说道:"你众人丢了一千、二千、三千、四千,不得使此罐子满,我只五百钱,塞得它满满的。"于是连丢连丢,连掷连掷,五百钱勾什么丢勾什么掷?但见钱已罄尽,罐子不曾满得些儿。这一干丢钱的人,好似甚的?就似个精卫鸟儿衔西山木石,填那东洋大海,哪里填得分寸。

彼时有一僧,系东平人,来此观看,说道:"异哉!异哉!只一个小小罐儿,投了许多钱,怎的填她不满,且待我来填之。"于是驱一大车,载钱十万,戏谓回道人曰:"汝罐能容此车否?"道人笑道:"试容之。"及推车入罐,戛戛然有声,俄不见,僧大惊曰:"此神仙耶?幻术耶?抑掩眼法耶?"道人乃口占五言诗一首,云:"非神亦非仙,非术亦非幻。天地有终穷,桑田几迁变。身固非我有,财亦何足恋。何不从吾游,骑鲸游汗漫。"

道人此诗更欲那僧再弃其财,方与上升。僧不省悟,乃说道:"道人所为,只是些掩眼法儿,你急急还我钱去。不然,我拿你至官司问罪。"道人道:"汝吝此钱耶?我偿汝就是。"于是取了片纸,投入罐中,祝曰:"速推车出。"良久不出,乃曰:"此非我自取不可。"因跳入罐中,再也不见出来。僧见他不出,心中一发惊慌,乃呼曰:"回道人。"只听得里面应道:"哎!叫我怎的?"僧又呼一声:"回道人。"又只听得里面应到:"哎,叫我怎的?"僧此时恼的心中出火,鼻内生烟,就拿过一个大石头用力一击,勃笼一击,把那个罐儿击得粉碎,哪里见一文钱儿?又哪里见道人一个影儿?只有一片白纸,题有一诗,句云:"寻真要识真,见真浑未悟。一笑再相逢,驱车东平路。"

僧看诗毕,顿足哭曰:"被这个光棍道人使掩眼法子,赚去我十万钱矣。"内有姓张的亦道:"我没时运也,去了一千。"姓李的亦道:"我没造化也,去了二千。"姓吴的亦道:"晦气,晦气。我比你两个去得多些,少可的是四千。"姓何的亦道:"你诸公的钱,还不打紧,我卖豆腐卖得五百钱,也被他骗去。"遂哭将起来,说道:"今晚回去,怎么禁得老婆打?"众人见这个人放声大哭,乃说道:"没志气,没志气,你这等怕老婆,哪个叫你丢。"言未毕,只见半空之中其钱纷纷飞下,张钱还张,李钱还李,吴钱还吴,何钱还何,众方悟回道人者,以回字抽出小口,乃吕字,此是吕神仙也。

　　僧闻得此语,愈加怅然,举头看空中数次,钱又不见飞下。至次日,只得归于东平。僧自思:"钱又去了,神仙又不曾做得。"越思越恼,乃就途中自言自语,说道:"费了一车钱,不得做神仙。铜钱铜钱,神仙神仙,两下无缘。我的天天。"僧正在歌咏之际,忽遇见回道人,说道:"吾俟君久矣。"僧一见了这个道人,即连忙跪下,叫声:"吕师父,度一度弟子罢。"道人道:"吾始谓汝们可教,不想你恁般惜财,哪里还度得你? 今以车还汝,十万钱皆在。"言讫,遂隐而不见。僧看车中,十万之钱果皆在,乃驱车而归,悔恨不及。

第 七 回

纯阳游大庾谒斋　纯阳召将收狐精

却说洪都地方，一地名叫做横浦大庾岭。有一富家子，姓金名煜，素好交接云水之士，建一大庵，云水士往来辄从庵中居住。或住三五日去的，或住半月日去的，或住一月去的，只见那一所庵中，座上客常满，厨中斋不空。一日，金煜就着庵中建一个黄箓大斋。你看那个斋坛齐整不齐整？则见：

> 庄严道座，品列仙阶，聚道众羽衣炫耀，迎仙真鹤驾徘徊。点大明灯，光光朗朗，浑讶是空中列斗，奏大法鼓，丁丁东东，却疑是天上鸣雷。凤笙儿咿咿哑哑的细品，龙笛儿嘹嘹亮亮的横吹。爇沉香檀香，翠腾腾烟光凝紫府；结宝幡宝盖，红烂烂霞采映瑶台。酒酌的是洁洁净净银瓮里松花正熟，花献的是芳芳馥馥玉池中菡萏初开。黍稷惟馨，从东筵西筵列定；苹蘩最洁，自南涧北涧采来。对香风展兹经卷，把清流濯彼金堂。此既有诚心上格，彼岂无仙子下来。

纯阳子踅着一朵祥云，忽闻得香烟扑鼻，乐声嘹亮，展开仙眼一看，只见一所庵中，姓金名煜者在那里修建黄煜大斋。纯阳子心中暗想道："此人修这样大斋，不知是真心好善的？假心好善的，须试他一试。"于是按落云头，在那庵外远远处伺候。直等他散了斋的时节，却扮作个褴褛道人，特来这个庵求讨些斋供。

时大斋方罢，金煜见这个道人破衲头、破揪巾、破草鞋，身上又十分臭秽。他虽是个好施舍的，到此却又不施舍，也不吩咐那家童把些什么斋供，把些什么酒饭管陪着他。那家童们见主人没有吩咐，哪里肯怜惜于他？且骂着："这个道人，你既要化斋，前日怎的不来？昨日怎的不来？今日斋罢了才来，落了你的魂！"道人说道："我虽然来迟，你筵有剩斋，厨有剩饭，管我一餐去也妤。"那家童道："没有！没有！你快去，莫等我打你！"道人不去，那些家童们遂将一个老大的拳头打将过来。道人乃题一《减字木兰花》词于石壁，云：

暂游庚度,白鹤飞来共谁语。岭畔人家,曾见寒梅几度花。

春来春去,人在落花流水处。花满前溪,藏有神仙人不知。

又题一绝句诗,云:

摆脱烟霞谒大斋,大斋已罢却空回。

殷勤说语金居士,枯木岩前花不开。

道人题毕,末后书云:"无心昌老来。"五字书罢,竟入云堂,良久不出。遍寻览之,已无踪迹。徐视其字,毫光烂灿,深透于石壁之后。始知昌字无心,乃吕公也。金煜顿足言曰:"吾饭僧一十二年,并无应验。今有一神仙至,而不能待他一箸饭、一杯茶,设什么斋? 修什么供? 他说道:'枯木岩前花不开。'尽说我没有善根。"遂愤惋而卒。

纯阳子离了大庚,又蹑着云,乘着雾,来到青城山。只见这一座山,高为天之一柱,秀作海之三峰,山下就有个丈人观。其丈人观中有一羽士,姓黄名若谷,风骨清峻,戒行严紧。或有施主们叫他治疾,又或有施主们叫他驱邪,他只用"天心符"、"水飞符"召将,极有效验。若谷得人钱帛,即散施贫乏。纯阳子知得这个道士的德行,乃按落云头,诡为一法师访之。若谷亦见了这个法师丰姿迥别,骨骼超群,就十分敬重着他,留宿月余。

一日,纯阳子问取若谷,说道:"汝驱邪治病,飞符召将,可曾见得将之真形么?"若谷道:"这怎么见得? 但只是法用先天一气,将用自己原神尔。"法师道:"我若用法时节,运掌成雷,瞬目成电,喷沫成雨,呵气成云。几天之将、地之兵,若有宣召,皆现取真形出来。"若谷摇一摇头,伸一伸舌,说道:"此样事除非张无师、萨真人才做得。"法师道:"这却不难。"若谷道:"此青城山北乡,地名秀墩,一姓陈的人家,有一个男子被狐狸精染了,明日正欲请我去驱治。既如此,先生可代我治之。"法师道:"如此却好。"

明日,若谷同着这位法师径到病男子家里,建一所法坛。若谷请法师上坛,飞着灵符,召着神将,斩着妖邪,救那男子一命。好一个法师,遂升了高坛之上,捏着个三台的诀,步着个七星的罡,敲着五雷的令牌,焚符一道,只见毫光烂灿,如龙又不是龙,如凤又不是凤,隐隐约约,直上天宫而去。法师又口宣谛语,说道:"雷霆号令,疾如星火,以今关召天将,速至坛前,伏听法旨。"只见须臾之间,电掣雷奔,一阵好大的风呵:

无形无影透人怀,四序能令万物开。就树撮将黄叶落,入山推出
白云来。

　　风过处，刮将一位神道，立在坛左侧。见他戴的是汉巾，穿的是绿袍，系的是玉带；丹凤之眼，卧蚕之眉，手提着光闪闪一口青龙偃月的刀。法师问道："是何神将？"那神说道："某非别，是玉泉山显圣的关将便是。"法师道："站立坛前，有事指挥。"只见一阵风过，又一阵好大风呵：

　　有声无影遍天涯，庭院朱帘日自斜。

　　夜月江城传戍鼓，夕阳关塞递胡笳。

　　风过处，又刮将一位神道，立在坛右侧。见他戴的是兜鍪，穿的是紫袍，系的是金带；黑漆之脸，豹环乏眼，手拿着锋棱棱一条水磨的钢鞭。法师问道："是何神将？"那神说道："某非别，是上清龙虎山正一赵玄坛便是。"法师道："站立坛前，有事指挥。"这法师召这两位天将到不打紧，若谷在旁边观看，见了一个红面，红的似胭脂，一个黑面，黑的似煤炭，他两个威风纠纠，杀气凛凛，长又长似天王，大又大似金刚，就惊得战兢的。

　　好一个法师，就去吩咐着关、赵二天将，说道："此处有个狐精为灵作害，你两位可搜山逻岭，捉将过来。"只见那两位天将应声而去。须臾之间，就把个九尾狐精活喇喇擒将过来。法师一看，原来是雌狐之精，这狐精真个是奸巧会假那虎威，妖娆会变着女子，白乐天曾有诗云：

　　古冢狐狸性最狡，化为妇人颜色好。

　　头变云发面变妆，大尾曳作长红衣。

　　那法师见了这个狐精，飞剑一斩，遂成两截。斩讫，却回互关、赵二将，各返天宫。那男子被狐精染的死里逃生，却来叩谢着法师救命之恩。此却不在话下。

　　这法师却又到若谷家来，若谷说道："先生飞灵符，召真将，必自神仙中来，还可以传吾道否？"法师道："子左足有北斗星，尚缺其一，再更一世，才可以成仙。"若谷大惊，说道："某左足有黑子，作北斗七星之状，而缺其一，未尝为人所知，今先生知我，真神仙也。"遂乃问己之寿数，法师倒书九十四字于纸上。将欲别去，乃题诗于壁，云：

　　醉舞高歌海上山，天飘乘露结金丹。夜深鹤透秋空碧，万里西风一剑寒。

　　题毕，末写"无上宫主作"，乃飘然而去。若谷因大悟，宫字无上吕字也，此法师乃吕先生乎。举目望之，已隐隐然在云端矣。若谷乃以四十九岁而终，却应倒书之字云云。

第 八 回

纯阳子醉死复生　纯阳子罗浮画山

　　却说纯阳子既别了若谷，又蹑着云雾至江南遨游。自称吕元圭，扮作一个渔人的模样，持一蓑一笠，一纶一竿，敲着短短板儿，唱那渔家之词。词曰：

　　　　二月江南山水路，李花零落春无主，一个鱼儿无觅处。风和雨，玉龙生甲归天去。

　　吕元圭唱这个词儿，声音嘹亮，响遏行云。沿街之上哪个不说声唱的好，唱的好。内有慷慨之士与之以钱，元圭则摇头不受，说道："我没用钱处，只有酒可以赐几壶。"只见这一所街道，都是些善信之士，闻得吕元圭求酒，这一家也与他几瓯，那一家也与他几碗。这个元圭饮了东家，又饮着西家，并也不晓得推辞。

　　时有一酒保者，姓张名隆，年虽有六十余岁，倒是个脱酒之辈，因问吕元圭："尔能饮酒几何？"元圭道："老官人，我只是没有酒吃，若有酒吃，却也没个限量。"张老道："吾今与汝一醉。"元圭道："若得我醉，我当厚谢。"张老乃叫着家童，抬过一瓮的竹叶青来，约有五斗，对元圭道："饮此当沉醉矣。"吕元圭乃放开仙量，将那鸬鹚杓，鹦鹉杯，一杯一杯复一杯，饮得笑盈腮，却把那一瓮的竹叶青彻底饮干，脸上并没些酒气。两旁人观的皆说道："这个人好量，好量！"吕元圭问道："张老官，还能饮我否？"那张老也是个好事的，又叫家童们抬过一瓮的葡萄绿来，仍有五斗余，对吕元圭说道："再饮尽此酒，当醉死汝矣。"吕元圭道："待我试饮之，看我会醉不会醉。"于是又把那仙量放开。正是酒渴吞海，诗狂欲上天。却把那一瓮的葡萄绿彻底饮干，脸上又没些酒气。

　　吕元圭饮干两瓮酒不打紧，只是旁观的千千万万之人皆说道："这个人不是刘伶出世，即是李白重生。不然，哪里有这等会饮之人？"张老亦说道："我的酒皆是好酒，别人吃，越吃越醉。这个人吃，越吃越醒。好古怪！"元圭道："张老官，我不古怪，还是你酒不醉人。今还能饮我否？"张老见这个人饮干两瓮之酒，哪里还肯把酒来？只是那些众人十分知趣，搧搌掇掇说道："张老，张老，你今日醉此人不倒，不算你是个好酒保！"张老被众人一激，乃叫家童们抬出一个最大的瓮来，那瓮酒叫做状元红，约有二石余。对元圭道："吾抬此瓮酒醉尔，看你怎么？"原来此瓮酒极是好酒，比竹叶青、葡萄绿果不同些，故此叫做状元红。怎见的好呵？则见：

　　金波似蜜，玉醴如泉。美味尝时，行人尽皆吐舌；清香满处，闻者谁不流涎。就如程乡之醪，醉李公者千里；绝胜山中之酎，醉刘子者三年。李白若闻，毕竟留身上之玉佩；阮宣一过，定教解杖端之金钱。青州从事数兹第一，生秀才让此居先。注在瓶中，潋滟的霞光欲炫；酌之盏里，馨香的露液尤妍。瀛洲之境，可以酪酹夫学士；瑶池之中，可以酝酹夫神仙。

正是：

　　上箬村中名未重，新丰市上价空传。此时若使刘伶饮，荷锸应须瘗九泉。

却说吕元圭见了这一瓮状元之红，仰天大笑，说道："此可以尽吾量矣。"于是取过一个小卮，又取过一个大觥。小卮注得满满，大觥酌得盈盈。小卮告竭，大觥又干，这叫做"流星赶月"之饮。既而不胜其烦，单单的注起几个大壶，饮个长流之水。只见那壶儿酌的恁忙，他口儿吞得恁快。正是一派湘江水，涓涓不断流。就把那一瓮的状元红，饮得个泉流干彻底，灯盏照无油。众人看的，哪个不说声："此非凡人也！"

张老虽去了三瓮的酒，倒也不甚恼，只是那张老的婆子有些小气，骂着张老，说道："不死的老狗，败家的老狗，怎么把许多的酒与人吃？"你看他千老狗万老狗、骂得个张老哑口无言。又骂着吕元圭："这样村人，饮去了我许多酒，你肚里生了酒龟，发了酒蛊，怎么不害个酒痨死？你臭村人，烂村人！"吕元圭见这个婆子千村人、万村人骂个不休，乃假作微醉，回言道："妈妈不要吃恼，我吃了你的酒，偿你的酒价就是，骂什么？"乃探着怀中，取出一块石头与那婆子。那婆子接着个石头，好恼又好笑。怎么叫好恼？三大瓮好酒，被这个元圭吃去，此不是好恼！元圭癫不癫，狂不狂，醉不醉，醒不醒，拿着个石头儿还人酒钱，此不是好笑！那婆子说道："这样好酒的人，不如醉死他，也消我怄气。"于是再取过几壶堆花的烧酒，饮他一个雨中夹雪，雪上加霜。

吕元圭见这个婆子又取将烧酒过来，乃曰："好贤惠的妈妈。"却把那几壶的堆花烧酒一饮而尽。此时,玉山已颓,遂扑地一跌,酩然入醉乡矣。众人到元圭身傍,将手儿在口边印了一印,全无气息,皆说道:"此人死了。"内中有一等人说道:"此样人也是个异人,好好的具棺材埋他。"张老道:"棺材我有。"乃催着几个土工,三三两两,把吕元圭尸首置之棺材之内。

荷锸的荷锸,拿锹的拿锹,抬棺的抬棺。一抬抬在南山之上,掘一个土坑,深深的将元圭埋着。埋毕,众土工们三三两两而归,望见前面又一一个吕元圭,摇摇摆摆,歌着劝世之词。词曰:

一毫之善,与人方便。一毫之恶,劝人莫作。衣食随缘,自然快乐。算什么命,问什么卜。

亏人是祸,饶人是福。天眼恢恢,报应甚速。谛听吾言,神钦鬼伏。

歌罢,又吟绝句一首云:

鹤不西飞龙不行,露干云破洞萧清。

少年仙子说闲事,遥隔彩云闻笑声。

众土工们见了这个元圭,歌了又吟,人人惊异,皆说道:"埋了一个吕元圭,怎的又有个吕元圭?"乃复转南山之上,启棺一看,尸首已不见了。遂回归言与张老,说道如此如此。张老大惊,将所与石头视之,乃一锭瓜子金也。始悟"元圭"二字,乃是"先生"二字,吕元圭者,即吕先生乎!遂懊恨终日,此却不在话下。

却说广东博罗、鲁城二县之境,有座山名罗浮山。这一座山,乃三十六洞天中之一洞,名曰耀真天。极是好个胜境。只见层崖插汉,丹壑凝烟,青松翠竹交映,异果奇花并美。有诗为证。诗曰:

罗浮山下四时春,卢橘杨梅次第新。

日啖荔枝三百颗,不辞长作岭南人。

这一座山,盘古初分天地时,只有罗山。浮山者,乃是蓬莱一个别岛。为因唐尧之时,洪水九年,把一座蓬莱别岛漂漂浮浮,浮至这个所在,依着罗山而止,故此叫做罗浮山。亦有诗为证。诗曰:

二山合体镇坤元,洪水漂来不计年。

玉洞天宽无客到,石潭云净有龙眠。

霜秋锦炫丹崖树,月夜琴鸣碧涧泉。

我欲凌风登绝顶,一声铁笛叫飞仙。

　　罗浮山既是个福地，内就有个朱明观。这一所观也，好清雅。芝房尘净，丹灶烟凝。洞门常有白云封，石磴竟无俗客到。纯阳子一日遨游其地，至一小庵中，偶道士他出，独一小童在。那小童倒也乖觉，一见了纯阳子，遂向前而揖，说道："先生来此游乎？"遂引至一经堂，安顿一个榻子，拂净尘埃，请纯阳子坐下。纯阳子问道："此何寥寥？"小童答道："莫道寥寥，虚空也。"纯阳子深嘉其言，以为这小童有些道气，讲得话分外别些，毕竟其师父是个好人。乃题诗于壁，云：

　　　　丹房有门出不钥，见个仙童露双脚。
　　　　问伊经堂何寂寥，道是虚空也不着。
　　　　闻此语，何欣欣？主翁岂是寻常人。
　　　　我来谒见不得见，渴心耿耿生埃尘。
　　　　归去也，波浩渺，路入蓬莱山杳杳。
　　　　相思一上石楼时，雪晴海阔千峰晓。

　　纯阳子题毕，那小童献上一杯茶，道："先生请茶！"纯阳子接过那个杯儿，饮过一杯的茶，暗道："此童子倒也可教。"既而，小童又窃着道士的酒以献。纯阳子见这个小童恁般殷勤，思欲度他。遂举杯而饮，留其余，使小童饮之。奈这个小童不该做神仙，乃以其余酒不洁，推故不饮，说道："童子从来不饮酒。"纯阳子道："略饮些无妨。"那小童终不肯饮。纯阳子无奈，只见那小童两目内障，纯阳子只以所余之酒噀其目中，那闪障忽然开明。这也是小童价无缘中有缘，不然，有眼是天堂，无眼是地狱。小童复去炊饭，款待纯阳子过午。

　　纯阳子乃取出一管仙笔，磨着一块仙墨，将那尖锐锐的仙笔，濡着香喷喷的仙墨，遂画着一山于壁，山下作池三口。画毕，小童又具着饭至。纯阳子不食，对小童道："吾仙人也，汝饮吾酒则仙矣。不饮，命也。然亦当享高寿。"言讫，飞入石壁中隐去。童子惊讶。

　　及道士归，童子具告其所由。道士见所题之诗，彻壁内外，乃大惊。既而又观其所画之山，见山之下有池三口，乃大悟曰："山下有三个口，此是个嵓字，乃吕洞宾乎！"不胜懊恼。其后童子果以五百岁而卒。纯阳子既游此处，又不知显度何方，且看下面分解。

第 九 回

献美人画并泛管　活已死鱼并吹笛

却说纯阳子一日游洛中,有陈公名执中者,素行颇善,纯阳子欲度之。时陈公建第宅东都,落成之日,亲朋纷然与贺。或有贺以诗者。诗曰:

甲第连云峻,山川拱把中。

文章华似藻,制度茂于松。

地胜风云壮,门高驷马容。

熊罴频入梦,生子有人龙。

又有贺以联者,联云:

室成全众美,天时地利人事;地胜毓三荣,状元榜眼探花。

时亲朋贺毕,陈公列席以待。俄有一褴褛道人至,即纯阳子也。陈公问道:"子来何为?"道人道:"我有仙乐一部,欲奏之以侑华席。"众亲朋皆道:"既如此,请先生奏来。"道人就腰间出一轴小画,挂于壁上,其画绘有美女十二人,各执乐器。道人以云板敲动,呼曰:"众女娘请下!"只见那画中的美人群然而动,遂鱼贯而下。下尽,画中只是一幅白纸。

只见那些女娘,两执幡前导,一抱琴,一操瑟,一把笛,一举笙,一握箫,一拥筝,一引琵琶,一执箜篌,一持羯鼓,一携拍板,皆玉肌花貌,丽态娇音,顶七宝冠,衣六铢衣,金珂玉佩,转动珊然。鼻上各有一粒黄玉如黍米,而体甚轻虚,终不类生人。众亲朋观看,哪个不拍掌大笑,说道:"妙!妙!"道人遂命之奏乐。那女娘们抱琴的弹琴,弹的悠悠扬扬。操瑟的鼓瑟,鼓的凄凄清清。把笛的弄笛,弄的嘹嘹亮亮。举笙的吹笙,吹的咿咿哑哑。握箫的品箫,品的悲悲切切。捧筝的抚筝,抚的哀哀怨怨。引琵琶的拨琵琶,拨的铮铮唪唪。执箜篌的奏箜篌,奏的宛宛转转。持羯鼓的打羯鼓,打得叮叮咚咚。携拍板的敲拍板,敲的咭咭嘎嘎。众乐齐动,响彻云宵。此说什么九天之上,秦穆公闻得钧天广乐;半空之中,唐明皇听的霓裳羽衣之曲。真个好耍子哩!

凡三阕竟,陈公问道:"此何物女子?"道人道:"此六丁六甲玉女。人学道若成,则身中三魂、七魄、五脏、六腑诸神皆化而无形,公亦愿学否?"陈公道:"你只是幻术,炫惑世俗,学他何用?"道人乃顾于诸女娘,说道:"此人不重贤,妆等可去矣。"于是那一干女娘作色而言,有说道:"这样不知趣的人家!"又有说道:"这样不晓事的人家!"遂亦鱼贯而行,复上画轴之上,依然不动。众人复大笑,说道:"这个小小轴儿,这些女子下来得,又上去得。果妙!果妙!"于是大家环聚而观。道人乃张口吞之,索纸笔大书曰:

　　曾经天上三千动,又在人间五百年。

　　腰下剑锋横紫电,炉中丹焰起苍烟。

　　才骑白鹿过沧海,复跨青牛入洞天。

　　小技等闲聊作戏,无人知我是真仙。

　　题毕,未写着"谷客书"。即出门去,俄不见。众亲朋懊恼大甚,遂以谷客二字问于陈公:"此是怎的说?"陈公详"谷客"二字,乃说道:"谷者洞也,客者宾也,岂非吕洞宾乎?"亦悔恨无及。

　　纯阳子既离了浲中,复蹑着一朵祥云,至一地名禄江。时渌江有一笔师,姓翟名华,喜接往来方士。纯阳子闻其贤,诣其家谒之。翟见纯阳子丰姿潇洒,态度飘逸,遂留之于家。时八月天气,纯阳子不茹荤,翟公乃呼取僮仆,三三两两,或在西塘去取藕,或在东圃去摘菜,或在南涧去采芹,或在北郊去艺黍。又且剥鹿卢之枣,舂鸡头之茨,煮烹羊角之豆、鹿角之菜。款陪纯阳子,约有一月余。纯阳子见这个翟公礼意加厚,将欲度之。

　　有一日,拉着翟公,游于渌江之浒。只见:

　　水深莫测,浪阔难游。上下无跨虹之长桥,往来之泛鹢之轻舟。隔岸止六七椽茅屋,前滩唯四五个沙鸥。人莫道此水呵但如衣带之小小,我则说这江呵却似天堑之悠悠。

　　正是:

　　一派长波无尽头,西风卷起浪花浮。渌江不是寻常水,泻下银河天上流。

　　纯阳子欲与翟公过于江之西岸,无有船渡,乃显出一个仙术,将一笔管啮为两片,浮于水径上。纯阳子履其一,引翟公亦履其一。此正欲度他而去,翟公心恐,竟不敢履。纯阳子乃笑而济焉。及岸,俄不见。翟公始知其为异人也。旬日,又来。值翟公外出,有一犬见纯阳子复至,摇首摆尾,不胜忻喜之状。如此者半日。及翟公回家,一见纯阳子,亦不胜之喜。纯阳子自袖中取出一团肉脯,约有桃实般大,令翟公食之。翟公闻其臭腐之甚,遂掩鼻,谢弗食。纯阳子太息,说道:"吾吕公也,以丹药一丸食子,汝弗能学。"纯阳子已隐而不见。

陈老乃顿足捶胸,放声大哭,说道:"神仙在此,我竟不晓得,气死我也!"只见那左邻右舍皆来问其缘故。陈老指其鱼曰:"你不曾看这个鱼儿,分明是我剖开的,而今活活的在那里。"那些众人说道:"活鱼的人今在哪里?"陈老道:"已变化去了。"言未毕,忽又闻其人歌声宛转清亮,其歌云:

落魄且落魂,夜宿乡村,朝游城郭。闲来无事玩青山,困来街市货丹药。

卖得钱,不算度。沽美酒,自斟酌。醉后吟哦动鬼神,任意日头向西落。

纯阳子唱此长短句歌,响彻云霄,音振林木。陈老只闻其声,不见其形,乃谓曰:"汝神仙可留下姓名。"纯阳子道:"吾吕洞宾也,今去矣。"遂现其形于五云之端,众莫不惊骇。至今江东有一鲤鱼,腹下有痕迹,原是纯阳子灵丹点活的,其鱼尚在。

又,纯阳一日游武昌,扮作一云游道人,持一渔鼓简板,满街之上唱《浪淘沙》一词,云:

我有屋三椽,住在灵源。鱼遮四壁任萧然。万象森罗为斗拱,瓦盖青天。

无漏得多年,结就姻缘。修成功行满三千。降得龙来伏得虎。陆地神仙。

时武昌守有事外出,正当摆头踏转府,闻得歌声清亮,坐在轿子上凝望,只见是个道人。那太守素重着方外之士,因谓左右人曰:"那唱歌的道人,叫他进我衙里来,我有事问他。"只见那些皂隶们就去请着那道人,说道:"先生,我老爷请你到衙里去。"道人遂同着皂隶们直进府衙之内,见了太守,唱一个恭儿,说道:"贫道稽首。"那太守倒是个不骄傲的,回言道:"道人休怪。"既而叫门子掇一把椅子,叫那道人坐下。遂同说:"道人从何而来?"道人道:"贫道终南山来的。"守问:"终南有佳处?"道人道:"佳处甚多。"因举陶隐君诗答云:"终南何所有,所有惟白云。只可自怡悦,不堪持赠君。"守甚异之,款留二日。因问其姓名。道人隐而不说,唯曰:"野人本是山中客,石桥南畔有旧宅。父子生来只两口,多好笙歌不好拍。"

时守性好弈,因问道人:"能弈否?"道人道:"颇知。"守乃与之对弈,才下仅八子。道人道:"大人负矣。"太守道:"汝子未盈局,安知吾负?"道人道:"吾子已分途据要津,所谓战必胜,攻必取,是以知之。"已而果然。如是数局,守皆负。守不忿,怒形于色。道人俄拂袖而去,并不见其踪迹。守令人遍城寻之,有人说道:"那道人在郡治前吹笛。"及寻者至郡治前,则闻笛声在东门。寻者至东门,则闻笛声在西门。寻者至西门,则闻笛声在南门。寻者至南门,则闻笛声在北门。寻者至北门,则闻笛声在黄鹤楼前。守乃多令人寻之。及至黄鹤楼前,道人则走往石照亭中。众人从石照亭中左顾右盼,东寻西觅,哪里见道人个踪儿影儿?但见亭中有诗一首。诗曰:

黄鹤楼前吹笛时,白苹红蓼满江湄。

衷情欲诉谁能会,喏有清风明月知。

那些左右之人录了比诗,回复太守,说道:"老爷,那道人着实奇怪,东寻东不着,西寻西不见,直寻到黄鹤楼前,他却走在石照亭。及至石照亭,依然没有踪影,只留有一诗在那里。"因呈诗与守,守始悟道人先吟之诗,说道:"野人本是山中客,乃宾字也。石桥南畔有旧宅,石桥者洞也。父子生来有两口,两口者吕也。多好笙歌不好拍,乃吟也。这分明是'吕洞宾吟'四字,此道人乃纯阳子乎?"众方惊悟,其守亦懊恼累日。

第　十　回
吕纯阳杭州卖药　吕纯阳三醉岳阳

　　纯阳子一日游杭州,扮作个施药医士,自称乾系屯先生,头上戴一幅巾,身上穿一领皂袍,把药包儿摆在十字街头。这一边列着什么续命丹、换骨丹、水火丹、返魂丹等丹;那一边列着什么神楼散、益元散、紫金散、八宝散等散。又这一边列着什么养胃丸、养脾丸、化痰丸、固精丸等丸;又那一边列着什么鹿茸膏、白凤膏、黑漆膏、露液膏等膏。药已摆定,于是挂起着一面大大的招牌,上写着"轩岐仁术"四个大字。

　　只见满城百姓求药的纷纷,有一人进前揖曰:"先生,我母有个心气之疾,或五日一作,或七日一作,又或三日一作。可有药治否?"乾系屯道:"心腹之疾,不可不治。"乃探取药囊之中,取过了妙剂一服,付与其人,说道:"你是个爱母亲的孝子,这一服药令堂饮之,其疾即愈。"其人拜谢而去。又一人进前揖曰:"先生,我有一个家兄,患了头疯之疾,左服药不效,右服药不效。先生可有药治否?"乾系屯道:"头首之疾,不可不治。"乃探取药囊之中,取过了一服妙剂,付与其人,说道:"你是个敬兄长的弟弟,这一服药令兄饮之,其病即愈。"其人拜谢而去。又一人进前揖曰:"先生,我有一个豚儿,患了个痢疾之症,其大便或去红,或去白。可有药治否?"

　　乾系屯道:"肠胃之疾,不可不治。"乃探取药囊之中,取过了一服妙剂,付与其人,说道:"你是个爱儿子的慈父,这一服药令郎饮之,其病即愈。"其人拜谢而去。又一人慌慌忙忙,进前揖曰:"先生,我有个妻子生疥疮,可有药治否?"乾系屯曰:"皮肤之疾,不治何妨?"其人道:"妻子叫我讨药,我若没有药回去,禁不得她骂。"乾系屯笑道:"你原来是个怕老婆的汉子,没有药与你。"其人道:"先生积阴骘,舍些药与我去罢。"乾系屯乃取过未药一包,付与其人,说道:"一搽就好。"其人亦拜谢而去。却说这个先生在杭城施药,施去的吃了皆有效验,此正是:

　　人过留名,雁过留声,麝过留馨。满城的百姓,哪一个不传讲说道："好医人！好医人！"有等疯废残疾之人却皆来求疗。只见一个偏盲的人，摇摇摆摆走上街来。杭州人好不轻薄，就去笑他道："别人一双眼，你只一只眸。可笑招边子，好个瞎猪头。"这个偏盲的人也十分吃恼，只是不好答应得。却来见着乾系屯，揖而问曰："先生可能医我眼否？"乾系屯道："莫说一只眼偏盲，就是两只眼俱瞎，我也医得。"乃用了一根簪子，在眼上拨了一拨，复点上些光明的仙丹。

此正是：

　　妙药洗开千里雾，金针拨散一天云。

就把那一只的偏盲的眼，医得光光明明，就如好的一般。其人感谢不尽，辞着乾系屯而去，满街称扬。时有一个驼子闻得此事，谓家人曰："瞎眼既医得好，或者我屈背也会医得。"于是，那个驼子也走上街来。街市上人多口多，就笑着这个驼子屈背："屈笼空，相似刮沙弓。若还睡在地，就如串地虫。"那驼子闻得人笑他，好恼好恼！乃走到乾系屯处，问道："小人这个屈背，先生可医得么？"乾系屯笑道："背儿屈的，只是缩了一条筋。若把这筋儿割断，就伸舒得。"驼子道："割断那条筋儿，人不会死？"乾系屯道："做为官的割了总筋，也不会死。"驼子道："先生不要笑说，只有药把些我吃才是。"乾系屯乃取过了二三粒丸子，那不是丸子，正是换骨丹。驼子们一吃了，只见腹子里响了几响，骨节斗涨。少顷，驼子觉得遍身舒畅，把腰一伸，就挺然而立。你看这驼子，先前是个佝偻丈人，而今是个直符使者。这个先生的手段妙不妙？那驼子叩头拜谢，说道："小人受此背一世亏，坐下是个屈梨辕，仰睡是只窈龙船。镇日头磕地，哪里见青天。"乾系屯道："你如今好矣。"驼子道："我受屈半世，今日才喜得见天了。"驼子辞去。

只见涌金门外，一个跛子闻得此事，乃谓家人曰："哪个施药先生既医得驼背，岂医不得拐脚？"乃跛也跛，跛进城来。杭城人真是轻薄，一见了这个跛子，大家取笑，笑道："跛人跛得真跷蹊，一步高来一步低。衣服半边常扫地，草鞋半截不沾泥。"那跛子却也吃恼，只是敢怒而不敢言，只得来见着这个乾系屯，说道："小人这样足疾，先生却医得好么？"乾系屯笑道："你这样足疾是那脚儿不般齐，把长的去短些也好。不然，把短的接长些也好。"跛子道："人的肢体怎的断得？又怎的接得？岂不闻凫胫虽短，续之则忧。鹤胫虽长，断之则悲？"乾系屯道："你这样人到也懂得几句庄子。"乃取过二三粒药丸,付与跛者。此也不是别药,仍是那换骨丹。那跛子服了,不移时,只见遍身酥麻,左脚儿渐渐的长,右脚儿渐渐的短,就把那一双脚儿般般齐了。那跛子遂行了几步,并不艰难,乃叩头谢曰:"小人吃尽拐脚的亏苦,行不向人前,走不向人前。任行任走,一日行不过二里,走不上三里。小人住在涌金门外,到此不过七八里路儿,到走了三个日头。今日得先生医治好了,莫说是走,就是跳也会;莫说是跳,就是蹉边也会。"言未毕,只见那驼子们得这个先生医好了他的背疾,乃买得一罐的蜜林檎,一只饶鸡敬来谢着这个乾系屯,说道:"小人蒙先生愈了背疾,没有什么殷勤,只买得一罐酒、一只鸡,望先生笑纳。"乾系屯道:"难为你了。"于是却把一罐的酒、整只的鸡享用已尽。那跛子见这个驼子怎般买鸡买酒,谢着这个先生,他也去买一樽清河酒、一只烧鹅来,说道:"小人蒙先生治愈了脚疾,没有什么殷勤,只买的一樽酒、一只鹅,乞先生笑纳。"乾系屯见这个跛子又怎的殷勤,亦说道:"多谢你了!"也把那一樽的清河老酒、整只的烧鹅慢慢的享用已尽。彼时,乾系屯吃了此二人的酒,假做微醉。那跛子驼子叩谢而去,不在话下。

却说乾系屯吃醉了酒,遍身流汗,将手儿在脸上抓一抓,身上扒一扒,腿上揸一揸,指甲里藏有几多黑垢,遂做成一个团儿,约有樱桃般大,示着众人说道:"此一粒灵丹,有能再拜我者,吾以此丹饵之。"众以为这个先生吃醉了,正在发酒风,哪个肯拜他? 乾系屯又道:"有能再拜我者,以此丹饵之,即可作神仙也。"众人皆以为乾系屯发酒风,哪个肯拜? 兼之见那样龌龊垢儿,哪个肯吃? 乾系屯叫了数次,没人理。他大笑道:"世人欲见吾甚切,既见吾,又不能识,亦命也。"乃自饵其丹。俄五色云冉冉而起,围绕着乾系屯,有顷不见。众人大惊,说道:"早知此是神仙,莫说是垢,就是屎也吃了他的。"内中有聪敏者乃悟道:"这个先生,自称乾系屯。乾者阳也,系屯乃纯字也,分明是吕纯阳下世。"众皆懊恼而散。

纯阳子一日又游鄂州,乃登岳阳之楼,览山川之胜。只见岳阳楼风景,春和景明,波涛不惊,上下天光,一碧万顷。沙鸥翔集,锦鳞游泳。岸芷汀兰,郁郁青青。却好景致。纯阳子观看一回,逸与飘然,乃吟诗一首:

徐步岳阳楼上头,四围山色拥皇州。

莫言笑语惊天地,且看阑杆逼斗牛。

芦渚两三声牧笛,柳溪四五个沙鸥。

分明一段萧湘景，万顷烟波足胜游。

纯阳子题诗以毕，遂下了岳阳之楼，

投一酒肆中索次。饮了佳酝石余，未及醉，众人惊怪，相聚以观。其店主姓倪名高者，索酒金，道人瞪目不语，颓然醉倒。倪坐守之，自昏至晓。道人忽起，援笔题诗于壁。

诗曰：

鲸吸鳌吞数百杯，玉山谁起复谁颓。

醒时两袂天风吟，一朵红云海上来。

题毕，未书云："三山道人回后养作。"遂以土一块掷于倪高之怀，疾走出门而去。彼时，倪高以这个道人走脱酒价，急忙追之，将近则见已在云端矣。倪大惊，回视其所掷土块，乃良金。再看其所题之诗，墨迹彻壁数分，始知"回后养'者，回乃吕字，后养二字则反对先生也。倪悔之无及。

纯阳子一日复游岳阳，又诡为道人装束。时午日，只见柳树之下，清风披拂，绿荫茂密，纯阳子乃坐于其下。谁知那一棵柳树却成了精怪，一见了纯阳子，万作人言，说道："吕神仙，坐此乎？"纯阳子倒吃了一惊，徐观之，乃是柳树也。遂口占一绝，云：

独自行来独自坐，独自吟来独自坐。

唯有城南柳树精，分明知我神仙过。

既而进城中，又饮得大醉，遂往谒太守王纶者。太守见这个道人貌甚清癯，短褐不掩干，且甚褴褛，又吃得烂醉，心甚薄之。既而问着道人："汝有何道术？"道人道："贫道解造逡巡之酒，能开顷刻之花。"太守命左右们取过些糯米付与道人，说道："汝试造着酒来，果能逡巡成否？"好一个道人，用起仙术，将那些糯米用水侵着，置之瓦钵之内，没有一刻时分，其酒遂成。那酒呵，真个是清滴滴，香馥馥，碧盈盈。色莹玉壶无表里，光摇全盏有精神。始知今日神仙造，压倒梨花竹叶春。

时两班左右皆大惊，其守不以为异，乃问道："汝再开顷刻之花来。"

时五月天气，府治前有桃李树。道人指着树，道："开那桃花李花何如？"其守道："试开来。"好一个道人，呵一口气，就如幽谷生春，只见桃树生蕊，李树含英。不移时，桃花也开，李花也开，真个是桃花红似锦，李花白如银。两般花茂盛，别是一般春。那左右们看见这样异事，哪个不惊骇？谁知这个太守却是个古执的，说道："这样道人，只是些幻术惑世诬民耳。"遂令出之。道人乃题诗一首于壁。

诗曰：

仙籍班班有姓名，蓬莱倦客吕先生。

凡夫肉眼知多少，不及城南老树精。

守惊讶间，已失其所在。及视其所造之酒，酒则竭；所开之花，花则谢。唯所题之诗，字迹深透壁后。其守悔曰："早知是吕纯阳，吾岂敢如此相待？"懊恼者累日。

却说纯阳子两次游岳阳，并无人识，乃曰："岳阳之人，岂无一人知我乎？若有知者，吾当度之。"遂再从其处游玩。又到一酒肆之中，沽酒而饮。吃了酒，乃装作一个醉汉样式，狂不狂，颠不颠，背上佩一个小小葫芦，大呼于市，说道："我葫芦内有丹药，起死回生，转老返少。有人出得百金，我把这一粒卖他。"满城之中说道："世间有这样狂人！"哪一个问他买药？纯阳子自巳牌时分叫起，叫到午牌时分。东门转过西门，西门转过南门。南门转过北门，北门又转到十字街头。莫说问他买药，话也没人与他答一句儿。纯阳子乃取下背上的葫芦，嘱道："葫芦葫芦，贮药一壶。鱼人货买，要你何为？"遂望空掷去。只见那葫芦奇异，离人有丈余，上也不上去，下也不下来，飘空的悬在那个所在。纯阳子若往东行，葫芦儿也随他往东。纯阳子若往西行，葫芦儿也随他往西。纯阳子站住，那葫芦也站住。众人见了，方知是个神仙，大家却争买其药。纯阳子笑道："吾吕公也！道在目前，蓬莱跬步；抚机不发，当面蹉过。"乃吟诗一首。

诗曰：

朝游北海暮苍梧，袖里青蛇胆气粗。

三醉岳阳人不识，朗然飞过洞庭湖。

吟毕，遂蹑着一朵祥云飘飘而举，其葫芦亦随之去焉。

第 十 一 回

纯阳游广陵妓馆　纯阳游寺访书斋

纯阳子一日游广陵，广陵有一妓女，名黄莺，极有姿色，豪客宿之者纷纷填怎见得有姿色？只见：白净净钟乳粉的面貌，妖娆娆红娘子的行藏；黑幽幽的乌头滑腻，轻飘飘的海带飞扬；鬓插着鲜艳艳的红花朵，衣染着芬馥馥的桂枝香；温雅雅的从容态度，浑素素的厚朴梳妆；乖巧巧见重于当家的贝母，俊娇娇爱杀了卖俏的槟榔。

　　时纯阳子见这样标致的女子堕落胭花，乃假扮个秀才托宿。此时纯阳子终不然又起了欲心，学那宿白牡丹的旧事不成？只是要点化这个女子，去做个瑶池的素娥，不要做个勾栏的红粉。不想道这个女子交有几个知趣的孤老，罕稀什么穷酸的秀才？这纯阳子三回两转，要与那妓女歇宿。那妓女千推万阻，不与纯阳子交欢。纯阳却也无如之奈，乃题诗二首于壁。

　　其一云：

嫫母西施共此身，可怜老少隔千春。

他年鹤发鸡皮媪，却是玉颜花貌人。

　　其一云：

花开花落两悲欢，花与人还事一般。

开在枝头防客折，落来地上请谁看。

　　吟毕，未题云："昌虚中书"。

　　时又有一妓，名杨柳，系是黄莺之妹，亦称绝色。怎见得绝色？只见：身穿着一领红衲袄，脚穿着一双红绣鞋。香罗带挽着身子儿窄，金钱花插着鬓云儿歪。云鬓儿光光乍，胜人的打扮；金莲儿步步娇，动人的情怀。宛转的歌声，黄莺儿睍睆，婆娑的舞态，粉蝶儿徘徊。她接的是倜秀才，人儿俏俏；我爱的此虞美人，我的乖乖。只见这个杨柳，美丰姿，且好吟咏。一见了纯阳子题的诗句，就十分怜爱，乃问着纯阳子，说道："秀才，我姐姐既不接你，如不弃，那只在我这里歇罢。"纯阳子说道："如此却好。"乃进于杨柳房中。杨柳待之以茶。茶毕，叫鸨儿买肴馔整东道。纯阳子道：

"你广陵院的旧规矩,客初来时节,皆要什么样物相馈?"于是取过了黄金一锭,付与杨柳。杨柳道:"此过于太厚,不敢受。"纯阳子道:"受下无妨。"不移时,只见鸨儿整有酒筵来。纯阳子与着杨柳对斟对酌,饮得个酩酊沉醉。杨柳扶着纯阳子就寝,纯阳子鼾鼾而睡,直到天亮,并不曾与杨柳交合半次,夜又寝,杨柳有求合的意思,纯阳子只是鼾睡。第三夜又寝,杨柳有求合的意思,纯阳子只是鼾睡。此正是落花有意随流水,流水无情恋落花。直至四夜,杨柳逼纯阳子交合。纯阳道:"吾虽秀才,却雅慕仙术。吾今坎离配合身中,夫妇内交,圣胎已结,婴孩将生,岂复恋外色乎?内交之乐,过于外交之乐远矣。"竟不与之合,你说这个纯阳子当初宿白牡丹,恁般风情,而今怎恁般老实?盖他的丹田至宝曾被白牡丹夺去,养阳九年,才得如旧。前番已误,岂可再误!

　　杨柳问道:"秀才,你先间说着内交之乐,这却是神仙么?"纯阳子道:"差不多。"既而问着杨柳:"仙家好么?娼家好么?"杨柳道:"仙家固好,我娼家吟风弄月,握雨撩云。锦帐重遮,睡到五更犹是夜;洞房深锁,雪深三尺不知寒,似也好快活一般。"此时,纯阳子正要度着杨柳,只因这几句言语,暗想道:"此女子凡心正盛,业债未偿,怎度得她去?只是她意思殷勤,莫若把一粒却老丹与她,使她多寿也罢。"于是取丹一颗,付与杨柳食之。

　　杨柳因纯阳有圣胎之言,如说他是秀才,怎的又说着神仙话儿?如说是个神仙,又怎的花街上戏耍?心下疑惑,乃与一个知趣的孤老,姓萧名九成者,是个大学生,就与他说了一番,如此如此。九成道:"此必是异人!"次日敬来访之。纯阳子知其来,潜入帐后不出。良久寻之,已不见,唯壁上有诗一首。

　　诗曰:
　　一吸鸾笙裂太清,绿衣童子步虚声。
　　玉楼唤醒千年梦,碧桃枝上金难鸣。

　　末写着:"昌虚中书。"又萧生玩黄莺处,诗亦写着:"昌虚中书。"始悟"昌"字虚中乃"吕"字也。此岂非吕先生乎?时杨柳大悔恨,黄驾闻得此事,亦悔恨无及。杨柳与黄莺共庚,不数岁,黄莺老而杨柳尚少,及黄莺死,而杨柳精神益旺。此盖服其却老丹而致,此不在话下。

　　却说纯阳子复游杭州天竺寺,闻得有一僧法珍,坐禅一十二年,颇有戒行。一日扮作个云游,至其寺,遂造禅堂。只见禅堂中有春夏秋冬四律诗句。其春景诗云：

烟暖乔林啼鸟远，日高方丈落花深。

积香厨内新茶熟，轻泛松花满碗金。

其夏景诗云：

风定泉声当涧响，雨余山色入楼多。

老僧减却心头火，一榻松阴养太和。

其秋景诗云：

清风拂处叶欲落，碧藓堆时人不来。

满院秋光浓欲滴，禅门闲向白云开。

其冬景诗云：

梅花墙角开新历，松树枝头曝衲衣。

怕冷老僧嫌朔吹，却教重子掩柴扉。

却说纯阳子既到禅堂，复入禅堂之后，又有个方丈之室，法珍却在那个所在坐定。一见了这个道人、急忙问讯，说道："先生亦来游敝山邪？"道人道："宾刹胜景，特来一玩。"既而问取法珍，说道："尊师坐定禅宗，以为道在坐乎？"珍曰："然。"道人道："佛成贪嗔淫杀，为甚方其坐时，自谓无此心矣，及其遇景触物，不能自克？则此种心纷飞莫御，道岂专在坐哉？"因求法珍同历云堂一玩。

及至云堂，见一僧正酣睡，谓珍曰："吾偕子少坐于此，试观此僧何如？"良久，见睡僧顶门中出一小蛇，长三寸余，缘床左足至地，遇涕唾食之，复循溺器饮而去，及出轩外，渡一条小沟，绕遍花台，若驻玩之状。复欲渡一小沟，以水溢而返，忽经小径，遇有一小刃在地，蛇见畏缩。寻则往至床右足，循僧顶而入。睡僧欠然一寤，俄见法珍同道人在堂，遂忙起施礼毕，因问珍与道人，说道："吾适才一梦，与二子言之。"道人道："是何梦？"僧道："初，梦从左门而出，逢斋供甚精，食之。又逢美酒，饮之。因褰裳渡门外小江，逢美女数十，予恣观之。复渡一小江，水骤涨，不能往，遂回。逢一贼欲见杀，乃从捷径至石门而入，遂觉。"道人与珍大笑，说道："以床足为门，以涕唾兑斋供，以溺为酿，以沟为江，以花木为美女，以刃为贼人之梦寐，幻妄如此。"

既而珍扣问道人，说道："此僧，吾之师弟，为蛇者何？"道人曰："此僧性毒多嗔，熏染变化，已成蛇相，他日瞑目，即受生于蛇中矣，可不惧哉？"

法珍问道：“先生姓甚名谁？”道人道：“吾吕公也，见子精忱可以学道，特来教子。盖人之性，念于善则属阳明，其性入于轻清，此天堂之路。念于恶，则属阴浊，其性入于粗重，此地狱之阶。天堂地狱，非果有主之者，特由人心自化成之耳。子尚必精必勤，毋妄尔心，毋耗尔神，毋劳尔形。”言讫，遂隐而不见。法珍不胜怏怏。后法珍得纯阳子点化，亦自得道成仙，此不在话下。

却说芝城郡有一地名碧邝，一孙姓人家，颇殷富，建有一水阁，极虚明幽雅，多聚士人读书。纯阳子云游至其处，士人接见，见其清标有仙骨，风韵飘逸，皆大忻喜，且曰：“先生云游士也，诗多奇雅，敢求一首见教。”纯阳子吟云。诗曰：

午夜君山玩月回，西邻小沼碧莲开。

天香风露苍华冷，云在青霄鹤未来。

士人闻其诗，清绝高尘，无一些烟火气，各争相抄写。既而，大家商议，说道：“这个道人不是寻常人品，可相待一饭。”及饭毕，再求吟诗一首。纯阳子又吟云。诗曰：

看山看水历寰中，摆脱烟霞到碧邝。

一饭笑谈归去后，行云流水任西东。

纯阳子吟毕，士人争称羡，说道：“此样诗飘飘逸逸，新新雅雅，秦女品凤箫，不过尔尔。”既而士人又道：“先生，此水阁未有佳联，可见赐珠玉几字！”纯阳子乃亲手写一联于柱云：

夜静月生寒，鹤度疏极疑岛屿；春深花弄影，人从流水认天台。

纯阳子写了此对，哪一个不啧啧。既而又写着四句于壁上：

“但患去针心，真铜水换金。鬓边无白发，马去难寻。”

已而不见，众士人大惊。及看所写之字，笔势伟劲，光彩炫目，皆曰：“此什么神仙？”及详“但患去针心”，患字去却一直并心字，乃吕字。“真铜水换金”，铜字以三点水代去金字，乃洞字。“鬓边无白发”，鬓字上去却髟字，乃宾字。“马去难寻”，字除去马字，乃是来字，盖寓“吕洞宾来”四字。内有士人曰：“这果是吕洞宾来。不然，凡人口吻，焉得有此妙诗？焉得有此妙对？”时有士人姓关名云祥者，即绘其像，金形木质，翠眉棱层，凤眼朝鬓，头戴道巾，身穿道袍，背上负一剑，至今传之。纯阳子既离了此处，更不知又显化何方。且听下面分解。

第 十 二 回

纯阳子掷剑化女　纯阳子见火龙君

却说纯阳子蹑着云雾，至江南地方，有一寺，名戒严寺，钱粮优裕，僧众共有五百余。纯阳子一日游至其处，按下云头，遂入于寺中，乃以所佩之剑化一艳妇。你看那妇人标致不标致？只见：眉分柳叶，唇点樱桃。嫩盈盈半醉杨妃面，细纤纤一搦小蛮腰。靓服不须着红锦之袄，淡妆岂用彼翠云之翘。袅袅娜娜湘妃鼓瑟，旖旖旎旎秦女吹箫。好容貌不朱不粉，巧丹青难画难描。

真个是：匣内取来锋利剑，人前变作女多娇。试看女子形容俏，益信神仙手段高。

却说这个女子窈窈窕窕，金莲款款，绣鞋窄窄，缓缓的行进了山门。只见那寺中之僧大惊小怪，意荡神驰。内有一僧说，道："哪一家小姐来也？"有一僧这等说，就有一僧那等说，道："哪里有这样小姐，敢是观音菩萨么？"内又有一僧说道："此不是观音菩萨。既是观音菩萨，如何没有个红孩儿、龙女跟随？敢是妖精么？"内又有一僧说道："我寺中有护法金刚、飞天神王、金头揭谛、银头揭谛、阿难尊者，十八位罗汉，二十四位诸天。降龙的也有；伏虎的也有；擒精的也有。哪一个精怪白昼当空，敢在我寺里来？"内有一僧道："讲的也是。纵有精怪敢在我寺中来，这还是良人家女子。"那些僧众们猜来猜去，此却不在话下。

却说那女子进了山门，就行上佛殿。佛殿看了，就转过云堂。云堂看了，就转过方丈。方丈看了，就转过积香厨。积香厨看了，就转过观音堂。那些寺僧们看了这个女子，长老也不是个长老，行者也不是个行者，大大小小皆发疯魔了。只见那念《金刚经》的，忘记了我相、人相、众生相、寿者相，阿耨多罗三藐三菩提。念《弥陀经》的，忘记了大焰肩佛、须弥灯佛、无量精进佛，如是等百千万亿恒河沙数诸佛。念《法华经》的，忘记了庄严王三昧、光明三昧、净藏三昧，如是等百千万亿恒河沙数三昧。念《多心经》的，忘记了无眼耳鼻舌身意，无色声香味触法，无界眼乃至无意识界,无无明亦无无明尽,及揭谛揭谛、汶罗揭谛、波罗生揭谛、菩提萨婆诃。

　　你看这一个女子,入寺不紧要,只是她左顾右盼,引得人意惹情牵,此真是大孽障的关头。只见云堂中有一僧,方趺跏而坐,见了这个女子,并不凝眸半下。纯阳子看见,说道:"这个禅僧甚有戒行。众人皆邪而彼独正,众人皆浊而彼独清,此人必须要度他才是。"谁知那一个僧,外面虽是个假老实的嘴脸,腹内是一副醒醒的心肠。一见了师兄师徒们正在观看那女子,连忙的下了禅床,走出山门之外,转弯抹角,僻静的去等着这个女子出来。却说这女子离了寺中,出了山门之外。只见这个禅僧阻着归路,说道:"小娘子,既在敝山来,怎的不吃一餐饭去?"女子道:"不消得。"禅僧道:"小娘子,你适才进我寺中,我落了一物件,小娘子发慈悲心,把还小僧罢。"女子道:"师父吊下了什么? 小娘子却不曾捡得。"禅僧道:"我先间掉下了魂灵儿,是小娘子夺去我的,看天面把还我也罢。"女子道:"我不晓的什么魂灵。"禅僧道:"小娘子是个聪明的人,动头知尾,不要推故。"小僧只是要行着云雨。"女子道:"这样大旱的时节,云在天上,雨在云中,师父既要行云雨,只管自去驱风使电,鞭霆驾雷就是,何须与小娘子讲?"禅僧道:"小娘子不要推故,我只是要与你做个夫妻。"女子怒道:"这师父好没分晓! 你是个出家之人,六根俱净,五蕴俱空,目不视邪色,耳不听淫声才是。你这般好色,还思量修什么行,做什么佛?"禅僧道:"小僧今日也不思量做佛,只思量做夫妻。"乃强欲抱住女子,求与交合。

　　纯阳子忽大叱一声,说道:"没戒行的和尚,休得要戏弄我仙剑!"这女子闻得纯阳子一叱,遂变成一剑,跳入纯阳子匣中。那禅僧见女子化成剑去,知是仙人们作弄着他,吃一大惊。纯阳子道:"我吕公也,将着宝剑化成女子,试你寺中请僧。我先间见你遇色不看,只道你可教,岂知你恁般所为。做得好和尚!"那禅僧惶恐,抱头鼠窜而去。此且不题。

　　却说纯阳子又到一个寺院,这寺叫宝华寺,钱粮亦广也,有五六百僧众。纯阳子道:"戒严寺僧人没一个好的,看这宝华寺中僧人如何?"于是也将这所佩剑仍变作个女子,也变得。标标致致,旖旖旎旎。面嫩嫩簇着芙蓉朵,腰纤纤摆着杨柳枝。袖中玉笋儿指尖葱葱可爱,裙底金莲儿脚步款款轻移。此娇似赵家飞燕,此美如吴苑西施。此赛过汉苑王嫱,此绝胜唐宫贵妃。

真个是：

对月并姮娥一对，临溪共洛浦双妹。吕神仙显兹妙术，是谁人识彼玄机。

却说纯阳子仍以宝剑变成个女子，刚进了山门，只见禅堂之上有一个云游僧，正在那里入定。一见了这个女子，高声叱道："金铁之精敢入山门么？"纯阳子闻得此语，到吃了一惊，说道："是哪一个慧眼，参透我的机关？"连忙收了宝剑，进前与云游僧稽首，说道："小子了试戏术，有犯禅师，望禅师恕罪。"云游僧乃问道："适间化女子之剑，好似火龙君佩的，为何在你手中？"纯阳子道："小子先年遇着火龙真人，遂以此剑赐我。"云游师道："然则汝乃吕洞宾乎？"纯阳子道："某便是。敢问禅师姓名，还从哪里来的？"云游僧道："小僧姓高名法慧，从庐山竹影寺而来。"纯阳子道："禅师既住居庐山，曾接我火龙真人否？"法慧禅师道："我与火龙君共山而寓，连洞而居。他在翠微洞，我在竹影寺，却是毗邻一般，哪里不相接？"纯阳子道："火龙真人今在家否？"法慧禅师道："那火龙君数年前是个孤云野鹤，无有定迹。或自蓬莱山访道，或白阆风苑寻真，或自西华山炼丹，或自瑶池头赴宴，又或自终南山访友，或自天台洞围棋。只是这几时懒待游衍，此正是云无心出岫，鸟倦飞知还也。"纯阳子道："小子正欲拜访火龙真人，答谢他赠剑之爱。"法慧禅师道："既如此，我陪你同去。"

于是纯阳子同着法慧，各驾了一朵祥云，刚刚到了庐山之境。只见这一座山呵：玉笋峰出，瀑布泉飞。石岩岩高接青旻，洞深深细凝紫雾。青青翠翠的古松，龙髯滑腻；倚倚密密的修竹，凤尾参差。涧边丰草，柔柔软软的龙须，岭上枯株，丫丫槎槎的鹿角。嵬嵬峨峨，作江西一省保障；秀秀丽丽，擅天下九州奇观。真个是：庐山高哉儿千仞兮，凡人可望而不可跻兮。

却说火龙真人正在翠微洞中披阅《黄庭经》，忽有鸦鸣一声，又见白鹿衔有花至。他是个未卜先知的神仙，就晓得纯阳子来，乃谓一仙童曰："今日有客来，可烹着仙茶，温着仙酒，摆列着仙肴仙果俟候。"言未毕，只见法慧禅师领着纯阳子进了洞天。火龙君一见了纯阳子，就下榻迎接。纯阳子遂稽首而拜，说道"自别仙颜，无由一晤。今日重逢，正如拨云雾睹青天矣。"既而相叙寒温毕，火龙君乃谓法慧禅师曰："汝自何处得遇吕纯阳？"法慧禅师道："某自江南宝华寺得遇。因纯阳要拜仙丈，故此陪他同来。"火龙君道:"多谢你了。"

言未毕,只见仙童们上仙茶。那茶是什么茶?雀舌未经三月雨,龙芽先占一枝春。茶毕,又献上以酒。那酒是什么酒?岩蜜松花熟,山杯竹叶青。既又献上仙肴。那肴是什么肴?却是些玄豹之胎,碧麟之脯。既而又献上仙果。那果是什么果?却是些千年之藕,万岁之桃。那仙童摆列了筵席,火龙君、纯阳子、法慧禅师相聚而饮。一则叙契阔之情,一则叙相与之雅,不觉的香气消宝鸭,日午唱金鸡。法慧禅师道:"请吕纯阳到敝寺一观。"

于是火龙真人同着纯阳子径到了竹影寺来。这个寺怎的叫做竹影寺?盖庐山上,原初建一百个寺,只有这一个寺白云隐隐,翠竹荫荫,只闻犬吠鸡鸣,不见高楼大阁。在寺里住的皆是些得道僧家。而今左数来也只是九十九寺,右数去也只是九十九寺,此一寺隐而不见,故此叫做竹影寺。这岂不是仙境?纯阳子观看一回,不胜称赏,说道:"好胜境!好胜境!"纯阳子看毕,法慧禅师将欲待茶。纯阳子辞去,火龙君亦道:"不劳赐茶,我还有事与纯阳子商议。"于是法慧禅师相送而别。此不在话下。

却说纯阳子同火龙真人转至翠微洞来,火龙真人回着纯阳子,说道:"当原先我以二剑付汝,今只佩一剑,是何缘故?"纯阳子道:"说起来惶愧。某在金陵宿取白牡丹,将欲采阴补阳,不想着黄龙禅师教她反夺去我丹田至宝。彼时小生们飞剑斩那黄龙,不想道被他收去一剑,今日却虚了真人所赐,有罪!有罪!"火龙道:"你如今如何?"纯阳子道:"小子如今遵戒行矣。"火龙又问道:"你遍历寰中,度人多少?"纯阳子道:"人心不可测,对面九疑山,并不曾度得一人。"火龙真人道:"可知,可知。我曾道来:人间只是无波处,一日风波十二时。谁人可以度得的?只我前日朝元,见仙僚说道:'淮安玉溪村有一女子,姓何名惠娘,名登仙籍。'你可度之。"既而又嘱咐纯阳子:"度何之后,须转终南山与尔钟离师同去朝元。朝元会上授以仙秩,吾当再来庆贺。"

纯阳子领了此语,逐辞了火龙真人,径来淮安地方,度着这个何氏女子。不知怎么样度她,下面分解。

第 十 三 回

吕纯阳度何仙姑　吕纯阳升入仙班

却说淮安府玉溪村中有一善信,姓陈名曰文,家极富,僮仆婢女百余。一日修建个预修功果,设大斋供。只见:香烟腾着紫雾,彩幡炫着红云。彩幡炫时,辉辉煌煌;香烟腾处,氤氤氲氲。参黄箓一宗,玉字金书御墨蔼;建瑶坛一座,宝灯银灯曙光辉。献一杯茶摘来北苑之露,献一枝花采取上林之春。献一篑共刈着东郊之黍,献一豆蔬采取南涧之芹。诵三官经玉枢经北斗经,紫庭演金真之教;拜水府忏星辰忏东岳忏,丹台开宝笈之文。吸凤管吹龙笙,韵咿咿哑哑可听;鸣金钟敲玉磬,音锵锵喤喤可闻。遁士的羽衣炫耀日月,主人的精意感格乾坤。

纯阳子彼时离了庐山,驾云腾雾,来到此处。乃按落云头,扮作一个道人,却也不齐整。一到了斋坛,只见挂有许多圣像,上三清,次四圣,次五帝,次四大真人。纯阳子道:"此虽是画像,这样大斋事,岂无真天帝降下?若果天帝降下,不好回避。"只得走在斋厨之中,更方便一二。

却说那些丫环们见了这个道人褴褴褛褛,皆扯他出去,说道:"这个道人,此不是坐处,快出去!快出去!"只有这个何氏女,果与吕纯阳有缘。何氏女见了吕纯阳,就有顾盼之意。吕纯阳见了个何氏女,就有怜惜之心。何氏女见那众丫环推出这个道人,乃止之曰:"出家人随他这里坐罢,不要推他出去。"那些众丫环方才罢手,只是没有个好嘴脸相待。大的丫头来也说:"道人开些,不要秽我的斋。"小的丫头来也说:"道人开些,不要污我的供。"只有这个何氏女,斋熟时就把斋与道人吃,供熟时就把供与道人尝。有茶奉一杯茶,有酒与一卮酒。

众丫环皆笑着何氏女,何氏女道:"出家人把些他吃,也是我一点仁心。"却说天地间有人就有神,有神就有鬼,却道个鬼的说话。陈曰文做这样大斋,就有着孤魂野鬼皆来求食。时有一客商姓陆名清,阻风淮河,泊船孤洲之畔,有事关心,惺眼不睡。至三更鼓,只闻得岸上有鬼叫,叫道:"周大哥,女陈宅吃斋。"那周鬼道:"我去不得,眼中生有翳障,疼得

紧,你们带几个斋与我吃罢。"陆清大惊,一发不寝,至四更鼓,又闻叫声:
"周大哥,斋在这里,你吃!"那周大哥说道:"多谢你了!"陆清想道:"此必
是野鬼。"

至天明,上了淮河之岸,遍洲上寻觅,只见有一个骷髅脑骨,眼睛里生
有一根草,暗道:"昨夜叫眼疼者必是此物。此人或姓周么?"遂拔去之。
至次夜二更尽,陆清又闻得有人呼曰:"周大哥,去陈宅吃斋。"只见其人
应曰:"我今夜眼睛好了,我与你同去。"至四更鼓方回,只听得几个鬼坐
在洲上,其一鬼云:"这个人家好斋供。"其一鬼云:"斋供倒好,只是吕洞
宾在那里,打不得些儿乱搅。"其一鬼云:"哪个是吕洞宾?"其一鬼云:"东
厨下那个褴褛道人,就是吕洞宾。"有一鬼云:"你昨夜眼疼,今夜就怎的
好了。"鬼云:"我的一个客人替我去了那些翳障,就好了。"

时陆清在舟中未睡,闻得这些话儿仔仔细细。至次日,走上坡来,径
到陈曰文宅上,寻着这个吕纯阳。只见斋厨之下,果有个褴褛道人。陆清
乃跪下,言曰:"吕纯阳先生,度一度小人。"纯阳子道:"我不是纯阳。"陆
清道:"我晓得仔细,你不要瞒我。"乃扯着纯阳子衣服,叩头磕脑,左也叫
一声度一度,右也叫一声度一度。纯阳子道:"你这客人,既然要我度,你
钻进灶中去,我就度你。"时厨灶之中烈火炎炎,陆清将欲不钻,又恐怕做
不得神仙。将欲钻去,又恐怕火焰烧死。既而自思,还是钻去。于是奋力
一钻,刚到灶门之边,被烟气一冲,就缩将转来。又奋力一钻,刚到灶门之
边,被火星一爆,又缩将转来。乃叩着纯阳子说道:"先生,你不要我钻
灶,白白的度一度我罢。"纯阳子笑道:"神仙恁般易做。"乃云:"眼前不是
成仙客,成仙只是姓何人。"乃以手招着何氏女,说道:"惠娘,我与你
钻去。"

时何氏手中拿着个笊篱,正欲捞饭,因纯阳子一招,即忙过来。纯阳
子以手挽着何氏女双双进于灶中,火焰转盛。众皆大惊,哪个还敢钻哩?
时众人只说何氏女被火饶死,正在嗟叹之际,只见吕纯阳与何氏女坐在碧
云之上,吟诗一首云:

直上云端望八都,碧云散尽月还孤。

茫茫四海人无数,哪个男儿是丈夫。

时众人看见陆清默然,众丫环亦默然。那羽士们望见也默然,就是陈
曰文亦默然。皆道:"神仙已在此三日,并不晓得。"皆十分懊恼。时陈曰

文建此大斋,感神仙下降,斋罢获福,此也不在话下。

却说纯阳子同着何氏女驾着云,腾着雾,径往终南山碧天洞而来,拜见钟离师父。钟离云房正当寿诞之日,就有那一班仙朋仙友:持着柱杖的铁拐李、拿着羽扇的张果老、提着花篮的蓝采和、拿着云阳板的韩湘子,与着清溪道人郑思远、大华施真人正在那个所在作贺。又见天台山仙女,遣人送什么仙桃,麻姑山的仙姑遣人送什么仙酒,瑶池上王母馈娘遣入送什么仙藕,武夷山武夷君遣人送什么仙茶。又有东泰山、西华山、中嵩山、南衡山、北恒山五岳圣帝遣人送什么玄鹿脯、赤鳞蹄。又有东海、西海、南海、北海四海龙王乃敖家兄弟遣人送金鳞尾、锦鳌头。钟离子命着那仙庖的官君烹着那些肴馔,列着那些果品,摆开筵席,注上酒来。那些神仙依次而坐。

正在宴饮之际,忽见纯阳子、何氏女按落云头,直进了碧天洞中,望着钟离子稽首。钟离子不胜之喜,乃曰:"纯阳一去,何归来之迟乎?"纯阳子与钟离师稽首毕,复对众仙稽首。张果老等乃间于施真人曰:"此何人斯?"施真人道:"云房之徒也。"众仙曰:"久闻,久闻,但未得会面,今见其仙风飘逸,云房果得人焉。"清溪郑思远乃问干纯阳子曰:"你出家人,还带妻子么?"纯阳子道:"此女子系淮安人氏,姓何名惠娘,名在仙籍,火龙真人命我度之耳。"众仙说道:"原来是这等。"云房子又问纯阳子,说道:"你当初誓欲化度世人,度有几否?"纯阳子道:"人心奸险,未易度化,只度有何氏女一人而已。"铁拐李道:"今日令师寿旦,我辈承他厚爱,赐以佳宴,你来得恰好,大家县饮一回。"

于是众仙齐坐下,纯阳子、何惠娘亦侍坐于侧,劝劝酬酬,极有佳趣。

纯阳子道:"吾师今日寿旦,吾初回,未有贺物,遂将所佩之剑试舞一回,以劝吾师并列位仙丈之酒。"何惠娘亦道:"妾亦无有贺仪,将所执笊篱亦舞一回,奉劝诸仙之酒。"众仙道:"试舞来。"于是纯阳子将宝剑抛起,活喇喇化作一条袒龙,夭夭矫矫。何惠娘将笊篱抛起,活喇喇化作一只丹凤,翩翩翻翻。你看:一龙一凤,龙对凤,凤对龙,盘空飞舞。龙一翻身,甲鳞炫耀;凤一转翅,毛羽辉煌。众仙长看见,拍掌大笑,皆曰:"妙!妙!后?进们有这样奇术,来得来得。"于是大家狂歌剧饮,不觉的白云归洞口,红日架山腰,天色晚矣。纯阳子乃指一下龙,龙依然成剑。何惠娘指一下凤,凤依然成笊篱。众仙长愈加称赞。此且不题。

却说张果老、铁拐李二仙问于钟离子道："令徒授何仙职?"钟离子道："敝徒度化多年,未受仙职。"铁拐李道："既如此,明日乃朝元之期,领他们同去昊天金阙,受了天恩,岂不是美事?"钟离子道："某亦有此意。"于是众仙长皆约会朝元,辞散而去。

及至次早,碧鸡三唱,丹凤双仪。焰摩天中,红云缭绕;通明殿上,瑞气氛氲。时玉帝御座,两阶文武,列着鹭序鹓班;一派将军,号着龙骧虎贲。时三天门大开,只见张果老、铁拐李、施真人等一齐在那里聚会。及钟离子须着吕纯阳、何惠娘至,大家拶挨而进,山呼礼毕,文武退班。钟离子复领着吕纯阳、何惠娘,俯伏金阶之下,奏道："臣钟离权有表奏闻,伏乞圣览。"玉帝道："有何表文?"钟离子道："臣先年度有何中府永乐县一弟子,姓吕名嵓,未蒙天恩授以仙职。又吕嵓弟子度有淮安府玉溪村一女,姓何名惠娘,亦未受以仙职。臣今领至阙下,伏候金旨,擢入仙班。"玉帝见奏,天颜大展,说道："钟离权既度有吕嵓,吕嵓复度有何惠娘,源流一派,仙籍垂芳,太是美事。就封吕嵓为演正警化真人之职,封何惠娘为太玄演化仙姑之职,各赐金书玉旨,擢入仙班。"师徒叩头谢恩。

钟离子同吕真人,何仙姑谢恩已毕,玉帝复命,着金童持彩仗,玉女捧香花,又命奏乐官史奏一部钧天广乐,又令六丁神将、六甲神将摆列仪仗,送吕真人、何仙姑回转终南山碧天洞中。时吕真人荣沾天宠,各洞神仙万万千千俱来贺喜。

予素慕真仙之雅,爱捃其遗事为一部《飞剑记》,以阐扬万口云云。